insel taschenbuch 4819

Johanna Schreiber

Das Beste, was mir je passiert ist

»Ein exzellenter Bericht darüber, wie das Leben auf den Kopf gestellt wird, sobald man Kinder hat.« *Bokmorsa*

Den Krabbelkurs hat Ermina sich irgendwie anders vorgestellt: Alle Kinder dort scheinen perfekt und die anderen Mütter selig vor Glück. Wie passt sie da rein, die zwar auch glücklich, aber manchmal ziemlich ratlos ist?
Freddie wollte eigentlich schon längst wieder etwas posten, schließlich warten ihre Follower darauf, dass sie ihr süßes Baby endlich in den sozialen Medien zeigt. Doch seit der Geburt ihrer Tochter will sie sich lieber verkriechen, was stimmt denn mit ihr nicht?
Sigrid wollte sich die Erziehung gleichberechtigt mit ihrem Freund teilen, aber der arbeitet immer mehr, und sie sitzt allein mit Baby zu Hause. Durch Zufall trifft sie in einem Café auf Freddie und Ermina – und von nun an gehen die drei Frauen gemeinsam durch den turbulenten Alltag mit Baby in der Großstadt.
In *Das Beste, was mir je passiert ist* räumt Johanna Schreiber mit den gängigen Klischees über junge Mütter auf – und zeigt mit einem leichten, frischen Blick auf Mutterschaft und Beziehungen, was die Kraft der Freundschaft bewirken kann.

Johanna Schreiber, geboren 1986 in Göteborg, lebt als Autorin und Journalistin mit ihrem Mann und zwei Kindern im Viertel Midsommarkransen in Stockholm, wo auch ihr Roman *Das Beste, was mir je passiert ist* spielt. Nach mehreren Jugendbüchern ist dies ihr erster Roman für Erwachsene.

Franziska Hüther, geboren 1988 bei Darmstadt, studierte Skandinavistik und Germanistik in Frankfurt am Main und Reykjavík. Sie übersetzt aus dem Dänischen, Schwedischen und Norwegischen.

JOHANNA SCHREIBER

# Das Beste, was mir je passiert ist

Roman

Aus dem Schwedischen von Franziska Hüther

INSEL VERLAG

Die schwedische Originalausgabe erschien 2019 unter dem Titel *Det bästa som har hänt mig* bei Bokförlaget Forum, Stockholm.

Erste Auflage 2020
insel taschenbuch 4819

Vertrieb durch den Suhrkamp Taschenbuch Verlag
Umschlaggestaltung: zero-media.net, München
Umschlagabbildung: FinePic®, München
Satz: Dörlemann Satz, Lemförde
Druck: CPI books GmbH, Leck
Printed in Germany
ISBN 978-3-458-68119-9

# Das Beste, was mir je passiert ist

FÜR JEDE, DIE SICH SCHON MAL WIE DIE
SCHLECHTESTE MUTTER DER WELT GEFÜHLT HAT.
DU BIST NICHT ALLEIN.

# Prolog

## ERMINA

Ermina pinkelt schnell in den Becher, nimmt dann die drei Teststäbchen und tunkt sie gleichzeitig hinein. Sie macht immer drei Tests. Will es nicht riskieren, sich nur auf einen einzigen zu verlassen. Nachdem sie kontrolliert hat, dass die Streifen auf allen dreien zu sehen sind, reiht sie die Stäbchen auf dem Trockner auf.

»*Kako ide?*«, ruft Alen aus dem Wohnzimmer.

Obwohl sie nach gut fünfundzwanzig Jahren in Schweden beide fließend Schwedisch sprechen, reden sie zu Hause fast ausschließlich Bosnisch miteinander. Sie kann einen Anflug von Ärger nicht unterdrücken. »*Kako ide?*« Als ob sie irgendwie beeinflussen könnte, wie es läuft.

Im selben Moment bekommt sie ein schlechtes Gewissen, schließlich weiß sie, dass er sie nicht unter Druck setzen möchte, sondern bloß nervös ist. Und dass er jedes Mal ebenso enttäuscht ist wie sie, wenn die Tests negativ ausfallen.

Es gab eine Zeit, als sie die Verpackung eines Schwangerschaftstests mit einer gewissen Erwartung geöffnet hatte. Eine Zeit vor Temperaturmessungen, monatlichen Besuchen beim Frauenarzt und Hormonspritzen.

Aber an diese Zeit erinnert sie sich kaum noch. Jetzt

pinkelt sie an dem Tag, den ihr der IVF-Arzt auf einem Zettel notiert hat, auf die Stäbchen.

Von außen betrachtet war sie in den letzten Jahren eine Superfrau. Hat Preise auf den Weihnachtsfeiern der Immobilienagentur entgegengenommen, für die sie arbeitet, hat sich jeden Sonntag mit teuren Kostümen und hochhackigen Schuhen für die Besichtigungen in Schale geworfen und so viele Wohnungen verhökert, dass sie von Maklern anderer Firmen angerufen wurde, die von ihr gehört hatten und vorschlugen, gemeinsam ein eigenes Büro zu eröffnen. In ihrem Inneren aber herrschte Chaos, und sobald sie zur Tür hereinkam, warf sie die Stöckelschuhe in die Ecke und rollte sich zu einer kleinen, zitternden Kugel im Arm ihres Mannes zusammen. Fast die Hälfte ihrer sieben gemeinsamen Jahre versuchen sie nun schon Kinder zu bekommen. Nachdem sie es ein Jahr lang vergeblich versucht hatten, folgte ein halbes Jahr voller Tests und Untersuchungen, und in den letzten zwei Jahren wurde ihr Leben von den In-vitro-Behandlungen bestimmt. Seitdem haben sie kaum miteinander geschlafen. Sex ist inzwischen viel zu sehr mit Misserfolg verknüpft. Den Kontakt zu ihren Freundinnen hat sie zunehmend vermieden. Das kann leicht passieren, wenn man es nicht erträgt, auf Kindergeburtstage, Glühweinpartys und Silvesterfeiern zu gehen, auf denen überall goldige Knirpse mit schlabbrigen Strumpfhosen, Schleifchen in den Haaren und zuckerverschmierten Mündern herumspringen. Ihre Freundinnen sagten, sie verstünden, wie sie sich fühle, aber wie sollten sie es verstehen können, wenn sie da alle zusammen mit mindestens einem niedlichen Kind saßen? Phasenweise hatte Ermina es sogar ausgeschlagen, die Wohnungen für Familien mit Kindern zu verkaufen, weil sie es nicht fertigbrachte, die Besichtigungen, bei denen es von erwartungsvollen Eltern mit einem Sprössling im Bugaboo-Wagen und einem zweiten im Bauch der Mutter nur so wimmelte, mit der gewohnten Professionalität durchzuführen.

»Heute habe ich ein gutes Gefühl«, behauptet Alen, ehe er ihr seinen tätowierten Arm um die Schultern legt und sie sanft auf die Stirn küsst.

»Das sagst du jedes Mal.«

Diese zwei Minuten sind das Schlimmste überhaupt. Sie sind gerade lang genug, um eine gewisse Hoffnung in ihr keimen zu lassen. Obwohl sie es seit drei Jahren erfolglos versuchen, empfindet sie jedes Mal die gleiche Enttäuschung, wenn es wieder nicht geklappt hat. Sie hat aufgehört zu zählen, wie oft sie in den vergangenen Jahren auf dem Badezimmerboden zusammengesunken ist, die Hände vors Gesicht geschlagen und bitterlich geweint hat, wenn die Blutflecken im Slip sie wieder einmal voll des Hohnes darüber informiert hatten, dass sie auch dieses Mal keine Mutter werden würde.

Als der Timer endlich piepst, schaut Alen sie fragend an, aber sie schüttelt so heftig den Kopf, dass ihr die langen schwarzen Haare um die Schultern fliegen.

»Ich kann es nicht. Mach du es.«

»Bist du si…?«

»Ja.«

Er lächelt ihr angestrengt zu und verschwindet ins Bad, kommt wenige Sekunden darauf mit den drei Teststäbchen in der geschlossenen Hand zurück und reiht sie eines nach dem anderen vor ihnen auf dem Couchtisch auf. Alle drei zeigen dasselbe Ergebnis: zwei dünne blaue Striche. Hastig zählt sie es an den Fingern ab. April, Mai, Juni, Juli, August, September, Oktober, November ... Dezember. Ein ganzer Frühling, ein ganzer Sommer, ein ganzer Herbst. In ihren Ohren rauscht es, und sie weiß nicht, ob es ihr eigener oder Alens Atem ist, den sie hört. Ist es wirklich wahr?

## SIGRID

»Mensch, Sigrid, hast du schon wieder Papier in den Biomüll geworfen?«

Sigrid, die über einem Stapel Grammatiktests sitzt, unterdrückt einen Seufzer. Die Schüler sollen die Arbeiten morgen zurückkriegen, sie muss sie also heute Abend noch fertig korrigieren.

Die letzten Strahlen der Aprilsonne blinzeln durchs Fenster, und sie erkennt an dem großen Ahornbaum draußen, dass jetzt endlich bald Frühling ist. Bei dem Wetter hätten sie wohl einen Abendspaziergang machen sollen, um nach diesem grässlichen Winter so viel Vitamin D wie möglich abzubekommen. Als sie vor drei Monaten von Malmö nach Stockholm gezogen sind, war ihr nicht klar, *wie* viel früher es hier abends dunkel wird. Aber sie hat keine Zeit für einen Spaziergang. Und sie hat definitiv keine Zeit, zum zehnten Mal in zehn Tagen die Mülltrennungsdiskussion mit Ludvig auszufechten. Eigentlich wäre sie zum Korrigieren am liebsten zu Kian gegangen; Arbeiten zu korrigieren ist sehr viel unterhaltsamer, wenn man es zu zweit macht. Aber Ludvig ist so selten zu Hause, seit er die Stelle als Pressesprecher im Bildungsministerium hat, daher versucht sie, die Abende, an denen er daheim ist, möglichst mit ihm zu verbringen. Auch wenn sich ihr Zusammensein meist darauf beschränkt, dass er auf der Tastatur klappert, während sie über einen Stapel Papiere gebeugt auf dem Sofa sitzt.

Ihr langes blondes Haar hat sie zu einem straffen Pferdeschwanz gebunden. Sie hasst es, wenn ihr die Haare ins Gesicht fallen, während sie mit dem Stift über die Tests fährt. Zur Abwechslung macht es tatsächlich mal den Anschein, als ob alle Schüler gut gelernt hätten. Nichts macht sie glücklicher, als Arbeiten zurückzugeben, bei denen selbst Schüler, die sonst weniger gut abschneiden, ein richtig gutes Ergebnis erzielt haben.

Sigrid reibt sich gereizt das Kreuz. Es ist alles andere als gut für den Rücken, zum Korrigieren auf dem Sofa zu sitzen, aber wenn man bedenkt, wie klein ihre Küche ist, hat sie keine Wahl. Ludvigs Wohnung am Möllevångstorget in Malmö war über achtzig Quadratmeter groß gewesen. Sie hatten schnell gemerkt, dass es unmöglich werden würde, etwas Vergleichbares in Stockholm zu finden, und so mussten sie sich mit zwei Zimmern auf fünfundfünfzig Quadratmetern in einem Haus aus den Vierzigern im Stadtteil Midsommarkransen zufriedengeben. Sie vermisst das dritte Zimmer, in dem sie abends für gewöhnlich saß und lernte, und in dem Ludvigs Mutter Selma auf der Ausziehcouch schlief, wenn sie sie in Malmö besuchte. Sigrid weiß, dass sie dankbar sein sollte. Dass es Zehn-, vielleicht Hunderttausende andere Fünfundzwanzigjährige in Stockholm gibt, die nicht mal einen Untermietvertrag haben. Und Midsommarkransen ist beinahe ebenso idyllisch, wie der Name andeutet. So weit von ihrem Geburtsort Bjuv in der südschwedischen Provinz Schonen entfernt wie nur irgend möglich, aber dennoch wie eine Kleinstadt mitten in der Großstadt. Nein, am Viertel lässt sich nichts aussetzen. Ganz im Gegenteil. Auch nicht an der Wohnung. Aber jetzt, wo Ludvig mit der Pappschachtel, in der der Schwangerschaftstest lag, auf sie zukommt, hat sie das Gefühl, als würden die Wände noch näher auf sie zukriechen. Mist, verdammter. Wie konnte sie nur so nachlässig sein, den Test heute Morgen in die Tüte für den Biomüll zu werfen? Sie hebt den Blick und sieht, wie Ludvig den Schwangerschaftstest hochhält.

»Sigrid, bist du schwanger? Warum hast du nichts gesagt?«

»Ich dachte ... Na ja ... Du hast auf der Arbeit so viel um die Ohren, da wollte ich dich nicht stressen mit ...«

»Aber Sigrid.«

Er überbrückt die wenigen Schritte von der Spüle zum Sofa, setzt sich neben sie und legt beide Arme um sie.

»Das ist doch fantastisch! Du hättest es mir sagen sollen!«

Ludvig streicht ihr eine verirrte Haarsträhne aus dem Gesicht, fasst sie sanft am Kinn und hält ihren Blick fest. Die blauen Augen, die ins Grüne übergehen, lassen sie immer noch ganz kribbelig werden, obwohl sie seit fünf Jahren jeden Morgen beim Aufwachen hineinblickt.

»Ich dachte …«, piepst sie. »Ich meine, na ja, wir werden es doch eh nicht behalten, oder? Und letztes Mal, als ich abgetrieben habe, war es doch auch keine große Sache …«

»Aber da waren wir ja gerade erst zusammengekommen. Mein Gott, du warst erst zwanzig. Jetzt ist doch wohl klar, dass wir es behalten.«

»Aber ich habe einen neuen Job, und wir sind gerade hierher nach Stockholm gezogen und … Sollen wir nicht besser noch etwas warten? Bis zur nächsten Mandatsperiode deines Ministers vielleicht? Jetzt, wo du so viel weg bist und all das.«

»Es ist dein Körper, also ist es natürlich auch deine Entscheidung. Aber ich will furchtbar gern Kinder mit dir haben. Ich *sehne* mich nach einem Kind mit dir.«

Wenn es einen Menschen auf der Welt gibt, mit dem Sigrid eine Familie gründen möchte, dann Ludvig. Alles, was sie ist, ist sie dank ihm geworden. Jetzt lächelt er sie an, sodass seine Augen glitzern. Egal was sie tun, es wird gut werden. Solange sie und Ludvig zusammen sind, wird immer alles gut werden.

# FREDDIE

Freddie streicht sich eine schokoladenbraune, lockige Haarsträhne aus dem Gesicht und beginnt, durch ihre Bilder auf Instagram zu scrollen. In den letzten Tagen haben sich ihre ohnehin großen Brüste voller als sonst angefühlt, und zeigt ihr Bauch nicht auch eine leichte Wölbung? Der Timer auf dem Handy ist auf fünf Minuten gestellt, und auf dem Waschbeckenrand wartet der Schwangerschaftstest. Die letzten Jahre waren nicht nur berufstechnisch, sondern überhaupt die besten ihres Lebens. Sie hat endlich genügend Follower auf ihren Kanälen, dass sie Geld an ihnen verdient, und gleichzeitig noch so wenige, dass sie nicht mehr von ihrem Privatleben teilen muss, als ihr lieb ist. Dieses Jahr sind es allerdings erheblich mehr Bilder geworden als früher, wodurch die Anzahl ihrer Follower gestiegen ist. Ein Lächeln spielt um ihre Mundwinkel, während sie durch die Aufnahmen des vergangenen Jahres scrollt: ihre und Frans' magische Hochzeitsfeier in einer Scheune auf Gotland im Sommer, gefolgt von einem kurzen, aber wundervollen Aufenthalt im Hotel Furillen. Freddie liebt das Foto, das sie für Instagram ausgewählt hat. Frans' lockiges Haar ist im Gegenlicht von einer Art Heiligenschein umgeben, und seine leuchtend blaue Kippa hat exakt denselben Farbton wie das Meer im Hintergrund. Sie muss immer noch jedes Mal lächeln, wenn sie an ihr traumhaft schönes Vintagekleid denkt, das sie mit Astrids Hilfe ausgesucht hat und umnähen ließ, sodass es ihr perfekt passte. Ihre Hochzeitstorte selbst zu backen, hatte sich ebenfalls als Geniestreich erwiesen, denn sämtliche ihrer im Herbst angebotenen Tortenkurse waren restlos ausgebucht gewesen von Junggesellinnencliquen und Müttern, die ihren Töchtern die perfekte Hochzeitstorte zaubern wollten. Ihr Verlag bat sie, ein neues Kochbuch herauszugeben, *Feste und Hochzeiten mit Freddie.* Es war ihr drittes, und wie bei den ersten beiden Büchern fungierte Frans als Fotograf. Seit sie fünf Jahre zuvor zusammengekommen waren, hatte sie immer fantastische Bilder für ihren Blog und ihr Instagram-Konto gehabt, und die Qualität ihrer YouTube-Videos verbesserte sich erheblich, wenn Frans filmte. Sie ist so unglaublich zufrieden mit der Entscheidung, die sie vor vier Jahren getroffen hat: ihren Job als Projektleiterin in einer PR-Agentur zu kündigen und stattdessen auf ihre eigene Marke zu setzen.

Sie scrollt weiter durch die Bilder der vielen Tortenkurse im Herbst und landet schließlich bei ihrem Beitrag über die Hochzeitsreise nach Tulum, von der sie erst neulich zurückgekommen sind. Es hatte sich völlig richtig angefühlt, die Reise auf Ende Februar zu verschieben. Jetzt fehlt nur noch ein einziges Puzzleteilchen, damit ihr Leben komplett ist. Und die Anzahl ihrer Follower noch weiter steigt.

Sie schließt die Instagram-App und starrt auf den rückwärts laufenden Timer. Noch fünfzehn Sekunden. Sie kommen ihr vor wie fünfzehn Jahre. Endlich klingelt der Alarm, sie schaltet ihn ab und greift nach dem weißen Stäbchen auf dem Waschbeckenrand. Auf ihrem

Gesicht erscheint ein breites Lächeln, und sie geht mit dem Stäbchen in die Küche, wo sie es neben die kleinen Glasvasen mit Stecklingen auf den Tisch legt. Dann hält sie die Kamera direkt über ihr kleines Stillleben, zoomt näher heran, sodass das blaue Plus deutlich zu erkennen ist, und knipst ein Foto. Das Bild wird sich in ein paar Wochen perfekt auf ihren Kanälen machen.

# EIN KNAPPES JAHR SPÄTER

# Kapitel 1

## ERMINA

»... und als ich ins Krankenhaus kam, war ich sieben Zentimeter geöffnet! Alle haben mir gesagt, wie *toll* ich zu Hause gekämpft hätte. Es gab praktisch keinen Grund, um eine PDA zu bitten, nachdem ich es sowieso schon so weit geschafft hatte. Wir waren wirklich ein Team, das Baby, die Hebamme, mein Mann und ich.«

Wie hatte diese Frau noch mal gesagt, dass ihr Kind hieß? Stilton? Hilton? Milton? Irgendwas, das wie ein Käse oder eine Hotelkette klang, jedenfalls.

Eigentlich war Ermina richtig motiviert gewesen für das erste Treffen der Mutter-Kind-Gruppe, als sie den Kinderwagen im Märzregen durch den schmelzenden Schneematsch schob. Da Nadia, Filippa und Jasmin die Säuglingszeit seit bald zehn Jahren hinter sich und daher null Interesse daran haben, tropfende Brüste, Schlafrhythmen und die Konsistenz von Olivias Stuhl zu diskutieren, hatte sie gehofft, hier jemanden zu finden, mit dem sie sich austauschen könnte. Doch niemand sonst in dem kleinen Gruppenraum der BVC – der für Kleinkinder zuständigen Beratungs- und Vorsorgestelle – scheint übelriechenden Wochenfluss und schreiende Babys auch nur im Entferntesten anstrengend zu finden. Ist sie *komisch*, weil sie am liebsten das Fenster aufreißen und hinausschreien würde, wenn Olivia zum dritten Mal innerhalb einer Stunde aufwacht und klingt wie ein angestochenes Ferkel? Nachdem sie drei Jahre dafür gekämpft hat, schwanger zu werden, sollte sie da nicht eigentlich dankbar sein, dass Olivia endlich zu ihnen gekommen ist? Selbst während der Nächte, in denen sie Olivia stundenlang durch die drei Räume der Wohnung trägt, mit Kopfhörern in den Ohren, um das Schreien zu dämpfen, das in den Körper schneidet, als würden tausend Fingernägel gleichzeitig über eine Tafel kratzen?

»Wir haben uns ja ein wenig Sorgen gemacht, als er die erste Nacht direkt durchgeschlafen hat, und dachten ›Oje, was wird das wohl geben?‹. Aber dann hat sich gezeigt, dass Wilton einfach auf Anhieb den Schlafrhythmus eines Erwachsenen hatte! Er schlummert jeden Abend um Punkt acht ein, und dann schläft er bis um acht. Also, acht Uhr morgens. Dadurch ist man natürlich schon ein bisschen verwöhnt, und einmal, als er geimpft worden ist und nicht vor halb neun einschlief …«

Irgendwie hatte Ermina gedacht, dass sie automatisch jede Menge mit all den anderen Mamas gemeinsam haben würde. Als wäre sie endlich Mitglied in einem geheimen Club geworden. Außerdem war es immer eine ihrer größten Stärken als Maklerin, dass sie so gut mit Menschen umgehen kann. Aber jetzt hat sie keine Ahnung, was sie sagen soll. Sie weiß nur eines: Wenn sie gezwungen wird, noch eine weitere Entbindungsgeschichte zu hören, die von Yogaatmung handelt, von Schmerzkanalisation und wie man nun endlich eine Verwendung für seine Gebärhüften gefunden hat, dann weiß sie nicht, was sie tut. Sie hatte sich von den Mutter-Kind-Treffen einen Haufen konkreter Tipps erhofft, wie man sein Baby zum Schlafen bringt oder wenigstens dazu, mit dem Schreien aufzuhören. Aber das hier ist bloß wie eine einzige lange Gruppentherapiesitzung, wo keiner die Wahrheit sagt. Und die Kinderkrankenschwester, die die Gruppe leitet, scheint null Interesse daran zu haben, das Gespräch in eine Richtung zu lenken, die die Leute zwingt, tatsächlich mal ein wenig ehrlich zu sein. Als könne sie Erminas Gedanken lesen, steht sie auf und lächelt jede einzelne der Mütter, die eingesunken in ihren Sitzsäcken hocken, entschuldigend an.

»Ich muss jetzt leider gehen und eine Impfung vornehmen, aber Sie können sich ja so lange weiter über Ihre Entbindungen unterhalten«, flüstert die Krankenschwester, bevor sie lautlos aus dem Zimmer schleicht.

Ermina spürt, wie sich alle Blicke auf sie richten, und ihr wird klar, dass sie an der Reihe ist.

»Und, wie war deine Entbindung?«, fragt Wiltons Mama neugierig.

Ermina wappnet sich für die Reaktionen und antwortet so munter sie kann: »Total super! Ich habe mit geplantem Kaiserschnitt entbunden, und das war echt klasse.«

Wie auf Kommando ertönt ein einstimmiges und mitfühlendes »Ohhh« im Raum.

»Ui. Hattest du Schwierigkeiten, mit dem Stillen in Gang zu kommen?«

»Nee, das klappt prima. Wieso?«

»Ich dachte nur … Na ja, man hört ja davon. Dass es bei Müttern, die mit Kaiserschnitt entbinden, schwieriger sein kann.«

»Ach, Quatsch. Ich habe auf der Entbindungsstation so ein Nasenspray mit Oxytocin bekommen. Seitdem fließt es nur so«, erklärt Ermina und deutet auf ihre prall gefüllten Brüste.

»Und habt ihr checken lassen, dass sie kein Asthma hat? Du weißt ja, dass Kinder, die mit Kaiserschnitt geboren werden, ein erhöhtes Risiko dafür haben, oder?«

So, da kam also auch das.

»Ist das nicht eigentlich nur ein Mythos aus dem Internet?«, unternimmt eine der anderen Mütter einen Versuch.

*Danke.*

»Also ich habe gelesen, dass es durch etliche Untersuchungen belegt ist«, mischt sich eine rothaarige Frau ein und schaut beipflichtend zu Wiltons Mama.

»Bis jetzt hat sie jedenfalls noch kein Asthma«, beendet Ermina die Diskussion, um anschließend das Thema zu wechseln. »Sagt mal, hat jemand ein paar gute Einschlaftipps? Olivia hat ziemlich viel geschrien die letzten Nächte.«

Und weil sich Wiltons Mama natürlich keine Gelegenheit entgehen lassen kann, mit ihrem Baby anzugeben, zuckt sie in einer entschuldigenden Geste die Achseln.

»Tja, ich kann euch leider keine *Tipps* geben, wie man sein Kind dazu bringt, zwölf Stunden am Stück zu schlafen. Ich denke, es geht einfach darum, ihnen ein Gefühl von Geborgenheit zu vermitteln.«

Oh Mann, jetzt reicht es aber. Was ist das hier eigentlich? Ein Wettkampf, wessen Kind am besten geraten ist? Wer den Preis als Mutter des Jahres erhält? Ermina hält es keine Minute länger in diesem Riesenbrutkasten von Mutter-Kind-Gruppenraum aus. Sie bedenkt Wiltons Mama mit ihrem liebenswürdigsten Lächeln und legt den Kopf schief.

»Zwölf Stunden am Stück, sagst du? Das klingt aber gar nicht gut. Hast du das mit der Krankenschwester besprochen?«

Dann hebt sie Olivia vom Boden und spaziert hinaus. Diese Mutter-Kind-Gruppe muss ohne sie klarkommen. Eine blonde junge Frau, die mit ihrem Baby auf dem Schoß im Wartezimmer sitzt, schaut sie erschrocken an, als sie aus dem Raum mit den anderen Müttern stürmt, die ihr kopfschüttelnd hinterherstarren.

Das schlechte Gewissen sticht ihr ihm Magen, als sie den Kinderwagen wieder nach draußen in den Märzmatsch schiebt. Es tut fast genauso weh, wie es die Beckenringlockerung noch bis vor drei Monaten tat. Sollte sie nicht in diesem Kreis sitzen *wollen* und damit prahlen, welch ein Wunderkind Olivia ist, genau wie die anderen Mütter? Jetzt ist sie schon wieder so undankbar. Sie sind doch jetzt eine *richtige* Familie. Und die allererste Zeit, die mit Babyblase und Talkduft in den Haaren, ist vorbei. In den Wochen, in denen sie ihr Baby am meisten hätte genießen sollen, drehten sich ihre Gedanken stattdessen darum, wie sie die verdammten Schwangerschaftskilos wieder loswerden könnte.

Als sich die Beckenringlockerung in der Hälfte der Schwangerschaft schleichend bemerkbar gemacht hatte, hatte sie die Schmerzen nicht weiter ernst genommen – sie hatte ja keinen Vergleich. Sie wusste nicht, wie es sich anfühlen sollte. Gegen Ende hatte sie sich praktisch überhaupt nicht mehr bewegt, außer um die Straße runter zum Burgerladen zu wackeln und einen doppelten Cheeseburger und einen Nutellamilchshake zu bestellen. Sie hatte gedacht, dass sie das meiste nach der Entbindung und durch das Stillen wieder verlieren würde. Siebenhundert Kalorien am Tag würde sie allein durch das Stillen verbrennen, das hatten ihr sowohl Nadia als auch Filippa versichert. Besser als jedes Training. Das Problem ist nur, dass die Kilos keineswegs verschwinden. Obwohl sie bereits zehn Tage nach der Geburt die Routine eingeführt hat, mehrere tausend Schritte am Tag spazieren zu gehen. Auch wenn es scheußlich war, den Kinderwagen im Januar und Februar durch den Schnee zu schieben und jetzt durch den graubraunen Sulz im nieseligen Märzwetter, hat sie sich dazu gezwungen. Zunächst in kleineren Etappen, dann in immer größeren Runden. Sie hatte gehofft, jemanden in dieser Mutter-Kind-Gruppe zu finden, mit dem sie ein bisschen spazieren gehen könnte. Zwanzigtausend Schritte am Tag ohne Gesellschaft zu laufen, wird irgendwann eine einsame Angelegenheit. Außerdem ist ihr Mann Alen ständig in Sorge, dass ihr etwas passieren könnte, weil sie letzte Woche ohnmächtig geworden ist. Sosehr sie auch versucht hat, ihm zu erklären, dass es weder mit dem Kaiserschnitt noch mit Olivia in Verbindung stand, sondern sie einfach zu wenig gegessen hatte, will er seitdem nicht, dass sie sich weit von zu Hause entfernt. Falls »etwas passieren sollte«. Stattdessen dreht sie also Runde um Runde in derselben Gegend: vom Neubau gegenüber dem Midsommarpark, wo sie und Alen wohnen, die Straße hinunter am Fertighaus und der alten Direktorenvilla vorbei, bis sie zum Svandammspark kommt. Eine Runde um den Park und dann den Vattenledningsvägen mit seinen schönen gelben Häusern aus der Zeit der Jahrhundertwende hinauf. An dem alten Backsteingebäude, das Anfang des Jahrhunderts zu einer Tankstelle gehörte, biegt sie ab und geht zum Skvallertorget mit seinen vielen Antiquitätenläden, bei denen sie nicht begreift, wer darin einkauft, und Majkens Café, bei dem sie noch weniger begreift, wer dort Kaffee trinkt, und dann den Svandammsvägen hinauf, bis sie nach Hause kommt.

Sie hat sich immer noch nicht an Midsommarkransen gewöhnt, das wie eine verschlafene, ausschließlich von dreißigjährigen Hipstern bewohnte Kleinstadt wirkt. Am Viertel selbst lässt sich an und für sich nichts aussetzen. Wären sie doch nur nicht so bescheuert gewesen, eine Wohnung über einem Café mit hauseigener Bäckerei zu kaufen. Jedes Mal, wenn sie durch die Haustür hinein oder hinaus will, muss sie an deren Eingang vorbei. Nie hätte sie gedacht, dass ihr der Duft von frischgebackenen Zimtschnecken Angst machen könnte. Jetzt aber spürt sie Furcht, sobald sie ihre Wohnung verlässt, und schon der bloße Gedanke, all die Kalorien einer Zimtschnecke verbrennen zu müssen, verursacht Schweißausbrüche. Gegen ihren Willen verlangsamt sie ihre Schritte, als sie am Café vorbeikommt. Durch die Scheibe sieht sie den Glastresen voller *Semlor*, den kleinen Hefebrötchen mit perfekt gespritzter Sahne. Sie richtet den Blick in den Kinderwagen, in dem Olivia eingeschlummert ist, und fragt sich, wieso stattdessen niemand eine Saftbar eröffnen konnte.

## SIGRID

Sigrid öffnet den einen Träger ihres Still-BHs, stellt den Timer ihres Handys auf fünf Minuten, schließt die Augen und beißt sich auf die Lippe. Diese verdammten wunden Brustwarzen verheilen nie schnell genug bis zum nächsten Stillen, ganz egal, mit wie viel Purelan sie sie eincremt. Es tut immer noch so furchtbar weh, dass sie es nicht länger als fünf Minuten pro Brust aushält. Sie muss nur irgendwie durchhalten, bis Alfred sechs Monate alt ist, dann kann sie aufhören. Auch wenn sie weiß, dass sie es nicht tun sollte, schielt sie zum Handy, das neben ihr auf dem Sofa liegt. Noch zwei Minuten und dreiundvierzig Sekunden, dann kann sie zur anderen Brust wechseln. Als das Handy zum zweiten Mal piepst, laufen ihr vor Schmerz und Erleichterung die Tränen übers Gesicht. Eine Nachricht erhellt das Display. Wie gewöhnlich hofft sie, dass sie von Ludvig ist. Dass er schreibt, die wöchentliche Geschäftsreise sei abgesagt worden oder wenigstens, dass er heute Abend früher nach Hause kommt.

Sie begreift immer noch nicht, weshalb er sich für sie entschieden hat, an diesem Abend an der Volkshochschule vor gut fünf Jahren. Weshalb er sich neben *sie* setzte und ein Gespräch begann, nachdem er seinen Vortrag über Gleichberechtigung in politischen Führungspositionen gehalten hatte. Er hätte eine der vielen cleveren, intellektuellen Mädels aus dem Schauspiel- oder dem Schriftstellerkurs wählen können. Aber von allen war sie diejenige gewesen, mit der er sich unterhalten wollte. Ein ganz gewöhnliches Mädchen aus Bjuv, das ein Jahr einen Vorbereitungskurs an der Volkshochschule besuchte, um seinen Notendurchschnitt vom Gymnasium zu verbessern und an die Uni zu kommen, und nicht in dem kleinbürgerlichen Nest hängenzubleiben, wo alles, was schiefging, immer die Schuld eines anderen war.

Oh, wie sie wünschte, dass Ludvig gerade jetzt, am Anfang, mehr zu Hause wäre. Dass er ihr ebenso oft schreiben würde wie Kian. Dennoch kann sie ein Lächeln nicht unterdrücken, als sie die Nachricht öffnet, die gerade auf ihrem Handy eingetrudelt ist. Unter einem Bild von einem Papierstapel ist ein schnarchendes Emoji zu sehen.

*Wer hat sich das mit den schriftlichen Arbeiten in Sport ausgedacht? Und wie kriege ich diese Person in die Finger?!*

Sie weiß nicht, wie oft sie sich bei ihrem ehemaligen Kommilitonen Kian dafür bedankt hat, dass er sie für die Stelle als Mittelstufenlehrerin für Schwedisch und Englisch an einer der vielen Privatschulen im Nobelstadtteil Östermalm empfohlen hat. Auch wenn Sigrid ihren Job von Anfang an geliebt hat, macht es natürlich noch mehr Spaß, wenn einer der besten Freunde im Kollegium ist. Außerdem war es schön gewesen, von den lärmenden Jugendlichen an der Schule in Malmö zu den wohlerzogenen Östermalm-Schülern zu wechseln, die daran interessiert waren, gute Noten zu bekommen, und den Unterricht nicht störten. Natürlich gibt es auch Nachteile. Aber die werden durch das bessere Gehalt und den Umstand, dass sie mit Kian zusammenarbeiten kann, ganz klar aufgewogen. Er verkörpert alles, von dem die Mädchen in Bjuv träumen, alles, was die Jungs in Bjuv zu werden hoffen, und alles, was Ludvig und seine Freunde verachten. Ein Fußballjunge aus Hässleholm, der schon in der Oberstufe Profispieler beim Trelleborgs FF wurde, um dann binnen kurzer Zeit von der niederländischen PSV Eindhoven gekauft zu werden. Ein gewisses Maß an Heimweh und ein fetter Einstellungsbonus beim Malmö FF bewegten ihn nach zwei Saisons zur Rückkehr nach Schweden. Doch kaum ein Jahr später zwang ihn eine Verletzung, die Profikarriere aufzugeben. Dann studierte er Sport auf Lehramt.

*Viel zu korrigieren?*, antwortet sie Kian.

*Mach dich nicht lustig. Alle Achter haben die Arbeit am selben Tag geschrieben.*

Ihr Finger verharrt zögernd über dem Display. Soll sie fragen, ob er herkommen und die Arbeiten stattdessen hier bei ihr korrigieren will? So wie sie früher immer gemeinsam korrigiert haben, bevor sie ein Kind bekam? Ein bisschen Gesellschaft würde ihr zweifellos guttun. Aber bevor sie zum Antworten kommt, poppt eine neue Nachricht von ihm auf.

*Ach übrigens! Die Eltern von Isabelle aus der 7B haben sich scheiden lassen. Mutter gefährlich heiß. Vielleicht sollte ich zuschlagen?*

Sigrid verdreht schmunzelnd die Augen. Kian ist nur drei Jahre älter als sie, aber das hält die Mütter der Schüler nicht davon ab, zu Zeiten und Unzeiten mit ihm zu flirten. Sie seufzt und tippt eine kurze Antwort:

*Nicht witzig, Kian.*

Er weiß genau, dass sie es hasst, wenn er Frauen auf diese Weise objektiviert. Eine Weile schaut sie aufs Handy, um zu sehen, ob er antwortet, aber die Schreibblase lässt auf sich warten. Sie schüttelt den Kopf über sich selbst und löscht die Nachrichten. Nicht, weil sie etwas zu verbergen hätte. Auch nicht, weil Ludvig jemals ihr Handy checken würde. Ganz und gar nicht. Aber *falls* er dieses Gespräch zu sehen bekäme, würde er sicher noch schlechter über Kian denken, als er es ohnehin schon tut. Es wäre unnötig, seine Abneigung noch zu füttern. Sie schüttelt nochmals den Kopf, wie um Kian aus ihren Gedanken zu verbannen. Dann steht sie vom Sofa auf und macht sich daran, Alfred den Fleece-Overall anzuziehen.

## FREDDIE

Die Einrichtung des Zimmers besteht aus Möbeln in verschiedenen Gelb- und Brauntönen. Wenn sie durch die Nase einatmet, meint sie sogar, einen schwachen Geruch nach süß-scharfem Senf zu vernehmen. Widerlich. Und so weit von »Freddies Favourites« entfernt wie nur möglich.

»Sie wollten also nicht zur Mutter-Kind-Gruppe gehen?«

»Nein.«

»Was ging Ihnen durch den Kopf, als Sie beschlossen haben, nicht hinzugehen?«

»Dass eine meiner Followerinnen dort sein könnte, und wenn sie mich so sehen würden, wüssten sie, dass ich im Blog und auf Instagram lüge.«

»Lügen? Wie meinen Sie das?«

»Ich schreibe ja, ich hätte gerade die beste Zeit meines Lebens und wäre superglücklich. Und so ist es ja nicht. Manchmal schaue ich Aurelia an und denke, dass ich bereue, sie bekommen zu haben. Dass es sie gar nicht geben sollte. Um ihretwillen.«

»Weshalb, glauben Sie, schreiben Sie es dann? Dass es die beste Zeit Ihres Lebens ist, obwohl Sie es gar nicht so empfinden?«

»Weil meine Followerinnen es erwarten, natürlich.«

»Und woher wissen Sie, dass sie es erwarten?«

Die Gereiztheit lässt ihren Körper auf eine Weise kribbeln, die sie inzwischen wiedererkennt. Der Schlafmangel.

»Sie folgen mir schließlich, um sich inspirieren zu

lassen und fürs Kochen und Backen motiviert zu werden. Und für die Schwangerschaft und das Baby. Wenn sie sich in Depri-Stimmung suhlen wollen, können sie genauso gut eine alte Schnulzen-CD auflegen und eine Tüte Chips aufmachen. Schnallen Sie es nicht? Mein Job besteht darin, glücklich zu sein, perfekt zu sein, schöne Torten zu backen und fantastisches Essen zu kochen.«

Sie schlägt den Blick nieder und schaudert über ihren plötzlichen Wutausbruch. Die Nagelhaut an ihren Fingern ist trocken und aufgerissen, und der traumhafte Ehering, ein Vintagestück, den Frans bei einer Auktion ersteigert hat, glänzt durch Abwesenheit. Oft ertappt sie sich selbst dabei, wie sie über den Ringfinger der linken Hand streicht, nur um daran erinnert zu werden, dass es leider noch lange dauern wird, bis er wieder über das Gelenk ihres noch immer durch die Schwangerschaft geschwollenen Fingers passt.

»Doch. Mir ist bewusst, dass es für viele heute so funktioniert. Aber wenn wir das Band ein Stückchen zurückspulen, würde ich Sie gern fragen, welche Erwartungen Sie in Bezug auf das Muttersein hatten.«

»Was meinen Sie mit Erwartungen?«

»Wie hatten Sie sich das Leben als Mutter vorgestellt?«

»Meine Mutter hat immer gesagt, dass es die beste Zeit ihres Lebens war. Also, als ich ein Baby war. Daher habe ich irgendwie gedacht, dass es für mich genauso werden würde.«

»Und wie hatten Sie sich dieses ›Beste‹ vorgestellt?«

»Ich hatte so ein Idealbild im Kopf, bei dem Frans und

ich an Silvester mit ihr auf unserem neuen Balkon stehen und gemeinsam das Feuerwerk ansehen. Aber ich dachte ja nicht daran, dass es minus zwanzig Grad sein würde und es unmöglich ist, ein zwei Wochen altes Baby bei dieser Temperatur mit nach draußen zu nehmen.«

»Klingt, als hätten Sie ein ziemlich präzises, äh, Idealbild gehabt. Aber hatten Sie auch eine Vorstellung davon, wie der Alltag aussehen würde?«

»Ich hatte mir wohl vorgestellt, dass es ungefähr wie vorher sein würde, bloß, dass ich etwas müder wäre. Ich wollte ihr lauter leckere Breis kochen und süße Kleidchen anziehen. Und das Leben wäre so wundervoll, weil ich ganz vernarrt in mein Baby wäre und gar nicht aufhören könnte, sie zu küssen und zu knuddeln.«

»Und so empfinden Sie nicht für sie?«

»Nein.«

»Was fühlen Sie dann?«

Freddie blinzelt, bevor sie die Antwort flüstert:

»Manchmal ... Manchmal denke ich, dass ... ich sie *hasse.*«

»Können Sie dieses Gefühl genauer beschreiben?«

Es wird zu viel. Freddie schluchzt, und auf einmal kann sie die Tränen nicht mehr zurückhalten. Seelenklempner-Stefan schiebt ihr eine Packung mit Kleenex hin, und sie schnäuzt sich so heftig, dass Aurelia nur wie durch ein Wunder nicht aufwacht. Jetzt hat sie es laut gesagt. Sie hasst ihr Kind. Was ist man für eine Mutter, wenn man denkt, dass man sein Kind hasst? Und hier sitzt sie und erzählt es auch noch einem völlig Fremden.

Etwa zweihundert Milliliter Tränen und fünfunddreißig Minuten später steht sie aus dem senfgelben Sessel auf, gibt Stefan die Hand, legt Aurelia in den Kinderwagen und lässt die Tür hinter sich zufallen. Sie versteht natürlich, dass Frans es nur gut gemeint hat, als er eigenmächtig diesen Termin beim Psychologen für sie ausgemacht hat. Aber was soll es groß bringen, wenn sie hier sitzt und sich beklagt, wie schrecklich alles ist? Es wird wohl kaum *besser* werden, nur weil sie darüber spricht. Automatisch wischt sie sich mit dem Finger unter den Augen entlang, bevor sie erleichtert realisiert, dass sie ja gar keine Mascara trägt. Was inzwischen nichts Ungewöhnliches mehr ist. Es grenzt an ein Wunder, dass sich ihre Leserinnen mit niedlichen Bildern von Aurelia in winzigen Vintagekleidchen, Fotos von allerlei Kochzutaten und Bildern zufriedengeben, die Frans vor ihrer Schwangerschaft von ihr gemacht hat. Anfangs hatten sie zwar gedrängt, sie solle neue Rezepte posten, aber als sie im Versuch, ein wenig Zeit zu gewinnen, schrieb, sie wolle »die ersten Monate Elternzeit genießen«, waren sie tatsächlich weitgehend verstummt. Neulich hat sie es mal zusammengerechnet und kam zu dem Ergebnis, dass sie seit Aurelias Geburt läppische vier Fotos von sich selbst hochgeladen hat. Beim ersten weiß sie nicht mal mehr, wann Frans es gemacht hat. Es anzuschauen ist, als würde man nach einer durchfeierten Nacht ein Bild von sich selbst, umrahmt von Gedächtnislücken, sehen. Doch im Unterschied zu solchen Partybildern ist dieses erste Bild, das Frans direkt nach der Geburt von ihr gemacht hat, fantastisch: Sie hat immer noch eine leichte Bräune nach ihrem gemeinsamen Babymoon und sitzt bequem zurückgelehnt mit Aurelia im Arm im Bett auf der Entbindungsstation. Ihr Blick ist auf Aurelia gerichtet, die in eine champagnerfarbene, perfekt zu Freddies Morgenmantel passende Kaschmirdecke gehüllt ist, und nicht einmal Frans hätte ahnen können, welche Gedanken ihr bereits zu diesem Zeitpunkt durch den Kopf schwirrten. Das zweite Bild zeigt sie mit der Babyschale vor dem Eingang des Krankenhauses, zwei Tage später, als es Zeit war, nach Hause zu fahren. Das dritte ist von ihrem ersten Spaziergang mit dem Kinderwagen, als Aurelia zehn Tage alt war. Der Spaziergang hatte nur etwa drei Minuten gedauert, dann war Freddie vor Angst und Schmerzen in Tränen ausgebrochen, und Frans musste den Kinderwagen zurück durch die Haustür bugsieren und sowohl sie als auch Aurelia ins Bett packen. Das vierte wurde auf Astrids Geburtstag aufgenommen, den sie vor drei Wochen in einer Cocktailbar gefeiert haben. Sie trug ein absolut traumhaftes goldenes Kleid, das sie vor der Schwangerschaft nicht mehr hatte einweihen können (und daher noch nie in ihrem Blog gezeigt hatte). Aber sie war nur etwa zwanzig Minuten auf der Party gewesen, bevor sie sich diskret nach Hause zu Frans und Aurelia verdrückt hatte. Ihr war natürlich klar gewesen, dass Astrid sauer sein würde. Am nächsten Tag hatte sie sicher zehn Mal angerufen. Doch Freddie schaffte es nicht, ranzugehen.

Ein schneller Blick in den Kinderwagen bestätigt ihr,

dass Aurelia immer noch so tief und fest schläft, dass ihre Unterlippe in den Mund gesaugt wird. Sie fragt sich, wie viele Termine beim Psychologen es braucht, bis sie aufhört, ihr Kind zu hassen. Und sich selbst. Sobald sie sich besser fühlt, will sie wieder produktiver werden. Ein neues Buch beginnen, neue Kooperationen für ihre Kanäle eingehen oder ein paar Pitches für verschiedene Programmformate schreiben. Statt nur zu Hause rumzuliegen, an die Decke zu starren und sich selbst zu bemitleiden.

Anders als die Leute anscheinend denken, verdient sie den Großteil ihrer Einkünfte nicht mit dem Blog oder Instagram. Stattdessen muss sie ständig zusehen, dass sie Bücher schreibt, Artikel für verschiedene Kochzeitschriften verfasst und so oft wie möglich im Fernsehen auftritt. Freddies Magen zieht sich zusammen. Was, wenn sie die Wohnung verkaufen müssen? Vielleicht können sie es sich bald nicht mehr leisten, dort wohnen zu bleiben? In ihrer fantastischen Vierzimmerwohnung, hundert Quadratmeter im obersten Stock eines Eckhauses aus den Zwanzigern, mit dem alten Tellus-Kino und dem süßen Blumenladen. Dem sonnengelben Haus mit dunkelrotem Dach. Die Wohnung, die sie gekauft hatten, um dort als Familie zu leben. Freddie sollte wirklich wieder anfangen, ein wenig zu arbeiten. Aber wie soll sie das schaffen, wenn schon das Einräumen der Spülmaschine sie so ermüdet, dass sich ihr Körper anfühlt, als würde er in tausend Teile zerspringen?

Ihre Gedanken werden von einer lauten Männerstimme weiter unten im Treppenhaus unterbrochen.

»Schatz, ich will nicht, dass du bei diesem Dreckswetter noch länger draußen bleibst. Soll ich nicht stattdessen mit ihr rausgehen, dann kannst du dich ein bisschen ausruhen?«

»Siehst du eigentlich, was sie alles anhat? Niemand erkältet sich in einem Overall plus Fußsack. Und bei dir schläft sie im Wagen ja nie ein.«

»Ich fasse nicht, wie wenig du mir zutraust, mich um unser Kind zu kümmern«, seufzt die Männerstimme.

»Alen, du dachtest, meine Wochenbetteinlagen seien Olivias Windeln. Wie *sollte* ich dir zutrauen können, dich um unser Kind zu kümmern?«

Was sind das eigentlich für Leute, die unter Stefans Praxis wohnen? Vielleicht gibt er ihr Rabatt auf sein schweineteures Honorar, wenn sie ihm einen Tipp gibt und er die beiden als neue Kunden gewinnt? Er hatte ja erwähnt, dass er auch Paartherapie anbietet, denkt sie, bevor sie den Kinderwagen in den Aufzug zieht. Zum ersten Mal versteht sie, warum Leute Wohnungen in trostlosen Neubauten kaufen: Große, leise Aufzüge sind eine praktische Sache, wenn man Kinder hat. Sie blinzelt unfreiwillig, als die Fahrstuhltüren wenige Sekunden später ebenso lautlos aufgleiten, wie sie zugeglitten sind. Plötzlich steht sie den Menschen mit den wütenden Stimmen Angesicht zu Angesicht gegenüber.

»Du könntest doch wenigstens Nadia oder Filippa oder irgendwen anders fragen, ob sie mitkommen, oder? Ich mache mir Sorgen, wenn du immerzu draußen bist und stundenlang völlig planlos durch die Gegend läufst.«

»Falls es dir entgangen sein sollte, Nadia, Filippa und alle anderen *arbeiten* tagsüber.«

Die Männerstimme gehört zu einem unerwartet gutaussehenden Mann. Das heißt, Freddie nimmt an, dass er gutaussehend ist, wenn man auf diesen Typ Mann steht. Er ist die Erwachsenenversion des Jungen, der im Sportunterricht immer als Erster gewählt wurde, in der Mathearbeit aber nie alles richtig hatte. Dichtes schwarzes Haar, Dreitagebart und eine Art Wolken- und Engelmotiv über den ganzen Oberarm tätowiert. Die Frau, die ihn streitlustig anfunkelt, kann unmöglich jemand anderes sein als seine Frau. Zwei Paar Augen richten sich auf Freddie, und sie hebt reflexmäßig die Hand und winkt ihnen vorsichtig zu. Wie um zu zeigen, dass es keine Absicht war, mitten in ihren Streit zu platzen. Aber die Frau feixt ihren Mann triumphierend an und beginnt, den Kinderwagen Richtung Ausgang zu schieben.

»Jetzt habe ich ja eine Freundin getroffen. Sie geht auch für ihr Leben gern spazieren, also machen wir uns jetzt auf den Weg. Bye-bye!«

Dann geht alles sehr schnell. So schnell, dass Freddie gar nicht begreift, wie ihr geschieht, ehe sie bereits hundert Meter den Trelleborgsvägen mit einer dunkelhaarigen Frau in hellrosa Trainingsjacke und passenden grau-rosa gemusterten, hautengen Sportleggings entlangspaziert ist. Sie rümpft unbewusst die Nase, als sie sieht, dass die Frau eine Wickeltasche von Michael Kors an ihrem Bugaboo-Donkey-Kinderwagen hängen hat.

»Ja, also, sorry noch mal, wenn ich mich aufgedrängt

habe, aber er muss zu Hause endlich mal mit seiner Arbeit weiterkommen. Und das *geht* einfach nicht, wenn Olivia und ich auch da sind. Er hat sich gerade als PT selbstständig gemacht und ist dabei, ein Trainingsbuch für Männer zu schreiben, die vorher noch nie trainiert haben. Jaja, ich weiß, was du denkst. ›Oh, wie originell. Nicht.‹ Und ich bin ganz deiner Meinung. Er ist eigentlich Physiotherapeut, hat aber nebenbei auch ein bisschen als Personal Trainer gejobbt. Und jetzt will er nur noch als PT arbeiten und dieses Buch schreiben, von dem er glaubt, dass es auf sämtlichen Bestsellerlisten landen und uns reich machen wird. Er hört nicht auf mich, wenn ich versuche, ihm zu erklären, dass kein Mensch mehr Bücher kauft und er den Fehler seines Lebens macht.«

Freddie bezweifelt, dass die Frau in ihrer rosa gemusterten Trainingsjacke und der passenden Tight das Wort Integrität auch nur buchstabieren kann. Andererseits: Wann hat sie zuletzt mit einem anderen Menschen als Frans, ihrer Mutter oder ihrer Schwiegermutter gesprochen? Wohl nicht mehr seit Astrids Geburtstag. Außer mit Seelenklempner-Stefan. Und der zählt nicht.

»Oh Mann, ich rede und rede. Wie heißt du eigentlich? Und wie heißt dein Kind?«, fährt die Frau fort.

»Äh, ich heiße Freddie, und das ist Aurelia.«

»Aurelia. Schöner Name. Anders irgendwie. Wir haben sie Olivia genannt, weil das ganz oben auf der Liste der beliebtesten Vornamen steht. Wenn der eigene Name das ganze Leben lang falsch ausgesprochen wird, will man das seinem Kind lieber ersparen.«

Verdammt. Auf die Idee war Freddie überhaupt nicht gekommen. Dass Aurelia es womöglich furchtbar finden würde, einen außergewöhnlichen Namen zu haben. Frans und sie hatten komplett entgegengesetzt zu dieser Frau gedacht.

»Und wie heißt du?«

»Ermina.«

»Amina?«

»Ich hab's ja gesagt, niemand in diesem Land versteht, wie ich heiße. Aber trotzdem cool, dich kennenzulernen. Hast du viele Mamafreundinnen hier?«

»Äh … nein.«

Freddie hört selbst, wie zurückhaltend sie klingt. Aber was soll sie sagen? *Nein, ich habe im Liegen gestillt, an die Decke gestarrt und geheult, seit mein Kind zur Welt gekommen ist. Und Posts für meinen Blog darüber produziert, wie fantastisch mein Leben ist.* Jetzt hat sie vielleicht die Chance, so eine Mamafreundin zu finden. Jemanden, mit dem sie spazieren gehen oder einfach nur ein bisschen darüber reden kann, wie schrecklich es ist, nachts nie, nie, niemals schlafen zu dürfen. Aber sie kommt nicht dazu, sich etwas Nettes einfallen zu lassen, was sie sagen könnte, ehe die dunkelhaarige Frau erneut den Mund öffnet: »Ich verstehe schon. Ist deine Mutter-Kind-Gruppe auch kacke?«

»Äh, ja.«

»Echt, du hättest die Idioten in meiner Gruppe hören sollen. Ich war heute Morgen zum ersten Mal da und werde nicht wieder hingehen. Die Leute haben nur damit angegeben, wie toll ihre Kinder schlafen. Man merkt doch, dass sie lügen. Du weißt es, oder? Dass kein Baby mehr als fünf Stunden am Stück schläft. Eine Nacht sind für ein Baby quasi fünf Stunden. Ich meine, ich kann natürlich nicht beschwören, dass es so ist, aber das sagt jedenfalls meine Kinderkrankenschwester.«

»Ach ja?«

»Ja. Also, wenn ich mehr als zwei Stunden am Stück schlafen kann, bin ich dankbar. Verdammt dankbar. Wir hatten zwei Jahre lang IVF, bevor ich schwanger wurde. Alles in allem haben wir es drei Jahre versucht. Also sollte ich wohl dankbarer sein, nehme ich an. Aber manchmal fehlt mir einfach die *Energie*, dankbar zu sein. Geht's dir auch so?«

*Dankbar*. Wie schreibt man das?

»Wie war es denn bei euch? Habt ihr es lange probiert?«, erkundigt sich Ermina, ehe Freddie antworten kann.

»Ich komme mir jetzt ein bisschen blöd vor, wenn du erzählst, dass ihr es so lange versucht habt. Bei uns ging es ziemlich schnell.«

»Na klar, das verstehe ich total. Ich hatte zwei Abtreibungen, als ich Anfang, Mitte zwanzig war, aber irgendwie müssen meine Eierstöcke mit meinem dreißigsten Geburtstag zusammengeschrumpft sein oder so, denn dann hat es verdammt lang gedauert. Aber Mann, ist das Wetter eklig geworden. Wollen wir nicht lieber zurückgehen und einen Kaffee trinken?«

# Kapitel 2

## SIGRID

Der Svandammspark liegt weitgehend verlassen da, als Sigrid den Kinderwagen im Zickzack um die Wasserpfützen auf dem schmalen asphaltierten Weg schiebt, der sich durch den Park schlängelt. Schnee, den ganzen Winter lang, war eines der Dinge gewesen, auf die sie sich mit dem Umzug nach Stockholm gefreut hatte – statt drei Grad plus und Regen an Heiligabend, wie es in Malmö für gewöhnlich der Fall war. Und Schnee haben sie gehabt. Sogar an Heiligabend. Aber in der letzten Woche ist das Wetter komplett umgeschlagen, und die dicke Schneedecke hat sich in eine graubraune Pampe verwandelt, die die Stadt nicht nur furchtbar hässlich macht, sondern Sigrid auch eine Heidenangst einjagt, weil die Straßen so glatt sind, dass sie ständig fürchtet, auszurutschen und mit Alfred im Kinderwagen hinzufallen. Das Planschbecken, in dem sie im Sommer Kinder hat spielen sehen, ist leer bis auf den getauten Schnee, der sich, gemischt mit dem Regenwasser, in kleinen Pfützen auf dem Betonboden sammelt. Oh, wie sie sich danach sehnt, dass das Becken im Sommer mit frischem, sauberem Wasser gefüllt wird und sie mit Alfred hineinwaten kann. Er liebt es, zu Hause in seiner kleinen Wanne zu baden, und wedelt jedes Mal freudig mit den

Armen, wenn sie ihn in das warme Wasser hebt. Sicher wird es ihn genauso begeistern, hier zu planschen.

Ihr Handy vibriert, und sie zieht es aus der Tasche, um sicherzugehen, dass es nicht Ludvig ist, der versucht, sie anzurufen. Aber es ist ihr Vater. Schon wieder. Kurz überlegt sie, ob sie rangehen soll. Aber wenn sie abnimmt, wird er nur fragen, wann er sein Enkelkind sehen kann, und sie wird gezwungen sein, ihn mit der vagen Antwort abzuspeisen, dass sie bald zu Besuch kommen. Obwohl sie weiß, dass Ludvig sich weigern wird. Also lässt sie das Handy vibrieren. Carro hat auch angerufen. Nicht, weil sie sonderlich große Lust hätte zu hören, was ihre Schwester zu sagen hat, sondern vielmehr, weil sie ständig ein enormes Bedürfnis verspürt, von Alfred zu erzählen, drückt sie auf den grünen Hörer, um zurückzurufen. Wenn es eins gibt, was Carro interessiert, dann, über Kinder zu reden. Über ihre eigenen Kinder, Sigrids Kind, die Kinder in der Kita, in der sie als sozialpädagogische Assistentin arbeitet, und über die Kinder ihrer ehemaligen Mitschüler, die noch in Bjuv wohnen. In Stockholm kommt sich Sigrid fast wie eine Teenagerin vor, wenn sie mit Alfred zu den Vorsorgeuntersuchungen geht, obwohl sie im April sechsundzwanzig wird. Als Carro sechsundzwanzig war, hatte sie bereits zwei Kinder, und jetzt ist das dritte unterwegs. »Stell dir vor, wie viel Spaß sie im Sommer zusammen haben werden, all die Cousinen und Cousins«, hatte sie gesagt, als Sigrid erzählte, dass sie schwanger war.

Nachdem ein paar Mal das Freizeichen ertönt ist, hört sie die vertraute Stimme ihrer Schwester.

»Hi!«

»Hallo. Tut mir leid, dass ich jetzt erst zurückrufe, ich war heute mit Alfred bei der Vorsorgeuntersuchung, und Ludvig ist seit Sonntag in Dalarna, deshalb habe ich versucht, zu Hause noch ein bisschen Ordnung zu machen, bevor er zurückkommt.«

»Oh, du Arme. So was ist immer superanstrengend. Ich hasse es, wenn Henke am Wochenende arbeitet und ich die ganze Zeit allein mit den Kindern bin.«

»Ich dachte, er arbeitet nicht mehr so viel am Wochenende, jetzt wo er Filialleiter geworden ist?«

»Haha, wann kaufen denn die Leute ihre neuen Lautsprecher und Fernseher? Am Wochenende. Aber es ist den Stress wert. Er bekommt jetzt ein echt fettes Gehalt. Viel besser als vorher bei der alten Firma.«

»Hm.«

Sigrid findet es etwas bizarr, dass Henke, der ungefähr den IQ eines Käseflips besitzt, mit dem Verhökern von Fernsehern mehr verdient als sie mit ihrer Tätigkeit als Lehrerin.

»Kommt ihr eigentlich bald mal wieder her? Papa fragt die ganze Zeit, wie es dir und Alfred geht«, fährt Carro fort.

»Das müssen wir mal sehen.«

Sie hört ihre Schwester am anderen Ende der Leitung schnauben.

»Oder besucht ihr wie immer nur Ludvigs Familie?«

»Du weißt genau, dass ich nicht so denke, aber ...«

»Mir ist jedenfalls unbegreiflich, wie du dich Papa gegenüber so verhalten kannst. Nach allem, was er für uns getan hat, und nachdem er Mama verloren hat. Wir sind die einzigen, die er noch hat, und du behandelst ihn bestenfalls wie einen entfernten Cousin.«

»Er ist ein Rassist, Carro.«

»Das ist doch Quatsch. Henke denkt genau wie er, und ich auch.«

»Ja, ich weiß.«

Sigrid presst die Kiefer so fest aufeinander, dass ihr die Zähne wehtun. Sie erträgt diese Diskussion jetzt nicht. Nicht schon wieder. Sie vermisst ihren Vater zu sehr. Den Vater, der sich auf ihren Fußballspielen heiser schrie und bei den Campingurlauben im Sommer spontane Kubbturniere mit ihren Nachbarn organisierte. Der sich nicht groß dafür interessierte, was in der Welt geschah, solange seine Frau und seine Mädchen glücklich und zufrieden waren. Aber diesen Vater gibt es nicht mehr. Zuerst hatte Sigrid gedacht, dass es vorübergehen würde, dass er nur eine Phase durchmachte, nachdem ihre Mutter vor sechs Jahren gestorben war. Dass er eine Weile enttäuscht vom Gesundheitssystem sein würde, um anschließend wieder dazu überzugehen, den Verlust seiner Frau zu betrauern. Aber dann war die Fabrik geschlossen worden. Er hatte seinen Job verloren. Und bei den Wahlen im selben Jahr hatte er für die rechtspopulistischen Schwedendemokraten gestimmt. Kian hatte mit den Achseln gezuckt und gemeint, dass die meisten heutzutage wohl einen Vater, Onkel oder Cousin hätten, der das tue. Dass Sigrid sich nicht deswegen schämen sollte. Ludvig aber war an die Decke gegangen. Sie waren bereits mehrere Monate zusammen, bevor sie es ihm erzählte, und als sie ihn bat, beim ersten Treffen mit ihrem Vater keine große Sache daraus zu machen, hätte Ludvig fast mit ihr Schluss gemacht. Tatsächlich hatte das Kennenlernen der beiden – als Sigrids Vater ihr beim Umzug in Ludvigs Wohnung in Malmö half – damit geendet, dass Ludvig aufstand, die Wohnung verließ und erst Stunden später zurückkam. Ludvig und ihr Vater können ganz einfach nicht im selben Raum sein. Keiner der beiden hält damit hinter dem Berg, was er über die Meinung des anderen denkt. Trotzdem hatte sie vor jedem Treffen versucht, vorher mit beiden zu reden, um die Gespräche von allem, nur nicht von Politik handeln zu lassen. Doch der letzte Besuch ging so aus, dass Sigrid, schwanger im siebten Monat, Ludvig zum Auto zerren und bei strömendem Regen die zwei Stunden zu seinen Eltern in Simrishamn fahren musste, weil Ludvig, Henke und ihr Vater sich so sehr angeschrien hatten, dass sie es nicht aushielt. Sigrid schaudert bei der Erinnerung, und obwohl sie sorgfältig vorbereitete Argumente in petto hat, um das, was Carro gerade gesagt hat, zu entkräften, beißt sie sich auf die Zunge. Sie packt das jetzt nicht. Kann diese Diskussion nicht jedes Mal wieder führen.

»Du«, sagt sie zu ihrer Schwester, um das Thema zu wechseln. »Was ganz anderes. Das mit dem Stillen. Ich pumpe ab wie bescheuert, aber es kommen nie mehr als ein paar Zentiliter. Sobald ich denke, dass der Vorrat langsam voll werden müsste, ist schon wieder Schluss.

Und Alfred liegt immer noch unter der Gewichtskurve, deshalb meinen sie von der Beratung, dass ich noch eine Weile mit Ersatzmilch weitermachen muss.«

»Ach was, wenn es ums Stillen geht, haben die keine Ahnung, was das Beste ist. Vor hundert Jahren gab es nicht mal Ersatzmilch, und die Kinder haben trotzdem überlebt.«

Sigrid widersteht dem Drang, Carro zu erklären, dass die Kinder vor hundert Jahren keineswegs im selben Maß überlebten und Unterernährung eine der Ursachen dafür war. Wann wurde jedes Gespräch mit ihrer Schwester ein Kampf? War es schon so, als sie noch klein waren? Sie weiß es nicht mehr. Möchte sich kaum daran erinnern, wie es war, als ihre Mutter noch lebte.

»Hm. Aber du, jetzt wacht Alfred auf. Wir hören uns bald wieder!«

»Machen wir. Und vergiss dieses Gerede von wegen, dass Papa rassistisch ist, und komm uns besuchen. Liam und Lilo wollen unbedingt ihren Cousin treffen. Küsschen!«

Sigrid steht mit dem Telefon in der Hand auf der Straße. Mit einem frustrierten Seufzer steckt sie es in die Jackentasche und schaut sich um. Was soll sie mit dem restlichen Tag anfangen? Drüben an der U-Bahn-Station Telefonplan leuchtet einladend das Schild einer Imbissbude. Sie weiß, dass sie nicht sollte, dennoch steuert sie darauf zu. Während der Schwangerschaft gingen ihre Eisenwerte derart in den Keller, dass der Arzt ihr empfahl, zusätzlich zu den Eisentabletten ein paar Mal die

Woche Fleisch zu essen. Ludvig und sie hatten vereinbart, dass sie es während der Mittagspause tun sollte, damit sie kein Fleisch zu Hause im Kühlschrank aufbewahren mussten. Das hatte auch sehr gut funktioniert, bis Sigrid merkte, wie sehr sie es vermisst hatte. Als sie das Ludvig gegenüber erwähnte, hatte er gelacht, ihr einen Kuss auf die Nasenspitze gegeben und gesagt, dass es normal sei, während der Schwangerschaft merkwürdige Gelüste zu haben. Die Sache ist nur, dass es irgendwie nicht vorübergeht. Sie beschließt, eine Runde durchs Viertel zu drehen, um zu sehen, ob sich der Heißhunger legt. Wenn nicht, wird sie zur Bude gehen und sich einen Hotdog holen. Eigentlich hat sie es verdient, nachdem sie sich im Gespräch mit Carro so zurückgehalten hat.

## ERMINA

Ermina starrt auf die süße, dunkel gelockte Frau, die ihr gegenüber sitzt, und fragt sich, ob der Vorschlag, einen Kaffee trinken zu gehen, wirklich eine gute Idee war. Deren Handy vibriert praktisch ununterbrochen. Obwohl Freddie offenbar haufenweise Freunde hat – sonst würden ihr die Leute wohl kaum so viel schreiben –, scheint sie eine recht langweilige Person zu sein. Sagt nicht viel, und brummt meist nur zur Antwort, wenn Ermina etwas fragt. Außerdem ist ihr Baby ziemlich hässlich, was extrem merkwürdig ist, weil Freddie extrem hübsch ist. Ihre schokobraunen Locken sind zu einem lockeren Dutt gebunden. Ein paar Locken sind entwischt und rahmen ihr herzförmiges Gesicht auf eine Weise ein, die Ermina höchstens nach stundenlangem Kampf mit den Heizlockenwicklern hinbekommt, und obwohl sie vollkommen ungeschminkt aussieht, sind ihre Wimpern so unfassbar lang, wie es Erminas nur werden, wenn sie sich eine richtig gute und teure Wimpernverlängerung leistet. Sie schaut zu Olivia hinunter, die endlich in ihrem Arm eingeschlafen ist. Ein Glück, dass Alen und sie ein so süßes Baby hinbekommen haben. Aber das kann man natürlich nicht laut sagen, daher verdreht sie stattdessen die Augen und sagt mit einem schiefen Grinsen: »Wenn sie schlafen, sind sie jedenfalls lieb.«

Und zum ersten Mal, seit sie sich hingesetzt haben, zuckt diese Freddie tatsächlich mit dem Mundwinkel, bevor sie antwortet: »Wenn sie nur jemals schlafen würden.« Sie weist mit dem Kinn hinunter auf Aurelia, die eine kleine Marathontrinkerin zu sein scheint.

Ermina fragt sich, ob sie beim Stillen etwas falsch macht, denn Olivia will nie so lange an der Brust liegen, wie Freddies Kind es anscheinend tut. Seit sie sich an den Tisch gesetzt haben, klebt Aurelia förmlich an Freddies Brust.

Es war nicht ganz einfach gewesen, die Kinderwagen in das kleine Café im Erdgeschoss von Erminas Haus zu quetschen. Außerdem hatte sie ihren Vorschlag bereut, kaum dass sie durch die Tür traten. Wie soll sie es schaffen, hier zwischen all den verfluchten *Semlor*, Schokoladentörtchen und Zimtschnecken standhaft zu bleiben?

Die Schwangerschaftskilos sitzen wie eine festgezurrte Rettungsweste um ihren Körper. Sie fühlt sich richtig klaustrophobisch und will einfach nur tief einatmen, den Bauch mit aller Kraft herausdrücken und die Fettschicht, die sich wie ein hartes Schaumgummipolster um Bauch, Oberarme und Schenkel gelegt hat, aufsprengen. Aber Freddie hatte überraschend entschieden geklungen, als sie sagte, dass sie genau hierherkommen wollte, und da Ermina *wirklich* eine Mamafreundin braucht, hatte sie nicht zu protestieren gewagt. Sie hatten kaum ihre Bestellung erhalten, als Freddie das Handy aus der Tasche zog und zu fotografieren begann: ihre riesige Tasse heiße Schokolade mit Schlagsahne, eine schmale Glasvase mit einem vertrockneten Lavendelzweig und ein paar Grashalmen darin sowie eine alte Uhr, die auf einem Regal an der Wand steht. Ermina läuft das Wasser im Mund zusammen, als sie sich vorstellt, die Sahne aus Freddies heißer Schokolade zu schlecken, doch stattdessen nimmt sie noch einen Bissen von ihrem Raw-Food-Bällchen. Ihr Blick schweift zum Fenster. Direkt vor der Eingangstür steht eine ihr vage bekannte junge Frau und schiebt mit einer Hand einen Kinderwagen vor und zurück. In der anderen hält sie einen Hotdog, von dem sie mit großen Bissen abbeißt. Oh Gott. Ein Hotdog. Ermina würde alles geben, um auf diese Weise einen Hotdog in sich hineinstopfen zu können. Sie erträgt es nicht, das gierige Kauen mit anzusehen, also wendet sie sich wieder Freddie zu: »Wo genau wohnt ihr, hast du gesagt?«

Aber bevor Freddie antworten kann, lässt sie ein kalter,

feuchter Windstoß von der Eingangstür zusammenzucken. Die Frau, die gerade noch draußen stand und den Hotdog verdrückt hat, hat den Regen anscheinend auch satt. Und als sie die Kapuze abnimmt, fällt Ermina ein, wo sie sie schon mal gesehen hat. Heute Morgen nach dem Treffen der Mutter-Kind-Gruppe, im Wartezimmer der BVC, natürlich. Die Frau geht zum Tresen und wendet sich an den Mann hinter der Kasse.

»Ich wollte fragen, ob ich vielleicht kurz die Toilette zum Wickeln benutzen dürfte, mein Baby …«

»Tut mir leid, aber das hier ist keine öffentliche Toilette, sondern ein Café. Glauben Sie, ich stehe hier den ganzen Tag, weil es so lustig ist? Oder damit die Leute kommen und ihren Kindern die Windeln wechseln können, wann immer es ihnen passt? Das ist nicht der Fall, gute Frau.«

Ermina sieht, wie die junge Mutter den Mund aufmacht und ihn wieder schließt. Ihre Augen sind blank. Dann sieht sie Freddie wie in Slow Motion aufstehen, ihr Kind im Arm und mit einem bedrohlicheren Gesichtsausdruck als dem von Simba, als Scar zischt, dass er Mufasa getötet hat.

## FREDDIE

Freddie weiß nicht, was in ihr vorgeht. Vielleicht hat sie vorhin bei Seelenklempner-Stefan irgendeinen Deckel hochgehoben. Irgendetwas ist es jedenfalls, denn sie hat das Gefühl, als ob all die Angst, die Wut und die Frustration, die sie in den letzten Monaten in sich eingesperrt hat, auf einmal überkochen und förmlich aus ihr herausexplodieren. Sie steht auf, marschiert mit Aurelia im Arm zum Tresen und funkelt den Mann dahinter wütend an.

»Was zur Hölle ist Ihr Problem? Hm? Glauben Sie, es macht *Spaß*, mit einem vollgekackten Baby durch den Regen zu latschen? Haben Sie überhaupt schon mal *versucht*, eine Windel zu wechseln?«

Der Mann, der im ersten Moment erschrocken ausgesehen hat, grinst sie überlegen an, kommt jedoch nicht dazu, etwas zu erwidern, bevor sie die wenigen Schritte zurück zum Tisch geht, ihr Handy schnappt, mit einem Klick ihr Instagram-Konto aufruft und ihm das Handy so nah vors Gesicht hält, dass seine Nasenspitze das Display berührt.

»Sehen Sie diese Zahl hier? Das sind meine Follower. *Alle* sind potenzielle Kunden. Wollen Sie vielleicht, dass ich einen netten, kleinen Beitrag verfasse, in dem ich berichte, wie Sie sich gerade verhalten haben? Oder schreibe, dass Ihre Schokobällchen voller Kacke sind und der Kaffee schmeckt, als würde man die Kloschüssel ablecken? Nein? Hab ich mir gedacht.«

Dann packt sie Aurelia in den Fußsack für den Kinderwagen, zieht ihr die Mütze an, stößt die Tür auf und verlässt das Café. Die blonde Frau eilt ihr hinterher, und durchs Fenster sieht Freddie, wie diese Ermina ihrem Baby schnell den Overall anzieht, es in den Wagen legt und ebenfalls hinaushastet.

Als die Tür hinter ihr zufällt, treffen sich ihre Blicke, und sie fangen alle drei an zu lachen. Sie *lacht.* Sie, die früher immer gelacht hat, kann sich nicht einmal mehr erinnern, wann es das letzte Mal passiert ist.

»Was für 'ne Nummer!«, prustet Ermina, und es ist schwer zu erkennen, ob es Lachtränen oder Regentropfen sind, die an ihrer Nase hinablaufen.

»Ich hätte ja auch einfach einen Kaffee kaufen können«, kichert die blonde Frau und wischt sich eine nasse Haarsträhne aus der Stirn, bevor sie ihr die Hand hinhält. »Ich bin jedenfalls Sigrid.«

»Freddie. Und das ist Ermina.«

»Ich wohne hier im Haus, gleich um die Ecke«, sagt Ermina, während sie Sigrid die Hand gibt. »Du kannst dein Kind bei mir wickeln. Ich weiß ja nicht, wo du wohnst, aber ich hätte keine Lust, bei diesem Scheißwetter auch nur einen Meter zu viel zu gehen.«

»Das ist echt nett, aber ...«

»Ach, wenn man bedenkt, wie viele fremde Kerle man früher so mit nach Hause geschleppt hat, kann es ja wohl kaum schlimmer sein, zwei unschuldige Mütter und ihre Babys mitzunehmen.«

»Also, wenn es wirklich kein Problem ist? Dort traut man sich jetzt wohl erst mal nicht mehr hinein«, sagt Sigrid mit einer Kopfbewegung in Richtung des Cafés und lächelt vorsichtig.

Freddie zwingt sich, das Lächeln zu erwidern, und geht schnell im Kopf durch, was sie heute gegessen hat: Dickmilch zum Frühstück, ein wenig Suppe zum Mittagessen und dazwischen ein paar Tassen Kaffee, um überhaupt aufstehen zu können. Auch wenn es bei Weitem nicht mehr so weh tut, ihr »Geschäft« zu erledigen, wie im ersten Monat nach der Entbindung, macht ihr der Gedanke, es irgendwo anders tun zu müssen als zu Hause, immer noch Angst. Außerdem ist sie nach der Sitzung bei Seelenklempner-Stefan und ihrem Wutausbruch im Café vollkommen erschöpft. Sie will eigentlich nur nach Hause, Aurelia in ihrem Korbbettchen abladen, und sich mit Ohropax in den Ohren unter der Bettdecke verkriechen. Aber es käme *zu* komisch, wenn sie jetzt einfach verschwinden würde. Also stellt sie sich stattdessen neben Sigrid und schaut in ihren Kinderwagen.

»Wie süß er ist«, sagt sie und lächelt verkrampft.

Ermina zieht ihr Handy aus der Jackentasche und wählt schnell eine Nummer.

»*Cao!* Du musst 'ne Runde rausgehen. Ich komme mit ein paar Mädels hoch, jetzt gleich. *Cmoookic*!«

Sie wendet sich Sigrid zu und schaut neugierig in ihren Wagen.

»Wie heißt dein Kind eigentlich?«

»Alfred. Und wie heißen eure?«

»Olivia.«

»Und das ist Aurelia«, sagt Freddie und deutet in ihren eigenen Wagen.

»Ich weiß. Ich meine, ich folge dir, seit du schwanger wurdest. Alfred und Aurelia müssten genau gleich alt sein.«

»Ach, wirklich? Wann ist er geboren?«

»Am vierzehnten Dezember. Und Aurelia?«

»Einen Tag vorher, am Luciafest«, antwortet Freddie.

»Ein Luciababy, ich glaube, das kann ich mir merken. Wie du deine Entbindung geschildert hast, war so schön. Ich habe es mir angehört, als du in diesem Podcast dabei warst, *Das Wasser geht ab.* Mein ET lag ein paar Wochen nach deinem, aber dann kam Alfred zu früh, und ich hab's nicht geschafft, mich so gut vorzubereiten wie du. Aber du hast mich auf jeden Fall total inspiriert mit dem, was du darüber gesagt hast, den Schmerz zu kanalisieren und während der Presswehen einen Sonnenaufgang zu visualisieren. Und wie du dieses Gefühl beschrieben hast, dass du und Fra… äh, dein Mann, ein Team wart …«

Freddie schluckt. Als sie sich auf das Interview einließ, hatte sie nicht daran gedacht, dass sie Leute treffen könnte, die mit ihr über ihre Entbindung sprechen wollen. Und auch wenn sie ehrlich hätte sein sollen, waren die Lügen nur so aus ihr herausgeflossen.

In der Tür treffen sie auf Erminas Mann, der sie kurz grüßt, ehe er verschwindet.

»Er hatte hoffentlich nicht das Gefühl, wir hätten ihn rausgeworfen?«, fragt Sigrid vorsichtig.

»Oh doch, ganz sicher. Aber er wäre um zwei sowieso ins Fitnessstudio gegangen, da kann er genauso gut eine Stunde früher gehen, finde ich.«

Ermina schiebt den Kinderwagen in die hintere Ecke des geräumigen Flurs und klappt den Griff ein, sodass Freddies und Sigrids Wagen ebenfalls Platz finden. Welch ein riesiger Unterschied zu ihrem eigenen kleinen Flur.

So schön ihre italienischen Tapeten auch sind, könnten sie niemals drei Kinderwagen darin unterbringen.

»So, das ist unsere Wohnung.«

Freddie kribbelt es in den Fingern, als sie das Wohnzimmer betritt. Sie will alles runterreißen und umgestalten. Es sieht aus, als hätte jemand im Warenhaus sämtliche Textilien von Missoni in sich hineingestopft, um hier dann alles in einem einzigen Schwall zu erbrechen. Auf dem Sofa liegen Kissen mit Zickzackmuster, davor steht eine Art gestreifter Fußschemel, und wirklich überall sind Plaids in grellen Farben drapiert. Auf dem Küchentisch stehen zwei große Vasen von Klong mit Pfingstrosen, und im Fenster hängen zwei Gloria-Kerzenhalter derselben Designermarke.

»Wie hübsch ihr es habt«, sagt Sigrid höflich. »Habt ihr schon ein Zimmer für Olivia eingerichtet?«

»Am Ende der Schwangerschaft war ich komplett im Einrichtungswahn, also habe ich quasi den gesamten letzten Monat vor der Geburt damit zugebracht, Sachen im Internet zu bestellen und das Zimmer zu streichen. Hier ist es.«

Ermina öffnet eine Tür mit rosa schnörkeligen Holzbuchstaben daran. In der Mitte des Raumes steht ein gigantisches Stoffschloss. Vor dem Schloss steht ein Kuscheltiereinhorn, das groß genug ist, dass ein Zehnjähriger problemlos darauf sitzen könnte, und in der Ecke steht eines dieser schweineteuren Sebra-Gitterbetten, die sie versucht hatte, für Aurelia gesponsert zu bekommen – ohne Erfolg. Natürlich ist es ebenfalls rosa.

Das Ganze ist absolut nicht Freddies Stil. Aber vor fünfundzwanzig Jahren hätte sie es geliebt. Als sie fünf war.

»Alen, mein Mann, findet es viel zu rosa, aber ich habe ihm gesagt, dass er keine Ahnung hat. Und hier ist unser Schlafzimmer«, fährt Ermina fort und öffnet eine weitere Tür.

Freddie starrt auf Erminas Hände, als sie die Tür aufdrückt. *Wie* kann sie so perfekt weinrote Shellack-Nägel haben, wenn sie ein Baby zu Hause hat? Sie folgt den beiden anderen ins Schlafzimmer. Obwohl Freddie seit mehreren Monaten nicht mehr an Sex gedacht hat, ist das erste Bild, was ihr in den Kopf kommt, als sie das Zimmer betritt, Ermina und ihr Mann in merkwürdigen akrobatischen Stellungen. An der Wand gegenüber dem Bett hängt ein riesiger Spiegel. Warum sonst sollte man einen Spiegel aufhängen, wenn nicht, um sich selbst dabei sehen zu können, wie man haufenweise Akrobatensex hat? Und zur Krönung des Ganzen hängt eine Vergrößerung ihres Hochzeitsfotos über dem Bett. Ermina macht ein etwas verlegenes Gesicht, als hätte sie Freddies Gedanken erraten.

»Ich weiß, das Foto ist vielleicht ein bisschen groß. Aber es ist trotzdem schön, finde ich. So wird man quasi ständig daran erinnert, dass man geheiratet hat, versteht ihr, was ich meine?«

»Wir haben unser Hochzeitsfoto auch aufgehängt«, antwortet Freddie, um etwas Nettes zu sagen.

»Ich habe ein paar Bilder von eurer Hochzeit in deinem Blog gesehen«, sagt Sigrid schüchtern. »Du sahst sehr hübsch aus.«

Freddie findet, dass sie lieb wirkt. Etwas vorsichtig, aber lieb.

»Seid ihr verheiratet?«

»Nein. Ich glaube, das ist nicht so unser Ding. Und falls doch, würden wir wahrscheinlich nur im ganz kleinen Kreis feiern, und dann wären bestimmt viele beleidigt.«

»Kein Scherz, wir waren zweihundertfünfzig Leute, und die halbe Verwandtschaft redet immer noch nicht mit uns, weil sie nicht eingeladen wurden«, lacht Ermina.

»Wow. Wir hatten vielleicht hundert Gäste, und das waren eigentlich nur Freunde. Also, unsere Eltern und Frans' Geschwister waren natürlich auch da. Aber sonst waren es hauptsächlich unsere Freunde.«

»War deine Verwandtschaft nicht stinksauer?«

»Äh, doch ... Mein Vater ist Italiener, und Frans ist Jude. Mein Vater hat es recht locker genommen, dass wir nicht halb Italien eingeladen haben, aber Frans' Mutter ist völlig ausgeflippt, weil nicht all ihre Tanten und Vetter und Cousinen in Amerika und Polen und Israel auf der Gästeliste standen. Es war die reinste Hollywood-Komödie. Aber jetzt können wir darüber lachen, nachdem alles vorbei ist.«

»Da hörst du es, Sigrid«, ruft Ermina. »Man braucht sich nicht darum zu kümmern, ob die Leute sauer werden. Ich finde jedenfalls, ihr solltet heiraten. Es ist so schön! Meine Eltern haben praktisch seit meiner Geburt für meine Hochzeit gespart, aber wir mussten trotzdem eine Hypothek auf unsere Wohnung aufnehmen, um alle einladen zu können. Außerdem habe ich mich ein halbes

Jahr lang halb totgearbeitet, damit wir uns leisten konnten, alles genau so zu machen, wir wie es wollten.«

Freddie bemerkt, wie Sigrid sich windet, das Thema ist ihr offensichtlich unangenehm, daher richtet sie den Blick auf die Küche.

»Ich glaube, ich mixe uns dreien mal eine Açai-Bowl«, hört sie Ermina hinter sich sagen. »Mögt ihr das?«

Freddie versucht, ein Würgen zu unterdrücken. Für sie sind Zwischenmahlzeiten gleichbedeutend mit Kohlenhydraten, Butter und Zucker. Andererseits besteht eine Açai-Bowl ja eigentlich nur aus zusammengemixten Früchten. Und Früchte sind *gesunde* Zwischenmahlzeiten. Außerdem könnte ein guter Beitrag für Instagram daraus werden. Während Ermina zwei Bananen und eine Packung gefrorene Himbeeren in den Mixer wirft und dann etwas hineinstreut, von dem Freddie annimmt, dass es das Açaipulver ist, formt sich eine Idee in ihrem Kopf. Als Ermina dann frische Himbeeren und Blaubeeren aus dem Kühlschrank nimmt sowie Samen und Nüsse auf mehrere kleine Tellerchen verteilt, um zum Schluss drei ziemlich süße Müslischalen aus einem der Küchenschränke zu holen, sieht sie den gesamten Blogbeitrag vor sich.

»Das sieht ja toll aus. Ich habe ehrlich gesagt noch nie eine Açai-Bowl gegessen«, sagt Sigrid.

»Dann musst du sie jetzt probieren. Es ist echt das Leckerste überhaupt.«

»Sieht super aus«, hört Freddie sich sagen, bevor sie schnell in den Flur läuft, um ihr Handy zu holen. Auf dem

Weg fällt ihr Blick zur Decke, auf der die Babys liegen und strampeln. Aurelia liegt auf dem Rücken und nuckelt wie gewöhnlich an ihren Händen. Nicht dieses Bild, sondern das, was neben Aurelia passiert, lässt Freddie das Blut in den Adern gefrieren. Alfred liegt auf dem Bauch und schaut sich im Zimmer um. Freddie könnte schwören, dass Sigrid ihn auf den Rücken gelegt hat, bevor sie sich an den Tisch gesetzt haben. Aurelia hat kaum Lust, auf dem Bauch zu liegen, wenn Frans mit ihr herumalbert, Prustlaute mit dem Mund macht und mit bunten Spielsachen vor ihr herumwedelt.

»Wie … wie lange kann Alfred sich schon so umdrehen?«

»Seit zwei Wochen vielleicht. Er war anscheinend ziemlich früh. Aber das liegt bestimmt hauptsächlich daran, dass es Ludvig, meinem Lebenspartner, so schwerfällt, einfach mal mit ihm zusammen zu entspannen. Dauernd muss er mit Alfred *üben*, dass er sich auf den Bauch dreht und all so was.«

»Hat Olivia sich schon umgedreht?«, fragt Freddie und versucht, die Verzweiflung in ihrer Stimme zu verbergen.

Ermina zuckt mit den Achseln und schiebt sich einen kleinen Löffel Püree aus der Açai-Bowl in den Mund.

»Nein. Nicht dass ich wüsste, jedenfalls.«

Obwohl Sigrid gesagt hat, dass Alfred früh dran war mit dem Umdrehen, krampft sich Freddies Magen zusammen. Was, wenn es ihre Schuld ist, dass Aurelia sich nicht entwickelt? Vielleicht hätte sie mit dem Umdrehen auch früh dran sein können, hätte Freddie mehr Zeit darauf verwendet, mit ihr zu üben, statt nur im Bett zu liegen, an die Decke zu starren und die ganze Verantwortung Frans zu überlassen? Auf der anderen Seite hat Sigrid ja gesagt, dass ihr Partner derjenige war, der mit Alfred geübt hat. Warum hat Frans das nicht auch mit Aurelia getan? Ist es irgendwie ein Papading, so was mit dem Kind zu üben? Meine Güte. Mit jedem Tag, der vergeht, hat sie das Gefühl, diese Sache mit dem Elternsein weniger und weniger im Griff zu haben. Sie holt jedenfalls ihr Handy aus der Jackentasche, und zum Glück hat Ermina zumindest einen recht hübschen Küchentisch. Bevor sie es sich anders überlegt, postet sie schnell das Bild auf Instagram und schreibt: *Heute Abend kommt ein Beitrag mit 5 Tipps für praktische (und leckere!) Zwischenmahlzeiten. Stay tuned!* Sie hat keine Ahnung, was die übrigen vier Zwischenmahlzeiten sind, und schon gar nicht, woher sie die Energie nehmen soll, den Beitrag zu verfassen. Aber jetzt hat sie es ihren Followern versprochen, also muss sie ihn abliefern. Auch wenn sie persönlich diesen ganzen Gesundheitstrend ätzend findet, ist sie sicher, dass es eine Like-Rakete werden wird.

Eine Stunde später ist Freddie so erschöpft, dass sie das Gefühl hat zu schielen. Obwohl das heutige Tagesprogramm ein Bruchteil dessen ist, was sie vor Aurelias Geburt alles gemacht hat, hat sie das Gefühl, hundert Jahre schlafen zu können. Ermina hat davon gequasselt, wie man sein Kind dazu bringt, im eigenen Bettchen zu schlafen, und Sigrid hat so lange von Stoffwindeln, Tragetüchern und giftfreien Beißringen geredet, dass Freddie meinte, jeden Moment einzuschlafen. Dennoch ist sie erleichtert, als Sigrid ihr in den Flur folgt, nachdem sie gemurmelt hat, dass sie jetzt mal nach Hause müsse.

»Ich glaube, dein Handy klingelt«, sagt Freddie, als sie aus dem Haus auf den Svandammsvägen treten, und zeigt auf Sigrids Tasche.

»Das ist sicher mein Lebenspartner.«

Freddie checkt derweil ihr eigenes Handy und atmet erleichtert auf, als sie sieht, wie viele Likes sie bereits für die Bilder von der Açai-Bowl bekommen hat. Bleiben nur noch diese dämlichen Zwischenmahlzeitstipps, dann kann sie sich ins Bett legen und wieder die Augen zumachen. Neben sich hört sie Sigrids Stimme.

»Hi, Schatz! Tut mir leid, dass ich nicht rangegangen bin, ich war bei einer Freundin, die auch ein kleines Kind hat.«

Sie schweigt eine Weile. Scheint ihm zuzuhören. Dann legt sie auf und bleibt stehen.

»Er war gerade auf dem Weg aus der U-Bahn, also bleibe ich hier und ... Oder warte, da ist er!«

Der Mann, der ihnen entgegenkommt, sieht erheblich älter als Sigrid aus. Er muss in Freddies Alter sein. Vielleicht fünfunddreißig, aber nicht älter. Sie weiß kaum, wo sie hinschauen soll, als er ihr die Hand reicht. Klar, diese Sigrid ist süß. Aber sie wirkt so furchtbar jung und unsicher mit ihren abgekauten Fingernägeln. Sie hatte definitiv nicht erwartet, dass ihr Freund so ... *heiß* sein würde. Süße Jungs, hübsche Kerle und heiße Männer haben sie immer schon nervös gemacht. Sie braucht nur an all die Male zu denken, als ihre Mitschüler sich die Nase zuhielten, wenn sie an ihr vorbeigingen, sie auf die Wange statt auf den Mund küssten, wenn die gedrehte Flasche auf sie zeigte, und bei Wahrheit oder Pflicht immer »Wahrheit, Wahrheit« schrien. Das hat seine Spuren hinterlassen. Aber seit sie erwachsen ist, hat sie gelernt, ihre Nervosität zu verbergen. So geschickt, dass sogar Frans überrascht war, als sie auf ihrer Hochzeitsrede erzählte, wie sie bei ihrem ersten Date so nervös war, dass sie, bevor er kam, auf die Toilette der Weinbar rennen und sich ins Waschbecken übergeben musste. Vermutlich sollte sie Sigrids Freund nicht auf diese Weise anschauen. Aber seine Augen sind so blau, die Lachgrübchen so tief, und sein dunkles Haar so widerspenstig und schwungvoll, wie sie sich immer den verwegenen Romanhelden aus diesem Jugendbuch vorgestellt hat, das sie mal in der Schule gelesen hat. *Denk an deine Auftritte im Fernsehen*, sagt sie sich selbst und bemüht sich, ihr strahlendstes Kameralächeln aufzusetzen.

»Freut mich«, sagt Ludvig, als er Freddie die Hand schüttelt. »Woher kennt ihr euch?«

Er sieht aufrichtig neugierig aus, und sein Zeigefinger ist bereits in den Kinderwagen gewandert, wo er sich in Alfreds Hand geschoben hat. So was von süß. Außerdem scheint es ihn nicht im Geringsten zu kümmern, dass er direkt aus der U-Bahn kommt, im Gegensatz zu Frans, der eine Flasche Desinfektionsspray auf die Kommode im Flur gestellt hat, mit der er sich schon fast manisch die Hände desinfiziert, sobald er zur Tür hereinkommt.

Sigrid fängt an zu lachen und schüttelt den Kopf.

»Ich bin in das Café da gegangen, um Alfred die Windel zu wechseln. Aber ich durfte nicht, weil ich nichts gekauft hatte, und da kam Freddie plötzlich von ihrem Platz angestürmt und hat diesen Idioten, der hinter dem Tresen stand, zur Schnecke gemacht.«

Sie strahlt Freddie an, und auch Ludvig nickt ihr anerkennend zu.

»Sehr gut!«

Freddie ringt sich ein Lächeln ab und ist tatsächlich ein bisschen stolz auf sich selbst. Zum ersten Mal seit langer Zeit hat sie offenbar etwas gut gemacht. Wäre Frans dabei gewesen, hätte er ihren Auftritt vermutlich peinlich hoch zehn gefunden.

»Ja, also es ist ja wohl total beschränkt, dich nicht die Toilette benutzen zu lassen.«

»Das war echt toll von dir!«

Ludvig lächelt sie warm an, während er Sigrid den Arm um die Schulter legt und ihr einen Kuss auf die Stirn gibt. Sie sieht so klein aus, wie sie da in seinem Arm steht. Und lächelt so wahnsinnig glücklich. Freddie wünschte, auch sie könnte sich mit Frans hin und wieder so klein fühlen. Aber sie weiß genau, weshalb Frans sich in sie verliebt hat: Er war *imponiert.* Von ihrem Aussehen, ihrem Drive, all dem, was sie sich aufgebaut hat, während sie noch in Vollzeit bei der PR-Agentur arbeitete.

Obwohl sie Sigrid und ihren Partner eigentlich gern bis zum Svandammspark begleitet hätte, entschuldigt sie sich und sagt, dass sie noch einkaufen muss. Im Supermarkt schiebt sie planlos den Kinderwagen durch die Gänge. Kauft drei Äpfel und eine Packung Eier. Sie konnte es einfach nicht ertragen, ein so glückliches Paar zu sehen, während ihr eigenes Leben ein einziges Elend ist.

# Kapitel 3

## SIGRID

Erst seitdem Alfred geboren wurde, versteht Sigrid, weshalb bei alten Leuten ständig der Fernseher läuft. Der Klang der Stimmen lässt einen sich nicht ganz so furchtbar einsam fühlen. Neben ihr auf dem Sofa schläft Alfred in seinem Babynest. Eigentlich sollte sie ihn ins Bett legen, aber sie hält es nicht aus, wenn sie nicht sehen kann, wie sich sein Brustkorb hebt und senkt, damit sie weiß, dass er noch atmet.

Eine Benachrichtigung erhellt das Display ihres Handys, und sie muss lächeln, als sie sieht, dass Ludvig sie in einem Beitrag auf Instagram markiert hat. Eine einsame Reisetasche auf dem Gepäckband am Flughafen in Arlanda und dazu der Text: *Endlich auf dem Weg nach Hause zur besten Familie der Welt!*

Oh, wie sie sich nach ihm sehnt. Wenn er relativ direkt, nachdem er den Beitrag auf Instagram gepostet hat, von Arlanda losgefahren ist, sollte er in etwa fünfzig Minuten zu Hause sein. In gewisser Weise hat sie Grund, eifersüchtig auf Carro zu sein, die mit ihren bald drei Kindern und Henke, mit dem sie seit der Oberstufe zusammen ist, in ihrem neugebauten Reihenhaus sitzt. Sie trifft immer noch dieselben Freunde wie zu Schulzeiten, ihre Kinder gehen in dieselbe Kita, und falls sie bei irgendetwas

Unterstützung brauchen, haben sie sowohl ihren Vater als auch Henkes Eltern, die sofort aufs Fahrrad oder ins Auto springen, um ihnen zu helfen. Auch wenn sie nie im Leben wie Carro in Bjuv hätte wohnen bleiben wollen, hat sie sich nie in Stockholm gesehen. Trotzdem gefällt es ihr allmählich recht gut hier. Wenn Ludvig nur nicht so viel arbeiten müsste, könnte es sicher toll werden. Sie findet es gut, dass er seinen Job ernst nimmt. Das tut sie ja auch. Wie Ludvig ihr erklärt hat: Eine Stelle als Pressesprecher eines Ministers ist eine Topposition in der Politik, und wenn er gute Arbeit leistet, eröffnen sich ihm damit hervorragende Zukunftsperspektiven als PR-Berater. Aber ein Minister reist nirgendwohin ohne seinen Pressesprecher. Auch wenn der gerade zum ersten Mal Vater geworden ist und eine Frau mit Milchstau hat.

Sigrid hofft, dass sie sich wenigstens mit diesen beiden anderen Mamas anfreunden kann, Freddie und Ermina. Sie hat sie jedenfalls beide auf Facebook geaddet, und sie haben ihre Freundschaftsanfragen angenommen.

Sie scrollt weiter durch Instagram, um ein bisschen die Zeit totzuschlagen, während sie auf Ludvig wartet, und entdeckt einen Beitrag, den Freddie vor drei Stunden gepostet hat: *Endlich Freitag und ein Abend mit der besten @astridsantik wartet.*

Sigrid schaut erneut auf die Uhr. Jetzt kann es allerhöchstens noch vierzig Minuten dauern, bis Ludvig nach Hause kommt. Also hebt sie Alfred vorsichtig hoch, auch wenn sie weiß, dass es eigentlich eine der Todsünden als

Mutter ist, ein schlafendes Baby zu wecken. Sie öffnet den Clip ihres BHs und versucht, Alfreds Mund an ihre Brustwarze zu führen, ohne hinzusehen. Inzwischen sind sie so wund, dass die Milch, die sie herauspumpt, manchmal rosa gefärbt ist. Drei Minuten pro Brust schafft sie heute. Dann macht sie die Ersatzmilch warm, damit Alfred nicht vor Hunger zu schreien beginnt. Nachdem er seine Milch bekommen hat, schläft er zufrieden in ihrem Arm ein. Fast sieht es aus, als würde sein kleiner Babymund lächeln. Sigrid legt ihn behutsam in das kleine Gitterbett auf Rädern, das sie für gerade mal dreihundert Kronen gebraucht im Internet gekauft haben, und lässt den Tränen freien Lauf. Nicht, weil es immer noch wehtut, sondern weil sie das Gefühl hat, so furchtbar, furchtbar versagt zu haben. Es tut ihr körperlich weh, daran zu denken, dass sie nicht in der Lage ist, ihr eigenes Kind satt zu bekommen. Schließlich liebt sie Alfred. Und sie liebt das Mamasein, mehr, als sie gedacht hätte. Zu spüren, wie Alfreds kleine Hand nach ihrem Finger greift, ihre Nase in seinen Haaren zu vergraben, den Babygeruch einzuatmen und mit dem Mund auf seinen unfassbar weichen Bauch zu prusten, sodass er zufrieden gluckst. Aber sie vermisst die Gesellschaft von Ludvig, von ihren Kollegen, von jemandem, mit dem man nur irgendwie ein Gespräch führen kann. Sigrid seufzt und schiebt das Gitterbett die wenigen Meter in die winzige Küche, wo die Spüle überquillt vor schmutzigen Milchfläschchen, Besteck, Töpfen mit eingetrocknetem Brei und Tellern mit Dickmilchresten. Wenn Ludvig weg ist, ernährt sie sich im Großen und Ganzen von Dickmilch mit Müsli oder Haferbrei. Es macht keinen großen Spaß, Essen für sich allein zu kochen, und die wenigen Male, als sie es versucht hat, ist Alfred aufgewacht und wollte gestillt oder hochgenommen werden. Wieder wandert ihr Blick zur Uhr. Fünf Minuten. Dann sollte er da sein. Sie trocknet gerade den letzten Topf ab, als sie ein klickendes Geräusch von der Wohnungstür hört.

»Hallo, mein Schatz!«

Ludvig lässt den Handgepäckskoffer im Flur stehen und kommt direkt mit Schuhen ins Wohnzimmer. Sie hinterlassen braune Spuren auf dem Parkett. Aber es ist ihr egal. Er ist zu Hause. Sie ist nicht mehr allein.

»Ich hab dich so vermisst«, sagt Ludvig, als er auf sie zugeht. »Du hättest sehen sollen, wie viel Schnee in Luleå liegt. Schlimmer, als es hier im Winter war.«

Ludvig küsst sie sanft auf den Mund und umarmt sie fest.

»Puh, kann ich mir vorstellen«, seufzt Sigrid an seiner Brust. »Das nächste Kind kriegen wir im Frühling.«

Sie legt den Kopf in den Nacken und lächelt ihn an. Ludvig erwidert das Lächeln und reibt seine Nase gegen ihre.

»Das nächste Kind? Wir können ja ein Kind zu jeder Jahreszeit bekommen, dann können wir anschließend auswerten, welches die beste zum Kinderkriegen ist.«

Sie beißt sich auf die Zunge, um nicht zu erwidern, dass es, wenn er weiterhin so viel weg ist, physisch unmöglich sein dürfte, weitere Kinder zu bekommen.

»Willst du einen Tee?«

»Ich glaube, ich nehme einen Whiskey. Mann, was für ein Tag.«

Er streckt sich nach einer der Flaschen, die ganz oben im Küchenschrank stehen, und schenkt sich einen Drink ein. Sigrid zuckt mit den Achseln, gießt sich selbst ein Glas Wasser ein und setzt sich Ludvig gegenüber an den Küchentisch.

»Du, Carro hat heute noch einmal angerufen. Wir sollten wirklich bald nach Bjuv fahren, denke ich. Wann würde es dir passen?«

»Ich habe darüber nachgedacht«, sagt Ludvig und stellt sein Glas auf den Tisch. »Und ich finde es dermaßen schäbig von ihr, dir auf diese Weise ein schlechtes Gewissen einzureden.«

»Aber sie sind ja trotz allem meine Familie.«

»Nein, Sigrid. *Wir* sind deine Familie. Alfred und ich.«

»Schon, aber ...«

»Dann fahr eben hin, wenn du willst. Aber ich werde nicht mitkommen. Ich weigere mich, meinen Fuß noch mal ins selbe Zimmer wie Carros widerlicher, mieser Rassistenmann zu setzen.«

»Bitte, Ludvig, können wir nicht einfach ein für alle Mal ausmachen, dass wir nicht über Politik sprechen, wenn wir dort sind?«

»Möchtest du, dass dein Sohn mit Menschen aufwächst, die solche Ansichten vertreten, Sigrid?«

»Nein, aber ...«

Verdammt. Sie teilt die Meinung ihres Vaters ja nicht.

Natürlich nicht. Aber den Kontakt zu ihm und ihrer Schwester komplett abzubrechen, wie Ludvig es inzwischen öfter vorgeschlagen hat, als sie zählen kann, ist keine Alternative. Wenn sie sich gänzlich von ihrem Vater lossagen würde, hätte dieser damit bloß einen weiteren Grund, unzufrieden mit der Welt zu sein, und dann könnte sie ihn womöglich niemals davon überzeugen, was richtig ist.

»Aber«, schlägt Ludvig mit sanfterer Stimme vor, »wir können ja mit dem Zug zu meinen Eltern in Simrishamn fahren, und dann leihst du dir ihren Wagen und fährst für einen Tag zu Besuch nach Bjuv, was meinst du?«

»Ich weiß nicht, ob ich mich traue, allein so weit mit Alfred zu fahren.«

»Natürlich traust du dich. Wir haben uns doch versprochen, dass wir keine von diesen übervorsichtigen Eltern werden.«

Ludvig lächelt ihr aufmunternd zu.

»Okay, vielleicht. Wann passt es dir, dass wir fahren?«

»Jetzt im Frühjahr bis zu den Osterferien ist es eigentlich ein bisschen stressig, aber …« Er zieht sein Handy aus der Tasche und scrollt durch den Kalender. Sigrid weiß, wie vollgepackt er ist. »Die erste Woche im April klappt. Da haben wir ein paar Schulbesuche in Schonen, da könnte ich also versuchen, mit Caspar zu vereinbaren, dass wir bei meinen Eltern wohnen und die Besuche von dort aus erledigen.«

»Caspar auch?«

»Na klar. Meine Eltern lieben ihn, das ist überhaupt

kein Problem. Und Platz haben sie schließlich mehr als genug.«

Sigrid nickt zur Antwort. Sie hat herzlich wenig Lust, mit dem, gelinde gesagt, anspruchsvollen Chef ihres Lebenspartners im selben Haus zu wohnen, aber sie versteht Ludvig natürlich auch.

»Das klingt doch nett. Ich vermisse deine Mutter.«

»Und sie vermisst dich. Allerdings nicht so sehr, wie *ich* dich vermisst habe.«

Er geht um den Tisch herum, legt von hinten die Arme um sie und küsst sie auf die Stirn. Sigrid greift seine Handgelenke und führt seine Hände zu ihren Brüsten. Auch wenn Ludvig nichts gesagt hat – sie beide haben es sich zum Prinzip gemacht, den Körper des anderen nicht zu kommentieren –, hat Sigrid doch bemerkt, wie er ihre Brüste angesehen hat, seit sie vom Stillen größer geworden sind.

»Mmh ... schon eine Weile her, dass ich sie berührt habe«, flüstert Ludvig in ihre Haare und drückt ganz kurz ein bisschen zu, bevor er die Hände wegnimmt und auf ihre Schultern legt.

»Es ist okay«, flüstert sie zu ihm hoch.

Doch Ludvig schüttelt den Kopf.

»Nein, ich weiß nicht. Meinst du nicht, es ist noch ein wenig früh?«

Sie schüttelt den Kopf. Lächelt in sich hinein.

»Das Wichtigste ist, dass du dich bereit fühlst«, murmelt er, während seine Hände ihren Hals hinabwandern, bis sie sich unter ihren Pulli und den BH getastet haben.

Sie schließt die Augen, als er seine Hände um ihre Brüste legt.

Fünf Minuten später kribbelt Sigrids Körper sogar noch mehr, als er es in ihrer Erinnerung getan hat, bevor sie zum ersten Mal miteinander schliefen. Von den Fingerspitzen bis ganz hinunter in die Zehen. Alfreds Gitterbettchen steht jetzt im Wohnzimmer, und die Schlafzimmertür ist angelehnt. Schnell kommt Ludvig vom Türspalt zwischen Schlaf- und Wohnzimmer zurück. Endlich, endlich kann sie ihm wieder richtig nahekommen. Sie kann sich kaum noch daran erinnern, wann sie zum letzten Mal Sex hatten. Es muss zwei, drei Wochen vor der Entbindung gewesen sein.

»Wo waren wir?«, fragt Ludvig lächelnd, setzt sich auf die Bettkante und beginnt, seine Hose aufzuknöpfen. Sie küsst seinen flachen Bauch und schließt die Augen, während sie den Duft seiner Haut einatmet. Den Duft von parfümfreiem, ökologischem Waschmittel, gemischt mit seinem ganz eigenen Geruch. Der sich unmöglich beschreiben lässt, aber für sie der schönste Geruch überhaupt ist, zusammen mit dem Geruch von Alfreds Babyhaut.

Ludvig zieht ihr Pullover und BH aus, dann drückt er sie sanft zurück und kniet sich ans Fußende des Bettes. Sie hört die Schnalle seines Gürtels auf dem Boden aufschlagen und spreizt kichernd die Beine, als er ihren Slip herunterzieht und dabei die Innenseite ihrer Oberschenkel küsst. Sie hebt den Kopf und betrachtet die Rundung ihrer Brüste. Ihre Brüste, die früher so klein waren, heben sich nun von der Haut ab wie zwei kugelrunde Apfelsinen. Sie liebt ihre neuen Stillbrüste, aber Ludvig hat immer gesagt, dass er kleine Brüste am liebsten mag. Hoffentlich findet er jetzt nicht, dass sie pornohaft aussehen.

»Gott, wie ich mich danach gesehnt habe«, murmelt er, und die Vibrationen seiner Lippen schicken Signale durch ihre Haut, die sie erzittern lassen. Sie hat sich auch danach gesehnt, aber das sagt sie nicht. Seine Hand wandert nach innen und streichelt über den Hügel mit den lockigen Haaren, bevor er ihre Beine noch etwas weiter spreizt und beginnt, sie zu küssen. Seine Berührungen fühlen sich gleichzeitig vollkommen neu und vollkommen vertraut an. Es spannt, als er seine Finger in sie hineinführt, aber die Hebamme hatte ihr beim Nachsorgetermin gesagt, dass es sich die ersten Male etwas anders anfühlen könnte. Langsam tastet er sich vor, bis er die richtige Stelle gefunden hat, und sie seufzt. Dennoch fühlt es sich noch nicht so wundervoll an wie vor der Schwangerschaft, oder hat sie nur vergessen, wie es ist, ihn in sich zu spüren? Es ist nicht unangenehm, nur ... nicht besonders schön. Sie lässt ihn eine Weile weitermachen, dann zieht sie ihn zu sich hoch und bedeutet ihm, sich auf den Rücken zu legen. Natürlich haben sie darüber gesprochen, dass es wichtig ist, dass sie ihn am Anfang führt, wenn sie nach der Entbindung wieder Sex haben. Rittlings setzt sie sich auf ihn und beugt sich nach vorn, um ihr Haar über sein Gesicht fallen zu lassen, so wie er es liebt. Sie küssen sich innig, und sie spürt, wie steif er ist. Vorsichtig nimmt sie ihn in die Hand und führt ihn sanft in sich hinein. Stück für Stück, und je weiter er hineingleitet, desto weniger unangenehm fühlt es sich an. Sachte beginnt sie, ihn zu reiten, ganz sachte, wie um zu verhindern, dass die Nähte wieder aufgehen, obwohl sie weiß, dass sie bereits gut verheilt sind.

Sie versucht, die Augen zu schließen und sich fallen zu lassen, aber es ist schwer. So ungeheuer schwer, wenn sie gleichzeitig daran denkt, dass sie Alfred aus diesem kleinen Loch gepresst hat. Sie hatte nicht gedacht, dass es sich so anfühlen würde. Wird es sich von nun an *immer* so anfühlen? Allein dadurch, dass er ihr wieder nahe sein will, fühlt sie sich befriedigt. In der Zeit nach der Entbindung hat er sämtliche ihrer Versuche konsequent abgeblockt, weil er meinte, es sei unfair, wenn sie ihm etwas gab, was er nicht zurückgeben konnte. Als sie sieht, dass er bald so weit ist, steigert sie das Tempo, obwohl er keucht, dass sie aufhören soll. Sie genießt es, ihn zum Höhepunkt zu führen und beugt sich vor, um ihn zu küssen, doch zu ihrer Verwunderung dreht er den Kopf weg. Seine Schultern beben, und er verbirgt das Gesicht in seiner Hand.

»Aber Liebling, war es *so* schön?«, fragt sie kichernd und versucht, seine Hand zu greifen, während sie von ihm herunterrollt und sich neben ihn auf die Seite legt.

»Verstehst du nicht, wie es für mich ist?«, schluchzt Ludvig.

»Wie was für dich ist? Ich dachte, du fandest es schön?«

»Natürlich fand ich es schön. Aber du bist nicht gekommen. Seit du schwanger wurdest, bist du nicht mehr gekommen. Verstehst du nicht, wie sich das für mich anfühlt? Als ob wir nur meinetwegen Sex hätten.«

»Aber so ist es doch ni…«

Sie weiß selbst, dass sie nicht dazu kommen wird, den Satz zu beenden, ehe Ludvig sich demonstrativ abwendet und erneut zu schluchzen beginnt. Verdammt. Wie konnte sie vergessen, es vorzutäuschen? Sie weiß doch, wie enttäuscht er ist, wenn sie nicht kommt.

## FREDDIE

»Soll ich Astrid anrufen und absagen?«

Frans sitzt auf der Bettkante und schaut sie auffordernd an. Ihr ist klar, rein verstandesmäßig, dass sie wirklich aufstehen und sich zurechtmachen sollte. Aber schon der Gedanke ans Aufstehen erscheint ihr ebenso anstrengend wie ein Marathonlauf. Als Astrid ihr neulich geschrieben und sich und ihren On-and-Off-Freund Herman zum sicherlich dritten Mal seit Aurelias Geburt selbst zum Abendessen eingeladen hatte, hatte sie nicht schon wieder ablehnen können. Frans war so begeistert davon gewesen, dass sie einen Hauch ihres früheren Ichs hatte durchscheinen lassen, dass er aussah wie ihre Mutter, als Freddie zum ersten Mal auf einen Kindergeburtstag eingeladen wurde. Also hatte sie Astrid geschrieben, wie nett sie es fände, wenn sie zu Besuch kämen, und Astrid hatte geantwortet, dass sie hoffentlich etwas Spannendes zu erzählen haben würde. Erst hatte sie natürlich gehofft, Astrid sei schwanger. Doch noch am selben Abend hatte sie gesehen, wie Astrid in einem Video, das Herman auf Instagram hochgeladen hatte, mit zerzausten Haaren und einer Flasche Cava in der Hand auf einer Lautsprecherbox tanzte. Vor einem Jahr hätte sie sicher neben Astrid auf der Box gestanden. Jetzt ist sie verdammt dankbar, wenn sie es schafft, aufzustehen, Punkt. Wäre Astrid nicht gewesen, säße Freddie vermutlich immer noch in der PR-Agentur und würde Keynote-Präsentationen für gestresste Kunden ausarbeiten. Sie ist ihrer besten Freundin auf ewig dankbar, weil sie sie zu der Einsicht gebracht hat, dass sie mehr erreichen kann. Dass sie es wert ist, bewundert, und, wenn sie Astrids Signale manchmal richtig versteht, beneidet zu werden.

Sie weiß, wie viel Mühe Frans sich gegeben hat, damit dieser Abend so wird wie die Pärchenabende, die sie vor Aurelias Geburt mit Astrid und Herman verbracht haben. Im Kühlschrank liegt eine kleine Flasche Veuve Clicquot für den Aperitif: Bellinis mit ihrem selbstgemachten Pfirsichpüree, das sie vor Aurelias Geburt zubereitet hatte, weil sie null Ahnung hatte, ab wann man anfangen soll, Babys etwas anderes als Muttermilch und Ersatznahrung zu geben. Im Weinkühler wartet eine Flasche Grüner Veltliner für das Vorspeisenrisotto, und zum Hauptgericht, Steak Tatar mit hausgemachten Pommes frites, die Frans gestern Abend vorfrittiert hat, gibt es einen würzigen Barolo Reserva, von dem sie sicher ist, dass Astrid und Herman ihn lieben werden. Was sie selbst empfinden wird, weiß sie bereits: Nichts. Das Schlimmste an ihrem Zustand ist im Grunde weder die Geräuschempfindlichkeit noch die Niedergeschlagenheit oder die Müdigkeit, sondern dass sie jegliche Fähigkeit, etwas zu genießen, verloren zu haben scheint. Kein Essen schmeckt. Kein Wein bringt die Zunge mehr dazu, sich vor Glück zu kräuseln. Ihre absolut größten Leidenschaften sind zu einer Art physischer Notwendigkeit reduziert worden. Früher lebte sie, um zu essen. Jetzt isst sie, um zu leben. Aber dieser Abend muss gut werden. Oder wenigstens okay. In einem wachen Moment hat sie sogar den Muttermilchvorrat aufgefüllt, damit sie nicht das halbe Abendessen mit Stillen zubringen muss.

»Schatz, ich gebe dir zwanzig Sekunden, um aufzustehen. Sonst rufe ich Astrid an und sage ihr ab. Zwanzig, neunzehn, achtzehn …«

Freddie wirft ihm einen müden Blick zu, ehe sie aufsteht und wortlos ins Bad verschwindet.

Sie blinzelt in den Spiegel, während sie ihre Haare auf die Heizlockenwickler rollt. Zum Glück hat sie sie heute Morgen gewaschen, bevor sie sich zur BVC geschleppt hat. Wäre sie dort in ihrem mittlerweile normalen Look aufgetaucht, hätten sie wahrscheinlich den Sozialdienst informiert, denkt sie bitter. Obwohl sie Locken hat, werden ihre Haare im Winter schnell frizzig. Um diese großen, wogenden Locken zu bekommen, braucht es immer die Heizlockenwickler. Sie trägt ordentlich Concealer um die Nasenflügel auf, wo die Haut, wie jeden Winter, trocken und gerötet ist. Dann bürstet sie sich die Augenbrauen mit etwas Gel. Eigentlich müssten sie richtig gezupft werden, aber sie weiß, dass schon die geringste Spur von Schmerz sie zum Weinen bringen wird, außerdem fehlt ihr die Energie, die Pinzette herauszusuchen, also lässt sie es bleiben. Dann verteilt sie etwas Rouge auf den Wangen und trägt Highlighter auf dem Nasenbein und unter den Augenbrauen auf. Was macht es schon, wenn sie ein wenig blass aussieht, Astrid bearbeitet ihre Bilder sowieso immer bis zum Gehtnichtmehr. Und solange sie einen warmen Filter über ihre eigenen Bilder legt, wird sie okay aussehen.

»Wie ist eigentlich der aktuelle Status zwischen Astrid und Herman?«, ruft Frans aus der Küche.

»Ich vermute mal, sie sind zusammen, sonst hätte sie wohl kaum gesagt, dass sie ihn mitbringt.«

»Cool. Ich mag Herman wirklich, und es ist so schade, dass ich ihn nie treffen kann, wenn sie mal wieder Schluss gemacht haben.«

»Was heißt ›mal wieder‹? Sie haben sich vielleicht zweimal getrennt.«

»Ja, aber dann sind da noch all diese komischen Pausen. Wie letzten Sommer, als sie beim Urlaub in Gagnef einfach mitten in der Nacht verschwunden ist, weil sie fand, er hätte sich zu viel mit dieser kleinen blonden Autorin unterhalten.«

»Na ja, das liegt halt daran, dass sie ein bisschen verrückt ist.«

»Das kann man so sagen. Hat sie nicht vor ein paar

Jahren im Trädgården-Club der neuen Freundin ihres Ex ein Glas Wein ins Gesicht geschüttet?«

»Doch, genau. Also war es ja nicht weiter verwunderlich, dass sie sich so über Herman aufgeregt hat.«

»Du brauchst Astrid nicht *immer* zu verteidigen.«

»Sie ist schließlich meine beste Freundin.«

»Du, kannst du mal kurz kommen? Irgendwas ist komisch mit dem Pfirsichpüree. Bist du sicher, dass es noch gut ist?«

Sie tupft sich den Lippenstift mit einem Stück Toilettenpapier ab, bevor sie zu Frans in die Küche geht, wo er die Drinks vorbereitet.

»Na klar, tiefgefroren hält sich das mehrere Jahre.«

»Aber der Champagner ist total trüb. So sieht das doch sonst nicht aus?«

Freddie schaut auf den Champagner, den Frans in die Kristallgläser geschenkt hat, die sie auf einer Reise in einem Antiquitätengeschäft in Budapest gekauft haben. Er ist wirklich trüb. Dann schaut sie auf die Eiswürfelform in Frans' Händen und explodiert.

»Scheiße, Frans, das ist doch kein Pfirsichpüree.«

»Nein? Was denn sonst?«

»Das ist die Milch, die ich eingefroren habe, um sie Aurelia heute Abend zu geben.«

Frans starrt auf die trübe Flüssigkeit. Führt das Glas zur Nase und riecht vorsichtig daran. Dann hebt er den Blick und grinst.

»Bitte sehr, Liebling, ein Muttermilchbellini! Der letzte Schrei sowohl in Shoreditch wie in Bushwick.«

Er macht einen übertrieben tiefen Diener und reicht ihr eines der Gläser. Dann prustet er los. Als sie keine Miene verzieht, lehnt er seine Stirn gegen den Küchenschrank und lacht so sehr, dass sein Rücken unter dem moosgrünen Leinenhemd bebt.

»Du musst sofort neuen kaufen gehen«, sagt sie mit aufsteigender Panik.

»Komm schon, Schatz. Kannst du es nicht wenigstens ein bisschen lustig finden?«

»*Lustig?* Ich wollte doch einen Blogbeitrag über selbstgemachten Bellini schreiben. Und Astrid liebt Bellinis.«

Frans tut so, als würde er einen Schluck aus dem Glas trinken, und stöhnt mit geschlossenen Augen: »Du darfst *niemals* mit dem Stillen aufhören.«

Die Tränen brennen ihr hinter den Lidern. Und als es in der Spüle schäumt und sprudelt, als Frans die missglückten Drinks wegkippt, laufen sie ihr über die Wangen.

»Na komm, wir machen einfach was anderes. Whiskey Sour? Eier haben wir ja. Und Bitter zum Drüberträufeln. Wir können ihn in den Gläsern servieren, die wir in Tulum gekauft haben. Ich gebe sie ins Gefrierfach, dann sind sie eiskalt, wenn Astrid und Herman kommen, das wirkt richtig edel. Es werden supertolle Bilder, Schatz. Ich habe mich auch auf dieses Abendessen gefreut. Ich verspreche, es wird gut.«

Dann schenkt er den letzten Schluck Champagner in ein Glas und reicht es ihr: »Ich nehme Aurelia ins Tragetuch, während ich den Rest vorbereite. Du kannst ja ein Bild von diesem Glas auf Insta posten, dann sieht es wenigstens so aus, als hättest du Champagner getrunken.«

»Du bist der Beste«, flüstert sie zwischen den Tränen hervor und stellt das Glas auf eine Silberunterlage aus dem späten neunzehnten Jahrhundert mit eingraviertem Schnörkelmuster. Dann knipst sie ein Foto und verstärkt den Kontrast, damit das Muster auf der Unterlage besser hervorkommt.

Astrid und Herman müssten jeden Augenblick kommen. Am besten macht sie schnell noch ein Feuer im Kamin. Das gibt ein besseres Licht für die Bilder.

Eine Stunde später hat Aurelia es geschafft, zweimal die Windel vollzukacken, fünfundvierzig Minuten lang zu brüllen und sich zu weigern, gestillt zu werden, obwohl sie offensichtlich furchtbar hungrig ist. Freddie fühlt sich auf unangenehme Weise betrunken, weil sie vergessen hat, Frans zu sagen, dass er ihren Whiskey Sour nicht so stark machen soll, Astrid steckt mit der Nase in ihrem Handy, und Frans und Herman reden über irgendeinen obskuren belgischen DJ, von dem sie noch nie gehört hat. Der Lippenstift ist verwischt und sie spürt, wie blass sie davon geworden ist, Aurelia zwischen Ess- und Schlafzimmer hin- und herzutragen. Außerdem haben sie bis jetzt noch nicht mal mit der Vorspeise begonnen, weil Astrid und Herman darauf bestehen, mit dem Essen zu warten, bis Aurelia eingeschlafen ist. Frans hat für die anderen da draußen eine neue Runde Whiskey Sour gemixt, und sie hört an den Stimmen der Männer, dass der Alkoholpegel allmählich die Grenze des Feuchtfröhlichen übersteigt.

Sie beschließt, einen letzten Versuch zu unternehmen, Aurelia ins Bett zu bringen. Früher oder später muss sie ja aufhören, das Trinken zu verweigern. Andernfalls muss sie Frans und Herman mit dem Kinderwagen nach draußen schicken, damit sie und Astrid wenigstens eine halbe Stunde Zeit allein haben.

»Sag mal, musst du den ganzen Abend da drin sein?«, hört sie Astrids Stimme hinter sich, als sie sich umständlich mit der schreienden Aurelia im Arm vom Sofa erhoben hat.

Bevor sie zu einer Antwort ansetzen kann, fährt Astrid fort: »Es stört mich nicht, wenn sie schreit, Freddie. Das ist echt überhaupt kein Problem. Wir können trotzdem essen.«

*Nein, aber MICH stört es, wenn mein Kind so untröstlich ist. Es zerreißt mich innerlich, weil diese scheiß Natur es so eingerichtet hat, dass die Schreie meines Babys für mich eine Million Mal schlimmer klingen als für alle anderen*, antwortet Freddie. Nicht. Stattdessen murmelt sie etwas von wegen, dass sie sich einfach viel besser entspannen kann, wenn Aurelia schläft, und geht mit ihr ins Schlafzimmer. Aus dem Wohnzimmer hört sie Astrids aufgebrachte Stimme: »Du kannst dich doch wohl mal ein bisschen mit ihr abwechseln, Frans. Wieso soll sie allein die ganze Verantwortung tragen?«

Am liebsten würde Freddie Aurelia ins Bett legen

und schreien, dass Frans fantastisch ist, weil er sowohl ihre täglichen Weinanfälle erträgt als auch ihr Kolikbaby, und dass er jeden Tag zwei, drei Stunden in diesem Deckswetter mit Aurelia spazieren geht, damit Freddie ein bisschen Ruhe hat, bloß dass es abends, wenn Aurelia schlafen soll, eben nur mit Freddie funktioniert. Aber das tut sie natürlich nicht. Stattdessen hört sie, wie Frans etwas stammelt wie »Freddie weiß es am besten«. Als wäre sie eine Hausfrau aus den Fünfzigern, die sie auf keinen Fall sein will. Die sie auch nicht ist. Und als die sie sich normalerweise auch nie fühlt.

Aber gerade, als Frans seine Erklärung zu Ende gemurmelt hat, scheint es, als ob Aurelia ihre Gedanken gehört hätte. Sie nimmt endlich den Schnuller, den Freddie seit einer halben Stunde verzweifelt in ihren Mund zu schieben versucht. Genau in dem Moment, als Freddie aus dem Bett aufstehen will, wird die Klinke zum Schlafzimmer heruntergedrückt. Fuck.

»Musst du noch hier liegen, wenn sie schon eingeschlafen ist?«

Astrid ist immerhin feinfühlig genug, um zu flüstern.

»Schh, ich komme gleich.«

Wie erklärt man jemandem, der keine Kinder hat, dass schlafende Babys nicht mit schlafenden Erwachsenen gleichzusetzen sind? Dass sie binnen einer halben Sekunde panisch aufwachen können, wenn sie nicht die Wärme eines Elternteils spüren?

Im Rhythmus mit Aurelias Atemzügen zählt sie bis hundert, bevor sie vorsichtig aufsteht und die winzige

Decke über Aurelias Babykörper zieht. Die Tür lässt sie wie gewöhnlich offen, bevor sie schnell den Lippenstift nachbessert und sich mit der Puderbürste übers Gesicht fährt.

»Du bist die Beste, Schatz«, sagt Frans und drückt ihre Hand, als sie an den Tisch kommt. »Machst du die Rogen-Canapés fertig, dann kannst du doch in der Zwischenzeit schon mal den Wein einschenken, Herman?«

Freddie macht schnell ein paar Bilder von Herman, wie er den Wein einschenkt, und achtet darauf, dass der gedeckte Tisch gut zu sehen ist. Das Porzellan von Rörstrand, ein Schnäppchen vom Flohmarkt, hat sie noch nie im Blog gezeigt, das gibt also sicher einen guten Beitrag. Außerdem sind die Rogen-Canapés so etwas wie ihr Markenzeichen geworden, seit sie vor vier Jahren ein Bild davon auf Instagram gepostet hat. Die Follower, die ihr wegen ihrer Rezepte folgen, sind schließlich immer noch die wichtigsten.

»Oh, mein Gott, das wird lecker! Ich bin am Verhungern. Es sieht irre gut aus«, lobt Astrid, bevor sie genussvoll in ein mit Rogen, Schmand und Schnittlauch garniertes Schnittchen beißt.

Sie schnappt sich ein weiteres Canapé, schiebt es Herman in den Mund, beugt sich vor und gibt ihm einen Kuss auf die Nase. So waren sie und Frans früher auch. Wahrscheinlich waren sie sogar schlimmer als Astrid und Herman. Als sie Frans kennenlernte, war sie ernsthaft davon überzeugt, dass kein Paar auf der Welt jemals so verliebt gewesen sein konnte wie sie beide. Aus den

Augenwinkeln schielt sie zu Frans, der neben ihr sitzt. Wann haben sie überhaupt das letzte Mal miteinander geschlafen? Es muss mindestens vier Monate her sein. Irgendwann in der siebenunddreißigsten Woche oder so hatte sie aufgehört, Sex zu wollen. Astrid und Herman dagegen haben bestimmt immer noch ständig Sex. Bestimmt *mitten am Tag*, so wie sie und Frans manchmal auch, bevor sie schwanger wurde.

»Aber jetzt erzähl schon«, unterbricht Herman ihre Gedanken und schaut Freddie neugierig an. »Wie ist es, Mama zu sein?«

Obwohl es sie Überwindung kostet, zwingt sie ihre Mundwinkel zu einem Lächeln und sagt mit so viel Überzeugung, wie sie aufbringen kann: »Es ist wirklich das Beste, was mir je passiert ist.«

Sie sieht einen flüchtigen Schatten über Astrids Gesicht huschen. So typisch von ihr, darauf neidisch zu sein. Und genau deshalb will sie ihr nicht davon erzählen. Auch wenn sie beste Freundinnen sind, hat sie irgendwie das Gefühl, als würde Astrid fortwährend heimlich mit ihr konkurrieren. Zum Glück scheint sie null Interesse an einer längeren Diskussion über Freddies Mutterleben zu haben, sondern sagt mit offensichtlich aufgesetzter Heiterkeit: »So, jetzt müssen wir aber anstoßen. Und Freddie und Frans die Neuigkeit erzählen!«

Einen Augenblick denkt sie erneut, dass Astrid erzählen wird, sie sei schwanger. Aber dann verwirft sie den Gedanken. Astrid hatte bereits zwei Drinks.

»Freddie, du glaubst nicht, was gestern passiert ist!«

»Erzähl.«

Sie lächelt neugierig, so gut sie kann. Versucht es jedenfalls.

»Ich habe einen Anruf von der *Antikrunde* bekommen. Ich soll ab dem Sommer als Moderatorin dabei sein! Die Dreharbeiten beginnen in ein paar Wochen, und dann strahlen sie die Sendung wie immer im Sommer aus.«

»Wow!«

Sie freut sich aufrichtig für Astrid. Und eigentlich sollte sie sich wohl zu ihr rüberbeugen und sie umarmen. Stattdessen hebt sie ihr Glas zu einem halb engagierten Prost. Frans wirft ihr einen unsicheren Blick zu, bevor ein breites Lächeln auf seinem Gesicht erscheint.

»Das ist ja großartig, Astrid! Was haben sie gesagt? Wie viel zahlen sie? Wer sind die anderen Moderatoren?«

»Also, ich hatte ja selbst kaum Zeit, darüber nachzudenken. Und ich habe keine Ahnung, wie viel man für so was bekommt. Ich habe dich ja gestern tausendmal versucht anzurufen, aber du bist nicht rangegangen, und ich wollte es nicht einfach per Nachricht erzählen.«

»Ja, wir hatten einen ziemlich furchtbaren Abend gestern«, wirft Frans ein, ehe Freddie etwas erwidern kann. »Wie viele Stunden hast du heute Nacht geschlafen, Freddie? Höchstens vier, oder?«

Wohl eher vier Minuten, will Freddie antworten. Aber sie möchte Astrid diesen Moment nicht nehmen, also greift sie über den Tisch nach deren Hand, um ihr zu zeigen, wie sehr sie sich für sie freut.

»So was in der Art, ja. Aber Astrid, du musst darauf

achten, dass du anständig bezahlt wirst. Und dass du auf den Pressetagen im Frühjahr viel Platz bekommst. Scheiße, was für eine Chance.«

Astrid erzählt mehr von den Plänen und was die Produktionsfirma zu ihr gesagt hat, bevor sie das endgültige Angebot bekam. Freddie entschuldigt sich, um auf die Toilette zu gehen und nach Aurelia zu sehen. Sie hört, wie Frans in der Küche die Fritteuse vorbereitet. Bevor sie das Badezimmer verlässt, füllt sie den Zahnputzbecher mit Wasser und trinkt gierig. Sie will vor Astrid und Herman nicht ein Glas Wasser nach dem anderen in sich hineinkippen. Vor einem Jahr war sie diejenige, die an einem gewöhnlichen Dienstag spontane Shot-Runden initiierte, und der Unterschied zu jetzt, wo sie nach dem viel zu starken Drink kaum ihren Wein angerührt hat, ist überdeutlich. Sie will nicht, dass Astrid und Herman herumerzählen, sie sei langweilig geworden, nur weil sie ein Kind bekommen hat. Auch wenn genau das der Fall ist.

»Gott, wie ich mich aufs Essen freue. Ich kann mich nicht erinnern, wann ich zum letzten Mal Tatar gegessen habe. Man darf ja während der Schwangerschaft kein rohes Fleisch essen«, sagt sie bemüht munter zu Astrid und Herman, als sie aus dem Bad zurückkommt.

»Wobei ich gelesen habe, dass das nur ein Mythos ist mit dem rohen Fleisch und dem rohem Fisch. In fast allen anderen Ländern der Welt essen schwangere Frauen, worauf sie eben Lust haben. Es werden ja nicht nur in Schweden gesunde Kinder geboren«, erwidert Herman.

»Ja, in diesem Punkt bin ich Hermans Meinung«,

pflichtet Astrid ihm bei. »Schwedische Mütter sind immer so furchtbar besorgt. Auch dass du zum Beispiel während der Schwangerschaft keinen Alkohol getrunken hast. Ab und zu muss man sich doch mal ein halbes Gläschen Wein gönnen dürfen, es gibt überhaupt keine Beweise, dass es Babys irgendwie schaden würde.«

»Ich hoffe jedenfalls, dieses Steak Tatar war das Warten wert, ich habe heute Nachmittag stundenlang Fleisch geschabt«, kommt Frans ihr zur Rettung.

Dann beginnen Herman und er eine Diskussion darüber, ob geschabtes, gemahlenes oder vielleicht gehacktes Steak Tatar am besten ist und inwieweit es gemischt sein soll oder nicht.

»Jetzt erzähl noch mal genauer von der *Antikrunde*. Sollst du die Mode- und Schmuckexpertin werden, oder wie?«

»Ja, genau. Anscheinend melden sich immer mehr Leute mit alten Designerklamotten, Taschen und so was. Und Schmuck natürlich. Das soll also offenbar meine Sparte werden. Ich weiß ja auch ein bisschen was über Antiquitäten, aber ich muss natürlich schauen, was mit meinen anderen Kanälen zusammenpasst.«

»Völlig richtig, finde ich«, pflichtet Freddie ihr so engagiert wie möglich bei.

»Aber wie läuft es jetzt bei dir? Hast du noch einmal darüber nachgedacht, worüber wir neulich gesprochen haben, mit den Herstellern von Babynahrung zusammenzuarbeiten?«

»Ja, darüber habe ich natürlich nachgedacht«, sagt

Freddie und schaut auf ihren Teller. »Aber ehrlich gesagt fehlt mir im Moment die Energie dazu. So wie es aktuell ist, komme ich schon kaum mit dem Blog und Instagram hinterher.«

»Also, ich verstehe ja, dass du diese ganze Sache mit der Elternzeit durchziehen willst. Das ist klar.«

Freddie sieht Astrid an, dass sie nicht meint, was sie sagt. Und als sie fertig mit dem Tatar sind, beginnt sie wieder auf ihrem Handy herumzutippen.

»Hört mal, es war wirklich superschön«, sagt Astrid nach einer Weile. »Aber da es mit dem Essen ein bisschen spät wurde ... na ja, wie es halt so ist, wenn man Kinder hat ... müssen wir jetzt demnächst mal los. Laura hat ja gerade diese Kollektion herausgebracht und macht irgendeine Art Fashion Show mit anschließender Party. Hast du die Einladung eigentlich nicht bekommen, Freddie?«

Freddie hat offen gestanden keine Ahnung, ob sie eine Einladung für Lauras Party bekommen hat oder nicht. In den letzten Wochen hat sie sich kaum aufraffen können, in ihr Mailfach zu schauen, und die Verantwortung für die Post hat inzwischen komplett Frans übernommen. Außerdem konnten Astrid und sie Laura nie leiden, eine hochnäsige Tussi, die ständig über andere ablästert und total untalentiert ist. Aber das kann sie nicht sagen, da Astrid offenbar ihre Meinung über sie geändert hat.

»Oh, war das heute? Grüß sie ganz lieb von mir.«

Sie wirft Frans einen schnellen Blick zu und hofft, dass

er ihren Wink versteht. Sie hat absolut nichts dagegen, wenn Astrid und Herman jetzt verschwinden. Er nickt ihr kaum merklich zu und fängt an, den Tisch abzuräumen.

»Ich würde natürlich lieber hierbleiben«, redet sich Astrid wenig überzeugend heraus, »aber ich habe ihr versprochen, pünktlich zur Show zu kommen. Sie fängt um halb elf an, und es wäre megapeinlich, wenn wir mittendrin reinstolpern würden. Ich hatte gedacht, dass ihr bestimmt sowieso müde seid und früh ins Bett wollt, jetzt, wo ihr Aurelia habt.«

Astrid legt den Kopf schief und schaut Herman bittend an: »Schatz, könntest du ein Taxi bestellen, dann können Freddie und ich so lange ein Kippchen auf dem Balkon rauchen?«

Ihr Balkon geht vom Schlafzimmer ab, denkt Freddie sofort. Sie können schlecht bei geöffneter Balkontür eine rauchen, wenn Aurelia dort drinnen schläft.

»Wir können hier in der Küche aufmachen, dann kannst du stattdessen durchs Fenster rauchen.«

»Quatsch, das geht nicht. Es kann hier ja nicht nach Rauch stinken, wo du ein kleines Baby hast.«

»Nein ... das stimmt.«

Astrid, die ihr Weinglas während des gesamten Abends immer wieder hat nachfüllen lassen, steuert bereits auf das Schlafzimmer zu. Und ehe Freddie sie aufhalten kann, knipst sie das Licht an. Eine Sekunde später wird Aurelia mit einem Brüllen wach. Astrid zuckt zurück und schaltet das Licht wieder aus.

»Sie haben mehrere Wagen in der Umgebung, das Taxi braucht also nur ein paar Minuten. Kannst du nicht auf der Straße rauchen, während wir warten?«, ruft Herman aus der Küche.

»Doch, doch, klar. Dachte nur, es wäre nett gewesen, wenigstens ein paar Minuten mit Freddie allein zu quatschen. Aber das müssen wir wohl auf nächstes Mal verschieben.« Astrid schaut Freddie entschuldigend an und zuckt mit den Achseln. »Sorry, dass ich sie geweckt habe. Aber danke für das superleckere Essen. Wir telefonieren bald, Süße. Und ich melde mich, sobald ich den Vertragsentwurf von der *Antikrunde* bekommen habe, dann musst du mir sagen, was du vom Honorar und den Bedingungen hältst. Das wäre echt ’ne Megahilfe.«

Sie ist bereits in einen mittellangen schwarzen Kunstpelzmantel und ein Paar schwarz-weiße Chanel-Pumps geschlüpft, die sie, wie Freddie noch weiß, auf einer ihrer jährlichen Reisen nach Paris zum Schnäppchenpreis entdeckt haben. Sie sieht fantastisch aus. Freddie gibt ihr einen schnellen Kuss auf die Wange, bevor sie ins Schlafzimmer hastet und Frans ablöst, der daraufhin zurück zu den Gästen eilt, um sich auch noch schnell verabschieden zu können.

Als die Tür hinter ihnen ins Schloss fällt, fängt sie an zu weinen. Es ist, als wären die letzten vier Stunden eine einzige lange Scharade gewesen. Zum Glück schläft Aurelia rasch wieder ein, und nachdem Freddie sie in ihr Babynest gelegt hat, geht sie mit entschlossenen Schritten zum Kühlschrank, schnappt sich die geblümte Blechdose, die sie im Sommer auf einem Flohmarkt auf Gotland gekauft hat, und reißt ein Cannolo aus dem Einwickelpapier. Die wollte sie eigentlich zum Nachtisch anbieten. Sie kaut fieberhaft. Das kühlschrankkalte Gebäck schmeckt nach nichts. Der Kühlschrank beginnt zu piepsen, weil sie nicht die Kraft hat, ihn zu schließen, und natürlich wacht Aurelia im Schlafzimmer wieder auf und schreit so laut, dass es sich anfühlt, als würden die Fensterscheiben jeden Augenblick in tausend Stücke zersplittern. Sie schleudert den Rest des Gebäcks in die Spüle. Weicht Frans' Blick aus, als er durch die Küche auf sie zukommt, und taucht unter seinen Armen weg, als er sie nach ihr ausstreckt. Stattdessen schlurft sie ins Schlafzimmer, wo sie ihr Kleid zu Boden fallen lässt. Dann legt sie sich ohne die Strumpfhose auszuziehen ins Bett und löst den Clip ihres Still-BHs. Das war das letzte Mal, dass sie Gäste eingeladen hat.

## ERMINA

»Und, wie fühlt es sich an, endlich Mama zu sein?«

Drei Paar Augen richten sich auf Ermina. Sie trinkt einen Schluck Cava und lächelt breit.

»Es ist wirklich das Beste, was mir je passiert ist!«

Filippa und Jasmin schauen sich skeptisch an, und Nadia wirft unter schallendem Gelächter den Kopf zurück.

»Ach ja?«

»He«, sagt Ermina, etwas gekränkt über die Reaktion der Freundinnen, »es *ist* fantastisch, Mama zu sein.«

»Komm schon, du kannst ruhig die Wahrheit sagen«, lacht Nadia. »Jeder weiß, dass es megaanstrengend ist, Kinder zu haben. Hallo, wir sind deine besten Freundinnen. Du brauchst uns nichts vorzumachen.«

Sie hat verdammt große Lust, ihnen zu sagen, dass sie alle miteinander zur Hölle fahren sollen. Sie wissen genau, wie Alen und sie dafür gekämpft haben, ein Kind zu bekommen, und wie sie mehrere Jahre so gelebt hat, als ob sie schwanger wäre, damit die IVF-Behandlungen ihre bestmögliche Wirkung zeigten. Außerdem hat sie Nadia gesagt, dass sie ein schlechtes Gewissen bekommt, wenn sie nicht jede einzelne Sekunde mit Olivia genießt, und würde sich wünschen, wenigstens ihre allerbeste Freundin wäre etwas feinfühliger. Früher waren die drei anderen diejenigen, die ihre Kinder nicht allein lassen wollten. Damals verdrehte Ermina hinter ihrem Rücken die Augen, auch wenn es ihr jedes Mal einen Stich versetzte, weil sie sich nichts sehnlicher wünschte, als ebenfalls ein nach Badeöl duftendes Baby zu Hause zu haben, nach dem man sich sehnen konnte. Jetzt hat sie es. Und alle fünf Minuten zieht sich ihr Herz vor schlechtem Gewissen zusammen, weil sie einen ganzen Abend ohne ihr Kind weg ist. *Darf* man das überhaupt, wenn man ein Baby hat, für das man jahrelang gekämpft hat? Ist es okay, dass sie manchmal länger als eine Minute am Stück ohne Olivia sein will, oder ist sie in Wahrheit eine Rabenmutter?

Sie weiß nicht, wie oft sie sich in den letzten Jahren gefragt hat, ob es vielleicht einen tieferen Sinn hatte, dass sie nicht schwanger werden konnte. Ob sie womöglich nicht dafür gemacht war, Mama zu sein. Ob ein Baby es bei anderen Eltern besser hätte. Aber von dieser Art Gedanken zu erzählen, wäre natürlich ein absoluter Stimmungskiller. Und Ermina ist niemand, der die Stimmung killt. Sie ist jemand, der Stimmung *schafft.* Aus ebendiesem Grund hatte sie einen Tisch im Miss Voon reserviert und versprochen, heute Abend noch auszugehen. Sie wird den anderen zeigen, dass sie keineswegs so eine ultralangweilige Mutter geworden ist, wie sie anscheinend glauben. So ultralangweilig wie *sie* es wurden, als sie Kinder bekamen. Sie hofft, diesem ständigen Bedürfnis, über Olivia zu sprechen, stattdessen bei Freddie und Sigrid freien Lauf lassen zu können. Auch wenn die beiden ihren richtigen Freundinnen extrem unähnlich zu sein schienen.

»Haben Sie schon gewählt?«, fragt ein Kellner, der keinen Tag über zwanzig sein kann.

Nadia klimpert ihm dennoch mit den frisch verlängerten Wimpern zu und beginnt zu diskutieren, welche Gerichte auf der Speisekarte ihre Favoriten sind. Sie ist Erminas beste und älteste Freundin. Im Gegensatz zu Ermina ist sie extrem schlank. Nach der Scheidung hatte sie eine Bruststraffung, sie geht jede siebte Woche zum Friseur und schafft es, sich die Nägel, und manchmal auch die Wimpern, in der Mittagspause machen zu lassen. Neben ihr kommt sich Ermina wie eine abgedankte Schlagersängerin vor, in zu engen Umstandshosen aus Kunstleder, weil die Narbe vom Kaiserschnitt immer noch spannt, und mit unter dem hautfarbenen Spitzen-Seidentop hervorquellenden Brüsten. In ihrem Kleiderschrank hängen Bügel über Bügel voller Teile, die sich nicht zumachen oder gar nicht erst über den Kopf ziehen lassen. Aber sie weigert sich, etwas Neues zu kaufen. Genau wie bei Carrie Bradshaw in *Sex and the City* hat ihr Motto immer gelautet: »Ich habe mein Geld gern dort, wo ich es sehen kann: In meinem Kleiderschrank.« Und sie hat ganz bestimmt nicht vor, in einen Haufen neuer, teurer Designerklamotten zu investieren, die ihr in ein paar Monaten viel zu groß sein werden.

Ermina blinzelt, während sie die Speisekarte checkt. Die gedämpfte Beleuchtung des Restaurants macht sie ebenso schläfrig, wie wenn sie mit Alen und Olivia zu Hause auf dem Sofa sitzen würde.

Der Kellner hat ihnen das Menü empfohlen, und Nadia schaut fragend in die Runde.

»Also ... ich versuche ja, die Schwangerschaftskilos wieder loszuwerden, daher wird das Menü vielleicht ein bisschen viel für mich«, sagt sie entschuldigend.

Filippa und Nadia nicken verständnisvoll, aber Jasmin schüttelt nur den Kopf.

»Ich sage dir, die verschwinden durch das Stillen ganz von selbst. Als Flora ein halbes Jahr alt war, habe ich *weniger* gewogen als vor der Schwangerschaft.«

»Ja, aber das war vor circa zehn Jahren.«

»Ach Quatsch. Wenn du mich fragst, ist es ein Mythos, dass das Abnehmen mit dem Alter schwieriger wird.«

Jasmin kann leicht reden, sie hat ja noch nie in ihrem

Leben einen BMI über zwanzig gehabt, denkt Ermina gereizt, verkneift sich aber einen Kommentar.

»Ihr könnt ja das Menü nehmen, dann bestelle ich etwas anderes.«

»Nein, du hast recht. Meine Güte, wir sind inzwischen ja näher an der vierzig als an der dreißig«, pflichtet Nadia ihr bei und klopft sich auf den flachen Bauch, ehe sie fortfährt: »Nach Chloé hatte ich null Probleme mit dem Abnehmen. Aber bei Stella ... Im Ernst, ich glaube, ich habe mich vier Monate nur von Dorsch, Gurken und Hüttenkäse ernährt, bevor ich langsam wieder wie ich selbst aussah.«

Ach du Schande. Vier Monate? So lange liegt Olivias Geburt ja fast schon zurück. Und die Zahl auf Erminas Waage hat sich in den letzten Wochen praktisch nicht verändert.

»Erinnere mich nicht«, stöhnt Filippa. »Nachdem ich Fiona bekommen hatte, habe ich von Grünkohl- und Avocadosmoothies gelebt. Und gefrorenen Beeren, die ich gelutscht habe, um nicht wahnsinnig vor Hunger zu werden.«

Das mit den gefrorenen Beeren ist vielleicht gar keine so schlechte Idee, überlegt Ermina, bevor Nadia ihr eine Hand auf den Arm legt.

»Aber *falls* du nicht abnimmst, kannst du ja immer noch eine Fettabsaugung machen lassen. Ich überlege selbst gerade, ob ...«

»Haben Sie sich entschieden?«

Der Kellner, der offenbar nicht der Meinung ist, dass

Nadia eine Fettabsaugung braucht, da er ihr direkt in den Ausschnitt starrt, ist zurück.

»Ich hätte gern das Fjordlachstatar und das Thunfisch-Tataki«, sagt Ermina schnell, bevor sie sich umentscheiden kann.

Dann versucht sie, nicht hinzuhören, während die anderen Hummertacos, gefüllte chinesische Teigtaschen und Frühlingsrollen mit Rogen bestellen. Als Filippa die Bestellung mit den Worten »und dann nehmen wir noch zweimal die Trüffel-Dumplings zum Teilen« abschließt, ist sie den Tränen nahe. Ihr Körper schreit so sehr nach Kohlenhydraten, dass sie eine ganze Packung Instantnudeln mit den Händen essen könnte. Direkt aus dem Topf.

Dass sie anscheinend keinen Alkohol mehr verträgt, wird ihr nach dem Essen auf dem Weg zur Toilette klar. Von dem einen Glas Cava dreht sich ihr ordentlich der Kopf. Obwohl sie sich selbst das Versprechen gegeben hat, es nicht zu tun, hebt sie auf der Toilette ihr Top, um ihren Bauch zu begutachten. Er quillt richtiggehend in dicken, weichen Wogen hervor, und die Schwangerschaftsstreifen, die sich strahlenförmig um den Nabel ausbreiten, lassen sie an ein Spinnennetz denken. Ekelhaft.

Als sie zurück am Tisch ist, steuert ein Kellner mit einem Tablett Shots auf sie zu. In der Hand trägt er eine Eisfackel, und sämtliche Blicke im Restaurant richten sich auf Ermina und ihre Clique. Vor ein paar Jahren wäre Ermina aufgestanden, hätte laut mit den Fingern gepfiffen und wäre vielleicht sogar auf den Stuhl gesprungen. Aber nur beim Gedanken daran aufzustehen, wo sie hier zwischen dem schwarz lackierten Tisch und dem fest an der Wand montierten Sofa eingeklemmt sitzt, fühlt sie sich wie ein Nilpferd. Ein Nilpferd in Lederhose. Nadia, Filippa und Jasmin schauen sie verwundert an, als hätte sie die Shots bestellt, während sie weg war. Aber der Kellner weist mit einem Kopfnicken auf eine Gruppe junger Männer an der Bar.

»Von den Herren dort drüben.«

Die Herren können unmöglich über dreißig sein. Vielleicht sind sie nur fünfundzwanzig.

»Richten Sie ihnen aus, dass sie herzlich eingeladen sind, uns Gesellschaft zu leisten, wenn wir hier fertig sind«, lächelt Nadia zurück.

»Na los, jetzt genieß es. Es kann Monate dauern, bis du wieder so einen Abend hast«, zischt Filippa, bevor sie ihren Shot runterkippt.

Ohne recht zu begreifen, wie es dazu gekommen ist, wankt Ermina auf einmal mit Jasmin untergehakt die Sturegatan hinunter.

»Fou, Fou, Fou, Fooou«, schreien Filippa und Nadia im Chor mit den Jungs um sie herum.

Ihr bricht der kalte Schweiß aus, als sie sich an der Garderobe des Fou-Clubs drängen, wo sie ihre Pelzjacken und die Fünfundzwanzigjährigen ihre Mäntel aufhängen. Bis jetzt hat ihr keiner von ihnen auch nur einen Blick geschenkt. Auch wenn sie eine Million Mal lieber mit Alen zusammen ist als mit irgendeinem von diesen BWL-Milchbubis, stört es sie ein wenig. Sie war immer die Hübscheste der Clique. Seit sie in die Oberstufe gingen, hat sie mit Abstand die meisten Typen abgekriegt. Und in den letzten Jahren sahen Nadia, Filippa und Jasmin zwar wie auf ihr Äußeres bedachte, aber dennoch todmüde Kleinkindmütter aus, die ihr Haus selten in anderen Outfits als Laufhosen, Softshelljacken und Sneakers verließen. Jetzt sind die Rollen vertauscht. Nadia ist frisch geschieden. Filippa ist es seit mehreren Jahren. Jasmin ist zwar nach wie vor glücklich verheiratet, aber ihre Kinder sind inzwischen alt genug, dass sie vergessen hat, wie es ist, fünfmal in der Nacht aufzuwachen, um zu stillen.

Im Innenbereich des Fou angekommen, landen sie tanzend auf einem Sofa. Ermina füllt ihr Sektglas mit Wasser und trinkt gierig. Sie hat direkt gemerkt, wie der Shot reingehauen hat, aber sie konnte immer schon gut Party machen, ohne stockbesoffen zu sein. Im Gegensatz zu Nadia, die hemmungslos mit einem der Fünfundzwanzigjährigen neben ihr rumknutscht. Sein Kumpel dagegen, der immerhin ein bisschen älter aussieht, versucht anscheinend, Erminas Blick einzufangen. Auch wenn sie Alen noch nie untreu war, hat sie es immer geliebt zu flirten. Und sie weiß, dass Alen sich dessen bewusst ist und keine Probleme damit hat. Also lächelt sie dem Typ zu und nickt fragend in Richtung Bar. Der Typ lächelt zurück, allerdings sieht sein Lächeln eher belustigt als flirtend aus. Er deutet auf ihre Brust. Sie will gerade ihr fiesestes Resting Bitch Face aufsetzen, als ihr klar wird, warum er es getan hat. Auf ihrem hautfarbenen

Top zeichnet sich ein tennisballgroßer, dunkler Fleck ab. Mitten auf der linken Brust. Verärgert denkt sie, dass eine ihrer Freundinnen sie hätte warnen können. Aber die waren völlig zu Recht auf andere Dinge konzentriert. Sie springt vom Sofa auf und drängt sich an ein paar Mädels um die zwanzig vorbei. Sie sind so schlank. Genauso schlank, wie Ermina es war, bevor sie begann, jedes Mal, wenn sie ihre Tage bekam, vor Frust ein Baiser nach dem anderen direkt aus der Packung zu futtern.

»Ey, mach ma' easy, Bitch«, faucht eine von ihnen etwas zu laut, als sie sich an ihnen vorbei auf die Damentoilette drückt.

Drinnen zieht sie den Träger ihres Tops herunter und beugt sich mit den Brüsten übers Waschbecken. Sie sind beide warm und spannen. Scheiße. Noch einen Milchstau kann sie wirklich nicht gebrauchen. Also legt sie die Hände um die linke Brust, und spürt, wie der Druck nachlässt, während die weißen Strahlen ins Waschbecken rinnen. Nachdem sie dasselbe mit der rechten Brust getan hat, stellt sie sich unter den Händetrockner und lässt die Luft auf ihr Top blasen. Es trocknet in null Komma nichts. Ermina fühlt sich wie MacGyver und schert sich einen Dreck darum, dass die Zwanzigjährigen kichern, als die Tür hinter ihr zufällt. Sie hofft, sie brauchen später mal alle mindestens so lange IVF wie sie.

Filippa, Nadia und drei der Jungs tanzen auf einem der Sofas. Das heißt, eigentlich tanzen zwei der Jungs. Der dritte verschwindet hinter Nadias üppiger Haarpracht. Die beiden scheinen nach wie vor sehr damit beschäftigt, mit den Zungen das Innere ihrer Münder zu erforschen. Von diesem Anblick muss sie grinsen, während sie sich in der Hoffnung, Jasmin zu finden, durch den Club drängt. Gerade als sie ihre Freundin entdeckt, die sich mit zwei ihr vage bekannt vorkommenden Frauen unterhält, spürt sie einen festen Griff um den Arm. Reflexmäßig ändert sich ihr Gesichtsausdruck von belustigt zu herablassend, um den viel zu aufdringlichen Typ abzuweisen, der versucht, sie anzumachen. Als sie sich jedoch umdreht, blickt sie in eine grimmige Miene und ein Gesicht, das aussieht, als gehöre es zu einem Riesenbaby, allerdings auf einem Anabolikakörper. In einer Uniform mit der Aufschrift »Security« auf der Brust.

»Ich glaube, es ist Zeit, nach Hause zu gehen«, sagt er resolut.

»Was?«

»Wie viel haben Sie getrunken?«

»Äh, ein Glas Sekt und einen Shot.«

Das Riesenbaby runzelt die Stirn und schaut sie herausfordernd an.

»Man hat mir gesagt, dass Sie gerade Ihre Brüste auf der Toilette gezeigt haben?«

Ermina lacht und schüttelt den Kopf. Sie deutet auf ihre Brust und erklärt: »Ich stille momentan noch, deshalb musste ich den Druck ein bisschen erleichtern, um es mal so auszudrücken.«

»Es ist Zeit, dass Sie nach Hause zu Ihrem Kind gehen«, sagt der Security-Mann barsch und greift erneut ihren Oberarm.

»Wie bitte? Was geht es Sie an, wann ich nach Hause gehe? Ich bin eine verdammt gute Mutter!«, brüllt ihm Ermina so laut sie kann ins Gesicht.

Dann geht alles sehr schnell. Der Wachmann sagt etwas in sein Headset, und eine Sekunde darauf spürt sie, wie auch ihr anderer Arm gepackt wird. Die Füße heben sich vom Boden, und mit in der Luft schlenkernden Beinen sieht sie, wie sich Filippa und Jasmin vor Lachen biegen, während sie ihr per Zeichen zu verstehen geben, dass sie sich später melden.

Sie selbst weiß nicht recht, ob sie sich schlapplachen oder heulen soll, als sie fünf Minuten später in einem Taxi auf dem Weg nach Hause Richtung Midsommarkransen sitzt. Sie hatte geglaubt, dass die Dynamik in der Clique wieder ins Lot kommen würde, jetzt, wo sie auch Mama ist. Klar, sie versteht, dass Nadia, Filippa und Jasmin nicht unbedingt *alles* über Olivia hören wollen. Aber sich volllaufen zu lassen und mit Fünfundzwanzigjährigen rumzumachen, fühlt sich in etwa so vergangen an, wie eng umschlungen in einer schummrig beleuchteten Turnhalle zu *My Heart Will Go On* zu tanzen. Eine Zeit, die für sie ein ganzes Leben zurückliegt. Als der Taxifahrer in den Essingeleden einbiegt, zieht sie ihr Handy aus der Tasche. Öffnet den Messenger und tippt Sigrids und Freddies Namen ein. Sie zögert, bevor sie die Nachricht abschickt. So wahnsinnig erfolgreich war die Kaffeerunde nicht, zu der sie sie eingeladen hat. Aber was bleibt ihr groß übrig? Mit irgendjemandem muss sie sich während des nächsten Jahres schließlich treffen.

# Kapitel 4

## SIGRID

Ermina geht zum Kühlschrank und nimmt zwei kleine Schälchen heraus. »Holst du mal Löffel aus der Schublade da? Ich habe uns ein bisschen Chiapudding gemacht.«

»Oh, lecker«, sagt Sigrid, ohne es ernst zu meinen.

Die kleinen geleeartigen Samen erinnern sie an Froschlaich. Solchen, wie sie und Carro als Kinder immer gesammelt haben, um ihn zu Hause in eine Glasschüssel zu setzen und verzückt zu beobachten, wie Kaulquappen daraus wurden, die sie dann wieder zurück in den See brachten. Sie überlegt fieberhaft, was sie sagen könnte. Als Ermina sie und Freddie über Facebook gefragt hatte, ob sie Lust hätten, sich diese Woche zu treffen, hatte sie direkt angebissen. Sie hatte gehofft, dass Freddie auch kommen würde, aber die schrieb, dass sie leider schon verplant sei. Natürlich. Auch wenn Freddie das letzte Mal, als sie sich trafen, kaum etwas gesagt hatte, hatte es sich zu dritt etwas weniger steif angefühlt. Aber Sigrid vermutet, dass sie etliche andere Mamafreundinnen hat, mit denen sie abhängen kann. Ihr fällt einfach kein Gesprächsthema ein. Gibt es irgendwelche Regeln, über was man mit anderen Müttern spricht und über was besser nicht? Irgendwelche Fragen, die superunhöflich sind, oder solche, die man nettigkeitshalber stellen *muss*?

»Wie lange hast du vor, zu Hause zu bleiben?«

Das scheint ihr eine ungefährliche Frage. Und außerdem gut zu wissen.

»Eigentlich wollte ich anderthalb Jahre daheim bleiben, aber inzwischen bin ich nicht mehr sicher. Ehrlich gesagt finde ich es jetzt schon ziemlich langweilig. Und normalerweise nehmen Maklerinnen so gut wie keine Elternzeit. Ich wollte es machen, weil wir es so lange versucht haben, und … Tja, ich hatte wohl gedacht, dass es etwas weniger … eintönig wäre«, sagt Ermina und schneidet eine Grimasse, ehe sie fortfährt: »Ich bin es gewohnt, sechs Tage die Woche zu arbeiten. Wir haben auch sonntags immer Besichtigungen. Und als Makler trifft man so viele Leute. Alen und ich sind es nicht gewohnt, so viel Zeit zusammen zu verbringen.«

»Wolltet ihr Olivia dann mit zwei in die Krippe geben?«

»Nee, wieso?«

»Na ja, dein Mann wird wohl auch zu Hause bleiben, oder? Sonst verfällt ja sein Teil der Elternzeit.«

»Ja, das ist echt blöd. Aber es nicht so Alens Ding, Windeln zu wechseln und zu spielen und all das. Und er sieht Olivia ohnehin sehr viel, jetzt wo er so flexible Arbeitszeiten hat.«

»Schon, aber es ist doch superwichtig, dass er auch selbst in Elternzeit geht. Sonst können er und Olivia gar keine eigene Beziehung aufbauen, wenn du immer dabei bist. Außerdem zementiert ihr damit nur eure Geschlechterrollen, sodass du auch in Zukunft diejenige sein wirst, die zu Hause die ganze unbezahlte Arbeit macht.«

»Ach Papperlapapp, Geschlechterrollen hin oder her. Man ist eben, wie man ist, und so passt es uns einfach besser. Davon abgesehen putze ich quasi nie. Alen ist megapedantisch, deshalb komme ich meistens gar nicht zum Aufräumen, weil er es schon gemacht hat. Außerdem haben wir eine Putzhilfe, die einmal die Woche kommt. Wie wollt ihr es denn machen?«

»Wir teilen die Elternzeit gleichmäßig auf, das schien uns ganz selbstverständlich. Ich nehme neun Monate, und Ludvig auch. Eigentlich wäre ich gern etwas länger zu Hause geblieben, aber als Lehrerin muss man sich halt auch ein bisschen nach den Unterrichtszeiten richten. Ich kann schlecht mitten im Halbjahr zurückkommen.«

»Ja, klar. Das kann ja jeder machen, wie er will. Es kommt mir trotzdem total irre vor, dass ich noch über ein Jahr Elternzeit übrig habe. Aber ich glaube, ab Herbst werde ich versuchen, wieder ein bisschen zu arbeiten. Sonst drehe ich hier bald am Rad. Nicht, dass ich es nicht schön fände, ein Kind zu haben, nur ... es wird ein bisschen eng, wenn Alen so viel von zu Hause aus arbeitet.«

»Ich finde, es klingt wunderbar, einen Partner, oder entschuldige, Mann zu haben, der so viel zu Hause ist, wenn man gerade ein Kind bekommen hat. Ludvig ist ziemlich viel weg.«

»Was arbeitet er?«

»Er ist Politologe und politisch aktiv, seit er ungefähr fünfzehn ist. Jetzt arbeitet er als Pressesprecher für Caspar Amiri, du weißt schon, den Grundschulminister.«

Ermina pfeift entzückt.

»Der Schnuckelminister.«

»Haha, ja. Das finden anscheinend viele.«

»Er wirkt recht sympathisch, oder? Also, man mag ihn sofort, wenn man ihn im Fernsehen sieht und so.«

»Ja, er ist spitze«, sagt Sigrid und hofft, dass man ihr nicht anmerkt, wie sehr sie Caspar überhat. Und seine ständigen Anrufe und Nachrichten an Ludvig.

»Aber wie oft ist dein Partner denn weg?«

Sigrid seufzt tief und knibbelt an ihrer rissigen Nagelhaut, bevor sie den Finger zum Mund hebt und zu knabbern beginnt. Es tut weh. Sie sollte wirklich aufhören, an den Nägeln zu kauen.

»Na ja, so zwei, drei Nächte die Woche ist er ganz weg. Und an den anderen Tagen wird es abends oft recht spät. Aber wenn er zu Hause ist, teilen wir die Aufgaben sehr gleichmäßig auf. Und mir ist wie gesagt wichtig, dass er sich in seinem Job wohlfühlt. Alfred schläft trotzdem gut, die Nächte sind also eigentlich kein Problem für mich, eher dass es ganz schön … einsam wird.«

»Jetzt haben wir ja uns. Du brauchst also nicht länger einsam zu sein, und ich bekomme ein bisschen Luft von Alen.«

Ermina lächelt breit und schaut sie an, als habe sie gerade herausgefunden, wie man sowohl den Welthunger als auch den Klimawandel stoppt. Sigrid erwidert das Lächeln. *Irgendetwas* müssen sie doch gemeinsam haben, abgesehen davon, dass ihre Kinder gleich alt sind?

## FREDDIE

Sie hatte nicht gedacht, dass es sich so anfühlen würde. Sie *will* nicht, dass es sich so anfühlt. Seit sie Aurelia zum ersten Mal im Arm hielt, hat sie kaum etwas für dieses winzige Wesen empfunden, das pausenlos nach Essen und Nähe schreit. Und ganz gleich, wie viel sie auch gibt, bekommt sie nicht das Geringste zurück. Aurelia lächelt Freddie so gut wie nie an. *Alle* anderen Babys, die sie sieht und ungefähr aufs selbe Alter wie Aurelia schätzt, lächeln ihre Mütter an. Dementsprechend vermutet Freddie, dass ihr eigenes Kind in etwa dieselben Gefühle für sie hegt wie umgekehrt. Und trotzdem will Aurelia immer, immer nur bei Freddie sein. Als wolle sie jede einzelne Sekunde mit ihrer Mutter wieder aufholen, die sie während der Stunden verlor, als Freddie im OP lag und die Ärzte ihren zerrissenen Unterleib zusammennähten. Diese Stunden, an die sie keinerlei Erinnerung hat. »Sehen Sie es so, sie wird sicher eine ganz besondere Bindung zu ihrem Vater haben, nachdem sie ihm gleich am Anfang so nahe war«, hatte eine Hebamme gesagt und ihr über die Wange gestrichen, als Freddie anschließend auf der Entbindungsstation lag und an die Decke starrte. Aber das war offensichtlich nur Gerede. Sobald Frans Anstalten macht, Aurelia auf irgendeine andere Weise als im Tragetuch zu tragen, wird sie komplett hysterisch. Manchmal schreit Freddie Aurelia daraufhin an, dass sie gefälligst die Klappe halten und zufrieden sein soll.

Der Platz in ihrem Herzen, der von Liebe erfüllt sein sollte, ist vollkommen leer. Sosehr sie sich auch bemüht, fühlt sie nichts anderes als Müdigkeit, Verzweiflung und Zorn, wenn sie ihr Kind ansieht. Auch wenn sie tief drinnen weiß, dass die blitzschnelle Albtraumentbindung, die ihr vollständig den Körper zerriss, natürlich nicht Aurelias Schuld ist, redet sie es sich dennoch ein. Dass sie sich wegen Aurelia kaum traute, während der ersten drei Monate Freunde zu sich nach Hause einzuladen, weil sie eine Todesangst davor hatte, auf die Toilette zu müssen. Weil sie hören würden, wie sie weinte, wenn sie tun musste, was alle Menschen tun müssen. Früher hatte sie einen kurvigen und weichen Körper, und während der Schwangerschaft liebte sie jeden Tag mit ihrem schönen, runden Babybauch. Aber seit Aurelia geboren wurde, hat sie all ihre Schwangerschaftskilos verloren, und sicher noch acht dazu. Sie hat sich nicht gewogen, aber sie sieht es an ihrem Gesicht. Die Wangen sind eingefallen. Und die Stillpullis, die sie gegen Ende der Schwangerschaft gekauft hat, schlabbern an den Oberarmen. Sie ist keineswegs mager, das wird sie niemals sein. Aber so wie jetzt dürfte sie das letzte Mal in der Oberstufe ausgesehen haben. In den ersten Wochen nach Aurelias Geburt hatte sie sich geweigert, etwas anderes als Dickmilch und Suppe zu sich zu nehmen. Alles, um bloß keinen Stuhlgang zu haben. Weil es so wehtat. So verflucht elend weh. Aurelia schläft neben ihr im Babynest. Die winzigen Lider flattern, und Freddie hasst sich selbst dafür, dass sie im Stillen betet, sie möge noch nicht aufwachen. Sollte sie nicht *wollen*, dass ihr Kind wach wird, damit sie mit ihr zusammen sein kann? Sie wünschte, sie könnte ebenfalls schlafen. Aber wie gewöhnlich geht es nicht. Sobald sie spürt, wie ihr die Augen zufallen, gibt Aurelia einen Laut von sich, und sie ist wieder hellwach. Der Schlafmangel und die Isolation in der Wohnung haben sie verrückt gemacht. Und dass sie verrückt geworden ist, hat sie unglücklich gemacht. Oder aber der Schlafmangel und die Isolation haben sie unglücklich gemacht, und das Unglück hat sie verrückt gemacht. Sie schaut wieder auf Aurelia und versucht zu spüren, ob sie sie liebt. Sosehr sie sich auch bemüht, diese bedingungslose Liebe heraufzubeschwören, die alle Mütter für ihre Kinder empfinden, will es ihr einfach nicht gelingen. Jedes Mal, wenn sie Aurelia ansieht, wird sie wütend. Sie wird wütend auf dieses Kind, weil es nur fordert, fordert, fordert, ohne irgendetwas zurückzugeben. Das Einzige, was sie will, ist ein bisschen Ruhe, um zu schlafen, im Internet zu surfen und ein paar Folgen einer Serie zu schauen, die sie schon gesehen hat. Das war schon als Kind ihre Strategie: sich in die Kuscheldecke der Nostalgie wickeln, wenn das Leben zu wehtut. Als das Mobbing gegen sie in der Mittelstufe am allerschlimmsten war, verbrachte sie jeden Nachmittag mit *Titanic*. Nach dem albtraumhaften Beziehungsende mit ihrem Ex sah sie alle Staffeln von *Veronica Mars*. Jetzt schaut sie die erste Staffel von *O.C. California* hoch und runter. Zum Teil, weil es so schön ist, der Wirklichkeit zu entfliehen, ohne sich darauf konzentrieren zu müssen, was in der Serie passiert. Vor allem aber, weil es so schön ist, sich zu Jeff Buckleys Coverversion von *Hallelujah* die Augen auszuheulen, wenn Ryan am Ende der letzten Folge Newport Beach verlässt und Marissa ihm hinterherblickt.

Freddie seufzt und schenkt sich die inzwischen vierte Tasse Kaffee ein. Es gibt keine Milch mehr, aber sie ist zu erschöpft, um neue zu kaufen. Sie hat nicht mal die Energie, ihr Handy zu suchen und Frans zu schreiben, dass er welche mitbringen soll. Er versteht es ja doch nicht. »Was *machst* du eigentlich den ganzen Tag?«, hatte er neulich gefragt, als sie ihn anrief und bat, auf dem Heimweg von der Arbeit Klopapier zu kaufen. Ja, was *macht* sie den ganzen Tag? Windeln wechseln. Stillen. Auf dem Handy herumscrollen. Fotos auf Facebook liken und kommentieren, damit die Leute nicht denken, sie sei verschollen, weil sie es kaum schafft, eigenes Material hochzuladen. Sie hat kein eigenes Material, das sie hochladen könnte. Fast bereut sie, dass sie Erminas Einladung zum Kaffee ausgeschlagen hat. Damit hätte sie jedenfalls neuen Stoff für ihre Kanäle gehabt. Sie öffnet den Chat und sieht, dass Ermina und Sigrid sich für elf Uhr bei Ermina verabredet haben. Jetzt ist es 11.42 Uhr, und sie hat seit dem katastrophalen Pärchenabend am Freitag nicht geduscht. Sie würde mindestens eine halbe Stunde brauchen, um sich fertig zu machen, Aurelia die ganzen verdammten Winterklamotten anzuziehen, sie die Treppe hinunterzutragen und … Freddie hat nicht mal die Energie, den Gedanken zu Ende zu denken. Außerdem würden Ermina und Sigrid sie bestimmt für merkwürdig halten, wenn sie erst nicht antwortet und dann über eine Stunde zu spät auftaucht. Astrid hatte sie auch zu einem Influencertreffen über irgendeine Unterwäschenkollektion eingeladen, aber da hatte sie nicht mal erwogen hinzugehen. Schon beim Gedanken, stundenlang ein falsches Lächeln für einen Haufen Kollegen aufsetzen zu müssen, bricht ihr der Angstschweiß aus.

In einer dieser Elternzeitschriften, die Frans ihr gekauft hat, vermutlich in der Hoffnung, dass sie sich ein bisschen inspirieren lassen oder dieser Sache mit dem *Mamasein* zumindest ein wenig annähern würde, stand der Tipp, sich verschiedene Wecker auf dem Handy zu stellen, um einen Überblick über all die neuen Routinen zu behalten. In einem wachen Moment hat sie vor ein paar Tagen genau das getan. Das Problem ist nur, dass sie vergessen hat dazuzuschreiben, was die Wecker bedeuten, und wenn ihr Handy jetzt klingelt, hat sie keine Ahnung, warum. Eigentlich sollte sie Aurelia wecken. Sie hat diesen Vormittag schon wieder viel zu lange geschlafen. Aber sie *schafft* es nicht, dieses Kind auch nur eine Minute länger zu unterhalten. Aurelia windet sich in ihrem Babynest. Verzieht das Gesicht zu einer Grimasse, um dann einen lauten und langgezogenen Pups zu lassen. So einen, der mindestens zehn Milliliter klebrige senfgelbe Kacke in der Windel generiert. Sie weiß, dass sie die Windel sofort wechseln sollte. Aber sie schafft es nicht. Hat keine Lust, Aurelia zu wecken, ihr unzufriedenes Geschrei anzuhören und die Hand auf ihren Bauch zu halten, während sie strampelnd auf dem Wickeltisch liegt. Nervös beobachtet sie Aurelia und atmet erleichtert aus, als sie weiterschläft, trotz der Furzattacke. Vorsichtig rückt sie das Babynest in dem kleinen Gitterbett zurecht, sodass Aurelias Hände und Füße nicht zu nah an den Gitterstäben liegen. Die winzige Hand greift im Schlaf nach ihrem Zeigefinger, und Freddie erschaudert, als sie den Griff abschüttelt, als würde sie eine lästige Fliege wegwedeln. Dann läuft sie weiter planlos in der Wohnung umher. Im für Aurelia vorgesehenen Zimmer herrscht immer noch Chaos. Die Farbtöpfe stehen ungeöffnet auf dem Boden, die Möbel sind an die Wände gerückt. Das Handy vibriert erneut. Sie muss diese idiotischen Wecker abstellen. Sie geht ins Esszimmer, wo das Display des Handys immer noch leuchtet. Allerdings war es kein Wecker. Sie hat zwei verpasste Anrufe von ihrer Sales Managerin Catta. Fuck. Seit Aurelia geboren wurde, hat sie drei Einladungen fürs Morgenfernsehen bei *Nyhedsmorgon* ausgeschlagen, es abgelehnt, beim Lakritzfestival auf der Showbühne zu backen, eine große, mehrmonatige Kooperation mit Zeta für deren italienische Lebensmittel sausenlassen sowie mehrere andere Anfragen nicht wahrgenommen. Und weniger Kooperationen für Freddie bedeuten geringere Einkünfte fürs Influencernetzwerk. Sie weiß genau, wie in der Branche über solche wie sie geredet wird. Was sowohl die Unternehmen als auch ihre Kollegen von Influencern halten, die es nicht einmal auf die Reihe kriegen, ein Paket mit kaltgepressten, würzigen Olivenölen entgegenzunehmen und die Rezepte aus der beigefügten Broschüre nachzukochen. Und dann die Fotos zu machen, das Video aufzunehmen und die Beiträge zu verfassen, die Teil der Kooperation sind. »Verwöhnt.« »Faul.« »Divenhaft.« Nie hätte sie gedacht, dass sie so eine werden würde. Sie *ist* nicht so. Aber der Gedanke daran, die Tür öffnen und irgendeine frisch geduschte Zwanzigjährige anlächeln zu müssen, die von einer PR-Agentur geschickt wurde, um ihr ein Produktpaket zu überbringen, löst in ihr das starke Bedürfnis aus, sich ausgestreckt auf den Boden zu legen und vor Erschöpfung zu hyperventilieren. Freddie atmet tief durch, nimmt das Handy und drückt auf den grünen Hörer, um Catta zurückzurufen. Sie kneift die Augen zusammen, während das Freizeichen ertönt. Zwingt die Mundwinkel zu einem gefakten Lächeln nach oben, damit sie fröhlich klingt.

»Dies ist der Anschluss von Catharina von Amazing Influencers. Leider kann ich das Gespräch zurzeit nicht entgegennehmen. Ich höre meine Nachrichten nicht ab, schicken Sie mir aber gern eine …«

Freddie legt auf und spürt einen Anflug von Wut. Die Kraftanstrengung, die sie unternehmen musste, um überhaupt zurückzurufen, war also völlig umsonst, denkt sie, bevor das Telefon erneut vibriert.

»Heeeey, Catta! Wie geht's?«, presst sie mit etwas zu hoher Stimme heraus.

»Fabelhaft, und bei dir? Wie läuft das Macchiato-Leben, haha, entschuldige, das *Mama*-Leben?«

»Ganz fantastisch! Du, mir ist klar, dass ich jetzt schon ein bisschen arg lang in dieser Babyblase bin, aber …«

»Ah, gut, dass du es selbst ansprichst. Ich habe mich ein bisschen davor gedrückt, dieses Gespräch mit dir zu führen. Na ja, ich will trotzdem ehrlich sein. Und wir respektieren natürlich, dass du die Säuglingszeit voll genießen möchtest. Aber ... Es sind jetzt über drei Monate vergangen, Freddie. Und es tut mir wirklich leid, es zu sagen, aber du lieferst nicht mehr.«

Sie weiß ja selbst, dass es stimmt. Dennoch schmerzt es zu hören mehr, als sie erwartet hatte.

»Mmh. Mir ist bewusst, dass ich seit Aurelias Geburt viele Angebote abgelehnt habe.«

Während sie, den Hörer ans Ohr gedrückt, Cattas Antwort abwartet, wiederholt sie im Kopf wieder und wieder Astrids und ihr altes Mantra: *Sie brauchen uns mehr als wir sie.*

»Ja, du hast ... Lass uns mal sehen ... Bis jetzt habe ich dir dieses Jahr zwölf Kooperationen angeboten. Ich habe mich um all diese Unternehmen bemüht, über die wir gesprochen hatten, die einen deutlichen Fokus auf Kinder und Familie haben. Es ist alles andere als angenehm, ihnen sagen zu müssen, dass du kein Interesse hast. Wenn das so weitergeht, kommen wir niemals auch nur auf die Hälfte der Summe, die wir letztes Jahr zusammen eingenommen haben.«

»Ja. Das verstehe ich.«

Freddie spürt kalten Schweiß auf ihrer Haut. Aber sie hat es einfach nicht fertiggebracht, monatelange Kooperationen mit Unternehmen einzugehen, die Pulverbrei und merkwürdige Tragetücher verkaufen. Denn das hätte ja bedeutet, dass sie tatsächlich etwas hätte liefern müssen. Und dazu war sie, wie Catta ganz richtig hervorhebt, nicht in der Lage.

»Ich habe versucht, dich zu Meetings und so weiter zu uns einzuladen. Aber du bist ja vollauf mit Aurelia beschäftigt, und das respektieren wir. Natürlich respektieren wir das. Und ich wünschte, ich könnte es auf eine andere Art sagen, Freddie. Oder dass ich es überhaupt nicht zu sagen bräuchte. Denn ich mag dich. Und wir sind so unfassbar stolz und glücklich darüber, dich bei uns zu haben. Aber so kann es einfach nicht weitergehen. Du *musst* wieder anfangen zu liefern.«

Freddie schluckt. Lässt den Blick durch die Wohnung schweifen. Sie weiß, dass viele ihrer Followerinnen glauben, Frans und sie könnten kaufen und herumreisen, so viel sie wollten. Dass viele glauben, das Haus auf Gotland gehöre ihnen, obwohl es ursprünglich das Haus von Frans' Stiefgroßeltern war, das seine Mutter und sein Stiefvater dann übernahmen. Die Wahrheit ist, dass sie gerade genug verdienen, um ihren Lebensunterhalt zu finanzieren. Anschließend helfen ihnen ihre Steuerberater, alles von Kleiderkäufen für Geschäftsessen über Kameraausrüstung bis hin zu Auslandsreisen abzusetzen. Es reicht, dass Freddie einen kleinen Toscanaguide für irgendeine Zeitschrift macht, um die ganze Reise absetzen zu können, oder dass sie ein Kleid bei ein paar Events oder Kochkursen trägt, damit der Steuerberater die Quittung mit zu den Unterlagen steckt. Der Vorschuss, den sie für den Auslandsvertrag von *Feste und Hochzeiten mit*

*Freddie* bekommen hat, reicht im Prinzip nur dazu, den Verdienstausfall während der Elternzeit zu decken. Sie *darf* den Vertrag mit Amazing Influencers nicht verlieren. In diesem Fall würden sich Frans' und ihre Einkünfte mehr als halbieren. Also schluckt Freddie und verlagert das Gewicht vom einen Fuß auf den anderen, ehe sie sich räuspert.

»Ich verstehe, Catta. Mir gefällt es auch nicht, dass ich nicht ... liefern konnte. Hättest du denn gerade irgendwelche Angebote für mich?«

»Ja, ich habe hier etwas, das, glaube ich, gut zu dir passen würde. Etwas ziemlich Großes sogar. Die von diesem Marzipan- und Schokoladenunternehmen, mit dem du vor Weihnachten kooperiert hast, waren doch so zufrieden. Und als sie jetzt eine Osterkooperation mit uns eingehen wollten, haben sie dich vorgeschlagen. Sie haben inzwischen auch angefangen, Backhelfer zu verkaufen, Pralinenförmchen und so was, du weißt schon. Was hältst du davon?«

»Was genau beinhaltet es?«

Sie hört, wie Catta am anderen Ende der Leitung versucht, einen Seufzer zu unterdrücken.

»Das Übliche. Du bekommst ein Paket nach Hause. Backst was Tolles, machst ein paar Insta-Storys, einen Beitrag für den Feed und einen für den Blog. Wenn du Lust hast, könntest du auch versuchen, ihnen ein YouTube-Tutorial zu verkaufen? Und vielleicht einen Rabattcode für deine Follower?«

»Du, das klingt ja toll! Natürlich mache ich das.«

»Sehr schön, großartig. Ich sorge dafür, dass du das Paket nächste Woche bekommst, dann schalten wir uns noch mal kurz und besprechen, wie die genaue Bestellung aussehen soll.«

»Hast du sonst noch was?«

»Hm, ja. Da wäre noch die Babybrei-Kooperation, über die wir gesprochen haben.«

Freddie schluckt. Diese Babybrei-Kooperation will sie wirklich nicht machen. Sie würde lieber kleine Kügelchen aus Aurelias Kacke formen und sie in die Fritteuse schmeißen, als ihrem Kind Pulverbrei zu verabreichen. Dennoch hört sie sich selbst sagen: »Ah, stimmt ja. Na klar, das machen wir. Sie wird mit der Beikost ja frühestens in zwei, drei Monaten anfangen, aber ...«

»Wunderbar! Ich schaue, dass du ein Paket mit Brei bekommst und schicke dir ein paar Infos darüber, welchen Content sie haben sollen. Und die Schokolade kommt dann wie gesagt nächste Woche.«

»Dann freue ich mich aufs Osterbacken.«

»Ich mich auch. Schön, dich wieder dabeizuhaben, Freddie!«

Obwohl Catta aufgelegt hat, bleibt sie mit dem Handy am Ohr stehen. Es klebt an ihrer Wange, und erst jetzt merkt sie, dass sie am ganzen Körper zittert. Dann kommt das Weinen. Es beginnt als Heulen, um dann in ein gedämpfteres Schluchzen überzugehen. Und natürlich wacht Aurelia auf. Brüllt lauter und lauter, als wolle sie ihre Mutter übertönen. Zeigen, dass sie diejenige ist, die das größte Recht hat, ihre Gefühle zu zeigen. Freddie tappt zum Gitterbett und erinnert sich an die Windel, die sie vor mindestens einer halben Stunde hätte wechseln sollen. Aber sie hat nicht die Kraft, sich mit dem schreienden Baby auf dem Wickeltisch abzumühen. Hat Angst, die Kontrolle zu verlieren, wegzuschauen und dann ihr Kind unbeweglich auf dem Boden liegen zu sehen. Und so gereizt, frustriert und wütend sie auch wegen ihres Kindes ist, möchte sie jedenfalls nicht, dass Aurelia stirbt. Immerhin etwas. Gestärkt von dem Gefühl, nimmt sie ihre Tochter hoch, legt sich mit ihr im Ehebett auf die Seite und stillt. Noch etwas Positives: Das Stillen geht immer schneller. Vielleicht braucht sie sich bald nicht mehr wie ein menschlicher Schnuller zu fühlen. Als Aurelia die Brust loslässt und mit ihren kleinen Augen, die allmählich von blau zu braun übergehen, zu ihr hochsieht, spannt Freddie sich an und versucht, Liebe für sie zu empfinden. Stefan hat ihr diesen Rat gegeben; dann in sich hineinzufühlen, wenn Aurelia gutgelaunt und zufrieden ist, statt in den Momenten, wenn sie traurig ist und schreit. Irgendwo tief drinnen in der Brust flattert es vielleicht ein bisschen. Oder? Das Gefühl verschwindet, bevor sie es überhaupt richtig wahrnehmen kann. Also atmet sie durch den Mund, um den Geruch der vollen Windel nicht riechen zu müssen, und trägt Aurelia zum Wickeltisch. Nimmt einen Packen Pflegetücher und wischt die senfgelbe Schmiere weg. Aurelias Po hebt sich flammend rot von der hellen Haut ab. So wird es immer, wenn sie es nicht über sich bringt, sie zu wickeln, und Frans wird jedes Mal gleich wütend, wenn er es entdeckt.

An den Tagen vor den Terminen bei der BVC ist sie immer extra sorgfältig. Wechselt Aurelia stündlich die Windel. Wischt sie gründlich ab, auch wenn es nichts zum Abwischen gibt. Cremt sie mit Bepanthen ein, damit die Rötungen verschwinden. Freddie kommt sich dann immer wie die Mutter in *Sie nannten mich »Es«* vor, einem Buch, das sie in der Mittelstufe gelesen hat. Über die Mutter, die ihr Kind misshandelte, vernachlässigte und hungern ließ, außer in der Woche, bevor der Sozialdienst zu Besuch kam. Dann bekam ihr Sohn richtiges, gutes Essen, warme Bäder und ebenso warme Umarmungen. Sie will keine Mutter sein, die ihr Kind vernachlässigt. Aber häufig schafft sie es einfach nicht, es besser zu machen. Als Aurelia ihre neue Windel bekommen hat und zufrieden strampelnd unter dem Spielbogen liegt, öffnet sie das kleine Notizbuch, das sie auf Stefans Rat hin gekauft hat, und schreibt eben diese Gedanken auf. Das muss sie nächstes Mal mit ihm besprechen. Genauso wie sie ihn fragen muss, was er von diesen Glückspillen hält, von denen Frans gern hätte, dass sie sie nimmt.

# Kapitel 5

## SIGRID

»Also, was gibt's Neues von der Arbeit?«

Sigrid beißt einen großen Bissen von ihrem Cheeseburger ab und wartet gespannt auf Kians Antwort. Er hat mehrfach geschrieben und gefragt, ob sie sich nicht in der Stadt mit ihm zum Mittagessen treffen und anschließend Alfred auf der Arbeit vorzeigen möchte, aber sie hat ihn immer vertröstet. Teils, weil ihr irgendwie nicht ganz wohl beim Gedanken ist, dass Kian ihr Kind sieht. Sie kann es nicht richtig in Worte fassen, aber es wäre so *komisch*, wenn er zum Beispiel fragen würde, ob er Alfred mal halten darf. Als würde sie Ludvig betrügen oder so. Zum anderen hat sie ganz einfach einen Riesenbammel davor, mit dem Kinderwagen Rolltreppe zu fahren. Und ja, natürlich weiß sie, dass es Aufzüge gibt. Aber nachdem sie zwei Millimeter von einer Panikattacke entfernt war, als sie mit dem zwei Wochen alten Alfred die Rolltreppe der U-Bahn-Station Hornsgata hochfuhr, weil der Aufzug kaputt war, hat sie es konsequent vermieden, U-Bahn zu fahren. Bis heute. Denn sie vermisst die Arbeit. Und sie vermisst Kian.

»Tja, was gibt's Neues von der Arbeit? Ich erstatte dir doch immer schon ausführlich Bericht. Erzähl du mal lieber – wie ist es, Mama zu sein?«

Kian schaut sie über den Tisch hinweg neugierig an. Und Sigrid weiß selbst nicht, woher es kommt, aber sie lächelt so breit sie kann und antwortet: »Es ist wirklich das Beste, was mir je passiert ist!«

Kian stoppt die Gabel auf dem halben Weg zum Mund. »Im Ernst jetzt?«

Sigrid lacht und schüttelt den Kopf.

»Ich weiß nicht, warum ich das gesagt habe. Es ist toll. Aber auch wahnsinnig anstrengend.«

»Also vermisst du die Arbeit trotzdem ein bisschen?«

»Es ist total schön, mit Alfred zu Hause zu sein, aber es wird ein bisschen einsam mit der Zeit. Die Tage ziehen sich. Ich glaube, Alfred ist eines von diesen ›netten‹ Babys, die immer schlafen und nie schreien. Aber ich kenne ja nicht so viele andere, die auch Kinder haben, und da fühlt man sich irgendwann ziemlich allein.«

»Ist Ludvig immer noch viel weg?«

»Ja. Schon. Aber das wussten wir ja, als er diesen Job angenommen hat. Und er hilft sehr viel mit, wenn er zu Hause ist. Außerdem geht er nach dem Sommer in Elternzeit.«

»Also kommst du schon nach den Sommerferien zurück? Da freuen wir uns. Sowohl die Kids als auch ich. Ich habe gehört, einige haben sogar nach dir gefragt, vor allem diese Mädels aus der Acht, mit denen du Theater-AG hattest.«

»Echt? Ach Gott, wie süß. Ich vermisse sie tatsächlich. Weniger vermisse ich es, Buchrezensionen von *Der Report der Magd* zu korrigieren, die von den Unterschieden und Gemeinsamkeiten zwischen Desfred und Peggy Olsen handeln.«

Sie lachen einvernehmlich. Dass die Schüler immer noch nicht gelernt haben, wie durchschaubar es ist, dass sie die Serie oder den Film gesehen haben, statt das Buch zu lesen, ist ein beliebter Witz unter den Lehrern. Während ihrer gemeinsamen Korrekturabende haben sie sich oft ausgeschüttet vor Lachen über derartige Analysen. Als Alfred kurz darauf aufwacht, fragt Kian, ob er ihn halten darf, und dann sitzt er mit Alfred im Arm da, sodass Sigrid beide Hände zum Essen benutzen kann. Gleichzeitig. Wann hat sie das zum letzten Mal getan?

»Warst du mal wieder in Schonen?«

»Wir fahren morgen hin, wenn Ludvig von der Arbeit kommt. Er konnte es einrichten, ein paar Tage von dort aus zu arbeiten.«

»Wie ist es jetzt mit deinem Vater? Hat er schon einen neuen Job gefunden? Scheiße, ich glaube, wir können uns überhaupt nicht vorstellen, wie hart es für ihn war, als die Fabrik dichtgemacht wurde.«

Sigrid seufzt.

»Tja, es ist wohl, wie's ist. Ich wünschte, wir könnten uns dieses ganze Gerede über Politik schenken, aber er ist ja mit absolut allem unzufrieden. Und schiebt es auf ... Na ja, du weißt schon.«

»Also ... ich erkenne das wirklich wieder. Hässleholm ist auch nicht mehr, was es zu meiner Kindheit war. Und für meine Mutter ist es eindeutig schwieriger geworden.«

»Schmieren die Leute immer noch so viel an die Wände vor ihrer Praxis?«

»Ja, es ist richtig übel. Inzwischen überlegt sie ernsthaft, ob sie wegziehen soll.«

»Was? Und das nur, weil sie nicht in Schweden geboren ist!«

»Hässleholm ist eben eine Kleinstadt. Scheiße, man kann echt froh sein, dort weg zu sein.«

Sigrid seufzt niedergeschlagen.

»Aber was soll man machen?«

»Tja, weißt du, ich glaube nicht, dass man sehr viel machen kann«, meint Kian mitfühlend. »Außer zu widersprechen und klar dagegenzuhalten. Aber dein Vater ist ja keiner von den wirklich Schlimmen. Er war immer nett zu mir, dabei bin ich schließlich Kanake.«

»Hey, red nicht so über dich selbst.«

»*Ich* darf so über mich reden.«

»Du spinnst.«

Sigrid schüttelt den Kopf und lächelt Kian an, der schnell den Fokus von ihr weg und auf Alfred gerichtet hat.

»Wie ruhig er ist.«

»Ja, bis jetzt hatte ich Glück. Er schläft praktisch die ganze Zeit. Manchmal bin ich kurz davor, ihn zu wecken, nur weil mir so langweilig ist.«

»Was bitte, langweilig? Denk mal an all die Bücher, die du jetzt lesen kannst. Hast du eigentlich immer noch nicht das Zlatan-Buch gelesen?«

»Pff. Nur weil es das einzige Buch ist, was du je gelesen hast.«

»Typisches Vorurteil über Lehrer. Und über Fußballspieler übrigens auch!« Kian schaut auf Alfred in seinem Arm. »Vergiss nicht, dass deine Mama früher mal Mannschaftskapitänin war und eine große Verantwortung auf deinen Schultern lastet«, witzelt er.

»Ha! Ich würde wahrscheinlich kaum noch den Ball treffen. Ich habe ja seit Jahren nicht gespielt.«

»Hör nicht auf sie, Alfred. Deine Mama kann dir sehr wohl beibringen, wie man Fußball spielt.«

Sigrid verdreht die Augen und will Kian gerade sagen, dass er die Klappe halten soll, als er bemerkt: »Übrigens sieht es auf Insta so aus, als ob du ein paar neue Freundinnen gefunden hättest.«

»Ja, ich treffe mich recht häufig mit zwei Frauen, die auch in Midsommarkransen wohnen. Wir haben uns durch Zufall kennengelernt und sind total verschieden. Aber ich finde, auf irgendeine schräge Art passt es trotzdem gut. Wahrscheinlich ergibt sich das ganz automatisch, wenn man Kinder im selben Alter hat.«

»Ist die eine von ihnen nicht die, die immer in *Nyhedsmorgon* kocht?«

»Ja, genau. Sie ist echt lieb.«

Irgendwie macht es Sigrid stolz, gegenüber Kian sagen zu können, dass Freddie und sie Freundinnen geworden sind. Dass es ihm aufgefallen ist, erfüllt sie mit einem merkwürdigen Gefühl von Freude.

»Vielleicht könntest du sie, wenn du wieder arbeitest, fragen, ob sie Lust hat, in den Unterricht zu kommen und den Kids von ihrem Job zu erzählen? Heutzutage will wohl jedes Mädchen Influencerin werden. Sie könnte ja in eine deiner Schwedischstunden kommen und erklären, wie man einen YouTube-Kanal oder einen Blog aufbaut.«

»Stimmt, gute Idee. Aber wir kennen uns noch gar nicht lange. Außerdem glaube ich, dass sie sich für so was ziemlich gut bezahlen lässt.«

»Haha, wir finden sicher einen Vater, dessen Tochter sie zum Vorbild hat, als Sponsor. Aber du, wie sieht's aus, wollen wir zahlen, dann kann ich dich vor der nächsten Stunde noch zum Lehrerzimmer begleiten?«

Sie winken beide der Kellnerin und ziehen schnell ihre Karten heraus, als die Rechnung kommt, um direkt bezahlen zu können.

Auf dem Weg zur Schule lachen sie beinahe ununterbrochen, und Alfred strahlt sie aus dem Kinderwagen heraus an. Schon bevor sie den Schulhof erreichen, hören sie einen Chor junger Stimmen, als ihnen eine Gruppe von Schülern entgegenkommt.

Mein Gott, wie sie das vermisst. Zu beobachten, wie die Schüler in kleinen Grüppchen über den Schulhof laufen. Sie zu loben, wenn sie besser abschneiden, als sie erwartet hätte. Ihre Neugier zu sehen, die trotz allem hin und wieder aufflackert.

Bevor sie am Fußballplatz vorbei sind, schart sich eine weitere Gruppe um sie und will in den Kinderwagen sehen.

»Oh, wie süß«, sagt eine Schülerin, die in der Siebten sein muss, mit dem Kopf halb im Wagen.

»Und wie sehr er Ihnen ähnelt«, fügt ihr Freund hinzu und schaut bewundernd zu Kian.

Egal wie gern Sigrids Schüler sie haben, wird sie niemals eine beliebtere Lehrerin sein als Kian. Er hat praktisch hundert Prozent Anwesenheit in seinen Stunden, obwohl Sport normalerweise das Fach ist, das die meisten älteren Schüler schwänzen.

»Na, so was, das ist aber merkwürdig«, antwortet Kian und zwinkert ihnen zu, ehe er fortfährt: »Das wundert mich, denn dieser kleine Kerl hier hat einen ganz anderen Papa.«

»Oh, ich dachte, es wäre euer Kind?«, fragt das Mädchen enttäuscht.

»Nein, es ist nur mein Kind. Sein Vater heißt Ludvig.«

»Schaaade, wir dachten, ihr wärt zusammen«, seufzt das Mädchen und trollt sich.

Kian knufft Sigrid in die Seite, doch sie tut, als bemerke sie es nicht.

»Ich habe gleich eine Stunde, aber die anderen kommen bestimmt in ein paar Minuten.«

Kian hält seine Pulsuhr hoch, die 13.55 Uhr zeigt. Wie konnte sie die Zwei-Uhr-Pause vergessen! So lange ist sie anscheinend schon weg. Bereits auf dem Weg nach drinnen hört sie eine vertraute Stimme hinter sich. Klara, eine ihrer engsten Kolleginnen.

»Sigrid! Du hier?«

Dann erscheinen sie einer nach dem anderen und wollen sie drücken und Alfred bestaunen und begrüßen. Die exzentrische Französischlehrerin Monique, Ursula aus

Deutschland, die Mathe und Physik unterrichtet, und dann die, mit denen sie normalerweise am meisten Kontakt hat: Schwedisch- und Englischlehrer, bei denen das Examen auch noch nicht allzu lange zurückliegt und die keine eigenen Kinder haben.

»Ist der niedlich!«

»Wie alt ist er jetzt?«

Sigrid ist so viele Fragen auf einmal nicht gewohnt, und sie merkt, wie ihre Augen hin- und herschnellen wie Flipperkugeln, ohne dass sie sich daran erinnern könnte, wer was gefragt und wen sie schon umarmt hat. Kaum zu glauben, dass ihre Kolleginnen und Kollegen sie anscheinend so vermisst haben. Damit hatte sie nicht gerechnet. Sie hatte angenommen, den anderen würde ihre Abwesenheit kaum auffallen.

»Du kommst doch auf die Betriebsfeier, Sigrid?«

Klara schaut sie erwartungsvoll an.

»Nein, oder ja, das heißt ... ich glaube, ich habe keine Einladung bekommen?«

»Was? Mensch, das gibt's ja nicht! Sie müssen die Einladung doch auch an alle schicken, die in Elternzeit sind. Aber warte, du checkst momentan wahrscheinlich eher nicht deine Mails, oder?«

»Nein, die habe ich ziemlich vernachlässigt.«

»Dann schau gleich mal nach! Also, ob du die Einladung bekommen hast. Sonst sage ich Bisse, dass sie dir eine schicken soll.«

Bisse, die eigentlich Elisabeth heißt und aus unerfindlichen Gründen einen Spitznamen bekommen hat, der besser zu einem Troll passen würde, liebt Feste und gemeinsame Aktivitäten und nutzt daher jeden sich bietenden Anlass, um etwas in der Art für die Belegschaft zu organisieren. Bevor sie Alfred bekam, hatte Sigrid eher mäßig Spaß an derlei Veranstaltungen, aber als sie nun durch ihre Mails scrollt, während Klara Alfred hält, ist sie unerwartet gespannt. Seit Alfred geboren wurde, war sie höchstens mal eine Stunde von ihm getrennt, wenn Ludvig draußen mit ihm spazieren war. Welch eine Vorstellung, sich schick zu machen, sich allein in die U-Bahn zu setzen und auf eine Feier zu gehen. Wein zu trinken. Vielleicht eine zu rauchen?

»Ah, doch, hier ist sie. Ich werde auf jeden Fall versuchen zu kommen.«

Sie lächelt ihre Kolleginnen an und packt Alfred wieder in den Kinderwagen. Er scheint unruhig zu werden von all den Menschen, die ihn hätscheln und ihre Gesichter unangenehm nah an seines drücken. Sie kann es gut nachvollziehen. Sie selbst war noch nie ein Fan davon, im Mittelpunkt zu stehen oder sich in großen Gruppen zu bewegen.

»Komm!«

»Du musst kommen, Sigrid!«

Nachdem sie die letzten Monate größtenteils vollkommen allein mit Alfred verbracht hat, sollte sie heute eigentlich ausreichend Sozialkontakt gehabt haben, um sich für mindestens eine Woche in der Wohnung verschanzen zu wollen. Dennoch stimmt es sie etwas traurig, über den Schulhof zu gehen und zu wissen, dass es noch fast ein halbes Jahr dauern wird, bis sie wieder hierher zurückkehrt. Obwohl sie vermutlich wie immer stört, zieht sie ihr Handy heraus und wählt Ludvigs Nummer.

»Hi, Schatz! Du, ich hab jetzt gleich ein Interview mit Caspar.«

Na klar. Wann hatte Ludvig jemals *nicht* jetzt gleich ein Interview mit Caspar, wenn sie ihn anrief?

»Ich wollte nur sagen, dass ich am neunzehnten Mai auf eine Feier gehe, und …«

»Schatz, schick mir das Datum, dann checke ich meinen Kalender. Es könnte sein, dass wir da gerade in Bologna sind, also weiß ich nicht, ob … Aber jetzt werden sie langsam ungeduldig hier. Wir sehen uns heute Abend. Ich liebe dich. Gib Alfred einen Kuss von mir!«

Klick.

Sigrid starrt aufs Display, bis ihre Augen anfangen zu brennen. Ein Zitat aus einer Fernsehsendung, die ihr Vater immer schaute, als sie klein war, kommt ihr in den Kopf: »Soll es wirklich *so* sein?«

# Kapitel 6

## FREDDIE

Freddie tastet nach ihrem Handy, das nicht aufhören will zu vibrieren. Frans ruft nie so oft hintereinander an, und sie ist gerade nicht in der Verfassung, mit jemand anderem zu reden. Astrid hat zweimal angerufen, aber nachdem Freddie nicht rangegangen ist, hat sie aufgegeben. Zum Glück. Also wird sie es wohl nicht schon wieder sein. Dann fällt es ihr ein. *Scheiße.* Der Paketbote, der ihr die Schokolade für die Oster-Kooperation bringen soll. Sie schreibt sich eine mentale Notiz, dass sie Catta daran erinnern muss, allen PR-Agenturen den neuen Code für die Haustür zu schicken. Normalerweise hängen sie die Tüten mit den Produkten immer an ihre Wohnungstür oder stellen sie davor ab. Aber seit sie umgezogen sind, haben ärgerlich viele Paketdienste auf ihrem Handy angerufen, damit sie ihnen aufmacht. Zum einen stört es, weil Aurelia schon mehrfach davon wach geworden ist. Zum anderen, weil von ihr erwartet wird, das Paket an der Tür in Empfang zu nehmen und sich vielleicht noch dabei fotografieren zu lassen, und so, wie sie derzeit aussieht, hat sie wirklich nicht das Bedürfnis, sich öffentlich zu präsentieren. Aber da heute eine Ausnahme ist, kann sie es vielleicht schaffen. Falls es überhaupt ein Paket ist. Mit der stetig sinkenden Zahl ihrer Beiträge sind auch die Produktlieferungen immer seltener geworden. Als sie nach dem Handy greift, um das Gespräch anzunehmen, sieht sie, dass sie fünf verpasste Anrufe hat. Zwei davon müssen vom Paketdienst sein. Drei sind von Astrid.

»Freddie Levy«, piepst sie, nachdem sie auf den grünen Hörer gedrückt hat.

»Hallo, ich habe ein Paket von Foodie PR für Sie, aber der Türcode, den ich bekommen habe, scheint leider nicht zu funktionieren. Sind Sie zu Hause, um das Paket anzunehmen?«, fragt ein Mädchen, das keinen Tag über zwanzig klingt.

Freddie holt tief Luft und antwortet im freundlichsten Ton, den sie aufbieten kann: »Der Code ist 1912, aber ich bin gerade am Stillen, wenn Sie also eine Unterschrift brauchen, müssen Sie ein paar Minuten warten.«

Ha! Diese Lüge bewahrt sie hoffentlich davor, der Kleinen öffnen zu müssen. Kein Mensch hat doch wohl Lust, im Treppenhaus herumzustehen und darauf zu warten, dass sie die Tür aufmacht, oder?

»Alles klar, kein Problem. Ich setze mich so lang auf die Treppe.«

Wie eine Pfadfinderin, denkt Freddie verächtlich auf dem Weg ins Bad, wo sie ihren Morgenmantel auszieht. In dem Aufzug kann sie ja schlecht öffnen. Stattdessen geht sie in ihren begehbaren Kleiderschrank und greift sich das nächstbeste Teil, einen leuchtend bunten Kaftan mit exotischem Muster, den sie sich überzieht und mit einem alten cognacfarbenen Ledergürtel zusammenbindet. Ein schneller Blick in den Spiegel verrät ihr, dass sie schlimmer aussieht als ein Troll, und sie schnappt sich einen Haargummi aus der Schale mit Haaraccessoires, bevor sie in den Flur eilt, um aufzumachen. Sie setzt ihr strahlendstes Lächeln auf und hebt die Hand zum Gruß, als sie die Tür öffnet.

»Hallooo!«, sagt eine schrille Stimme.

Freddie kann das Mädchen, das vor der Tür steht, kaum sehen, da ihr Gesicht hinter einem riesigen, mit weißen, hellrosa und mintgrünen Federn dekorierten Korb verborgen ist. Dann lugt ein Paar Augen über dem oberen Rand hervor.

»Wir sind schon *so* gespannt, was Sie mit den Produkten machen werden.«

»Ja, ich habe wirklich ein richtig tolles Gefühl bei dieser Kooperation«, lächelt Freddie mit einer Hand auf der Türklinke.

»Und darf ich vielleicht ein Foto von Ihnen mit dem Korb machen?«

Am liebsten würde Freddie den Korb einfach an sich reißen, die ganzen dämlichen Zutaten in den Vorratsschrank schmeißen und dann unter die Bettdecke kriechen. Aber das geht nicht. Also lächelt sie erneut und nickt ermunternd. Zum Glück hat Frans gestern Großputz gemacht, und die Wohnung sieht mehr als vorzeigbar aus. Sie ist sogar ebenso schön wie sonst immer auf ihren Bildern.

»Na klar. Wir können damit in die Küche gehen, dann kannst du deinen Chefs zeigen, dass du wirklich bis hierher gefahren bist, um ihn abzuliefern.«

Es war eigentlich als munterer und auflockernder Witz gedacht, aber wie so oft in letzter Zeit hat sie die Betonung nicht richtig getroffen, sodass es stattdessen nur überheblich klingt. Die Zwanzigjährige zuckt zusammen, fasst sich aber schnell wieder und folgt Freddie zögernd mit dem Korb in die Wohnung.

»Du brauchst vielleicht nicht unbedingt weiterzuerzählen, dass ich es vorgeschlagen habe, aber meinst du, du könntest das Foto mit Facetune machen? Na ja, man wird so furchtbar blass, wenn man den ganzen Winter über mit dem Baby zu Hause ist«, sagt Freddie und zwinkert dem Mädchen von der PR-Agentur so geheimnisvoll und charmant zu, wie sie kann.

»Facetune?«

»Ja, diese App, die einen auf Bildern etwas frischer aussehen lässt. Hast du die nicht?«

»Äh, nein.«

»Weißt du was, dann nehmen wir stattdessen mein Handy, und dann schicke ich dir die Bilder. Auf die Nummer, von der du angerufen hast. Okay?«

Ohne die Antwort abzuwarten, öffnet sie Facetune auf ihrem Handy und reicht es dem Mädchen.

Freddie hält den Korb hoch und positioniert sich vor der Arbeitsplatte, mit dem einen Fuß ein Stück hinter dem anderen. Sie holt tief Luft, um ihr Lächeln wirklich echt aussehen zu lassen und dreht den Kopf nach links und rechts, damit diese Person ein gutes Foto machen kann. Man weiß schließlich nie, wo die Bilder landen und wer sie zu sehen bekommt, sie macht es also besser richtig. Außerdem, wenn sie so darüber nachdenkt, war das hier eigentlich eine geniale Idee. Auf diese Weise bekommt sie ein wunderbares Bild von sich selbst, das sie nachher in ihrem Instagram-Feed posten kann, und Catta wird sich freuen, weil sie die Erwartungen übertrifft, indem sie sogar noch mehr Bilder liefert, als für die Kooperation vereinbart wurden. Es sind diese Dinge, die die Unternehmen derart zufriedenstellen, dass sie weitere Kooperationen anfragen.

»Darf ich … äh, auch ein Bild für mein eigenes Insta machen? Also, ein Selfie?«

Obwohl Freddie langsam die Geduld verliert, hält sie das Lächeln weiter aufrecht und nickt.

»Natürlich. Komm her, dann machen wir eins zusammen!«

Das Mädchen sieht auf jedem Bild furchtbar aus, scheint aber dennoch zufrieden, da Freddie hübsch und glücklich aussieht. *Danke, Facetune.*

»Dann werd ich mal mit dem Backen loslegen, bevor die Kleine aufwacht.«

»Und was werden Sie backen?«

»Das entscheide ich, wenn ich den Korb durchgeschaut habe.« Freddie faucht die Antwort beinahe.

Offenbar muss sie diese Trulla durch die Wohnung und zur Tür hinausschieben, ehe sie endlich, endlich hinter ihr abschließen kann. Und gerade, als sie hinaus ist, wacht natürlich Aurelia auf. Zur Abwechslung scheint sie mal einigermaßen gute Laune zu haben, also zieht Freddie die Decke mit dem Spielbogen in die Küche und legt Aurelia darauf, bevor sie sich daranmacht, den Osterkorb auszupacken. Einer plötzlichen Eingebung folgend, zupft sie eine der Federn heraus und kniet sich mit ihr vor den Spielbogen. Dann kitzelt sie Aurelia ein bisschen mit der Feder an der Nase. Sie brabbelt und wedelt mit den Armen, bevor auf einmal ein breites Lächeln auf ihrem Gesicht erscheint und sie ein verzücktes Glucksen von sich gibt. Es ist, als würde etwas in Freddies Herzen klick machen. Zum ersten Mal fühlt sie sie. Die Liebe, die sie ständig für ihr Kind fühlen *sollte.* Sie sieht das Glitzern in Aurelias Augen. Das zahnlose Lächeln, das einzig und allein ihr gilt. Und obwohl sie weiß, dass sie dieses Gefühl einfach nur genießen sollte, kommt ihr der Gedanke, dass sie es genauso gut für etwas Konstruktives nutzen kann. Erst nimmt sie das Handy und macht ein kurzes Video von Aurelia für Insta-Storys, wie sie vergnügt unter dem Spielbogen brabbelt, um anschließend die Kamera durch die Küche zu schwenken, bis der Korb ins Sichtfeld kommt. *Helfe Mama ein bisschen beim Backen* und ein Emoji, der sich um den Mund schleckt, müssen als Text genügen. Dann packt sie den Inhalt des Korbes aus und arrangiert ein Stillleben auf dem Küchentisch. Es sind Marzipanrohmasse und Schokoladentropfen, Himbeerpulver, getrocknete Blaubeeren und eine kleine Dose mit kandiertem Lavendel. Winzige Eierkartons mit Löchern, die etwa die Größe von Wachteleiern haben, liegen in einer Holzkiste, und ganz unten finden sich Pralinenförmchen aus Silikon, mit denen sich sicher perfekte Schokoladeneier gießen lassen.

Aurelia spielt immer noch mit den Figuren am Spielbogen. Also stellt sie sich auf die Zehen und nimmt Schüsseln, Schalen, Küchenwaage und ihr Küchenthermometer aus den Schränken. Dann macht sie sich an die Arbeit. Sie hat vor, Eier aus der Marzipanrohmasse zu formen, diese anschließend in Schokolade zu tauchen und sie zum Schluss an der Spitze mit dem kandierten Lavendel zu dekorieren.

Während Aurelia zufrieden unter dem Spielbogen gluckst, gelingt es Freddie, die perfekte Größe für die Eier hinzubekommen. Die Schokolade schmilzt gut und erreicht die richtige Temperatur fast genau im selben Moment, wie die Eier fertig gerollt sind. Und Freddie merkt, dass sie es tatsächlich genießt. Zu riechen, wie sich die Düfte in der Küche ausbreiten, mit den Händen zu arbeiten und zu wissen, dass sie etwas für ihre Kanäle produziert. Sie taucht ein Marzipan-Ei in die Schokolade und lässt es gut abtropfen, bevor sie es zum Trocknen auf dem Abtropftablett platziert. Doch gerade, als das zweite Ei auf dem Weg in den Schokoladentopf ist, gibt Aurelia einen durchdringenden Schrei von sich. Freddie dreht sich so schnell um, dass sie den Griff des Topfes nicht registriert, der über den Herd hinausragt. Und *klatsch*, schon sind sowohl der halbe Fußboden als auch das Gesicht ihres Kindes mit der geschmolzenen Schokolade bedeckt. Es sieht aus, als hätte Aurelia Durchfall überall, außer da, wo er sein sollte: in der Windel.

»Ahhhhhhh!«

Freddies Schrei mischt sich mit Aurelias Gebrüll. Sie fuchtelt panisch mit den Armen, und obwohl Freddie weiß, dass sie Aurelia hochheben und ins Bad tragen sollte, um sie sauberzumachen, steht sie wie paralysiert da und starrt ihr Kind an. Da empfindet sie zum ersten Mal dieses wunderbare Mamagefühl, und dann ertränkt sie ihre Tochter in Schokolade. Was vielleicht auf große Begeisterung gestoßen wäre, wenn das Kind vier oder fünf Jahre alt wäre. Aber ein vier Monate altes Baby, das noch nie etwas anderes als Muttermilch probiert hat? Nein. *Nein, nein, nein.*

Gerade als sie sich gesammelt hat und Aurelia hochnehmen will, hört sie den Schlüssel im Schloss, und eine Sekunde darauf hat Frans Aurelia hochgehoben und drückt sie fest an seine Brust. Es scheint ihn offenbar keinen Meter zu interessieren, dass sein schweineteures Hemd nie mehr so aussehen wird wie vorher, aber über Aurelias Schulter sieht sie die Wut in seinen Augen. Wortlos geht er mit Aurelia ins Badezimmer, und durch die offene Tür hört sie, wie er sanft mit ihr spricht:

»So, ist ja gut. Das war nur ein kleiner Unfall. Jetzt wollen wir dich mal wieder saubermachen. Baden, Aurelia, das magst du doch …«

Dann wird sein Gemurmel vom laufenden Wasser übertönt, und Freddie sinkt mit in den Händen begrabenem Gesicht auf den Boden. Sie weiß nicht, wie lange sie so dasitzt, aber plötzlich steht Frans vor ihr. Mit einer frisch gebadeten Aurelia im Arm.

»Vielleicht solltest du ihnen einfach sagen, dass du es im Moment nicht schaffst zu arbeiten, Freddie? Hast du darüber schon mal nachgedacht?«

Frans klingt eher resigniert als fürsorglich. Sie hat gemerkt, dass sein Geduldsfaden in den letzten Wochen zunehmend dünner geworden ist.

»Und wie sollen wir dann deiner Meinung nach die Rechnungen bezahlen?«

»Freddie, das kriegen wir schon hin. Du *musst* dich jetzt auf Aurelia konzentrieren. Verstehst du das nicht?«

»Ich muss mich auch um meine Kanäle kümmern. Oder willst du, dass wir von hier wegziehen müssen? Hm? Wer sorgt denn dafür, dass wir unsere Rechnungen bezahlen können? Es ist ja nicht unbedingt dir und deinen kleinen tollen Fotoshootings zu verdanken, dass wir die Wohnung hier kaufen konnten.«

»Komm schon, Freddie ... Du brauchst nicht gleich gemein zu werden. Du weißt doch, wie schwer ...«

Er macht einen Schritt auf sie zu, und sie *hasst, hasst, hasst* sich selbst dafür, dass sie ihm nicht entgegengeht. Dass sie nicht vom Boden aufsteht und sich von ihm in den Arm nehmen lässt. Stattdessen zieht sie die Knie an und schlingt die Arme darum. Rutscht nach hinten, bis sie die kalte, harte Kühlschranktür im Rücken spürt.

»Ich bin nur ehrlich. Wir waren uns einig, dass ich weiterhin ein wenig arbeiten würde, während ich mit Aurelia zu Hause bin. Dass es quasi eine *Voraussetzung* sei, damit wir uns leisten könnten, hierherzuziehen. Oder macht es dir so sehr zu schaffen, dass deine Frau und nicht du das Geld verdienst, dass du es nicht mal vor dir selbst zugeben kannst?«

Sie weiß, dass sie unfair ist. Und dass sie die Grenze dessen, was okay ist zu sagen, längst überschritten hat. Wäre es ihr nicht selbst klar, könnte sie es spätestens an Frans' Gesichtsausdruck ablesen.

»Das meinst du nicht ernst. Du weißt, wie sehr ich mich deinetwegen anstrenge. *Unseretwegen.* Du hast immer gesagt, dass du nicht wie deine eigene Mutter werden willst, die nur an sich selbst und den äußeren Eindruck denkt. Aber du bist ganz genau so. Werd endlich erwachsen und verhalte dich wie eine Mutter statt wie eine Neunzehnjährige!«

Freddie brennen die Tränen hinter den Lidern. Wenn nicht mal ihr eigener Mann glaubt, dass sie es hinkriegt, wie soll sie dann jemals eine gute Mutter werden? Aber sie hat nicht vor, ihm zu zeigen, wie sehr sie seine Worte verletzen. Niemals!

»Ich werde Aurelia jetzt anziehen. Dann mache ich mit ihr im Kinderwagen einen Spaziergang. Und wenn wir zurückkommen, hoffe ich, du hast die Sauerei hier weggemacht. *Reiß dich zusammen,* Freddie!«

Er weist mit dem Kinn auf die Schokolade auf dem Boden, die allmählich fest wird. Sie schaut auf ihre Beine und bemerkt, dass auch sie und der Saum des Kaftans voller Schokoladenspritzer sind. Schon vom Boden aufzustehen, fühlt sich so schwer an, dass sie sich fragt, ob sie jemals wieder hochkommen wird. Also bleibt sie sitzen. Vollkommen reglos. Hört, wie Frans Aurelias warme Sachen heraussucht und mit ihr schwatzt, bevor die Wohnungstür hinter ihm zufällt und es still wird. Da begräbt sie das Gesicht erneut in den Händen. Wie soll sie es jemals schaffen, etwas anderes zu tun, als hier zu sitzen und zu weinen?

## ERMINA

Was um alles in der Welt hat sie sich dabei gedacht, Alen auf irgend so ein bescheuertes Boot Camp im Wald fahren zu lassen? *Was?* Und wie hat sie vergessen können, ihre Mutter um Hilfe zu bitten, während er weg ist? Zum sicher zehnten Mal, seit sie heute Morgen aufgestanden ist, nimmt Ermina den elektrischen Nasensauger, führt ihn vorsichtig in Olivias Nase ein und drückt auf den Knopf. Arme, kleine Olivia. Sie ist sogar zu matt, um zu protestieren. Dabei hasst sie den Nasensauger mehr als alles andere. Ehrlich gesagt fühlt sich Ermina selbst ziemlich mies. Bevor sie Olivia bekam, überließ sie Vertragsunterzeichnungen und Besichtigungen immer ihrer Maklerassistentin, wenn es ihr so ging. Kacke. »Man bräuchte eine Mamaassistentin, der man sein Kind überlassen könnte«, murmelt sie zu sich selbst, während sie das Fieberthermometer in Olivias Ohr steckt.

Das kleine Display leuchtet rot, und Ermina schnappt nach Luft, als sie die Ziffern sieht. 39,1. Ach du Scheiße. Als sie das letzte Mal gemessen hat, lag die Temperatur bei knapp unter 38 Grad. Derart hohes Fieber muss lebensgefährlich für ein so kleines Kind sein. Die Tränen brennen ihr hinter den Lidern, als sie das Thermometer weglegt, zum Handy greift und das Gesundheitsportal aufruft. Und tatsächlich. Hier steht, dass man in die Notaufnahme fahren soll, wenn kleine Kinder über 39 Grad Fieber haben. Aber wie zur Hölle soll sie dort hinkommen, wenn ihr Mann nicht hier ist? Taxi? Ohne nachzudenken, wählt sie Alens Nummer. Jetzt brennt das Weinen richtig. Im Hals, hinter den Augen, in der Kehle. Olivia *darf* nicht so krank sein. Was, wenn sie stirbt? Ihr einziges Kind. Ihre einzige Chance, Mama zu sein? Seit Olivias Geburt hat sie die übermächtige Angst weitgehend verdrängen können, die sie während der schlimmen Jahre, in denen sie versuchten, ein Kind zu bekommen, fast täglich übermannte. Aber jetzt fällt ihr alles wieder ein. Jede einzelne Spritze, die sie sich in die Hüfte gedrückt hat, all die Male, die sie auf den Gynäkologiestuhl kriechen musste, all die Male, die Alen schlaff wurde, wenn sie miteinander schlafen wollten, weil er meinte, es sei seine Schuld, dass sie keine Kinder bekommen konnten. Die Freude, als sie die dünnen blauen Striche auf den Stäbchen entdeckten, und der Augenblick, als sie Olivia zum ersten Mal im Arm halten durfte. Ihre winzige, speckige Faust ruht hinter Erminas Nacken, und der kleine Körper an ihrer Brust brennt beinahe vom Fieber. Was, wenn es doch am Kaiserschnitt liegt, dass Olivia ein schlechtes Immunsystem hat? Nein. Sie weiß, dass das nicht stimmt. *Jeder*, mit dem sie gesprochen hat, sagt, dass an diesen Behauptungen nichts dran ist. Sie zögert für den Bruchteil einer Sekunde. Dann drückt sie auf den grünen Hörer, um Alen anzurufen, und schaltet den Lautsprecher ein.

Es ist sieben. Das Programm kann unmöglich so lange gedauert haben. Während das Freizeichen ertönt, geht sie ins Bad, wühlt hektisch im Medizinschrank, bis sie das Päckchen Paracetamol-Zäpfchen findet, das Alen gekauft hat, als sie nach der Entbindung aus dem Krankenhaus kamen. Sie legt Olivia auf den Wickeltisch und pfriemelt die Verpackung auf, als sie die Zahlen sieht: 10-15 Kilo. Verdammter Alen. Olivia wiegt nur knapp sechs Kilo. Wenn sie nicht am Fieber stirbt, dann garantiert an einer Überdosis, sollte Ermina ihr so ein Teil in den Po schieben. Nein, das wird sie ganz bestimmt nicht tun. Aber sie darf kein Risiko mit Olivia eingehen. Niemals. Sie könnte Olivia in den Wagen packen und die richtigen Zäpfchen kaufen gehen. Aber der bloße Gedanke, an einem solch kühlen Aprilabend mit ihr nach draußen zu gehen, wenn sie so hohes Fieber hat, jagt ihr eine Heidenangst ein. Alen geht immer noch nicht ran. Olivias Körper glüht. Die gesamte Situation ist so furchtbar bizarr: Sie ist mit drohenden Klagen gegen die Immobilienagentur fertiggeworden, mit weinenden, schreienden Ex-Gatten, die anfingen, sich wegen einer Suppenkelle oder eines abgenutzten Sessels zu streiten, während sie den Wert ihrer Wohnungen ermittelte, und als Kind zog sie quer durch Europa in ein völlig fremdes Land. Dennoch scheint ihr dies die schrecklichste, am schwersten zu bewältigende Situation, die sie je erlebt hat. Mit zitternden Fingern öffnet sie den Messenger und schreibt eine Nachricht in den Gruppenchat mit Sigrid und Freddie: *Panik! Hat jemand Paracetamol zu Hause?*

*Olivia hat megahohes Fieber und Alen ist verreist. Weiß nicht, was ich tun soll!!!* Eine Sekunde nachdem sie die Nachricht abgeschickt hat, fällt ihr ein, dass Sigrid ja in Schonen ist. Verdammt. Freddie ist zwar lieb, wenn sie sich treffen, aber es gibt niemand Lahmeres als sie, was das Beantworten von Nachrichten angeht. Hektisch beginnt Ermina, nach Freddies Nummer zu googeln, bis ihr klar wird, dass die natürlich geheim ist. Sie möchte wohl kaum, dass den ganzen Tag irgendwelche Follower anrufen. Also schickt sie noch eine Nachricht: *Bitte! Wichtig! Weiß nicht, was ich machen soll!* Die Erleichterung, als das Icon erscheint, das anzeigt, dass Freddie ihre Nachricht gelesen hat, ist größer als damals, als sie es über die Grenze von Bosnien nach Kroatien schafften. Das Herz klopft ihr in der Brust, als sie sieht, dass Freddie etwas schreibt.

*Grade etwas chaotisch hier bei uns, ist es ok, wenn mein Mann kommt? Schick mir deine Adresse und den Türcode, dann bringt er es gleich vorbei.* Eine Welle von Dankbarkeit durchströmt Ermina. Erst als es fünf Minuten später an ihrer Tür klingelt, kommt ihr der Gedanke, dass es etwas seltsam ist, dass Freddie einfach so ihren Mann losgeschickt hat.

Trotzdem ist sie ziemlich neugierig, was er für ein Typ ist. Sie bindet sich die Haare zu einem Zopf, bevor sie öffnet. Ui. So hat sie sich Freddies Mann absolut nicht vorgestellt. Hätte sie nicht jemand Hübscheren abkriegen können? Aber die braunen Augen sehen jedenfalls lieb aus. Und Ermina nimmt an, dass seine etwas merkwürdigen und zerschlissenen Klamotten trendy sind.

»Hi. Ich habe den Auftrag, eine Packung Paracetamol abzuliefern«, sagt er und lächelt Ermina an.

»Tut mir leid, wenn ich euren Abend ruiniert habe, aber mein Mann ist nicht zu Hause, und ich will nicht mit ihr nach draußen, wenn sie so hohes Fieber hat.«

»Ach was, natürlich helfen wir gern. Ich hoffe, es geht ihr bald besser.«

»Das hoffe ich auch.«

Sie lächelt ihn matt an und denkt, dass er das als Aufforderung verstehen müsste, wieder zu gehen. Aber er kratzt sich den lockigen Kopf und sieht aus, als wolle er noch etwas fragen.

»Du, Freddie hat erwähnt, dass ihr eine Putzhilfe habt?«

»Ja, einmal die Woche. Warum?«

»Ich dachte nur ... Na ja, es ist so schwer, alles zu schaffen. Mit einem kleinen Kind und so. Deshalb dachte ich, ich meine, *wir* dachten, wir könnten uns vielleicht auch jemanden holen. Ist eure gut?«

»Äh, ja. Total. Sie kommt über eine Firma. Ich kann Freddie den Link schicken.«

»Super! Und gute Besserung, wie gesagt.«

Sobald die Tür zu ist, wirft sie Olivia förmlich auf den Wickeltisch und stopft ihr das Zäpfchen in den Po. Es war wirklich komisch, dass Freddie ihren Mann geschickt hat. Und dass er sie wegen der Putzhilfe gefragt hat, nicht Freddie. Auch wenn es natürlich merkwürdige Leute gibt, kann Ermina das Gefühl nicht abschütteln. Irgendetwas stimmt nicht.

## SIGRID

»Bist du Omas Liebling? Ja?«

Erleichtert reicht Sigrid Alfred an Ludvigs Mutter Selma weiter, die erwartungsvoll die Arme nach ihrem Enkelkind ausstreckt. Nach sieben Stunden Autofahrt hat Sigrid nur den einen Wunsch, sich unter die Dusche zu stellen, mit dem brühend heißen Strahl abzubrausen und anschließend in ein trockenes Handtuch zu hüllen, bevor sie unter die Bettdecke kriecht und die Glieder streckt. Und klar, die Dusche gibt es natürlich, und die großen, weichen Frotteehandtücher lagen auf dem frischgemachten Bett in Ludvigs altem Kinderzimmer bereit, als sie die Taschen hineinstellten. Aber unter die Decke zu kriechen, ist kaum eine Option. Denn bei Ludvigs Eltern *verbringt man Zeit miteinander.* Also schlüpft Sigrid nach der Dusche in eine Strumpfhose, die schon ganz fluselig von der Wäsche ist, zieht sich ein einfaches schwarzes Kleid über den Kopf und geht die breite Treppe zur offenen Küche hinauf, wo Ludvig und Caspar dabei sind, den alten Esstisch zu decken. Die schwere Holzplatte hat mehrere dunkle Flecken von unzähligen verschütteten Gläsern Rotwein und kleine Kerben von Messerspitzen, die während wilder Diskussionen über Kunst, Literatur und Weltanschauungen in den Tisch gestoßen wurden. Als Sigrid vor bald sechs Jahren zum ersten Mal bei Ludvigs Eltern zum Abendessen eingeladen war, hatte sie eine prunkvolle Villa am Meer und aufgeklopfte Kissen mit Signalflaggenmotiv auf dem Sofa erwartet. Sie hätte nicht mehr danebenliegen können. Die Villa an sich ist zwar prunkvoll, die Einrichtung aber so weit von Signalflaggen und maritimer Romantik entfernt, wie nur irgend möglich. Stattdessen war sie auf ein Sammelsurium alter Erbstücke, moderne wie auch klassische Kunst und ganze Wände voller Bücherregale getroffen. Ludvigs Eltern hatten sie mit offenen Armen willkommen geheißen, auch wenn sie immer noch glaubt, dass sie etwas enttäuscht über ihre Berufswahl sind. »Wenn du unbedingt Literatur unterrichten möchtest, weshalb promovierst du dann nicht lieber?«, hatte Ludvigs Mutter gefragt, als sie erzählte, dass sie Schwedisch auf Lehramt studieren wollte. Sie hatte geantwortet, dass sie natürlich »darüber nachgedacht« habe, ein Doktor aber »wohl eher Zukunftsmusik« sei. Sowohl ihr Vater als auch Carro hatten ihr Vorhaben, den Kurs an der Volkshochschule zu besuchen und anschließend zu studieren, extrem skeptisch betrachtet. Aber seit sich Sigrid am ersten Tag ihres Lehramtsstudiums auf die Schulbank setzte, hatte sie gewusst, dass dies das absolut Richtige für sie war. Auch wenn sowohl Ludvigs Mutter als auch manchmal sie selbst noch immer der Meinung sind, dass sie mit ihrem Grips sich »höhere Ziele« stecken sollte.

»Sigrid! Komm mal her und probier die Soße«, ruft Ludvigs Vater Anders und hält ihr einen Löffel hin. Gehorsam sperrt sie den Mund auf und schluckt, nickt anerkennend und sagt etwas in der Art von »vielleicht fehlt noch eine Prise Salz«. Eigentlich schmeckt die Soße perfekt, wie sie ist. Aber Ludvigs Vater kann Jasager nicht leiden, hat sie gemerkt. Irgendetwas kann immer verbessert werden, egal ob es um die Aquarellbilder an den Wänden, das Essen oder den Haushaltsplan der Regierung geht. Anders selbst war Staatssekretär des Kulturministeriums, und Ludvigs Großvater hatte seinerzeit die Stelle als Chefredakteur des *Sydsvenska Dagbladet* inne. Seine Mutter nennt sich »Galeristin und Kunstkritikerin«, aber soweit Sigrid es verstanden hat, fährt sie hauptsächlich herum, um Kunstwerke für ihr Haus zu kaufen, und verfasst gelegentlich einen Artikel für die ein oder andere Kunstzeitschrift. Anders' Kinder aus erster Ehe waren bereits erwachsen und lebten nicht mehr zu Hause, als Ludvig geboren wurde, und er hatte nur sporadisch Kontakt zu seinen Halbgeschwistern. Mit einer Mischung aus Schreck und Entzücken hat Sigrid unzählige Male gehört, wie Selma Ludvig ihr »Kind der Liebe« nannte.

»Willst du ihn stillen, bevor wir uns hinsetzen, dann brauchst du nicht während des Essens aufzustehen?«

Ludvig lächelt sie an, während er einen dampfenden Topf auf den Tisch stellt.

»Nein, ich gebe ihm nachher etwas Ersatzmilch.«

»Aber wir haben doch beschlossen, dass wir einen Kompromiss machen und ihm zur Hälfte Brust-, zur Hälfte Ersatzmilch geben.«

Sigrid schluckt. Dann hebt sie Alfred aus der Babywippe und geht zur Treppe, die nach unten zu ihrem Schlafzimmer führt.

»Aber Schatz«, ruft Ludvig, bevor sie auch nur den halben Weg zurückgelegt hat.

»Ja?«

»Du brauchst zum Stillen doch nicht wegzugehen. Es ist ja wohl keine Frage, dass du auch hier bei uns sitzen kannst.«

»Absolut, du sollst nicht denken, du müsstest dich verstecken. Du fütterst schließlich nur euer Kind«, pflichtet Caspar ihm bei.

Selma zwinkert Sigrid zu und nickt mit dem Kopf Richtung Treppe.

»Weißt du, Caspar, Babys brauchen manchmal etwas Ruhe, wenn sie essen, und wollen dabei nicht von einem Haufen Leute umgeben sein.«

Sigrid lächelt Selma dankbar an und geht dann die Treppe hinunter ins Schlafzimmer. Sie legt Alfred aufs Bett, holt ihr Handy aus der Handtasche und stellt den Timer auf zehn Minuten. Aber sie knöpft ihr Kleid nicht auf. Stattdessen legt sie sich neben Alfred und scrollt durch die Benachrichtigungen, die auf dem Display angezeigt werden. Spürt ein Lächeln um ihre Mundwinkel zucken, als sie sieht, dass Ermina in ihrem Gruppenchat geschrieben hat. Anscheinend hat Freddie direkt geantwortet. Das ist schön. Arme Ermina. Obwohl es nur um ein bisschen Paracetamol geht, spürt Sigrid einen merkwürdigen Anflug von Neid. Sie will *auch* für Ermina da sein, wenn sie Hilfe braucht. Und genauso für Freddie. Damit sie sie nicht vergessen, hält sie sich das Handy vors Gesicht, knipst ein Selfie, auf dem Alfred hinter ihr im Bett zu sehen ist, und schickt es zusammen mit dem Text: *Kleine Pause von den Schwiegereltern. Nicht ganz so anstrengend wie ein krankes Baby. Aber fast*, gefolgt von einem lachenden Smiley mit Schweißperle. Sie schaut auf den Timer. Noch fünf Minuten, bis er klingelt. Ach, was soll's. Als ob irgendjemand darauf achten würde, wie lange sie weg ist, denkt sie und stellt den Countdown ab.

Und ganz richtig. Als sie zurück nach oben kommt, sitzen Selma, Ludvig und Caspar jeweils mit einem gefüllten Glas Wein am Tisch.

»Ich kann ihn nehmen, dann kannst du in Ruhe essen«, sagt Selma, während sie die Arme nach Alfred ausstreckt und Sigrid bedeutet, sich ans andere Ende des Tisches zu setzen.

»Er sieht aus wie du, als du klein warst.«

Selma lächelt ihren Sohn an, und Sigrid spürt einen Stich im Herzen. Sie würde alles dafür geben, ihre Mutter so über Alfred sprechen zu hören. Dass er aussieht wie sie als Kind.

»Oh, Mama!« Ludvig verdreht wie ein Teenager die Augen.

»So, ich finde, jetzt stoßen wir auf unseren Enkel an«, sagt Anders und hebt das Glas, bevor er einen nach dem anderen am Tisch ansieht. Sigrid prostet zurück, nippt aber nur am Wein, bevor sie das Glas wieder abstellt. Die wenigen Male, die sie nach Alfreds Geburt Alkohol getrunken hat, wurde ihr schon nach ein paar Schlucken schwindelig.

Im Anschluss an die üblichen Fragen zu Ludvigs und Caspars Arbeit wendet Selma sich mit einer bekümmerten Falte auf der Stirn an Sigrid.

»Wann wollt ihr euch denn endlich eine größere Wohnung suchen? Dann könnte man vielleicht auch mal etwas öfter zu Besuch kommen und sein Enkelkind sehen.«

Ludvig schaltet sich ein, ehe Sigrid antworten kann.

»Mama, wir sind zufrieden mit unserer Wohnung.«

»Und Sie, Caspar? Hausen Sie immer noch in einer dieser kleinen Parlamentswohnungen?«, will Anders wissen.

In Ludvigs Augen tritt ein gejagter Ausdruck, aber Caspar knufft ihn scherzhaft in die Seite.

»Mir wurde tatsächlich geholfen, eine bessere Bleibe zu finden. Tja, das Militär hat ja einige Wohnungen. Und so wie der Immobilienmarkt in Stockholm ist ...«

»Der Nachrichtendienst meinte, Caspars Sicherheit sei sonst nicht gewährleistet«, unterbricht Ludvig ihn.

»Das ist schön, Caspar«, nickt Anders und fährt fort: »Sie haben recht, was soll man machen, nachdem unter der bürgerlichen Regierung praktisch sämtliche kommunalen Mietwohnungen im ganzen Land privatisiert wurden und nun ein noch größerer Wohnungsmangel herrscht als ohnehin schon? Sie müssen schließlich sicher wohnen.«

Sigrid weiß, wie sehr Ludvig die ganze Sache mit Caspars Wohnung stresst. Und sie stimmt ihm durchaus zu, dass es geschickter gewesen wäre, wenn Caspar etwas über die Wohnungswarteschlange gefunden hätte. Oder sogar etwas gekauft. Es ist ja nicht so, dass er es sich nicht leisten könnte, mit seinem Ministergehalt. Alles wäre besser gewesen, als eine Wohnung über das Militär zu bekommen. Vor allem, da er zu den Politikern gehört, die sich in der Debatte um eine Kürzung des schwedischen Verteidigungsetats besonders eifrig beteiligt hatten.

Selma muss die angespannte Stimmung gespürt haben, denn sie wendet sich erneut an Sigrid.

»Und wie geht es Peter? Es ist so furchtbar, die Sache mit der Fabrik.«

Dass Selma Sigrids Vater Peter nennt, ist eigentlich ein wenig lachhaft, wenn man bedenkt, dass sie sich erst dreimal getroffen haben: Als er Sigrid beim Umzug in Ludvigs Wohnung in Malmö half, dann an ihrem zweiundzwanzigsten Geburtstag und schließlich, als Selma und Anders darauf bestanden hatten, sie alle in dieses Nobelrestaurant einzuladen, um Sigrids bestandenes Examen zu feiern.

»So weit ganz okay, denke ich«, antwortet Sigrid in möglichst neutralem Tonfall.

»Wissen Sie, Sigrids Vater war ja so aktiv im Betriebsrat der Lebensmittelfabrik«, sagt Selma bedeutungsvoll zu Caspar, der interessiert nickt.

»Er war sogar eine Weile lang Vorsitzender. Stimmt doch, Sigrid?«, fügt Ludvig stolz hinzu.

Sigrid nickt. Der Minischluck Wein, den sie gerade getrunken hat, brennt ihr im Mund, und sie spürt, wie der Ärger ihre Wangen zum Glühen bringt. Auf der einen Seite weigert Ludvig sich, ihren Vater zu besuchen, und nennt ihn Rassist, auf der anderen sitzt er hier und prahlt richtiggehend mit ihm vor Caspar. Sie hat nicht die Nerven für dieses Gesprächsthema, weiß, dass sie sich zum Schluss nur verheddern wird. Also wendet sie sich stattdessen wieder Selma zu und fragt mit dem freundlichsten Lächeln, das sie zustande bringt: »Wie geht es denn eigentlich Gudrun? Wird sie sich etwas Neues suchen?«

Ja, *diese* Gudrun. Sigrid hat bemerkt, dass Ludvigs Eltern fast immer nur die Vornamen verwenden, wenn sie über ihre mehr oder weniger engen Bekannten sprechen. Da ist Gudrun, und da ist Ulf, und da ist Lars, und da ist Björn.

»Ich denke, sie braucht ein wenig Ruhe nach den letzten Jahren. Aber so wie ich sie kenne, wird sie sich bei der nächsten Wahl trotzdem nicht fernhalten können.«

Auch wenn Ludvigs Mutter das komplette Gegenteil von ihrer eigenen Mutter ist, hat Sigrid sie gern. Wirklich. Dennoch wird ihr unbehaglich zumute, als Sigrid sich näher zu ihr herüberlehnt, während Ludvig und Caspar Anders helfen, den Tisch abzuräumen.

»Diese Sache mit eurer Wohnung, Sigrid«, sagt sie mit gedämpfter Stimme. »Anders und ich haben darüber gesprochen, und wir würden euch so gern helfen, etwas Größeres zu kaufen. Zwei Zimmer reichen hinten und vorne nicht, wenn man ein kleines Kind hat. Ihr braucht doch noch mindestens ein weiteres Zimmer, damit ihr ab und zu auch mal zur Ruhe kommen könnt. Ausschlafen, euch zurückziehen.«

Sigrid nickt. Es ist ja nicht so, als hätte sie den Gedanken nicht selbst schon gehabt. Oder mit Ludvig darüber geredet. Aber sie weiß, was er will, und hat ihm versprochen, es zu respektieren.

»Das ist wirklich ein großzügiges Angebot, aber Ludvig und ich sind erwachsen. Wir kommen sehr gut zurecht.«

»Ich bitte dich, Sigrid. Ich möchte nach Stockholm fahren und mein Enkelkind besuchen können, sooft ich will. Das heißt, sooft es euch passt, natürlich. Und bei euch wohnen und mithelfen, wenn ihr es braucht. Ludvig ist mein einziges Kind. Könnt ihr euch in dieser Sache nicht einfach unterstützen lassen?«

»Ach, Selma«, seufzt Sigrid, etwas lauter als beabsichtigt. »Es ist wichtig für Ludvig, auf eigenen Beinen zu stehen. Seid so lieb, mischt euch da nicht ein.«

Selma runzelt die Stirn.

»Auf eigenen Beinen? Das hat ihn nicht groß interessiert, als ich ihm die Wohnung in Malmö besorgt habe.«

Jetzt ist es an Sigrid, die Stirn zu runzeln. Sie könnte schwören, dass Ludvig ihr erzählt hat, er habe die Wohnung über die Warteschlange bekommen.

# Kapitel 7

## ERMINA

Ermina lässt den Blick durch den luftigen Raum schweifen. Allmählich wird es höchste Zeit, die Kinder auf die Wartelisten für verschiedene Kitas zu setzen, und obwohl Alen und sie vor allen Dingen eine Einrichtung möchten, die möglichst nah bei ihrer Wohnung liegt, klang es nach einer netten Aktivität, als Sigrid vorschlug, gemeinsam ein paar Kitas in der Umgebung anzusehen. Ehrlich gesagt steht sie der Bezeichnung »Kulturkita«, wie dieser Ort sich Sigrid zufolge anscheinend nennt, recht skeptisch gegenüber. Aber damit scheint sie auf ziemlich einsamem Posten zu sein. Alles in allem stehen hier bestimmt sechzehn Mütter und Väter mit blauen Überziehschuhen an den Füßen. Solche, wie man beim Zahnarzt bekommt. Fast alle tragen ihre Kinder in Babytragen oder Tragetüchern, und Ermina ist dankbar, dass sie daran gedacht hat, den Babybjörn unter den Kinderwagen zu legen.

Der Raum ist hell, die Fenster zeigen zum hügeligen Außengelände, das an eine bewaldete Böschung grenzt. An der Decke hängen Figuren aus Büchern, von denen sie eine Handvoll wiedererkennt. Pippi Langstrumpf natürlich. Bamse – der liebste und stärkste Bär der Welt. Und den kleinen Jungen, der auf einer großen weißen

Gans sitzt, erkennt sie von den alten Zwanzigkronenscheinen wieder. Sie will sich gerade zu Sigrid umdrehen und fragen, wo sie hier eigentlich gelandet sind, als eine kleine Frau in weiter Kleidung sich räuspert.

»Wie schön, dass Sie alle heute die Zeit gefunden haben, uns hier in der Midsommarkransen Kulturkita zu besuchen! Wir freuen uns sehr, dass so viele Kinder und Eltern zu uns kommen möchten.«

Die Kinder haben dabei wohl eher weniger zu sagen, denkt Ermina und schielt zu Sigrid hinüber. Die scheint ganz gebannt von der Umgebung und der Rede der Erzieherin zu sein.

»Wir werden zunächst einen kurzen Rundgang durch die Einrichtung machen, auf dem ich Ihnen unsere Gemeinschaftsbereiche und den Kreativraum zeige. Anschließend schauen wir uns die Küche an und dann schließen wir mit einer kleinen Fragerunde ab. Klingt das gut?«

Alle Eltern in der Gruppe nicken unisono.

»Wir haben fünf Gruppen«, fährt die Erzieherin fort und zeigt auf die Figuren an der Decke. »Die Kleinkindgruppen heißen Pippi, Ronja und Madita und sind für Kinder von ein bis drei Jahren. Dann gibt es noch zwei Gruppen namens Bamse und Nils Holgersson für die Älteren. Wir teilen die Kinder in …«

Sie wird von einer der Mütter unterbrochen, die missbilligend die Stirn runzelt: »Entschuldigung, aber gibt es einen Grund, weshalb die Gruppen für die älteren Kinder Jungennamen haben? Ich meine, die Kinder verstehen die Namen ihrer Gruppe ja erst, wenn sie älter sind.«

»Ja, aber Nils Holgersson wurde doch von einer Frau geschrieben«, seufzt einer der drei Väter, wofür er einen Knuff in die Seite von seiner Frau bekommt. Das Kind, das sie im Tragetuch hat, wackelt dabei, und sie legt ihm beschützend eine Hand auf den Kopf.

»Ich muss sagen, das sehe ich auch so«, sagt sie und nickt der Mutter, die die Frage gestellt hat, beipflichtend zu, ehe sie fortfährt: »Und Madita finde ich als Vorbild auch nicht unbedingt günstig. Ich meine, welches unserer Kinder kann sich mit einem privilegierten Oberklassenmädchen identifizieren, das meinte, Sozialarbeiterin für ihre Nachbarn und Klassenkameraden spielen zu müssen?«

Ermina fällt es schwerer, sich vorzustellen, wie ihre Tochter sich jemals mit einem rothaarigen Schreihals identifizieren soll, der mit den Füßen auf dem Kopfkissen schläft und Eier auf seinem Kopf aufschlägt. Oder mit einem Bären in Latzhose, wenn man schon dabei ist.

Sie ist beeindruckt von den Räumlichkeiten, der Dekoration, die die Erzieher aufgehängt haben, und all den Spielsachen für die Kinder. Aber es wundert sie, wie engagiert die anderen Eltern nach Details suchen und miteinander flüstern. Da sie selbst nie in einen schwedischen Kindergarten gegangen ist, weiß sie nicht richtig, was sie erwarten soll. Was man erwarten *kann.* Sie erinnert sich vage daran, dass sie tagsüber immer mit ihrer Mutter und ihrem mittleren Bruder zu Hause war, bis ihr kleiner Bruder, der vier Jahre jünger ist als sie, geboren wurde. Danach verbrachte sie die Tage meistens bei ihrer Großmutter. Wenn sie ihnen erzählt, dass sie vorhaben, Olivia noch vor ihrem zweiten Geburtstag in die Kita zu geben, wird es sowohl von ihrer als auch von Alens Mutter lautstarken Protest geben. Sie muss Sigrid und Freddie fragen, ob ihre Mütter auch eine Million Ansichten dazu haben, wie sie ihre Kinder stillen, ins Bett bringen, tragen und mit ihnen reden sollen. Sie spitzt wieder die Ohren und versucht, der Erzieherin aufmerksam zuzuhören, die erzählt, wie sie die Tätigkeit der Kita ganz ins Zeichen der Literatur und des Erzählens stellen. Wie sie »thematisch« mit verschiedenen Geschichten arbeiten und die Kinder »ihre Sinne und ihr Lernen entwickeln« lassen.

»Gerade haben wir zum Beispiel Pippi Langstrumpf als Thema. Wir sprechen über den Körper und was es bedeutet, stark zu sein, und untersuchen, was verschiedene Dinge wiegen. Wir sprechen über Geld, und die Kinder basteln den Kleinen Onkel aus Pappmaché«, erklärt die Erzieherin und zeigt auf eine Gruppe Vierjähriger in einem anderen Raum, die gerade schwarze Farbe auf einen großen weißen Gipsklumpen klatschen, der vermutlich ein Pferd darstellen soll. Sigrid sieht ganz begeistert aus, wie sie mit Alfred im Tragetuch herumgeht, aber Ermina ist nicht überzeugt. Vor allem nicht von den Eltern der Spielkameraden, die Olivia in dieser Kita bekommen würde. Sie gehen weiter zum nächsten Raum, bei dem es sich wohl um das Esszimmer handeln muss, und die Erzieherin hält eine Tür auf, um die neugierigen Eltern in eine Großküche schauen zu lassen. Der Duft nach Essen lässt Erminas Magen so laut knurren, dass man es über das Brummen der Spülmaschine hört. Ein Mann, der ebenso groß wie breit ist, rührt in einem gigantischen Topf und winkt sie herein.

»Hallo, alle zusammen. Ich bin Nisse, der Koch hier. Ich habe schon in verschiedenen Restaurants hier in der Stadt und in Frankreich gearbeitet.«

Mehrere der Eltern nicken beifällig, und Ermina muss ihnen recht geben, dass es gut klingt.

»Wir sind Vegetarier. Wie sieht es mit vegetarischen Gerichten aus?«, möchte einer der Väter wissen.

»Die meisten hier, sowohl Kinder als auch Erzieher, sind Vegetarier oder Veganer. Aber wir haben immer auch eine Alternative für diejenigen, die sich entschieden haben, Fleisch zu essen«, gibt Nisse bereitwillig Auskunft, ehe er fortfährt: »Und wenn Sie gern einen Eindruck von unseren Menüs bekommen möchten, können Sie uns auf Instagram folgen.«

Eigentlich möchte Ermina zuhören. Sie möchte sogar Fragen zum Essen stellen und sich erkundigen, ob es donnerstags Suppe gibt wie an ihrer Schule, als sie nach Schweden kam. Nichts hatte ihre Mutter wütender gemacht, als wenn Ermina von der Schule nach Hause kam und erzählte, dass sie Erbsensuppe und Pfannkuchen gegessen habe. Das war ja sozusagen kein richtiges Essen. Auf den Ausflügen hatte sie ihre überdimensionale Tupperdose mit Cevapcici und Ajvar ausgepackt, während die anderen Kinder im besten Fall Schinken *und* Käse auf ihren Broten hatten. Sie sollte sich wohl mehr dafür interessieren, was es hier in Schweden in den Kitas zu essen gibt. Ja, das sollte sie wirklich. Aber ihr Kopf dreht sich, und auf einmal hat sie so ein komisches Kribbeln in den Beinen. Es ist, als ob der Essensgeruch in ihr System eindringt. In jede einzelne Pore sickert und ihren Körper füllt. Die Küche fühlt sich auf einmal so eng an, und sie merkt, dass sie sofort hier rausmuss.

»Ich glaube, ich brauche ein bisschen frische Luft«, murmelt sie zu Sigrid, bevor sie durch die Küchentür nach draußen stürzt.

## FREDDIE

Freddie streckt die Hand aus und greift nach dem Stiel des Pelargoniensteckling auf ihrem Nachttisch. Das Wasser in der Vase ist längst verdunstet, und als sie die fadendünnen Wurzeln berührt, zerbröckeln sie. Die Krümel landen neben dem Kopfkissen. Heute Nacht werden sie sie garantiert stören. Sich in ihren Haaren festsetzen und aussehen wie Schuppen, wenn sie morgen aufwacht.

»Schatz, du musst jetzt wirklich aufstehen. Es ist fast elf.«

Sie weiß, dass Frans wütend und enttäuscht von ihr ist. Und dass er Angst hat. Angst, weil er denkt, sie wollte ihr eigenes Kind verletzen. Aber er hat recht. Sie sollte nicht hier liegen. Sie sollte mit ihrer Tochter hinaus an die Frühlingssonne gehen, Buschwindröschen suchen, um sie in kleine Glasvasen zu stellen und schöne Bilder für den Blog zu machen. Sie sollte die Winterkleider zusammenpacken und in den Keller bringen, und vor allem sollte sie sich um Aurelias Zimmer kümmern, das noch immer ein einziges Chaos ist.

»Warst du oder ich heute Nacht dreimal mit ihr auf?«, faucht Freddie Richtung Wohnzimmer, wo Frans mit Aurelia im Tragetuch umhergeht.

Sie weiß, dass sie ihn nicht so behandeln sollte. Er hat ein Shooting in weniger als einer Stunde, und sie weiß, wie es ihn stresst, wenn er vorher nicht in Ruhe seine Taschen durchgehen kann, um sich zu vergewissern, dass er auch jedes noch so kleine Teil für die Kamera dabeihat, aber sie schafft es einfach nicht aufzustehen. Es kommt ihr vollkommen sinnlos vor. Gestern hat sie versucht, sich zusammenzureißen. Es hat nicht geholfen. Mehr noch, es ging völlig daneben. Und das Einzige, was Aurelia in diesem Alter von ihr braucht, ist ohnehin Essen. Nähe kann sie genauso gut von Frans bekommen. Das haben sowohl die Kinderkrankenschwester als auch Seelenklempner-Stefan gesagt; dass sie kein schlechtes Gewissen zu haben braucht, wenn sie es nicht schafft, Aurelia ständig ihre Aufmerksamkeit zu widmen. Dass es momentan am wichtigsten für sie sei, sich auszuruhen und zu versuchen, Dinge zu tun, die sie wieder Freude und Lebenslust verspüren lassen. Außerdem, das muss sie sich trotz der negativen Gedanken, die durch ihren Kopf schwirren, eingestehen, ist Frans wahnsinnig süß, wie er Aurelia mit nacktem Oberkörper im Tragetuch herumträgt.

»Jetzt hör schon auf«, hört sie Frans aus dem Wohnzimmer.

»Hör du doch auf. Ich habe dir gesagt, dass Stefan meint, ich könnte nichts dafür, dass es mir so geht.«

Obwohl Frans nicht im selben Zimmer ist, kann sie ihn seufzen hören. Dann ruft er: »Soll ich deine Mutter anrufen und sie bitten, dir heute ein bisschen zu helfen?«

Freddie schüttelt den Kopf. Nicht ihre Mutter. Ihre Mutter darf sie nicht so sehen. Wenn sie eins gelernt hat in den schrecklichen Jahren bis zur Siebten, als sie endlich die Schule wechseln durfte, dann, wie sie am besten vor ihrer Mutter verbirgt, dass es ihr mies geht. Es ist nicht so, dass sie eine schlechte Mutter hat. Nicht richtig. Aber Madelaine hatte sich so sehr gewünscht, Freddie wäre wie sie selbst, als sie noch ein Kind war: fröhlich, kontaktfreudig, beliebt. Niemand ist stolzer auf ihre neue Karriere als Madelaine. Und niemand wäre enttäuschter zu sehen, wie sehr sie sich seit Aurelias Geburt gehen lässt.

»Okay, okay, dann eben nicht.«

Freddie zögert, bevor sie mit kaum hörbarer Stimme hervorbringt: »Vielleicht könntest du *deine* Mutter anrufen?«

»Oh, Schatz. Meine Mutter wäre sicher gern gekommen. Aber sie sind gerade auf Gotland.«

»Ach ja.« Freddie starrt auf den Boden und versucht,

den allzu vertrauten Klumpen im Hals hinunterzuschlucken.

»Aber … Ich habe acht Vanilleschnecken gekauft, als ich heute Morgen mit Aurelia spazieren war. Ich habe sie fotografiert und die Bilder auf Dropbox hochgeladen, du brauchst sie also bloß auf Instagram zu posten und dazuzuschreiben, du hättest sie gebacken. Ich nehme sie dann zum Shooting mit, ich hatte sowieso versprochen, etwas zum Kaffee zu besorgen. Dann hast du auch für heute einen Beitrag. Du hast doch gestern gesagt, dass du zumindest ein paar Fotos von dieser Ostersache hast, und ich dachte, Vanilleschnecken sehen ja auch ein bisschen nach Ostern aus, mit dem ganzen Gelb. Und dann finde ich, dass du einen Spaziergang mit Aurelia machen solltest. Kauf uns doch eine Flasche guten Wein für heute Abend.«

Freddie zwingt sich zu einem schwachen Lächeln.

»Was wollen wir denn essen?«

»Wir essen …«

Sie spürt einen Stich im Herzen, als sie hört, wie aufgeregt Frans ist, nur weil sie sich tatsächlich bereit erklärt, den Wein fürs Abendessen zu kaufen. Weil er glaubt, es würde sie interessieren, was sie essen. Sie beschließt, ihm entgegenzukommen und etwas vorzuschlagen.

»Kannst du nicht Bœuf bourguignon machen? Das hatten wir schon lange nicht mehr.«

»Oh ja, super Idee!«

Frans klingt so enthusiastisch, dass sie schon wieder zu weinen beginnt.

# SIGRID

»Was hältst du von der Kita? Macht einen tollen Eindruck, oder?«

Sigrid fühlt sich merkwürdig beschwingt, als sie nach dem Kitabesuch gemeinsam nach Hause spazieren, aber Ermina ist schweigsam. Schweigsamer, als sie es bisher je gewesen ist. Wahrscheinlich in ihrem ganzen Leben.

»Schade, dass du die Fragerunde verpasst hast! Sie haben ganz viel darüber erzählt, wie sie mit Gender-Pädagogik arbeiten, dass sie keine Pronomen verwenden, sondern alle nur ›Freunde‹ nennen oder die Namen benutzen.«

Aber Ermina nickt nur zur Antwort. Sie sieht richtig bleich aus.

»Geht's dir nicht gut? Da drin ist doch nichts passiert, oder? Hast du dir irgendwelche Kitabazillen eingefangen, die …«

»Können wir uns kurz auf die Bank hier setzen? Ich glaube, mir ist ein bisschen schwindelig. Hab immer noch schlechte Werte nach der Entbindung.«

Sigrid nickt, sagt jedoch nichts.

»Vielleicht können wir hier ein paar Minuten Pause machen«, fügt Ermina hinzu.

»Na klar.«

Ermina setzt sich breitbeinig hin und lässt den Kopf zwischen die Knie fallen, sodass ihre Haarspitzen den Boden streifen. Sigrid legt den Kopf in den Nacken und lässt sich die Aprilsonne ins Gesicht scheinen, überlegt dabei jedoch, ob sie etwas sagen sollte. Die Male, die sie sich getroffen haben, hat Ermina entweder an einem Raw-Food-Bällchen herumgestochert oder den Kuchen oder das Kaffeestückchen auf ihrem Teller mit der Gabel in kleinste Brösel zerdrückt. Bis jetzt hatte Sigrid einfach angenommen, dass Ermina laktoseintolerant oder Veganerin sei oder sich eine der anderen dreihundert speziellen Ernährungsweisen angeeignet habe, denen sich die Leute heutzutage verschreiben. Doch seit einiger Zeit fragt sie sich, ob Ermina überhaupt etwas isst. Nicht, dass Sigrid sich üblicherweise Gedanken über die Körper anderer Frauen machen würde, aber bei Ermina ist es so wahnsinnig offensichtlich, wie stark sie seit ihrer ersten Begegnung abgenommen hat. Und dass sie kaum zu essen scheint.

Sigrid schaut zu Alfred in den Wagen, hauptsächlich, um irgendetwas zu tun. Er schläft wie gewöhnlich. Fast schämt sie sich Ermina gegenüber, wie viel er schläft, wo die doch immer klagt, dass sie so müde sei und nie dazu komme, sich um sich selbst zu kümmern. Sigrid dagegen hat sich noch nie so gepflegt und ausgeruht gefühlt wie in den letzten Monaten. Noch nie hat sie so viele Gesichtsmasken aufgetragen, Haarkuren gemacht und geschlafen wie seit Alfreds Geburt. Was sonst sollte sie auch mit all ihrer Zeit anstellen, wenn Alfred ständig schläft und Ludvig nie zu Hause ist?

Ermina reißt sie aus ihren Gedanken: »Hast du eigentlich mal wieder was von Freddie gehört?«

»Nein. Oder … nur auf Facebook geschrieben. Warum?«

»Ist es nicht komisch, dass sie nicht auf unsere Nachrichten antwortet, obwohl man sieht, dass sie sie gelesen hat? Und als Olivia krank war … Sie hat ihren Mann geschickt, den ich noch nie vorher getroffen hatte, um mir das Paracetamol zu bringen. Er scheint ja total nett zu sein, aber trotzdem … Weißt du, was ich meine?«

»Vielleicht …«

Sigrid klingt zögerlich.

»Ich meine es nicht im negativen Sinn. Ich frage mich nur, ob sie vielleicht viel mit Aurelia um die Ohren hat oder so.«

»Ja, kann schon sein. Ich merke langsam, dass Alfred in mancher Hinsicht ziemlich einfach ist. Er schläft ja so viel, allerdings nimmt er nicht richtig zu. Ich hätte lieber ein schreiendes Baby, bei dem dafür nicht das Risiko besteht, dass es plötzlich aufhört zu wachsen, weil es zu wenig zu essen bekommt. Aber es scheint schon wahnsinnig anstrengend für Freddie zu sein, mit einem Baby, das so viel schreit und nachts dauernd aufwacht.«

»Hast du es schon mit Ersatzmilch probiert?«

»Klar, was denkst du denn?«, antwortet Sigrid in beinahe schnippischem Ton.

»Nimmt er das Fläschchen nicht?«

»Doch, doch. Aber das Stillen klappt nicht so gut. Es tut so höllisch weh. Ich halte es ehrlich gesagt nicht länger als fünf Minuten durch.«

»Dann hör damit auf.«

»Aber alle sagen, dass Stillen so wichtig sei.«

»Wer sind ›alle‹?«

»Na ja, Ludvig, die bei der BVC, meine Schwester …«

»Wie weh tut es genau?«

»Das haben sie bei der Stillberatung auch gefragt. Ich sage normalerweise, dass es auf einer Skala von eins bis zehn wehtut wie eine neun. Verstehst du, was ich meine?«

»Ich glaube schon. Aber jetzt ist Alfred … fünf Monate, oder?«

»Ja, fast.«

»Dann finde ich, dass du aufhören solltest zu stillen, wenn es so wehtut, Sigrid. Du hast ja fast fünf Monate lang gekämpft. In etlichen anderen Ländern stillen die Mütter so gut wie gar nicht, und diese Kinder werden schließlich auch erwachsen.«

»Ich hatte eigentlich vor, es sechs Monate zu machen, so wie man es soll.«

»Ach Quatsch. Man *soll* gar nichts. Das ist doch Blödsinn. Wenn du solche Schmerzen hast, dass dich das Stillen in deinem Alltag behindert, hör einfach auf. Ich denke mir immer, dass es Olivia gut geht, solange es mir gut geht. Und wenn ich solche Schmerzen hätte, wie du anscheinend hast, hätte ich längst aufgehört.«

Sigrid lächelt verlegen.

»Vielleicht hast du recht …«

»Ich hätte aufgehört. Bevor sich das Kind zu sehr daran gewöhnt hat und es nur noch schwieriger wird abzustillen. Ausgerechnet du, wo du doch dauernd erzählst, du seist Feministin, willst du wirklich andere über deinen Körper bestimmen lassen?«

»Du hast recht. Ich höre damit auf. Sofort!«

»Sehr gut!«

Ermina schlägt ihr auf den Rücken. Etwas zu hart. Aber es fühlt sich trotzdem okay an. Tatsächlich fühlt sie sich merkwürdig gelöst nach der Entscheidung.

»Jetzt feiern wir, dass du mit dem Stillen aufhörst.«

»Feiern?

»Ja! Komm, wir gehen ein Glas Wein trinken. Aber erst holen wir Freddie, damit sie mit uns feiern kann.«

»Hm ... Denkst du nicht, dass wir sie stören? Wenn wir einfach so vorbeischneien?«

»Doch, ganz sicher. Aber meinst du nicht, dass sie gern mit uns feiern würde?«

»Na ja, ich weiß ja nicht ...«

»Sie wohnt gleich da drüben, na los, komm schon.«

# Kapitel 8

## ERMINA

Bevor Sigrid sie aufhalten kann, steuert Ermina zielstrebig auf das schöne Zwanzigerjahrehaus zu, von dem Freddie gesagt hatte, dass sie dort wohnt. Sie haben Glück. Gerade als sie ankommen, tritt eine Frau um die sechzig heraus und hält ihnen freundlich die Tür auf. Ermina eilt über die Schwelle und stellt sich mit dem Rücken gegen die Tür, während sie auf Sigrid wartet, die ihre Schritte beschleunigt.

»Aber ... denkst du nicht, sie findet es komisch, wenn wir einfach so klingeln? Ich meine, vielleicht glaubt sie, wir würden sie stalken oder so. Sie ist ja nicht unbekannt ... Du verstehst, was ich meine, oder?«

»Quatsch. Sie freut sich bestimmt.«

Ermina hat bereits den Kinderwagen abgestellt und Olivia aus dem Sack genommen. Oh, wenn nur endlich Frühling wäre, damit sie diese verdammten Overalls und Fußsäcke los ist.

Obwohl sie ihre Kondition auf dem Spinningrad zu Hause im Wohnzimmer trainiert hat, ist sie außer Puste, nachdem sie Olivia vier Stockwerke die steile Treppe hinaufgetragen hat. Kein Wunder, dass Freddie nicht so scharf auf Spaziergänge ist, wenn sie anschließend jedes Mal wieder hier hoch muss. Die Arme.

Sigrid verlagert das Gewicht von einem Fuß auf den anderen. Sie wirkt nervös, auch wenn es natürlich damit zu tun haben könnte, dass Alfred alles andere als glücklich darüber war, aus dem Wagen gehoben zu werden.

»Bestimmt ist sie gar nicht zu Hause.«

»Klar ist sie das. Sonst hätte sie ja wohl geantwortet, dass sie irgendwohin muss. Man antwortet nur dann nicht, wenn man keine Ausrede hat.«

Mist. Vor nicht mal einer halben Stunde noch hatte Sigrid so glücklich und erleichtert ausgesehen, und jetzt ist sie wieder so unsicher und nervös.

»Ach komm, lass uns gehen.« Sigrid wendet sich um und will gerade wieder die schmale Treppe hinunterbalancieren, als sich die Tür einen Spaltbreit öffnet.

»Was ... was macht ihr hier?«

»Wir dachten, wir trinken einen Mitten-am-Tag-Wein mit dir.«

Ermina hört selbst, wie gekünstelt es klingt. Sigrid hatte recht. Das war wohl doch eine schlechte Idee. Freddie hat die Haare zu einem unordentlichen Dutt gebunden und sieht nicht gerade frisch geduscht aus. Außerdem hat sie irgendein türkisfarbenes klebriges Zeug am Hals und an der Schläfe. Es sieht aus wie getrocknete Zahnpasta. Nicht sehr stylisch. Der champagnerfarbene Morgenmantel war bestimmt schweineteuer, gibt jedoch Auskunft über ihre und Aurelias Mahlzeiten der letzten paar Wochen. Und drinnen in der Wohnung hört man Aurelia hysterisch schreien.

»Ich ... wir ... Mir geht's nicht so gut.«

Aus dem Augenwinkel sieht sie Sigrid zurück die Treppe hochkommen, knallrot im Gesicht.

*Scheiße.* Wieso hört sie nie auf andere Menschen? Freddie und Sigrid sind doch ihre einzigen Mamafreundinnnen. Wobei, was heißt schon Freundinnen. Sie hätten vielleicht Freundinnen werden können.

»Ja, du siehst ein bisschen blass aus«, sagt sie in einem schroffen Ton, der sie selbst überrascht. Sie räuspert sich und fügt etwas vorsichtiger hinzu: »Brauchst du bei irgendwas Hilfe? Wir sind ja sowieso gerade unterwegs, sollen wir dir etwas besorgen? Paracetamol oder so?«

Erst sieht Freddie überrascht aus. Dann wütend. Dann verzieht sich ihr Gesicht in einer Weise, die an Olivia erinnert, wenn sie jeden Moment einen Wutanfall bekommt.

Ermina weicht instinktiv zurück.

»Du, wir wollten wirklich nicht stören ...«

Sie ist zwar sowohl von Alen als auch ihrer eigenen Familie an plötzliche Gefühlsausbrüche gewöhnt, aber das hier ist etwas anderes. Freddie scheint es wirklich nicht gut zu gehen. Sigrid dagegen macht nicht länger den Eindruck, als schäme sie sich für ihren spontanen Besuch, sondern marschiert geradewegs an Freddie vorbei in den Flur. Sie schlüpft aus den Schuhen, indem sie mit der Spitze des einen gegen den Absatz des anderen Schuhs drückt, und geht weiter in die Wohnung. Ermina bleibt nichts anderes übrig, als ihr zu folgen. Als sie sich selbst aus ihren Sneakers und der Jacke sowie Olivia aus deren Overall gewurschtelt hat, steht Freddie immer noch in der Tür und weint. Aurelias Brüllen dagegen ist verstummt. Aus der Wohnung ist Sigrids Stimme zu hören: »So, mein Spatz, ist ja gut. Die Mama kommt gleich. Gleich kommt die Mama.«

Da Ermina nicht so recht weiß, was sie mit Olivia machen soll, bleibt sie im Flur stehen, hinter Freddie, die immer noch nicht die Tür geschlossen hat.

»Ist es okay, wenn ich …?«, setzt Ermina an, doch als ihr klar wird, dass sie lange auf eine Antwort warten kann, geht sie zur Tür und schließt sie selbst. Dann nimmt sie Freddie unter dem Arm und führt sie durch den Flur in ein riesiges Wohnzimmer mit offenem Kamin, Fischgrätparkett und einem riesigen geschwungenen Arne-Jacobsen-Sofa in Lachsrosa, das mitten im Raum steht.

Wenn sie als Maklerin zu einem Verkäufer nach Hause käme, der sein Wohnzimmer so eingerichtet hätte, würde sie darauf bestehen, auf der Stelle einen Raumausstatter kommen und alles umgestalten zu lassen. Ermina schüttelt es beim Gedanken, in einem Zuhause voller alter Möbel und Nippes leben zu müssen. Auf den Fensterbänken stehen große grüne Zimmerpflanzen, die sie an das Wartezimmer eines Zahnarztes erinnern. Ganz zu schweigen von all den kleinen Stängeln, die überall in winzigen Vasen herumstehen. Wenn man Pflanzen zu Hause haben will, dann bitte Schnittblumen. Punkt. Sonst sieht das Zimmer ja viel kleiner aus, als es eigentlich ist. Auch wenn es ihr in den Fingern kribbelt, sie ist ja schließlich nicht wegen der Einrichtung hier. Stattdessen legt sie Olivia in die geblümte Babywippe neben dem

Kamin, setzt sich neben Freddie aufs Sofa und tätschelt ihr unbeholfen den Arm.

»Ist irgendwas passiert?«

Freddie schluchzt nur zur Antwort, und als der Morgenmantel zur Seite rutscht, bemerkt Ermina, dass ihre Beine dringend mal wieder eine Rasur nötig hätten.

»Soll ich jemanden anrufen? Deinen Mann? Oder vielleicht deine Mutter?«

Freddie macht nicht den Eindruck, als ob sie antworten wolle, also streicht Ermina ihr weiter über den Arm. Da taucht zum Glück Sigrid im Wohnzimmer auf, im einen Arm Aurelia, mit dem anderen schiebt sie ein Korbbettchen auf Rädern, in das sie Alfred gelegt hat.

»Pass auf, Freddie. Du gehst jetzt erst mal unter die Dusche und wäschst dir die Haare. Ich habe dir frische Kleider aufs Bett gelegt. Während du duschst, schaue ich nach Aurelia, und Ermina macht uns einen Kaffee. Oder, Ermina?«

»Äh, ja. Klingt gut.«

## SIGRID

Es ist ein merkwürdiges Gefühl, ein Baby zu halten, das nicht Alfred ist. Aurelia ist schwerer, und ihre kleinen Hände fühlen sich anders an, als sie sich auf der Suche nach Mamahaut in den Ausschnitt ihres T-Shirts vortasten. Von der Windel geht ein verdächtiger Geruch aus, aber Sigrid vermutet, dass jetzt nicht der richtige Zeitpunkt ist, um Freddie darauf anzusprechen. Auch wenn Freddies Zustand ihren Körper vor Unbehagen prickeln lässt, fühlt sie sich seltsam entschlossen.

»Na komm«, sagt sie, fasst Freddie am Arm und führt sie zu einer Tür mit einem Toilettenschloss an der Außenseite.

»Das ist das Gästeklo«, murmelt Freddie, und gibt nun selbst die Richtung vor, hin zu einer anderen Tür.

»Ich würde sagen, du duschst jetzt erst mal. Danach wirst du dich gleich viel besser fühlen. Was meinst du?«

»Ich schaffe es nicht«, seufzt Freddie, die immerhin aufgehört hat zu weinen.

Würde Sigrid ihr in diesem Zustand in der Stadt begegnen, sie wäre nicht sicher, ob sie sie wiedererkennen würde. Auf Instagram hatte Freddie ordentlich frisierte Haare und war oft stark geschminkt. Nicht so, dass sie zugekleistert ausgesehen hätte, aber sie trug fast immer irgendeinen knalligen Lippenstift, hatte markante Augenbrauen und jede Menge Rouge auf den Wangen. Jetzt ist ihre olivfarbene Haut käsig, und die Lippen sind trocken und bleich.

»Doch«, sagt sie freundlich, aber bestimmt. »Ich weiß, dass du es schaffst.«

Sie schiebt Freddie durch die Tür und spürt einen Anflug von Neid, als sie das großzügige Badezimmer mit dem weißen Marmorboden sieht, der im Licht der Spotlights an der Decke glänzt. Gleichzeitig mischt sich Ärger in ihr Mitgefühl. Freddie hat all das, was sich jedes Mädchen in Stockholm wünscht: eine fantastische Wohnung mit offenem Kamin, zeittypischen Details und Balkon, einen süßen Mann, eine erfolgreiche Karriere und ein niedliches Kind. Trotzdem steht sie hier und weigert sich zu duschen, schert sich nicht darum, ihrem Kind die Windel zu wechseln und ist … so verdammt undankbar. Sie verstärkt den Griff um Freddies Arm und schaut ihr direkt in die Augen.

»Du duschst jetzt!«

Sigrid ist selbst überrascht über den Ton ihrer Stimme, den sie sonst nur in äußerst seltenen Fällen, bei äußerst streitlustigen Schülern anwendet. Als Lehrerin hat sie es sich zum Vorsatz gemacht, niemals die Stimme zu erheben, aber manchmal läuft das Fass über. Sie wählt jene Momente mit Bedacht, da sie weiß, dass dieses Mittel nur hilft, wenn es nicht zu oft eingesetzt wird. Und es hilft auch jetzt.

Freddie verschwindet im Badezimmer, und kurz darauf ist das Prasseln des Wassers in der Dusche zu hören.

»Schaust du nach Alfred?«, ruft Sigrid zu Ermina ins Wohnzimmer.

»Klar, kein Problem, aber ich blicke nicht, wie man hier Kaffee macht.«

Der Kaffee muss warten. Erst mal braucht Aurelia eine frische Windel. Im Schlafzimmer steht ein Wickeltisch, der vermutlich mehr gekostet hat als Alfreds gesamte Babysachen zusammengenommen. Mit jeder Menge Fächer, Schubladen und Haken, und darüber hängt ein Mobile mit kleinen putzigen Sagengestalten aus Elsa Beskows Bilderbüchern.

Aurelia zappelt wesentlich mehr auf dem Wickeltisch als Alfred und hat die ganze Windel vollgemacht, sodass der dünne, gelbliche Stuhl in den unteren Teil des Bodys gesickert ist. Einem Mädchen die Windel zu wechseln, ist nicht ganz dasselbe wie bei einem Jungen, aber mit etwas Mühe schafft sie es doch, Aurelia sauber zu kriegen, und sie wirft die Windel in den Mülleimer, während sie sorgsam eine Hand auf Aurelias Bauch hält. Der Mülleimer gibt ein Brummen von sich, und sie seufzt neidisch, als ihr klar wird, dass es so ein Modell ist, das die Windeln automatisch in Plastik packt, damit sie nicht riechen. Sie selbst hat beinahe vergessen, wie es ist, in einem Badezimmer zu sein, das nicht nach Babykacke stinkt. So ein Windeleimer wäre perfekt für ihr winziges Bad, aber als sie Ludvig vorgeschlagen hatte, einen zu kaufen, hatte er nur geschnaubt und gefragt, ob sie eine Ahnung habe, wie viel Plastikmüll entstehe, wenn jede Windel beim Wegwerfen einzeln verpackt würde. Sie schaut sich nach einem sauberen Body um und entdeckt zum Glück einen rosafarbenen in einem der Körbe, die am Wickeltisch hängen. Es kostet sie einige Anstrengung, ihn Aurelia anzuziehen, ehe sie schließlich die kleine Hose hochzieht. Im Bad läuft noch immer das Wasser, und in der Küche steht Ermina vor einer gigantischen Kaffeemaschine aus Chrom mit dutzenden Knöpfen und Reglern.

»Ich dachte eigentlich, ich verstünde was von Technik, aber dieses Ding hier ist mir ein absolutes Rätsel«, brummt sie.

Das kleine Korbbettchen mit Alfred steht direkt neben

ihr, und auf der anderen Seite hat sie die Babywippe mit Olivia abgestellt. Olivia ist eingeschlafen, aber Alfred gibt leise zufriedene Laute von sich und beginnt bei Sigrids Anblick freudig mit den Armen zu wedeln. Das Herz schwillt ihr in der Brust, als sie sieht, wie glücklich und behütet er wirkt, gleichzeitig aber schmerzt es vor Mitleid mit der kleinen Aurelia.

»Schau mal im Kühlschrank, ob es irgendwas zum Kaffee gibt. Ich habe heute Morgen auf Insta gesehen, dass sie Vanilleschnecken gebacken hat.«

»Hab ich schon«, sagt Ermina mit etwas schuldbewusstem Gesicht, ehe sie fortfährt: »Da war nur ein ganzer Apfelkuchen, und den wollte ich nicht rausnehmen. Ansonsten nur ein paar Flaschen Alkohol und Eiswürfel.«

»Hast du auch im Brotkorb nachgeschaut?«

»Äh, ja. Aber da ist auch nichts.«

Komisch. Hatte Freddie gestern nicht gebloggt, dass sie wie verrückt für Ostern gebacken hat? Andererseits ist sie ja offensichtlich nicht ganz stabil, also hat sie vielleicht alles selbst gefuttert.

Das Rauschen im Bad verstummt, und kurz darauf kommt Freddie in einem schönen gemusterten Kaftan aus dem Schlafzimmer. Absolut nicht das Richtige für die Jahreszeit natürlich, aber es war das Erste, was Sigrid gesehen hatte, als sie den Kleiderschrank öffnete, und sie hatte nicht in Freddies Sachen herumwühlen wollen. Freddie geht direkt auf sie zu und nimmt ihr Aurelia ab, vergräbt ihre Nase in deren dunklen Locken und schnuppert.

»Ihr seid so lieb. Danke, dass ihr mir helft.«

»Ist doch klar«, sagt Ermina schnell.

Sigrid nickt zustimmend.

»Wir kennen uns noch nicht mal richtig, und trotzdem war es, als ob ihr gespürt hättet, dass es mir schlecht geht, und herkamt, um mir zu helfen«, schluchzt Freddie.

»Na ja, eigentlich sind wir bloß vorbeigekommen, um dich mit zu einem Weinmittag zu schleppen oder uns selbst zum Kaffee einzuladen«, bekennt Ermina etwas verlegen. »Aber wir kapieren nicht, wie diese Maschine hier funktioniert.«

Zum ersten Mal, seit sie die Tür geöffnet hat, lächelt Freddie.

»Ich auch nicht. Das Teil gehört Frans. Aber ich habe eine Stempelkanne im Schrank, und der Kaffee ist in der Dose da auf der Arbeitsplatte.«

»Setz dich hin, wir machen das«, bestimmt Sigrid und drückt Freddie vorsichtig auf einen Stuhl an dem runden Küchentisch.

Freddie bohrt den Blick in die Tischplatte, fährt mit dem Finger die Adern im Holz nach.

»Ich gehe zum Psychologen. Also, seit der Entbindung. Es ist vielleicht nicht ganz so abgelaufen, wie ich es im Blog und in den Interviews beschrieben habe.«

Sigrid schnappt nach Luft und starrt Freddie an, die den Blick immer noch auf die Tischplatte gerichtet hat.

»Was? Heißt das, du hast dir alles nur ausgedacht? Hattest du einen *Kaiserschnitt*?«

»Es ist nichts Schlimmes, per Kaiserschnitt zu entbinden«, faucht Ermina, legt dann aber Freddie sanft die Hand auf den Arm und fragt: »Wie war es dann?«

## FREDDIE

Freddie hebt den Blick. Dann beginnt sie zu erzählen. Davon, wie die Hebamme sie aufforderte, zu Hause zu bleiben, als sie auf der Entbindungsstation anrief, um sich anzumelden. Wie sie vor Schmerzen halluzinierte und wie eine Irre im Wohnzimmer herumrannte, weil sie dachte, sie sei irgendwo ganz anders. Vom Krankenwagen, der schließlich kam und sie abholte, nachdem Frans angerufen und gebrüllt hatte, dass er es nicht allein schaffe. Von der Fahrt im Krankenwagen, als sie vollkommen überzeugt war, dass entweder sie selbst oder ihr Kind sterben würde. Vom Lachgas, von dem ihr so schlecht wurde, dass sie das Kind ohne jegliche Schmerzmittel zur Welt bringen musste, obwohl sie meinte, ihr Körper würde in tausend Stücke gerissen. Davon, wie sie direkt in den OP gebracht wurde, weil sie nicht nur am Damm, sondern praktisch überall gerissen war. Dass sie ihr Kind kaum zu Gesicht bekam, bevor es an Frans weitergegeben wurde. Von der Leere, die sie empfand, als sie Aurelia zum ersten Mal im Arm hielt. Und von der totalen, undurchdringlichen Dunkelheit, die sie seitdem umgibt. Sie erzählt sogar von dem missglückten Pärchenabend mit Astrid und Herman und dass sie sich die ganze Zeit so furchtbar, furchtbar einsam fühlt.

Als sie zum Ende kommt, holt sie tief Atem. Ermina streicht ihr über den Rücken. Sigrid starrt sie an, bevor sie hervorpiepst: »Das heißt also, was du da in diesem Podcast über deine Entbindung erzählt hast, von wegen Yogaatmung und dass du den Schmerz kanalisiert hättest, indem du dir einen Sonnenaufgang vorgestellt hast, das war alles nur erfunden?«

Freddie laufen die Tränen übers Gesicht. Ein hässliches, schluchzendes Weinen, gegen das Aurelias Gebrüll wie Vogelgezwitscher klingt. Es ist ein Wunder, dass Alfred, der brabbelnd in Sigrids Arm liegt, nicht reagiert. Und es ist ein noch größeres Wunder, dass weder Aurelia noch Olivia davon aufwachen.

»*Ja*, das sage ich doch! Es war alles nur gelogen. Inzwischen lüge ich nur noch. Glaubst du ernsthaft, ich hätte hier gestern fröhlich für Ostern gebacken? Ich hab es etwa eine Viertelstunde lang probiert, dann habe ich es geschafft, meinem Kind einen ganzen Topf voller Schokolade ins Gesicht zu schütten. Also hasst Frans mich jetzt auch und überreicht mir wahrscheinlich demnächst die Scheidungspapiere. Ich schaffe es ja noch nicht mal, morgens aus dem Bett aufzustehen. Das hier ist nicht die beste Zeit meines Lebens. Es ist die beschissenste, elendste Scheißzeit, die ich je hatte. Ich *hasse* es, Mutter zu sein!«

»Hass ist bloß eine andere Form der Liebe, also geht es bestimmt vorüber, du wirst schon sehen«, sagt Ermina bemüht munter.

Aber Sigrid sieht besorgt aus und fragt, ob sie sich nicht vielleicht Hilfe bei der BVC holen kann.

»Die BVC? Nein danke. Die hatten zweihundert Jahre Wartezeit, also hat Frans mir einen Psychologen hier im Viertel besorgt, bei dem ich jetzt einige Male war. Aber das bringt ja offensichtlich nicht so wahnsinnig viel. Er hat diese Praxis bei euch ganz oben im Haus, Ermina.«

»Ah, also da warst du, als wir uns zum ersten Mal getroffen haben. Ich habe mich schon gewundert, warum so viele zwielichtige Gestalten in dieser Wohnung verschwinden.«

»Ich bin doch nicht zwielichtig?«

»Nein, du nicht, aber seit wir dort eingezogen sind, habe ich so viele Leute von da oben kommen und gehen sehen, dass ich mich schon fast gefragt habe, ob er ein Bordell betreibt oder so.«

Es beginnt als Kichern. Dann wird es zu einem Blubbern in Freddies Bauch und steigt als lautes Gelächter den Hals hinauf. Sie lacht so sehr, dass Aurelia in ihrem Arm hopst, und wischt sich mit den Zeigefingern die aufsteigenden Tränen aus den Augen.

»Ein Bordell ... also echt ... ich schmeiß mich weg!«

Als sie eine halbe Stunde später hört, wie die Wohnungstür aufgeht, fühlt sie sich merkwürdig stolz. Vor fünf Stunden, als Frans wegging, lag sie im Bett und fühlte sich hundeelend. Jetzt sitzt sie hier, frisch geduscht, trinkt Kaffee und lacht mit ihren ganz eigenen Mamafreundinnen. Auch wenn Angst und Niedergeschlagenheit noch immer irgendwo tief drinnen im Bauch brodeln, ist es, als hätte jemand einen Deckel daraufgesetzt, damit sie nicht herausströmen und sie zerfressen können.

»Haben wir Besuch?«, ruft Frans aus dem Flur.

»Ja, wir trinken gerade Kaffee.«

Frans kommt ich die Küche und sein Lächeln erinnert sie an das ihrer Mutter, als sie zum ersten Mal eine Freundin von der Schule nach Hause brachte. Er stellt zwei Einkaufstüten auf der Arbeitsplatte ab und kommt zu ihnen an den Tisch.

»Hallo, ich bin Frans.«

Frans gibt Sigrid die Hand und Ermina eine Art kurze Umarmung.

»Wir haben uns ja schon getroffen! Es scheint ihr wieder besser zu gehen.«

Er nickt zu Olivia, und Ermina schüttelt lächelnd den Kopf.

»Ja. Oh Mann, dieser Abend war der Horror. Aber am nächsten Tag war sie wieder wie immer. Es ist irre, wie schnell sie gesund werden, wenn sie so klein sind.«

»Ja, das ist wirklich Wahnsinn«, stimmt Frans ihr zu, während er Freddie vorsichtig Aurelia abnimmt.

»Ist noch ein bisschen Kaffee für mich übrig? Ich habe ein fürchterliches Shooting hinter mir.« Er wendet sich an Sigrid und Ermina: »Ich bin Fotograf und sollte heute Bilder bei einem Krebsessen auf einer Dachterrasse in Nacka machen. Ihr wisst schon, diese Neubauten mit Blick direkt auf den Gröna Lund Tivoli. Meine Finger fühlen sich an, als ob ich sie nie wieder bewegen kann.«

Er verschränkt die Finger ineinander und drückt sie von sich weg, sodass ein unangenehmes Knacken entsteht.

»Willst du nicht die Tüten auspacken?«, hört Freddie sich selbst sagen, unnötig barsch.

Verdammt. Muss sie so unfreundlich zu Frans sein, wo er gerade so glücklich wirkt? Und auch noch vor Sigrid und Ermina.

»Oder warte! Ich packe sie aus«, sagt sie schnell und springt vom Stuhl auf, ehe Frans sie stoppen kann.

»Oh, das ist toll. Schenkst du mir auch eine Tasse Kaffee ein?«

»Du arbeitest also als Fotograf?«, erkundigt sich Sigrid mit vorsichtigem Interesse. »Was fotografierst du?«

»Sehr viel Essen und Einrichtung, für verschiedene Zeitschriften. Aber es sind auch einige Maklerprospekte dabei, um die Miete bezahlen zu können«, lacht Frans entschuldigend.

Freddie stutzt. Frans sagt sonst immer, er sei Foodfotograf, wenn er Leute auf Festen oder Events trifft. Sie lächelt in den Kühlschrank hinein, während sie eine Packung Kirschtomaten und mehrere Avocados ins Gemüsefach legt. Es ist lange her, dass sie ihn so entspannt gesehen hat. Was er als Nächstes sagt, bestätigt ihren Eindruck: »Ich wollte heute Abend Bœuf bourguignon machen, sie hatten so fantastische Hochrippe an der Fleischtheke, dass ich zwei Kilo gekauft habe. Normalerweise koche ich einmal die Woche vor, damit Freddie sich nicht ums Mittagessen kümmern muss, wenn sie allein zu Hause ist, aber es wäre mehr als genug für euch und eure Partner da. Ich meine, falls ihr mit uns essen wollt.«

Frans sieht sie mit einer Mischung aus Aufregung und Verlegenheit an. Wie ein kleines Kind, das plötzlich neue Freunde auf dem Spielplatz kennengelernt hat und sie spontan zum Geburtstag einlädt. Oder, denkt Freddie, wie ein Mann, dessen Frau seit Monaten mit niemandem Kontakt hatte, außer mit ihm selbst, ihrem Baby und ihrer Mutter.

»Oh, toll!«, ruft Ermina begeistert. »Ich glaube, wir haben keine Pläne, aber ich frage Alen vorsichtshalber noch mal.«

»Ludvig ist in Karlskrona, aber ich glaube, er wollte zum Abendessen zu Hause sein«, sagt Sigrid und fügt mit einem scheuen Lächeln hinzu: »Na ja ... ich habe heute Geburtstag. Aber wir wollten eh nichts Großes machen.«

»Was, du hast heute *Geburtstag*?« Ermina starrt Sigrid schockiert an. »Ich rufe Alen an und sage, dass er eine kleine Torte mitbringen soll. Oh, wie schön, dass wir dich feiern können!«

# Kapitel 9

## FREDDIE

Es ist eine ungleiche Gruppe, die sich an diesem Abend in ihrem Esszimmer niederlässt. Alen kommt frisch geduscht aus dem Fitnessstudio, Ludvig mit dem Handgepäckskoffer direkt vom Zug, und Frans hat sich sein ausgewaschenes Freizeithemd mit dunkelgrünen, weinroten und senfgelben Karos angezogen.

Alen und Frans haben im Grunde nichts gemeinsam, und Ludvig und Sigrid sind anscheinend Vegetarier, daher hat Frans eine Art improvisierten Eintopf aus Gemüse, das sie noch im Kühlschrank hatten, für sie gekocht. Die anderen schaufeln Frans' wunderbares Bœuf bourguignon in sich hinein.

Freddie ist zwar nicht ganz sie selbst. Sie lacht etwas zu laut an den falschen Stellen und manchmal überhaupt nicht, wenn die anderen es tun, aber sie sitzt jedenfalls hier zwischen Frans und Ludvig und isst und unterhält sich wie jede normale Person. Manchmal fängt eines der Babys an zu schreien, aber dann bleiben die anderen in Ruhe sitzen und essen und unterhalten sich weiter, während einer mit dem Kind weggeht und zurückkommt, wenn es sich beruhigt hat. Ermina hat Olivia gerade im Schlafzimmer ins Bett gebracht und kommt zurück ins Esszimmer. Frans streckt die Hand nach ihrem Teller aus.

»Du bist ja noch gar nicht zum Essen gekommen. Soll ich deinen Teller noch mal in die Mikrowelle stellen? Ich will unseren Gästen schließlich kein kaltes Essen anbieten.«

»Nein danke, ich bin satt«, antwortet Ermina und spießt ein sehr kleines Stück Kartoffel auf ihre Gabel, ehe sie Alen über den Tisch ein High five gibt, weil Olivia eingeschlafen ist.

»Okay, dann decke ich mal ab, dann können wir etwas Nachtisch essen. Bleib nur sitzen«, sagt Freddie und legt Frans eine Hand auf die Schulter. Ludvig steht auf und beginnt, die Teller einzusammeln.

»Ich helfe dir.«

Freddie schluckt, als Ludvig ihr in die Küche folgt. Anscheinend ist er nicht nur süß, sondern weiß auch jede Menge über Sprachen und Literatur und reist pausenlos wegen der Arbeit irgendwohin. Und nun ist er offenbar auch noch hilfsbereit, dieser Teufel.

»Kann ich sonst etwas tun?«, fragt Ludvig, als der letzte Teller in die Spülmaschine geräumt ist.

»Nein, nein, alles gut. Oder doch. Du kannst die Torte aus dem Kühlschrank holen. Und Dessertteller.«

Ludvig lächelt ihr über die Schulter zu, und sie denkt zufrieden, wie gut es ist, dass sie eine Schicht Make-up ins Gesicht und etwas Mascara auf die Wimpern aufgetragen hat, nachdem Sigrid sie in die Dusche zwang. Oh, wenn ihre alten Klassenkameraden sie jetzt nur sehen könnten. In einem Rodebjer-Kaftan in ihrer großen, schönen Wohnung und mit mehr Followern auf Instagram als sie alle zusammen.

»Wie gefällt es euch hier in Midsommarkransen?«

Ludvig blickt sie mit den Desserttellern in der Hand an, und ohne zu wissen, warum, nimmt sie sie ihm ab und stellt sie auf die Arbeitsplatte.

»Äh, gut. Wir wohnen erst seit November hier, wir haben ziemlich lange renoviert, bevor wir eingezogen sind.«

»Ja, das sieht man. Die Küche hast du wirklich großartig zusammengestellt.«

Eigentlich hat Frans das meiste ausgesucht, ehrlich gesagt hat er ein besseres Auge für solche Dinge als sie. Aber aus irgendeinem Grund nickt sie nur zur Antwort.

»Soll ich dir beim Raustragen helfen?«

Ludvig lächelt sie an, sodass die blauen Augen glitzern, und weist mit dem Kopf auf die Teller. Seine Lachgrübchen werden tiefer.

»Äh, nein. Nimm du die Torte. Und dann kannst du ja auf dem Wagen da schauen, ob du was Gutes zum Kaffee findest.« Sie weist auf den Servierwagen aus Messing, der beim Weinkühlschrank steht.

»Schlag du lieber was vor. Ich trinke nur Whiskey. Nimm irgendwas, was du magst.«

Freddie drückt sich an ihm vorbei und greift den Hals einer Flasche mit gelbem Inhalt.

»Das ist Limoncello, vom Agrotourismus-Hof meiner Tante im Piemont. Superlecker, aus ihren selbst angebauten Zitronen hergestellt. Den musst du später probieren.«

»Gern.«

Ludvig lächelt sie mit der Tortenplatte in den Händen an, und plötzlich ist es, als ob ihr Griff um den Flaschenhals sie denken ließe, sie hielte etwas ganz anderes in der Hand. Irritiert spürt sie, wie sich Hitze auf ihrem Hals ausbreitet und ins Gesicht steigt. Er macht sie wirklich nervös. Aber sie schüttelt das Gefühl ab. Das muss alles daher kommen, dass sie im Moment so irre labil ist. Und dass süße Typen sie immer schon nervös gemacht haben.

## ERMINA

Ermina tut ihr Bestes, um das viel zu große Stück Torte, das Frans ihr auf den Teller gelegt hat, zu zermanschen. Das grüne Marzipan mischt sich mit der Sahne, und je mehr sie es zerdrückt, desto mehr sieht es aus, als hätte sie tatsächlich davon gegessen. Wenn sie doch nur wie Sigrid wäre, die garantiert essen kann, so viel sie will, ohne dick zu werden. Freddie dagegen sollte vielleicht etwas an ihr Gewicht denken. Aber bei ihr gehört es wahrscheinlich zum Image, so schön kurvig auszusehen. Frauen, die dünn wie ein Strich sind, verkaufen wohl nicht so viele Kochbücher, vermutet sie.

Gerade, als Ermina auch das letzte kleine Stück Marzipan mit dem Rest der Torte vermatscht und damit jede Möglichkeit, vielleicht doch davon zu probieren, eliminiert hat, nimmt Ludvig seinen Dessertlöffel und schlägt ganz vorsichtig, um die Kinder nicht zu wecken, gegen sein Glas. Olivia liegt in Freddies und Frans' Schlafzimmer, Aurelia ist in der Babywippe eingeschlafen, und Alfred schlummert zufrieden in Aurelias Korbbett neben dem Esstisch. Dieser Junge scheint jederzeit und überall schlafen zu können, denkt sie bitter, ehe sie den Blick hebt und Ludvig ihre volle Aufmerksamkeit schenkt. Ein bisschen arg förmlich, das mit dem Glas, aber wahrscheinlich wollte er bloß lustig sein, überlegt sie, bevor er zu sprechen beginnt.

»Ja, wer hätte das heute Morgen gedacht, als ich noch in einem Konferenzraum in Karlskrona saß, dass meine Partnerin so fantastische Freunde gefunden hat, die ein so wunderbares Geburtstagsessen für sie veranstalten würden, wo man selbst nicht ausreichte. Aber ich möchte, dass du weißt, Sigrid, dass auch wenn ich nichts derart Fantastisches für dich hätte organisieren können, ich doch zumindest *etwas* besorgt habe, um dich heute zu feiern. Obwohl man dich gar nicht genug feiern kann. Da ihr Sigrids neue Freunde seid, möchte ich euch kurz erzählen, was sie für eine Person ist: Nicht nur kann man sich keine bessere Mutter für Alfred vorstellen, sie spielt auch verflucht gut Scrabble, hat mit elf den dritten Platz im Gothia Cup belegt, immerhin dem größten Jugend-Fußball-Turnier der Welt, und ist die beste Lehrerin auf Erden. Ich bin so stolz auf dich, weil du es gewagt hast, trotz aller Rückschläge, die du in deinem Leben erfahren musstest, deinen eigenen Weg zu gehen. Und ich bin so glücklich, an deiner Seite zu stehen und dich in allem, was du tust, unterstützen zu dürfen. Ich liebe dich.«

Ermina sieht, wie Sigrid errötet, als Ludvig sich vorbeugt und ihr einen sanften Kuss auf den Mund gibt. Und sie leuchtet förmlich, als er im Flur verschwindet und kurz darauf mit einem kleinen Päckchen zurückkommt, das sie nun mit eifrigen Fingern aufreißt.

»Oh, ist das schön«, ruft sie und schaut staunend auf das dünne Silberarmband, an dem ein kleines Venussymbol hängt. Gleichzeitig nagt irgendetwas in Ermina. Sie entscheidet, dass es sicher nur die Angst ist, weil sie alles in allem doch zwei Löffel von der Torte probiert hat.

## SIGRID

»Hmm, schmeckt das lecker. Ich glaube, so was habe ich noch nie getrunken.«

Sigrid nippt vorsichtig am Alkohol in dem kleinen Kristallglas, das Frans ihr eingeschenkt hat.

»Der ist vom Landgut meiner Tante im Piemont«, erklärt Freddie. »Mein Vater ist ja Italiener, daher wohnt meine ganze Familie väterlicherseits dort unten. Er ist nur wegen meiner Mutter nach Schweden gezogen.«

»Also sind außer euch beiden alle hier Einwanderer«, scherzt Frans an Sigrid und Ludvig gewandt.

Und auf einen Schlag ist die gemütliche Stimmung wie weggeblasen. Zumindest für Sigrid. Das Letzte, was sie jetzt braucht, ist ein Gespräch über Landesgrenzen und Politik. Aber bevor sie die Situation retten kann, wendet sich Alen neugierig an Frans.

»Ach, echt? Woher kommst du denn? Warte, lass mich raten. Griechenland?«

»Nein, nein. Weiter nördlich.«

»Woher dann, bist du Serbe? Du siehst gar nicht serbisch aus?«

»Kommt, lasst uns das Thema wechseln. Es ist doch Sigrids Geburtstag.«

Ludvig macht eine beschwichtigende Geste, und Sigrid ballt die Hände unter dem Tisch zu Fäusten. Doch Ermina lacht nur und legt Ludvig beruhigend die Hand auf den Arm.

»Wir haben absolut nichts gegen Serben. Meine beste Freundin ist Halbserbin. Wir haben haufenweise Serben unter unseren Freunden.«

»Haha, aber ich bin kein Serbe. Ich bin Pole. Das heißt, halb. Meine Mutter ist polnische Jüdin, sie kam Ende der Sechziger mit ihren Eltern hierher. Aber ihr seid durch und durch schwedisch, oder?«

»Ja, genauso langweilig, wie es klingt«, antwortet Ludvig mit einem schiefen Lächeln. »Ich war ja immer schon ein Fan von Multikulturalismus. Sigrid und ich stammen beide aus Schonen. Ich bin in Simrishamn aufgewachsen, aber als Jugendlicher nach Malmö gezogen, und man findet weiß Gott nirgends in Schweden so gutes Essen wie um den Marktplatz im Möllevangsviertel mit all den internationalen Restaurants und Spezialitäten.«

»Wobei, gibt es nicht irre viele Rassisten in Schonen?«

Frans schaut ihn mit hochgezogenen Brauen an.

Sigrid ballt ihre Fäuste noch fester zusammen. Wenn Ludvig bloß nichts über ihren Vater sagt, was sie dazu zwingt, sich in merkwürdigen Erklärungen zu verstricken. Hier zu sitzen und sich zu schämen.

»Und, freust du dich schon auf die Elternzeit?«, fragt sie Frans schnell, um das Thema zu wechseln.

»Also ich bin total bereit«, antwortet Alen an seiner statt. »Ich werde ab dem Herbst zwei Tage die Woche mit Olivia zu Hause sein, damit Ermina schon mal anfangen kann, wieder ein bisschen zu arbeiten.«

»Ich dachte, du wolltest länger zu Hause bleiben?«

»Ach was. Diese Frau ist viel zu rastlos, um den ganzen Tag bloß den Kinderwagen herumzuschieben. Außerdem ist sie diejenige in unserer Familie, die den Zaster ranschafft.«

»Ach, hör schon auf«, sagt Ermina und lächelt Alen an.

Aber er hebt die Hand und schüttelt den Kopf.

»Nein, im Ernst. Du hast immer schon besser verdient als ich. Aber jetzt habe ich ja gekündigt, um ein Buch zu schreiben und mich als Personal Trainer selbstständig zu machen, ich kann also nicht in Vollzeit zu Hause bleiben. Aber ein bisschen will ich auf jeden Fall mithelfen.«

Sigrid beißt sich auf die Zunge, um nichts Schnippisches zu erwidern, wie dass bei zwei Tagen die Woche im Grunde nicht die Rede von »Mithelfen« sein kann, sondern er damit erheblich weniger tut, als die Gesellschaft von Männern erwarten sollte.

»Ja, ich hätte wirklich nicht gedacht, dass ich es zu

Hause so langweilig finden würde, aber ehrlich gesagt ...«, setzt Ermina an, wird jedoch von Frans unterbrochen.

»Du willst ein Buch schreiben? Dann musst du Alen helfen, Schatz.«

Frans knufft Freddie in die Seite, und obwohl Sigrid Freddie nicht besonders gut kennt, kann sie sie doch gut genug einschätzen, um zu erkennen, dass sowohl ihr Lächeln wie auch das Nicken widerwillig sind.

Frans scheint das Signal ebenfalls wahrgenommen zu haben, und bevor Alen dazu kommt, Freddie mit Fragen zu löchern, gibt er die Frage an Ludvig zurück: »Und du? Wann gehst du in Elternzeit? Im Sommer ist politisch ja nicht so viel los, oder?«

»Wir teilen es gleichmäßig auf und nehmen jeder neun Monate, den Rest heben wir uns dann für Ferien und solche Dinge auf«, kommt Sigrid Ludvig zuvor.

Aber aus dem Augenwinkel sieht sie, wie Ludvig auf seinem Stuhl hin und her rutscht. Warum wirkt er so unruhig, und warum krallt sich seine Hand unter dem Tisch um ihr Knie?

»Na ja ... Wir sind noch gar nicht dazu gekommen, es richtig zu besprechen, aber ich fürchte, bei mir klappt es nicht mit der Elternzeit. Es ist ziemlich schwierig für mich, länger von der Arbeit auszusetzen, ein Pressesprecher lässt sich schlecht vertreten. Das ist bei euren Jobs sicher ähnlich «, meint er an Freddie und Alen gewandt. »Du bist schließlich die Einzige, die weiß, wie genau dein Blog und Instagram und das alles laufen soll, richtig? All deine Gedanken und Ideen und dein Können existieren ja sozusagen nur in deinem Kopf. Und niemand anders kann deine Kunden trainieren oder dein Buch schreiben, Alen. Mit meinem Job ist es dasselbe.«

Sigrid spürt ein Brennen in der Brust. Das Feuer breitet sich in die Arme aus, in die Beine und ins Gesicht. Das kann Ludvig nicht ernst meinen. Es muss einer seiner total bekloppten, ironischen Scherze sein, bei denen er eine Geschichte viel zu lange ausschmückt, um sie dann unter lautem Gelächter zurückzunehmen.

»Aber ist es nicht ziemlich ruhig für dich, wenn das Parlament Sommerpause hat?«, fragt Frans.

»Ja, da ist es natürlich ruhiger. Aber diese Zeit braucht man, um vorauszuplanen und so weiter. Zum Glück hat man bei Kindern, die im Dezember geboren sind, den Vorteil, dass sie im Januar in der Kita anfangen können, wenn sie knapp ein Jahr alt sind. Wenn Alfred Ende Januar anfängt, ist er fast vierzehn Monate.«

Sigrid nickt wortlos. Lächelt steif.

Freddie wiegt nachdenklich den Kopf.

»Vielleicht wäre es keine schlechte Idee, Aurelia mit eins in die Kita zu geben. Ihr wisst ja, wir sind beide selbstständig, und da steht man quasi unter Dauerstress, weil man sich immer Gedanken machen muss, wie man das Einkommen für den nächsten Monat sichert. Frans hat einen Agenten, der ihm Aufträge besorgt, und ich habe ein Influencernetzwerk, das Kooperationen für mich findet, aber trotzdem müssen wir ja jeden Monat einen bestimmten Betrag zusammenkriegen, um über die Runden zu kommen.«

Frans lacht und strubbelt ihr durch die Haare.

»Jetzt machst du dir unnötig Stress. Es ist ja nicht so, dass wir von Wasser und Brot leben müssten, wenn es mal einen Monat etwas schlechter läuft.«

»Nein, aber es ist eine große psychische Belastung, als Selbstständige Kinder zu bekommen. Wenn man ein halbes Jahr weg ist, können einen die Kunden leicht vergessen. Ich bin wirklich neidisch auf Leute wie dich, Sigrid, die eine gesicherte Stelle haben, Krankenversicherung, zusätzliches Elterngeld und das alles.«

Sigrid nickt nur. Ihr ist schlecht. Wie kann Ludvig ihr das antun?

# Kapitel 10

## FREDDIE

»Worüber möchten Sie heute sprechen?«

Stefan sieht Freddie fragend an, die tief Luft holt. Sie hat lange darüber nachgedacht, ob sie das Thema wirklich mit ihm besprechen soll. Aber sie hat wohl kaum eine Wahl. Wenn sie nichts unternimmt, wird Frans bald genug von ihr haben. Sie wird vollkommen allein enden.

»Ich dachte, dass wir vielleicht über Frans' und mein … äh … Sexleben sprechen könnten.«

Stefan nickt bloß.

»Wir haben letzte Woche mit zwei Pärchen, die auch Kinder haben, zu Abend gegessen. Die, die ich kennengelernt habe.«

»Die, die auch hier im Viertel wohnen?«

»Genau. Und sie waren so viel … *liebevoller* zu ihren Männern, als ich es meinem Gefühl nach zu Frans bin. Vielleicht.«

»Wie meinen Sie das?«

»Na ja, sie haben sich berührt und so. Sich geküsst. Oder … Ich weiß nicht.«

»Also küssen Sie und Frans sich nicht mehr?«

»Doch. Das heißt, manchmal. Aber ich kann mich nicht mehr daran erinnern, wann es zum letzten Mal war.

Ich glaube, ich bräuchte ein wenig Rat, damit ich mich wieder traue.«

»Traue?«

»Ja, also, damit ich mich wieder traue, Sex zu haben.«

Dass sie, die damals, als Astrid und sie für ein Jahr in Paris wohnten, in einer Woche mit drei verschiedenen Kerlen ins Bett gehen konnte, zehn Jahre später hier sitzt und schon Panik bekommt, wenn sie nur daran denkt, mit dem Mann zu schlafen, mit dem sie verheiratet ist, fühlt sich unwirklich an.

»Möchten Sie genauer erzählen, wovor Sie Angst haben?«

»Ich bin so sehr … gerissen, als Aurelia geboren wurde. Deshalb traue ich mich nicht. Ich habe Angst, dass es wehtun könnte.«

Seelenklempner-Stefan nickt.

»Gerissen? Wie meinen Sie das?«

»Na ja, also, physisch.«

»Physisch?«

Herrgott. Was bringt es, zu einem Psychologen zu gehen, der offenbar null Ahnung hat, wie ein weiblicher Körper funktioniert? Freddie unterdrückt den Impuls, aufzustehen und zu gehen, holt stattdessen tief Luft und ruft sich in Erinnerung, dass sie ja nicht nur ihretwegen hier ist. Sondern auch wegen Frans. Und Aurelia.

»Ich habe mal eine Frau im Fernsehen gesehen, die hat erzählt, sie sei bei ihrer Entbindung so weit aufgerissen wie von Athen bis Helsinki. Verstehen Sie?«

»Äh, nicht ganz …«

»Nein? Genau das bin ich nämlich. So weit aufgerissen wie von Athen bis Helsinki. Also ja, ich hatte extreme Schmerzen in den ersten Monaten.«

»Aber Sie haben dennoch Lust, mit Ihrem Mann zu schlafen?«

Lust?

Worauf Freddie gerade *Lust* hat, ist, Stefan zu fragen, ob er jemals das Gefühl hatte, einen Betonmischer in den Arsch gefahren zu bekommen. Aber sie verkneift es sich. Teils, weil sie niemals laut das Wort »Arsch« sagen würde, vor allem aber, weil es *völlig* falsche Assoziationen wecken könnte.

»Ich hatte ganz einfach sehr starke Schmerzen, und deshalb macht mir der Gedanke an Sex Angst«, antwortet sie stattdessen.

»Sex bedeutet ja nicht notwendigerweise Penetration«, meint Stefan ernst.

»Erklären Sie das mal einem Mann.«

»Das sage ich allen. Auch Männern.«

Freddie schluckt. Dass Frans und sie überhaupt in einer Situation enden könnten, in der sie gemeinsam nackt sind, kommt ihr ebenso abwegig vor, wie dass sie Sex haben.

»Glauben Sie, dass vielleicht … Tabletten helfen könnten?«

Stefan schaut sie fragend an. Und sie muss sich auf die Lippen beißen, um nicht zu kichern, weil das, was sie gerade gesagt hat, offenbar missverstanden werden kann.

»Ja, also nicht für Frans, sondern ... Antidepressiva, oder wie sie heißen.«

»Ich verstehe, was Sie meinen«, antwortet Stefan beruhigend. »Viele, die Serotonin-Wiederaufnahmehemmer nehmen, erleben, dass sie weniger Lust auf Sex haben. Aber wenn Sie ohnehin keine Lust verspüren, wäre es vielleicht einen Versuch wert. Da es Ihnen nicht gut geht. Aber so etwas kann nicht ich entscheiden, das müssen Sie mit einem Arzt besprechen.«

»Haben Sie vielleicht ... äh, eine Übung, die ich machen könnte? Irgendeine Gedankenübung oder so?«

»Eine Übung? Ja, da gibt es natürlich verschiedene. Aber ich würde sagen, das Beste für Sie wäre, nicht zu hohe Ansprüche zu stellen. An sich selbst, meine ich. Es kann schon reichen, wenn sie auf dem Sofa seine Hand nehmen oder ihm über den Rücken streichen, wenn sie in der Küche an ihm vorbeigehen. Tun Sie, was sich *gut* für Sie anfühlt, Freddie. Machen Sie sich nicht so viele Gedanken darüber, was Ihr Mann möglicherweise von Ihnen will.«

Freddie nickt wortlos.

»Haben Sie jemanden, der ab und zu als Babysitter einspringen könnte? Eltern oder Freunde, die mithelfen würden?«

»Ja. Schon. Meine Mutter will nichts lieber, als auf Aurelia aufpassen.«

»Vielleicht sollten Sie diese Option wahrnehmen? Es kann schon genügen, wenn Sie und Frans eine Stunde in der Woche allein zusammen haben. Für den Anfang.«

»Sie meinen ... Wie bei einem Date?«

»So könnte man es nennen.«

Ein Date? Wann waren Sie zum letzten Mal auf einem *Date*?

»Das heißt, meine Hausaufgabe wäre, dass Frans und ich auf ein Date gehen? Ohne Aurelia?«

»Wenn Sie eine Hausaufgabe möchten, dann könnte das Ihre Aufgabe sein. Wenn Sie in zwei Wochen das nächste Mal herkommen, müssen Sie und Frans auf einem Date gewesen sein. Aber denken Sie daran, dass es nichts Großes sein muss. Es reicht, wenn Sie in ein Café um die Ecke gehen und einen Kaffee zusammen trinken.«

Auf dem Heimweg denkt sie darüber nach, was Stefan gesagt hat. Dass es reicht, wenn sie zusammen einen Kaffee trinken gehen. Worüber sollen sie überhaupt reden, wenn sie diesen Kaffee trinken? Das alles kommt ihr so bizarr vor. Dass Frans und sie, die früher ganze Nächte lang Wein tranken und redeten, plötzlich keine gemeinsamen Themen mehr haben außer Wäsche, Windelwechsel und wann Aurelia das letzte Mal gebadet hat. Auf Höhe des Parks hört sie, wie jemand ihren Namen ruft. Sie dreht sich um und sieht ein inzwischen vertrautes Lächeln.

»Danke für neulich Abend.«

Ludvig gibt ihr eine kurze Umarmung mit seinem freien Arm. Mit dem anderen zieht er einen Handgepäckskoffer.

»Ja, es war schön. Das nächste Mal bekommt ihr auch etwas zu essen«, lächelt sie zurück.

»Ach was, es war superlecker. Und vor allem sehr nett. Ihr konntet ja nicht wissen, dass wir Vegetarier sind.«

Irritiert spürt Freddie, wie ihr die Hitze in die Wangen steigt. Dennoch würde sie am liebsten noch bleiben. Gerade, als sie den Kinderwagen weiterschieben will, beugt Ludvig sich vor und schaut unter das Verdeck.

»Heeey, Aurelia! Na, wie geht's dir heute?«

Aurelia hat ausnahmsweise glänzende Laune, und obwohl Freddie nicht in den Wagen schaut, hört sie ihre Tochter bei Ludvigs Anblick zufrieden brabbeln. Ludvig richtet sich mit einem breiten Lächeln auf.

»Sie sieht so zufrieden aus.«

»Jetzt, wo du da bist, vielleicht.«

»Ach komm, sei lieber stolz, was für eine tolle Mama du bist. Ich selbst fühle mich gerade nicht besonders toll. Ich muss nach Brüssel zu so einem blöden Meeting, deshalb war ich noch mal schnell auf einen Sprung zu Hause, um etwas Zeit mit Alfred zu haben.«

»Du bist ja süß«, antwortet Freddie und meint es ernst. Sie kann sich schwer vorstellen, dass Frans etwas Vergleichbares tun würde. Vor allem, wenn er einen so stressigen Job hätte wie Ludvig.

»Was macht ihr denn am Wochenende?«

»Soweit ich weiß, haben wir keine Pläne. Aber frag am besten Sigrid, sie ist momentan die Projektleiterin zu Hause.«

»Auf jeden Fall. Es wäre schön, wenn ... Ich meine, wir könnten ja ... Ich schreibe Sigrid und ...«

Sie hört selbst, wie sie stottert. Aber da beginnt es zum

Glück in ihrer Tasche zu vibrieren, und sie fingert ihr Handy heraus.

»Oh, da ruft jemand an. Also viel Spaß in Brüssel, wir sehen uns bestimmt bald!«

»Ja, hoffentlich«, antwortet Ludvig, bevor er seinen Weg den Svandammsvägen hinauf fortsetzt.

Sie wischt über das Display, um Frans' Anruf anzunehmen, während sie mit dem Blick Ludvigs Rücken folgt, wie er in Richtung U-Bahn davongeht.

# Kapitel 11

## SIGRID

»Wie schön, dass ihr vorbeikommen wolltet.«

Freddie lächelt sie matt von der Türschwelle an. Heute lässt sie sie jedenfalls in die Wohnung, ohne zu weinen, obwohl der Besuch fast ebenso spontan ist wie beim letzten Mal.

»Es ist total schön draußen. Wir waren in Vinterviken spazieren. Willst du nach dem Kaffee nicht eine Runde mit uns gehen?«

Ermina trinkt einen Schluck von ihrem schwarzen Kaffee, und Sigrid fragt sich, wie viel sie eigentlich jeden Tag spazieren geht. Als sie sich heute Vormittag getroffen haben, schien sie bereits eine ganze Weile unterwegs gewesen zu sein.

»Das klingt toll, aber ich war heute schon draußen. Oder das heißt, ich bin zum Supermarkt und zurück gegangen.«

»Sehr gut!«, antwortet Sigrid und merkt selbst, dass das Lob etwas übertrieben klingt. Als würde sie mit einem Schüler reden, der gerade zum ersten Mal in seinem Leben ein Buch zu Ende gelesen hat.

»Aber wollen wir uns nicht lieber über was Schönes unterhalten?«

»Wir haben in zwei Wochen Mitarbeiterfeier in der

Schule. Hoffentlich kann ich hingehen. Allmählich bin ich es wirklich leid, dass sich unser ganzes Leben um Ludvigs Job dreht. Andererseits muss ich natürlich nicht auf dieses Fest gehen, auch wenn Kian …«

»Wer ist Kian?«, unterbricht Freddie sie.

Sigrid macht eine wegwerfende Handbewegung. »Ach, nur ein Freund. Ein Kollege. Oder …«

»*Oder* … was?«

Ermina grinst, und Sigrid versucht, all die Gedanken, die ihr durch den Kopf schwirren, in eine Antwort zu fassen, aber es gelingt irgendwie nicht. Wer *ist* Kian? Er ist ihr bester Freund hier in der Stadt. Die *einzige* Person, mit der sie befreundet ist, abgesehen von Ermina und Freddie. Er ist der Grund, weshalb sie sich jeden Sonntagabend darauf gefreut hat, am nächsten Morgen zur Arbeit zu gehen. Er ist derjenige, der die Didaktikprüfung während des Lehramtsstudiums sausen ließ, als sie auf dem Weg in den Prüfungssaal eine Panikattacke bekam. Der sie im Arm hielt, bis sie sich beruhigt hatte, und ins Jalla Jalla schleppte, wo er sie zu Falafel einlud. Er ist derjenige, der ihr drei Jahre hintereinander sein Auto geliehen hat, damit sie sich nicht im Bus nach Helsingborg durchrütteln lassen und von dort in einer verspäteten Regionalbahn nach Bjuv zockeln musste, um am Geburtstag ihrer Mutter deren Grab zu besuchen. Das hatte ihre Mutter so gewollt; dass sie sich an ihren Geburtstag erinnerten, nicht an ihren Todestag. Er ist der Einzige, der versteht, wie es ist, bis zur völligen Erschöpfung zu kämpfen, um eine Stadt, eine Umgebung, ein Leben zu verlassen, in dem man sich nicht wohlfühlt. Und der, obwohl all seine Träume zerstört wurden, als er sich verletzte und niemals mehr Fußball spielen durfte, der positivste und motivierendste Mensch ist, den sie kennt. Aber … Das alles kann sie Ermina und Freddie nicht erklären. Also schüttelt sie nur den Kopf.

»Wir haben zusammen in Malmö studiert, und er hat mich für den Job empfohlen, als wir nach Stockholm gezogen sind. Es ging alles ziemlich schnell, wir mussten praktisch von einem Tag auf den anderen umziehen. Caspar wurde ja mitten in der Mandatsperiode Minister, nachdem der vorherige zurückgetreten war.«

»Ist er süß? Dieser Kian?«

Sigrid schaut Ermina überrascht an.

»Süß? Ja, würde ich schon sagen. Wobei man seine Freunde ja nicht nach dem Aussehen wählt.«

»Na ja, man hat schließlich keine männlichen Freunde, mit denen man sich nicht vorstellen könnte, ins Bett zu gehen.«

Ermina grinst Sigrid an, die aussieht wie ein lebendes Fragezeichen.

»Aber … so kann man doch nicht denken? Ich meine, man kann doch nicht alle seine Freunde sexualisieren?«

»Nur die, die Kerle sind.«

Freddie lächelt matt, aber sie hat eine bekümmerte Falte auf der Stirn. »Ich dachte, zwischen dir und Ludvig liefe es gut? Ihr habt total verliebt gewirkt, als ihr zum Essen bei uns wart. Außerdem, und ich hoffe, du nimmst mir nicht übel, wenn ich das sage, ist er ja echt heiß.«

»Es *läuft* gut zwischen uns.«

Sigrid nickt schnell, bevor sie auf die Nagelhaut ihres Mittelfingers starrt. Ein winzig kleiner Hautfetzen steht ab. Es knackt, als sie mit dem Schneidezahn dagegendrückt, und brennt wie die Hölle, als sie ihn abreißt. Und als die Tränen erst zu fließen beginnen, kann sie sie nicht mehr aufhalten.

»Oh Gott, tut mir leid. Ich muss aufhören, an den Nägeln zu kauen.«

Sie wischt sich mit dem Handrücken über die Augen und saugt schnell an ihrem Finger, um das Blut zu stoppen.

»Also, wir kennen uns ja noch nicht so lange, aber du kannst ruhig sagen, dass du nicht deshalb weinst«, sagt Ermina.

Das reicht. Erneut schießen ihr die Tränen in die Augen.

»Ich dachte, mit Alfreds Geburt würde alles besser werden. Dass Ludvig nur am Anfang so viel arbeiten und dauernd weg sein würde. Immerhin ist er Feminist, und wir haben vorher so gleichberechtigt gelebt. Aber dann ... Nachdem wir hierhergezogen sind und er angefangen hat, für Caspar zu arbeiten ... Es ist, als ob ... Als ob er mir nicht mehr zuhören würde.«

»So geht es mir auch manchmal mit Frans«, sagt Freddie und legt ihr tröstend eine Hand auf den Arm.

»Kann sein, aber ich glaube trotzdem, dass es bei euch anders ist. Ihr seid ... Ich weiß nicht. Ihr seid irgendwie der gleiche *Typ* wie eure Männer. Ludvig und ich sind von vornherein so verschieden. Er war alles, was ich wollte. Er *ist* alles, was ich will. Aber nach dieser ganzen Sache bei der Entbindung, als ich so eklig zu ihm war … Ich habe versucht, ihm zu erklären, dass ich nicht richtig ich selbst war, dass ich das Gefühl hatte, von Dämonen besessen zu sein. Aber er versteht es nicht.«

»Was heißt das, eklig?«

»Na ja … In der U-Bahn, auf dem Weg ins …«

»Moment mal.« Ermina unterbricht Sigrid, indem sie die Hand hebt. »Seid ihr mit der U-Bahn zur Entbindung gefahren?«

»Ja.«

»Warum denn das?«

»Weil es wichtig ist, bei allem, was man tut, an die Umwelt zu denken.«

»Ich glaube, die Ozonschicht hätte es überlebt, wenn du ein Taxi zu deiner eigenen Entbindung genommen hättest«, bemerkt Ermina trocken, kassiert jedoch einen strengen Blick von Freddie, die Sigrid mit einem Nicken bedeutet fortzufahren.

»Also. In der U-Bahn auf dem Weg dorthin ging alles gut. Aber als wir dann im Krankenhaus waren, bin ich anscheinend jedes Mal völlig weggetreten, sobald ich eine Wehe bekam. Ich erinnere mich nicht mehr an alles. Aber Ludvig zufolge habe ich ihn angeschrien, dass er genauso gut verschwinden könne, weil er hier ohnehin zu nichts nütze sei. Obwohl er nur versuchte, mir beizustehen. Aber es hat mich so gestresst, dass er dauernd aus dem Kreißsaal gerannt ist, weil gleichzeitig tausend Dinge auf der Arbeit passiert sind.«

»Hätte Alen angefangen, während meiner Entbindung einen Haufen Arbeitstelefonate zu führen, hätte ich ihm eine runtergehauen«, knurrt Ermina.

»Hm. Aber mit Ludvigs Job ist es ja etwas anderes.«

Sie bemerkt, wie Ermina die Kiefer anspannt. Es sieht beinahe so aus, als würden ihre Augen lodern. Und dabei hat Sigrid das Schlimmste noch gar nicht erzählt. Das, was sie nachts manchmal immer noch voller Angst aufwachen lässt. Obwohl sie es eigentlich herausbrüllen will, nachdem sie sich nun schon dazu entschieden hat, den anderen davon zu erzählen, kommt es als Flüstern: »Und dann hat er gesagt, ich hätte geschrien ›Ich will dieses Kind ja nicht mal haben‹, und das hat ihn so traurig gemacht, dass er gegangen ist. Also war er gar nicht da, als Alfred geboren wurde. Eine Hebamme hat ihn später geholt.«

»Bitte was?«

Freddies Gesicht ist in einer wütenden Grimasse erstarrt, und Ermina sieht aus, als wolle sie den Nächstbesten, der vorbeikommt, mit einer Axt zusammenschlagen.

»Ja, ich weiß, es war total bescheuert von mir, so zu schreien, aber ...«

»Sigrid. Das Schlimme ist nicht, was du gesagt hast. Ich glaube, wenn man Kinder kriegt, ist es völlig normal, so was zu sagen – oder zu schreien. Das Schlimme ist, dass Ludvig gegangen ist.«

»Glaubst du? Also, dass es normal ist, so zu schreien?«

»Ich würde meine KitchenAid darauf verwetten, dass ich etwas Ähnliches geschrien habe, mitten in all dem

Chaos«, sagt Freddie mit einem in sich gekehrten Lächeln. Dann fragt sie: »Aber wolltest du Alfred denn nicht haben? Anfangs, meine ich?«

»*Jetzt* will ich ihn haben. Aber während der Schwangerschaft hatte ich ziemliche Zweifel. Ich hatte ja gerade erst angefangen zu arbeiten, und ich wollte wirklich nicht so eine Mutter werden wie meine Schwester und all unsere alten Freunde in Bjuv, die vier Kinder am Rockzipfel hängen haben, ehe sie dreißig sind. Ich weiß, dass mit fünfundzwanzig Mutter zu werden, nicht so wahnsinnig jung ist, aber zu diesem Zeitpunkt habe ich mich nicht richtig bereit gefühlt. Jetzt ist es anders, aber das konnte ich damals ja nicht wissen.«

»Heißt das, du wolltest abtreiben, Ludvig aber nicht?« Erminas Augen sind groß wie Untertassen.

»Nein, nein. So war es absolut nicht! Eher ... Es war eben auch nicht völlig selbstverständlich, dass wir es behalten würden. Und ich hatte vorher schon mal abgetrieben, mit zwanzig, als wir uns gerade erst kennengelernt hatten. Aber als ich mit Alfred schwanger wurde, waren wir immerhin schon fünf Jahre zusammen, deshalb hätte es sich irgendwie falsch angefühlt abzutreiben. Wenn wir dann ohnehin zwei, drei Jahre später versucht hätten, Kinder zu bekommen.«

»Aber ... Hätte das Personal dir nicht irgendwie helfen sollen, nachdem Ludvig einfach abgehauen war? Sie hätten ja jemanden anrufen können. Deine Mutter zum Beispiel. Ach nein, stimmt ja, sie wohnt in Schonen, oder?«

»Sie ist tot.«

»Oh.«

Sogar Ermina verstummt. Freddie legt Sigrid die Hand auf die Schulter und drückt sie vorsichtig.

»Habt ihr danach noch mal darüber gesprochen? Vielleicht mit jemand Professionellem?«

»Du meinst mit einem Therapeuten? Was bringt es, zu jemandem zu gehen und die Sache noch breitzutreten? Ich glaube, das würde es nur verschlimmern.«

»Mach es, wie du meinst. Man soll sich ja auch wohl dabei fühlen, mit jemandem zu sprechen.« Freddie lehnt sich auf dem Küchenstuhl zurück. »Das klingt jetzt vielleicht hart, aber ich glaube trotzdem, es ist wichtig, sich Hilfe zu suchen, bevor es zu spät ist. Ich bin ehrlich gesagt froh, dass Frans mich überredet hat, bei Stefan anzufangen. Sonst wäre ich bestimmt im Bett festgewachsen. Aber vor allem bin ich wahrscheinlich froh, zu ihm gegangen zu sein, weil ich auf diese Weise euch getroffen habe«, sagt sie und lächelt vorsichtig.

»Wie geht es dir jetzt, Freddie?«, fragt Sigrid. »Fühlst du dich besser als letzte Woche?«

»Ja, es ist wohl ... Wie soll ich sagen? Es ist immer noch irgendwie scheiße. Ich bin ja froh, dass ihr jetzt hier seid, nur ... Alles fühlt sich ziemlich sinnlos an. Das ganze Leben fühlt sich sinnlos an. Und meine Mutter beschwert sich die ganze Zeit, weil sie Aurelia öfter sehen will, und versucht, mir einzureden, dass ich diese Zeit so furchtbar *genießen* soll. Aber sosehr ich es auch versuche, es geht einfach nicht. Jetzt haben Frans und ich sozusagen ein Date für Ende der Woche ausgemacht.«

»Ein Date?«

»Ja. Also, meine Mutter nimmt Aurelia. Dann gehen wir was essen oder so. Nichts Ausgefallenes. Nur ein ganz normales Abendessen. Ich habe Frans gebeten, sich um alles zu kümmern.«

»Das klingt toll. Einfach so essen gehen zu können. Ich hoffe, Ludvigs Mutter kommt uns bald besuchen, damit wir auch mal was unternehmen können.«

»Hm. Ich glaube ehrlich gesagt nicht unbedingt, dass es uns hilft, zusammen abendzuessen. Es wird mir dadurch wohl kaum schlagartig besser gehen. Aber ich überlege auch, ob ich einen Termin bei einem Psychiater machen soll.«

»Wieso das?« Sigrid schaut Freddie verwirrt an.

»Oh Mann, um sich Antidepressiva verschreiben zu lassen, natürlich«, mischt sich Ermina ein.

»Es heißt Serotonin-Wiederaufnahmehemmer«, murmelt Freddie.

»Ja, ja, *whatever*. Ich finde, die Dinger wirken gut. Alle meine Freundinnen nehmen so was oder haben es schon mal genommen.«

»Ehrlich?«

»Ganz Stockholm schluckt doch Tabletten. Meine Güte, du von allen müsstest es eigentlich wissen. Wo jede Influencerin schreibt, dass sie es tut.«

»Ich möchte *nicht* darüber schreiben. *Niemand* darf es erfahren. Okay? Und können wir uns jetzt bitte über etwas Netteres unterhalten? Deinen süßen Kollegen zum Beispiel«, sagt Freddie und schaut Sigrid bittend an.

»Er ist mein Freund. Kein ›süßer Kollege‹. Was mich an dieser Feier stört, ist, dass ich eigentlich gar keine Lust darauf habe, aber jetzt, wo Ludvig sagt, dass ich nicht gehen kann, will ich hin.«

»Das lässt sich doch ganz einfach lösen!« Ermina prostet ihr mit der Kaffeetasse zu. »Ich frage meine Mutter, ob sie zu mir kommen kann, und dann passen wir zusammen auf Alfred auf.«

»Ja aber ... Ich kann doch dich und deine Mutter nicht als Babysitter für mein Kind einspannen?«

»Warum denn nicht? Ich finde, das ist eine super Idee«, pflichtet Freddie Ermina eifrig bei.

»Wenn meine Mutter es geschafft hat, dass ihre drei Kinder den Balkankrieg überleben, dann schafft sie es sicher auch, dass dein Kind die drei, vier Stunden überlebt, während du auf der Mitarbeiterfeier bist.«

»Darf man über so was überhaupt Witze machen?«, fragt Sigrid unsicher.

»Ich darf darüber Witze machen«, erwidert Ermina entschieden und fährt fort: »Alfred hat mich jetzt fast jeden Tag gesehen, und die Mitarbeiterfeier ist erst Ende nächster Woche, oder? Bis dahin kann er mich also noch besser kennenlernen. Das Schlimmste, was passieren kann, ist, dass er nicht aufhört zu weinen, und dann setzt du dich eben in ein Taxi nach Hause.«

# Kapitel 12

## ERMINA

»Und wie geht es Omas kleinem Liebling heute? Darf man ein bisschen über FaceTime mit ihr sprechen?«

Ermina unterdrückt einen Seufzer, murmelt etwas in der Art von »na klar« und drückt auf das Kamerasymbol. Sie rückt Olivia in der Babywippe zurecht, während sie darauf wartet, dass die Verbindung zustande kommt, und kurz darauf erscheint ihre Schwiegermutter in einem wenig schmeichelhaften Winkel auf dem Display.

»Omas Liebling! Wie geht es dir heute?«

Wenn Olivia sprechen könnte, würde sie antworten: »Och ja, danke der Nachfrage, ich bin heute Nacht im Stundentakt aufgewacht, um zu futtern, dann habe ich zwei Schlafanzüge vollgekackt und in hohem Bogen auf Mamis und Papis Bett gereihert. Aber anscheinend waren sie zu faul, das Laken zu wechseln, denn als ich später aufgewacht bin, war das Bett stattdessen voller Handtücher.«

Alens Mutter scheint sich allerdings nichts daraus zu machen, dass die Antwort ausbleibt. »*Sine moj!* Ach, was bist du lieb.«

Olivia gluckst nicht mal zur Antwort, sondern starrt nur verständnislos aufs Display.

»Und wann bekommt unsere kleine Olivia ein Geschwisterchen? Sie kann doch nicht ganz allein mit euch bleiben!«

»Wolltest du nicht mit Olivia reden?«, fragt Ermina so neutral sie kann.

»Aber Ermina! Du musst doch verstehen, dass ich gern noch mehr Enkelkinder möchte. Ihr braucht doch bloß wieder zum Arzt zu gehen, jetzt, wo ihr wisst, dass es funktioniert.«

Am liebsten würde Ermina ins Telefon schreien, dass sie nicht gedenkt, sich jemals wieder eine beschissene Hormonspritze in die Hüfte zu drücken, gleichzeitig aber Angst hat, dass Olivia in ein paar Jahren fragen wird, warum sie keine Geschwister hat. Natürlich ist sie dankbar, dass beide Omas ihrer Tochter noch am Leben sind und außerdem keine von ihnen weiter als zwanzig Minuten mit der U-Bahn entfernt wohnt. Nicht alle mit ihrem Hintergrund können ihre Familie als gegeben ansehen. Aber ihre Schwiegermutter lag ihr bereits mit dem Wunsch nach weiteren Enkelkindern in den Ohren, als Olivia noch nicht mal geboren war, und diese ewige Litanei treibt sie in den *Wahnsinn*. Ihre eigene Mutter hat bereits drei Enkel, aber für Alens Mutter ist Olivia die erste. Weshalb sie die Kleine gern sehen möchte, am liebsten jeden Tag. Und wenn das nicht geht, will sie natürlich über FaceTime mit Olivia »sprechen«.

Nachdem ihre Schwiegermutter zwei Kinderlieder auf Bosnisch gesungen und eine Katze, einen Hund und eine Kuh nachgeahmt hat, kann Ermina das Handy keine Sekunde mehr länger in diesem komischen Winkel halten und behauptet schnell, Olivia habe wohl eine volle Windel und sie müsse jetzt aufzulegen.

»Aber warte kurz, Ermina. Ich habe ja eigentlich angerufen, um zu fragen, wann ihr im Sommer nach Jajce fahren wollt.«

Oh, Mist. Darüber hat Ermina nicht einmal nachgedacht. Also, wann sie fahren wollen. Eigentlich sollten sie eine Art Vorrecht haben, als Erste wählen zu dürfen, jetzt, wo sie das Kind haben. Sogar Nadia hatte neidisch geseufzt, als sie von dem Haus erzählte, nachdem Alen und sie zum ersten Mal dort gewesen waren, und etwas gemurmelt wie »wenn ich einen Bosnier kennengelernt hätte, dann hätte es einer aus Jajce sein sollen«. Alens Mutter hat das Haus, das in Fußnähe des mächtigen Wasserfalls liegt, nach dem Krieg renovieren lassen. Daher sind sie natürlich nicht die Einzigen, die jeden Sommer für ein paar Wochen dort Urlaub machen möchten. Letztes Jahr haben sie gemeinsam mit Alens Schwestern und deren Männern drei Wochen in dem Haus verbracht. Etwas, was Ermina unter keinen Umständen zu wiederholen gedenkt.

»Äh ... darüber haben wir noch nicht richtig nachgedacht. Aber wir würden es dieses Jahr wahrscheinlich mit einer Woche in Kroatien kombinieren.«

»Wunderbar, genau das wollte ich euch nämlich auch vorschlagen. Dass wir zusammen nach Kroatien fahren. Dann kann ich mich um Olivia kümmern, und du und Alen habt etwas Zeit füreinander.«

Ermina lächelt ihre Schwiegermutter steif an, die ihr

auf der anderen Seite des Displays ermunternd zunickt. Auf dem Papier klingt es natürlich nach einer hervorragenden Idee. In Wirklichkeit wird es vermutlich so aussehen, dass ihre Schwiegermutter mit ihrer Meinung zu absolut allem beitragen wird, angefangen bei Olivias Anziehsachen über die Frage, wie oft Ermina stillt, weshalb Alen ihr ab und zu das Fläschchen gibt und vor allem: was und wann Olivia isst. In gewisser Weise wäre alles wahrscheinlich erheblich einfacher gewesen, wenn sie sich einen stinknormalen schwedischen Typ gesucht hätte. Einen wie die, mit denen sie zusammen war, bevor sie Alen kennenlernte. Aber erst bei Alen hatte sie das Gefühl, wirklich den Richtigen gefunden zu haben. Jemanden, der sie tatsächlich verstand. Und den sie verstand. Sie beide waren Anfang der Neunziger, während der Jugoslawienkriege, mit ihren Familien nach Schweden gekommen. Sie hatten sich vorher noch nie gesehen, als sie vor sieben Jahren auf der Hochzeit von Erminas Chef nebeneinander am Tisch platziert wurden. Und obwohl sie beschlossen hatte, dass sie einen Schweden treffen würde, genau wie Nadia, konnte sie nicht verhindern, dass sie sich Hals über Kopf in Alens Dialekt, sein lautes Lachen, das direkt aus dem Bauch kam, und die tiefen Grübchen in seinen Wangen verliebte. Sie hatten sich während des gesamten Abendessens auf Schwedisch unterhalten, aber sobald die Gesellschaft zu Fest und Tanz überging, hatte Alen ins Bosnische gewechselt. Mit ihm auf Bosnisch zu flirten, über seine Witze zu lachen und über Orte zu reden, an denen sie beide gewesen waren, hatte sich angefühlt, wie nach Hause zu kommen. Das ist das Erschreckende und gleichzeitig Fantastische an ihrer Beziehung. Gemeinsam werden sie niemals vergessen, woher sie kommen. *Und falls doch, wird Alens Mutter schon dafür sorgen, dass es uns wieder einfällt*, denkt sie bitter, bekommt jedoch auf der Stelle ein schlechtes Gewissen.

Sie betrachtet Olivia in der Babywippe, und als sie sich vorstellt, sie in ein anderes Land schicken zu müssen, so wie ihre Eltern es mit Ermina und ihren Brüdern tun mussten, bevor sie ihnen nachreisen und sie in Kroatien wieder treffen konnten, hat sie das Gefühl, als würde jemand ihr Herz in einen Schraubstock pressen. Sie nimmt die kleine Hand ihres Kindes zwischen Daumen und Zeigefinger und beginnt mit Tränen in den Augen zu singen: *»Mama voli bebu, najviše na svijetu, najviše na svijetu, Mama voli bebu.«*

Mama liebt ihr Baby, mehr als alles auf der Welt.

Olivia gluckst ihr fröhlich zu, und Ermina muss sich zusammenreißen, um nicht anzufangen zu weinen, bevor sie den nächsten Vers anstimmt.

*»Najviše na svijetu.«*

Plötzlich steht Alen mit seiner Trainingstasche in der einen und einer Tüte Sushi in der anderen Hand im Flur.

»*Ćao ljubavi!* Singst du *dieses* Lied? Das muss ich Mama erzählen, da wird sie sich freuen. Sie macht sich solche Sorgen, dass Olivia kein Bosnisch lernen könnte«, sagt er freudig und schüttelt sich die Schuhe von den Füßen, sodass der eine ein gutes Stück im Wohnzimmer landet.

»Wie sollte sie *kein* Bosnisch lernen?«, seufzt Ermina.

»Ich weiß, das sage ich ihr auch immer«, erwidert Alen unbekümmert, während er die Tüte mit ihrem Abendessen auf den Tisch stellt.

Bevor sie ein Kind bekam, hätte sie nie gedacht, dass man Sushi überbekommen könnte. Jetzt essen sie es mindestens dreimal die Woche, und manchmal wird ihr schon übel, wenn sie nur an den Geschmack von rohem Lachs denkt. Aber sie haben abgemacht, nach Möglichkeit jeden Abend gemeinsam zu essen, und da Olivias Laune gelinde gesagt unberechenbar ist, sind kalte Gerichte, die ihre Wutanfälle überdauern, oder Eintöpfe, die für unbestimmte Zeit auf niedriger Flamme köcheln können, die sinnvollste Wahl.

Bis sie Olivia endlich im Bett haben, ist die Misosuppe schon kalt, also stellt sie sie in die Mikrowelle, während sie die Reisbällchen halbiert, auf denen der Fisch liegt. Gott, wie sie sich nach einem heißen Essen sehnt, das keine Suppe ist. Da sie sich den ganzen Tag über von vorgeschälten Minikarotten und Knäckebrot mit Putenbrust ernährt, hat sie praktisch konstant das Verlangen nach warmem Essen. Das Problem ist nur, dass sie nicht dazu kommt, gekochtes Essen zu essen, und das Takeaway-Angebot in der Gegend ist völlig unbrauchbar. In ihrer Straße gibt es zwei Pizzerien, einen Inder und einen Thai-Imbiss, und keiner dieser Orte ist geeignet für jemanden, der bis Mittsommer fünfzehn Kilo abnehmen will.

»Willst du die Maki nicht?«

Alen deutet mit einem Essstäbchen auf die Makiröllchen in Erminas Sushikarton.

»Nein, du kannst sie haben.«

Alen streckt sich über den Tisch und greift zwei Happen auf einmal mit den Stäbchen. Aber gerade, als er sie in den Mund stecken will, hält er mitten in der Bewegung inne.

»Hä? Hast du den Lachs rausgepult?«

»Ja, ich versuche doch, weniger Kohlenhydrate zu essen.«

Alen zuckt mit den Achseln und tunkt die algenummantelten Reisklumpen in mit Wasabi vermischte Sojasoße, bevor er sie sich in den Mund schiebt.

»Du, übrigens. Mama kommt am Donnerstag, ich habe Sigrid versprochen, ein paar Stunden auf Alfred aufzupassen. Ludvig ist anscheinend wegen der Arbeit verreist.«

»*Sweet.* Ist es dann okay, wenn ich was trinken gehe?«

»Klar. Das brauchst du gar nicht zu fragen.«

## FREDDIE

»Können wir jetzt nicht versuchen, es uns ein bisschen schön zu machen, Liebling?«

Frans legt den Kopf schief und dreht eine Portion Trüffeltagliatelle auf die Gabel. Freddie ringt sich ein Lächeln ab und nickt. Armer Frans. Sie hat wirklich versucht, Stefans Rat, ihm über den Rücken zu streicheln und auf dem

Sofa seine Hand zu nehmen, zu befolgen. Aber es hilft nicht. Und sie kann nicht anders, als sich darüber zu ärgern, dass er die Sache mit ihrem Date so übertrieben ernst genommen hat. Ihrer Meinung nach hat sie sehr deutlich klargemacht, dass es vollkommen genügt hätte, ein paar hundert Meter die Straße hinunter in ihr hiesiges Lokal zu gehen und ein Glas Wein zu trinken. Aber nein. Frans hat nicht nur dafür gesorgt, dass Sofia und Christer den ganzen Abend als Babysitter zur Verfügung stehen. Er hat außerdem einen Tisch bei ihrem Lieblingsitaliener, La Vecchia Signora, reserviert. Und kein einziges Mal gestöhnt, als sie sich beklagt hat, dass die Bilder, die er von ihr gemacht hat, nicht gut genug sind, sondern sie nur immer weiter im Restaurant fotografiert, bis sie zufrieden war.

»Wie sollen wir es im Sommer machen?«

So eine platte Frage. Eine Frage, die man nur stellt, weil man nichts anderes zu sagen hat. Nicht einmal seinem eigenen Mann.

»Im Sommer?«, wiederholt Frans und legt das Besteck weg. »So weit bin ich mental noch gar nicht gekommen. Es war so … *viel* in letzter Zeit. Findest du nicht?«

Sie lacht auf und schüttelt den Kopf, um die Ironie in dem, was er gerade gefragt hat, zu unterstreichen.

»Viel? Das ist nicht dein Ernst?«

»Ich weiß, wir haben darüber gesprochen, mit dem Auto durch Italien zu fahren, Ferienhäuser zu mieten und so … Aber ehrlich gesagt, Schatz … Wollen wir uns nicht einfach einen ruhigen Sommer machen? Ich habe neulich mit meiner Mutter gesprochen. Über Gotland. Wir könnten an Mittsommer runterfahren und einen oder zwei Monate bleiben. Mama und Christer werden zwischendurch ohnehin recht häufig nach Stockholm zurückfahren, die meiste Zeit hätten wir das Haus also für uns. Ich glaube nicht, dass dir … ich meine, ich glaube nicht, dass *uns* eine allzu große Luftveränderung im Moment guttun würde.«

»Das klingt vernünftig«, nickt Freddie. »Vielleicht könnten wir ein paar Leute einladen? Astrid und Herman? Oder jemanden mit Kindern? Vielleicht hat Sigrid Lust vorbeizukommen, zusammen mit ihrer Familie?«

»Klar, klingt gut«, antwortet Frans und sieht erleichtert aus.

Dann essen sie schweigend weiter. Sie nimmt an, dass er ähnlich denkt. Dass sie andere Menschen als Stoßdämpfer brauchen werden, um es überhaupt hinzukriegen, nett zueinander zu sein. Obwohl das Haus auf Gotland früher ihr geheimer Rückzugsort war und sie so gut wie nie jemanden dorthin zu Besuch kommen lassen, hält Freddie es für nötig, wenn sie diesen Sommer überleben wollen, ohne ihre Ehe völlig kaputt zu reiben.

Das enge Restaurant ist voll von anderen Leuten wie ihnen, müden Eltern mit Kleinkindern daheim, die jede Gelegenheit nutzen, ein paar Stunden durchzuatmen. Zwei größere Gesellschaften mit Omas, Papas und Babys sind auch da. Und leider sitzt eines dieser Babys am Nachbartisch und klingt wie eine hängengebliebene Polizeisirene.

»Oh Mann«, seufzt sie. »Da hat man einen einzigen Abend ohne sein Kind, und dann sitzt stattdessen ein anderes neben einem und schreit.«

Frans lächelt.

»Nächstes Mal reserviere ich in einem kinderfreien Restaurant.«

»Ja. Oder in einem Hotel mit Zimmerservice. Damit eine gewisse Stille garantiert ist«, murrt sie zurück.

Mist. Jetzt klang sie wieder sauertöpfischer als beabsichtigt.

»Willst du den Nachtisch überspringen?«

»Nein«, antwortet Freddie, meint jedoch »Ja«.

»Was soll's, gehen wir nach Hause«, seufzt Frans, leert sein Weinglas und winkt der Bedienung.

»Aber ich habe doch gesagt, dass ich …«

»Verdammt, Freddie.«

Er fährt sich mit der Hand durchs Gesicht, dann sieht er sie wieder an.

»Ich weiß, es ist viel verlangt, aber kannst du nicht versuchen, dich wenigstens ein bisschen anzustrengen?«

Am liebsten würde sie sich zwei Millimeter vor sein Gesicht stellen und brüllen, dass sie sich verdammt noch mal den ganzen Abend lang angestrengt hat. Dass es schon eine Anstrengung ist, nur zu duschen, die Haare zu waschen, sich zu schminken und etwas zum Anziehen auszusuchen. Aber das geht ja nicht. Also greift sie seine Hände und versucht, so warm zu lächeln wie möglich. Das hier ist schließlich trotz allem ein Date.

# Kapitel 13

## SIGRID

Sie fühlt sich unerwartet beruhigt dabei, Alfred in Erminas Hände zu geben. In den letzten zwei Wochen haben sie sich fast täglich getroffen, manchmal auch mit Freddie und Aurelia. Und je mehr Sigrid es bedenkt, umso dankbarer ist sie darüber, dass ihr Leben so ist, wie es ist. Natürlich, es wäre schön, wenn Ludvig öfter zu Hause wäre. Aber wenn er dann zu Hause ist, ist er der beste Mann der Welt.

Es überrascht Sigrid, wie aufgeregt sie wegen der Mitarbeiterfeier ist. Obwohl sie versprochen hatte, bald wieder zu Besuch zu kommen, hat es sich einfach nicht ergeben. Sie freut sich darauf, ihre Kollegen zu sehen. Und Kian natürlich. Seit ihrem gemeinsamen Mittagessen vor einem Monat haben sie es nicht geschafft, sich zu treffen.

Jetzt steht sie in Erminas und Alens Flur und zieht eine zerschlissene Jeansjacke über ein elfenbeinfarbenes Spitzenkleid, das sie sich von Ermina geliehen hat. Zuerst hatte sie gelacht und abgewehrt, als Ermina fragte, ob sie sich etwas für die Feier leihen wolle. Sie beide haben nicht nur einen komplett unterschiedlichen Kleidungsstil, sondern auch eine komplett unterschiedliche Figur. Aber nachdem Ermina sie erfolgreich überzeugt hatte, das Kleid wenigstens anzuprobieren, musste sie zu ihrer

Verwunderung zugeben, dass es perfekt passte. Dagegen hatte sie die Pumps dankend abgelehnt und stattdessen ihre Stan Smith angezogen. Sehr viel eher ihr Stil. Zumindest inzwischen. Mit ihren gerade einmal eins achtundfünfzig hatte sie praktisch während der gesamten Mittel- und Oberstufe hohe Absätze getragen. Als sie das Jahr an der Volkshochschule verbrachte, war sie vor allem in Birkenstocks herumgeschlurft, aber als sie dann nach Malmö zog und ihre alten Pumps und hochhackigen Stiefel in die Garderobe im Flur stellte, hatte Ludvig sie mit einem schiefen Lächeln angesehen, den Kopf geschüttelt und gesagt, er fände nicht, dass sie Absätze tragen solle, da dies die Freiheit der Frau einschränke. Aber dessen ungeachtet hätte sie wohl niemals Pumps zu diesem Kleid gewählt. Die weißen Sneakers mit dem grünen Detail über dem Absatz machen die Kombination zu einem perfekten Mix aus schick und leger. Wenn sie darüber nachdenkt, kann sie sich nicht erinnern, wann sie sich zum letzten Mal so hübsch gefühlt hat. Auch wenn es sie ziemlich schockiert hat, dass ihr Erminas Kleid passt.

»Und ihr seid ganz sicher, dass es euch nicht zu viel ist?«

»Ja, habe ich doch schon tausend Mal gesagt. Oder, Mama?«

»Natürlich nicht! Ich freue mich, wenn ich Erminas Freunden helfen kann.«

Nachdem Sigrid Erminas Mutter kennengelernt hat, versteht sie wirklich, wo Ermina ihre Wärme und ihre offene Art herhat. Was für eine Frau! Sigrid wäre ja schon gestresst, wenn sie mit Alfred in der U-Bahn fahren müsste. Das ist nicht mal ein Millionstel der Angst, die Erminas Mutter während des Krieges auf dem Balkan um ihre Kinder ausgestanden haben muss. Sigrid ist sich vollkommen sicher, dass alles wunderbar klappen wird. Außerdem haben sie in den letzten Tagen ausgiebig geübt. Ermina hat Alfred ein paar Mal mit dem Fläschchen gefüttert. Dass sie aufgehört hat zu stillen, hat den großen Vorteil, dass es Alfred anscheinend vollkommen schnuppe ist, wer ihm die Flasche gibt, solange er sie nur ausreichend oft bekommt. Und Ermina gibt Olivia auch manchmal Ersatzmilch, Sigrid braucht sich also keine Sorgen zu machen, dass Alfreds kleiner Mund mit zu heißer Milch verbrüht wird, so wie es Carros Mann Henke bei einem der seltenen Male, die er Liam mit dem Fläschchen gefüttert hat, passiert ist.

»Na gut, dann werde ich mal gehen. Ruf an, wenn was ist, ja?«

»Aber klar. Viel Spaß, und tu nichts, was ich tun würde«, grinst Ermina von Olivias Spielbogen herüber.

Obwohl sie dankbar über das Babysitting ist, findet sie den Kommentar unnötig. Okay, vielleicht ist Ermina eine von denen, die für ihr Leben gern flirten und Typen aufreißen, obwohl sie verheiratet ist. Aber für Sigrid ist die Zweisamkeit wichtig, und das bedeutet unter anderem, dass man seinen Partner respektiert. Auch wenn sie absolut kein Problem damit hat, wenn Leute sich dafür entscheiden, eine offene Beziehung zu führen, würde sie es auf keinen Fall selbst tun. Als sie in die U-Bahn

Richtung Mörby-Zentrum steigt, realisiert sie, dass sie zum ersten Mal seit fünf Monaten ohne Kinderwagen unterwegs ist. Sie könnte sich die gesamten fünfzehn Minuten bis zum Östermalmstorg hinsetzen. Im Internet surfen, die Nachrichten checken und einen ganzen YouTube-Clip ansehen, ohne nach Alfred zu schauen. Sie beginnt mit Instagram und lächelt, als sie das Foto sieht, das Ermina von den Kindern gepostet hat: *Alfred und Olivia haben ein Date, während seine Mama feiern geschickt wurde. Zum Glück bin ich hier, um ein Auge auf sie zu haben.* Sie scrollt weiter und sieht, wie ein paar ihrer Kollegen schon mal für das Fest vorglühen, außerdem Carros Collage über »die ersten Wochen mit unserem neuen Liebling Lennox« und Astrid, die einen Clip von sich gepostet hat, wie sie vor dem Dreh der *Antikrunde* in der Maske sitzt. Sie öffnet ihre Jacke, sodass man das Kleid sieht, und schickt ein Selfie in ihrem Gruppenchat mit Ermina und Freddie: *Werde gut auf das Kleid aufpassen!*

Ermina antwortet umgehend: *MILF on tour!*, und kurz darauf trudelt eine Nachricht von Freddie ein: *Aber hallo! Und was für ne MILF!* Sigrid lächelt ins Display. Dann klickt sie das Bild noch einmal an und schickt es an Ludvig. Sofort erscheint die Schreibblase, und sie lächelt erwartungsvoll, bevor sie zu lesen beginnt. *Wow! Aber am hübschesten bist du ohne all die Schminke <3.* Sigrid schluckt. Dann kramt sie in ihrer Handtasche, findet ein altes Feuchttuch und wischt sich mithilfe des Handys im Selfiemodus den Lippenstift ab, den sie sich von Ermina geliehen hatte. Anschließend geht sie auf *Dagens Nyheter* und liest den heutigen Leitartikel.

Zwei Stunden später ist sie spürbar angetrunken und fragt sich, weshalb sie überhaupt die Zeit und Energie darauf verwandt hat, einen Babysitter zu organisieren, sich zu schminken und mit Ludvig zu diskutieren, um auf das Fest gehen zu können. Sie hatte kaum die Jacke ausgezogen und einen Begrüßungsdrink in die Hand bekommen, als es bereits Zeit wurde, sich an den Tisch zu setzen. Ihre Platzierung zwischen dem Studiendirektor und dem Vorsitzenden des Elternbeirats zeigt zwar, dass sie eine geschätzte Mitarbeiterin ist, bis jetzt aber hat sich das Gespräch ausschließlich ums Segeln sowie um die Frage gedreht, in welchem Teil des Schärengartens man am besten ein Sommerhaus kauft. Unterbrochen von mehreren Reden früherer Schüler, die inzwischen alte Onkel und Tanten sind. Da sie nicht sonderlich viel zum Gespräch beizutragen hatte, wurden es viel zu viele Schlucke aus dem Weinglas, und das Servicepersonal füllt so oft nach, dass sie den Verdacht hat, weit mehr als die zwei Gläser getrunken zu haben, die sie sich selbst, seit sie Mama ist, als Grenze gesetzt hat. Unter ihrer Pobacke vibriert es. Um ganz sicherzugehen, dass sie es mitkriegt, falls Ermina anruft, hat sie sich auf ihr Handy gesetzt. Unauffällig schielt sie aufs Display. Ein Zigaretten-Emoji mit einem Fragezeichen ist im Benachrichtigungsfenster aufgepoppt.

Sie lächelt ihrem Tischnachbarn entschuldigend zu

und murmelt etwas von wegen »mal eben die Nase pudern«. Kaum, dass sie aufgestanden ist, antwortet sie: *Linker Balkon?* Dann flüchtet sie sich auf die Toilette und zieht einen Plastikbecher aus dem Spender. Während sie darauf wartet, dass das Wasser eiskalt wird, lässt sie es über die Handgelenke laufen, um wieder einen klareren Kopf zu bekommen. Dann stürzt sie zwei Becher Wasser hinunter, trocknet sich gründlich die Hände und atmet tief durch.

Kian steht bereits auf dem Balkon, als sie nach draußen kommt.

»Ich dachte, man bekommt eine Fünf in Sport, wenn man raucht?«

Kian lacht und hält ihr ein Päckchen Zigaretten hin.

»Nicht, wenn man es nur zu ausgesuchten Anlässen tut.«

»Und die Eltern werden nicht informiert? Ich meine, wir repräsentieren die Schule schließlich auch außerhalb des Unterrichts, egal was wir tun, oder?«

»Was man nicht weiß, macht einen nicht heiß. Aber erzähl, was hast du in der letzten Zeit getrieben? Latte macchiato getrunken? Mit ein paar neuen, coolen Influencern abgehangen? Warst du im Babyschwimmen? Oder bist du in Lauftights auf Djurgården im Grünen spaziert?«

»Haha. Von Midsommarkransen bis Djurgården ist es ein bisschen zu weit, deshalb gehe ich meistens in Vinterviken spazieren, weißt du doch. In Jeans.«

»Schade.«

»Schade?«

»Ja, ich habe so die Vorstellung, dass dir Lauftights gut stehen.«

Kian lächelt sie kryptisch an, und obwohl es kühl draußen geworden ist, merkt Sigrid, wie ihr Gesicht knallheiß wird. Es muss irgendeine Reaktion darauf sein, dass die Sonne untergeht. Weiter nichts. Jedenfalls darf Kian nichts anderes glauben, daher wechselt sie schnell das Thema.

»Und, was passiert auf der Arbeit?«

»Ich denke, ich halte dich ganz gut auf dem Laufenden. Du weißt ja, was zwischen Oster- und Sommerferien so passiert. Nichts! Außer dass mich seit dem letzten Mal, als wir uns gesehen haben, bestimmt fünfzehn wütende Eltern angerufen und zur Schnecke gemacht haben.«

»Sag nicht, du hast Isabelles Mutter abgeschleppt?«

»*Gentlemen don't kiss and tell*, das weißt du doch.«

»Kian!«

Sie bedenkt ihn mit einem strengen Blick, kann dieses stechende Gefühl in ihrem Bauch dennoch nicht verhindern. Dasselbe Gefühl, das sie manchmal bekommt, wenn Ludvig sich zu lange mit irgendeiner Frau unterhält, die sie zufällig in der Stadt getroffen haben. Sie sollte wirklich aufhören, sich so darüber aufzuregen, dass Kian ständig alle Mütter angräbt. Aber er verdreht nur die Augen zur Antwort und ascht in ein leeres Sektglas.

»Es ist doch wohl *selbstverständlich*, dass ich Isabelles Mutter nicht angefasst habe. Auch wenn sie sicher furchtbar gern wollte. Nein, du weißt schon, das Übliche halt.«

»Väter, die nicht verstehen, dass die Leistungen ihrer Söhne auf dem Tennis- oder Golfplatz kein Teil des Unterrichts sind?«

»Genau. Ich kann doch einem Schüler keine Eins geben, weil er die Vereinsmeisterschaft im Tennis gewonnen hat, wenn er nicht mal einen Meter im Weitsprung schafft. Was denkt man sich eigentlich, sturzbetrunken von irgendeiner Osterparty aus den Lehrer seines Kindes anzurufen?«

»Die Eltern sollten sich freuen. Das bedeutet doch nur, dass sie vor den Sommerferien nicht so viele Tausend-Kronen-Scheine in den Zeugnisumschlag stecken müssen.«

»Das werde ich sagen, wenn das nächste Mal ein Vater ›von und zu‹ anruft. Nicht, dass ein Tausender mehr oder weniger in ihren Portemonnaies einen Unterschied machen würde, aber dann halten sie bestimmt die Klappe«, lacht Kian, ehe er fortfährt: »Wenn diese Papis zur Abwechslung mal auf einem Elternabend auftauchen würden, wüssten sie vielleicht, wie das Notensystem heutzutage funktioniert, und bräuchten nicht jedes Jahr nach der Zeugnisvergabe wutentbrannt anzurufen. Oh Mann, ich kann es gar nicht erwarten, wenn du im Herbst wieder zurückkommst. Die Arbeit ist so langweilig ohne dich.«

»Also … ich komme wohl doch noch nicht im Herbst zurück. Anscheinend ist es schwierig für Ludvig, so lange in Elternzeit zu gehen, du wirst wohl bis Januar durchhalten müssen.«

Sie hört selbst, dass der letzte Teil unnötig kurz angebunden klingt. Kian hebt eine Augenbraue.

»Bevor du in den Mutterschaftsurlaub gegangen bist, hast du doch von nichts anderem geredet, als dass es so ungeheuer wichtig ist, die Elternzeit gerecht aufzuteilen?«

»Ja, schon, aber …«

»Sigrid, *mir* kann es egal sein. Ich finde es nur etwas eigenartig, dass alle andauernd so verdammt gleichberechtigt sein wollen, und wenn die Leute dann Kinder kriegen, fangen sie doch wieder an, wie ihre Eltern zu leben.«

»Kian, das war echt unter aller Kanone.«

»Ich meine es doch nicht *so*, Sigrid. Das weißt du. Eher, dass … Ach komm, vergessen wir's. Lass uns von was Schönem reden. Wenn wir uns schon mal *in real life* sehen, statt nur zu schreiben. Malmö FF spielt in zwei Wochen gegen den Stockholmer AIK, sollen wir hingehen?«

»Oh, das wäre toll. Aber …«

»Aber?«

»Ich weiß nicht. Ludvig ist jetzt ja immer so viel weg, deshalb versuche ich, dass wir möglichst alle als Familie zusammen sind, wenn er zu Hause ist.«

Sie ist sich nicht sicher, ob es Einbildung ist, oder ob tatsächlich ein enttäuschter Schatten über Kians Gesicht zieht. Aber er zuckt nur mit den Achseln.

»Verstehe schon. Was ist mit dieser Fernsehköchin? Hast du sie gefragt, ob sie in die Schule kommt und einen YouTube-Kurs mit den Schülern macht?«

»Haha, sie würde durchdrehen, wenn sie hören würde, dass du sie Fernsehköchin nennst. Aber nein, ich habe sie nicht gefragt. Ihr geht's nicht so gut, sie hat eine Art Wochenbettdepression. Echt keine leichte Zeit für sie.«

Kian nickt auf eine Weise, die vermutlich Mitgefühl ausdrücken soll. Die Zigarette kratzt im Hals, doch auch wenn Rauchen in vielerlei Hinsicht furchtbar schlecht ist, ist es ein ungeheuer wirksames Mittel, um Schweigen zu überbrücken. Sie bemerkt, wie Kian sie ansieht. Anscheinend hat nicht nur sie ein bisschen zu viel intus. Er legt den Arm um sie, und sein Daumen kreist auf ihrem nackten Oberarm.

»Oh Mann, Sigrid, ich hab dich vermisst!«

Obwohl die Wärme von Kians Körper in ihren eigenen überspringt, fühlt sie sich eiskalt. Dennoch kann sie nicht anders, als ihr Gesicht nach oben zu wenden und seinem Blick zu begegnen, und es ist, als würde ein Stromschlag durch sie hindurchjagen. Diese ganzen verdammten Mutterhormone, kann sie gerade noch denken, ehe Kian sie loslässt und ihre Handtasche vom Boden aufhebt.

»Ich glaube, bei dir klingelt es?«

Exakt vier Minuten später sitzt sie in einem Taxi auf dem Weg nach Midsommarkransen. Trotzdem schön. Dass alles gut geklappt hat, bis Alfred aufgewacht ist.

# FREDDIE

Freddie nimmt ihr Handy und lässt den Finger über dem Icon für Direktnachrichten auf Instagram schweben. Heute war der erste Tag, an dem sie Stefan sagen konnte, dass sie die Regeln, die sie gemeinsam für sie aufgestellt haben, tatsächlich befolgt hat: Dreimal am Tag darf sie Instagram und den Blog aktualisieren, auf Kommentare antworten und Nachrichten schicken. Den Rest der Zeit soll sie die Benachrichtigungen deaktivieren und nicht sinnlos herumscrollen. Als feste Zeiten haben sie sich auf zwölf, drei und sechs Uhr geeinigt. Freddies Einwand, dass der Traffic gegen neun am besten ist, hatte Stefan damit entkräftet, wie wichtig es sei, den Schlaf ernst zu nehmen, und dass sie riskiere, am Handy kleben zu bleiben, wenn sie abends online gehe. Und in diesem Punkt muss sie ihm recht geben. Sie scrollt schnell durch den Feed, kommentiert ein Selfie, das Sigrid gepostet hat, mit einem Herz und setzt ein Kussemoji unter eines der unzähligen Bilder, die Astrid von den Dreharbeiten der *Antikrunde* hochgeladen hat. Der Feed wird von Werbeanzeigen zum Muttertag überschwemmt, und wie gewöhnlich erschreckt es sie, wie viel die Algorithmen über sie und ihr Leben wissen. Am Sonntag kommen alle zu Besuch: ihre Mutter und ihr Vater, Frans' Eltern und Geschwister. Es war Frans' Idee gewesen, den Muttertag bei ihnen zu feiern. Als er es vorschlug, hatte es nett geklungen. Jetzt erschaudert sie beim Gedanken daran, in ein paar Tagen einen Haufen Menschen empfangen zu müssen. Vor allem Frans' Schwestern. Sie zögert kurz, bevor sie die Nummer ihrer Schwiegermutter Sofia eingibt und ihr eine Nachricht schickt, in der sie fragt, ob sie herkommen und ihr mit dem Essen helfen will. Dann beginnt sie zu arbeiten.

Als Erstes postet sie ein Video von Aurelia, wie sie in halb aufrechter Haltung auf dem Sofa sitzt und lacht. Es ist wirklich niedlich. Und es wäre natürlich noch niedlicher gewesen, hätte sie Aurelia nicht kitzeln müssen, um sie so zum Lachen zu bringen. Nachdem das Video hochgeladen ist, geht sie die Kommentare durch, die sie von ihren Followern für ihren Instagrambeitrag von heute Morgen bekommen hat – ein Rezept für Scones mit Milchschokolade. Denjenigen, die Kommentare wie *Hmmm!* und *Her damit!* gepostet haben, antwortet sie lediglich mit einem Kussemoji. Andere, die detaillierte Fragen wie *Glaubst du, es klappt auch mit Roggenmehl?* gestellt haben, bekommen persönliche Antworten. Der Dialog mit ihren Followern nimmt reichlich Zeit in Anspruch, aber sie weiß, wie wichtig es ist, nicht mit dem Antworten aufzuhören, wenn man ihr Niveau erreicht hat. Es gibt so viele Influencer, die größer sind als sie und nicht die Zeit für so etwas finden. Zugänglich und nahbar zu sein, ist Teil ihrer Marke. Als sie jemandem mit dem Namen @Sofias_Speisekammer geantwortet hat, stutzt sie beim Blick auf das Symbol für den Posteingang. Obwohl sie eigentlich fertig mit ihren Nachrichten ist, klickt sie darauf und sieht überrascht, dass ein Nutzer namens @Ludvig_Erikss_n ihr geschrieben hat. Komisch.

Sie hat praktisch nur weibliche Follower. Als sie auf das zugehörige Profil klickt, ist es privat, allerdings erkennt sie die Person auf dem Profilbild. Ludvig, Sigrids Lebensgefährte. Sie hat gar nicht bemerkt, dass er begonnen hat, ihr zu folgen. Was an und für sich wohl auch nicht weiter ungewöhnlich ist. Schließlich haben sie beide einen Pärchenabend zusammen verbracht. Sich begrüßt, wenn sie sich zufällig auf der Straße getroffen haben, mit oder ohne Sigrid, so wie sie annimmt, dass Eltern mit kleinen Kindern es tun. Oder? Hastig, als befürchte sie, sich sonst zu verbrennen, schickt sie einen Smiley als Antwort auf sein *Ooooh!* Neutral. Aber dennoch eine Antwort. Dann arbeitet sie sich weiter durch die Kommentare. Doch bereits nach wenigen Sekunden erscheint erneut eine Eins auf dem Posteingangsicon.

*Bekomme so eine Sehnsucht nach Alfred, wenn ich solche Videos sehe!*

Ohne nachzudenken, schreibt sie: *Haha, dann solltest du wohl Sigrid bitten, dir welche zu schicken?*

Sofort erscheint der kleine Kreis, der anzeigt, dass er gerade antwortet. Ein Foto einer reichlich schlaffen Zimtschnecke. Im Hintergrund ist eine Abflugtafel zu sehen.

*Du kannst stattdessen wohl nicht zufällig ein paar von diesen Scones nach Arlanda schicken?*

Sie lächelt in sich hinein und schüttelt den Kopf. Dann, schnell, bevor sie es sich anders überlegen kann, sendet sie eine Antwort: *Na klar! Welches Terminal?*

*5!*

*Das heißt Auslandsflug? Wohin geht's?*

*Bologna!*

Aha. Deshalb passen Ermina und ihre Mutter also heute Abend auf Alfred auf, denkt Freddie. Weil Ludvig auf dem Weg nach Bologna ist. Aber das schreibt sie natürlich nicht. Es ist ja nicht ihre Sache, auch wenn Sigrid wirklich traurig darüber schien, dass er so viel weg ist. Stattdessen schickt sie ein: *Echt? Ich LIEBE Bologna!*

*Oh! War noch nie da! Werde wohl größtenteils in überklimatisierten Konferenzräumen sitzen, aber IRGENDETWAS muss man ja sehen/unternehmen/essen. Hast du Insidertipps?*

Freddie überlegt einen Moment, bevor sie antwortet. Es ist schon ein paar Jahre her, seit sie das letzte Mal in Bologna war, hoffentlich halten ihre Tipps immer noch, was sie versprechen.

*Osteria Broccaindosso ist weltklasse. Ein absolutes Muss. Da Mari ist auch spitze. Vor allem, wenn man kein Fleisch isst.*

*Super! Werde dem Chef sagen, dass laut Schwedens führender Foodbloggerin ein Besuch in Bologna nicht ohne ein Essen in mindestens einem dieser Restaurants auskommt.*

Freddie schmunzelt. Bevor sie Frans traf, war sie recht häufig auf Tinder. Bevor es plötzlich jeder hatte, und bevor sie begann, im Fernsehen aufzutreten. Auf einmal erinnert sie sich daran, wie aufregend diese Anfangsphase war, wenn es mit jemandem im Chat klick machte und sie Stunden damit verbrachte, einfach nur hin und her zu schreiben. Aber Ludvig ist Sigrids Lebensgefährte. Sie sollte wirklich keine Tindervibes davon bekommen, mit ihm zu schreiben. Andererseits: Was ist so schlimm daran, einem neuen Bekannten, der an ihren Lieblingsort reist, ein paar Restauranttipps zu geben? Gar nichts.

*Weiß nicht, ob ich Schwedens führende Foodbloggerin bin. Aber wenn Schwedens führender Pressesprecher es sagt …*

Nach einem kurzen Zögern fügt sie noch ein Emoji mit schiefem Grinsen und zur Seite gewendetem Blick hinzu. Scheiße. Sie sollte das echt nicht machen. Das kann so fürchterlich falsch ankommen. Sie hält den Atem an, während er schreibt.

*In diesem Fall kann Schwedens führender Pressesprecher Schwedens führender Foodbloggerin nur sagen, dass er ihre Tipps sehr zu schätzen weiß. Und dass er hofft, sie laufen sich bald mal wieder über den Weg, wenn er zurück ist. War ein supernetter Abend bei euch neulich!*

Wären sie gerade auf Tinder, wäre Ludvigs Antwort eindeutig ein »Mach's gut«. Freddie schluckt. Aurelia schläft immer noch im Kinderwagen. Eigentlich sollte sie sie wahrscheinlich ins Bett tragen. Und dann sollte sie die Spülmaschine ausräumen und die Tüte mit Aurelias alten Windeln rausbringen, die sie heute Vormittag vergessen hat. Aber es gibt ständig so unglaublich viel, was man tun sollte. Sie richtet den Blick aufs Display und antwortet: *Das hoffe ich auch! Wir müssen bald mal wieder was mit den anderen organisieren. Wann kommst du aus Bologna zurück?*

# Kapitel 14

## ERMINA

»Guten Morgen, beste Frau der Welt!«

Ermina blinzelt schläfrig. Wie immer kann sie sich nicht daran erinnern, eingeschlafen zu sein. Alen steht lächelnd mit Olivia auf dem Arm und einem Strauß rosa Pfingstrosen in der Hand vor dem Bett.

»Du hast doch wohl nicht vergessen, was heute für ein Tag ist?«, fragt er listig.

»Natürlich nicht.«

Sie lächelt ihn an und streckt den Nacken, um seine Lippen für einen schnellen Kuss zu treffen.

Auf dem Weg ins Bad sieht sie aus dem Augenwinkel einen gedeckten Frühstückstisch, und der Geruch, der sich in der Wohnung verteilt, bringt ihren Magen zum Knurren. Wenn man sich vorstellt, dass er seit fünf Uhr früh mit Olivia wach ist und trotzdem Bananenpfannkuchen für sie gebacken hat! Aber am gespanntesten ist sie auf das Geschenk. Es ist nicht gerade so, dass ihr Budget ebenso teure und ausgefallene Geschenke erlauben würde wie noch vor ein paar Jahren. Als sie zusammenkamen, konnte etwa an einem ganz gewöhnlichen Dienstagmorgen ein kleines Päckchen mit einer Reisepasshülle von Louis Vuitton auf dem Tisch liegen, oder sie entdeckte einen luxuriösen Karton von Michael Kors auf dem Bett, wenn sie nach einer Sonntagsbesichtigung ins Schlafzimmer kam. Obwohl sie immer schon besser verdient hat als Alen, liebt er es, sie zu verwöhnen. Sie hat sich immer noch nichts richtig Schönes gegönnt, seit sie Olivia bekommen haben. Nicht mal ihre Füße sind wieder auf dieselbe Größe zurückgegangen. Um nicht ständig all ihre fantastischen Kleider und die Schuhe sehen zu müssen, die aufgereiht im Schrank stehen, hat sie sich eine hässliche, aber praktische Kommode von Ikea gekauft und ins Schlafzimmer gestellt, in der sie nun die Kleider aufbewahrt, in die sie tatsächlich hineinpasst.

»Kommst du bald raus?«, hört sie Alens Stimme aus der Küche, und obwohl sie sieht, dass er sich heute wirklich Mühe gegeben hat, ärgert sie sich ein wenig, als sie sich abtrocknet und in den Bademantel schlüpft. Es ist schließlich Muttertag, da sollte es doch wohl erlaubt sein, etwas länger zu duschen.

»Bin gleich fertig«, ruft sie zurück und bemüht sich, gut gelaunt und erwartungsvoll zu klingen.

Sie muss schmunzeln, als sie in die Küche kommt. Alen hat versucht, die Pfingstrosen in der größeren der beiden Klong-Vasen zu arrangieren, und sie stehen kreuz und quer in alle Richtungen. Auf ihrem Platz am Tisch liegt ein weißer Umschlag, aus der Kaffeetasse dampft es, und auf einem Teller liegt ein Stapel Pfannkuchen, die einen fantastischen Geruch verströmen. Als sie sieht, dass Alen sogar den Quark, den sie immer zu den Pfannkuchen essen, in ein kleines Dessertschälchen gefüllt hat, ist sie den Tränen nahe. Olivia sitzt plappernd in ihrer Babwippe und trägt einen Body mit dem Aufdruck *My mum is a rock star!*. Dass sie all das hier zum Schluss doch noch bekommen hat. Manchmal kann sie es kaum glauben.

Sie setzt sich, und Alen lächelt sie erwartungsvoll von der anderen Seite des Tisches an, als sie beginnt, sich von den frischen Beeren zu nehmen. Drei kleine Bananenpfannkuchen sollte sie heute guten Gewissens essen können. Sowohl Nadia als auch Filippa haben ihr eingeschärft, dass Zucker der schlimmste Übeltäter ist, wenn man abnehmen will. Und sie hat in der letzten Zeit viel zu viele Bananen gegessen. Die schlimmste versteckte Zuckerbombe.

»Willst du es nicht aufmachen?«

Alen weist mit einer Kopfbewegung auf den Umschlag neben ihrem Teller. Groß und weiß in dickem Papier. Es sieht teuer aus. Sie fragt sich, was er sich dieses Mal ausgedacht hat. Eine Reise vielleicht? Sie fährt mit den Fingern über das raue Papier, bevor sie schließlich den Umschlag öffnet und die Karte herausnimmt, die darin steckt.

»Es ist eine Zehner-Spa-Karte fürs Sturebad. Du hast doch gesagt, dass du dich gern mal wieder richtig entspannen würdest, deshalb habe ich gedacht, ein bisschen Wellness würde dir guttun.«

Alen strahlt sie an. Die feinen Linien um seine Augen, die immer erscheinen, wenn er lächelt, vertiefen sich. Sie spürt, wie steif ihr eigenes Lächeln ist. Viel zu steif. *Eigentlich* freut sie sich riesig. Aber ausgerechnet das

Sturebad? Mit all den schlanken Schickimickitussis aus Östermalm? Wie soll sie sich dort hinwagen, so wie sie aussieht? Sie kämpft mit den Tränen und hat das Gefühl, als würde ihr Bauch noch mehr über den Bund ihres Slips quellen als sonst.

## SIGRID

Die Laken fühlen sich angenehm kühl auf Sigrids Haut an, obwohl es heute wieder so ein ungewöhnlich heißer Maitag zu werden scheint. Aus dem Gitterbettchen hört sie Alfreds gleichmäßigen Atem, und neben ihr liegt Ludvig auf dem Rücken, mit einer Hand auf dem Bauch. Die letzten Tage sind alles andere als optimal verlaufen. Da Ludvigs Rückflug von Bologna am Freitagabend gestrichen wurde, kam er erst spätnachts zurück. Und nach dem straffen Zeitplan während der Konferenz und der späten Heimkehr war er so müde, dass er den halben Samstag verschlief. Aber jetzt ist er jedenfalls hier, versucht sie sich einzureden. Das Wichtige ist doch, dass er zum Muttertag nach Hause gekommen ist.

Sie betrachtet die Konturen seiner sehnigen Arme, bevor sie sich an seine Schulter schmiegt und ihn auf die Stirn küsst. Er lächelt im Schlaf und tastet mit dem Arm nach ihr. Sie dreht sich auf die andere Seite und kuschelt sich an ihn. Sie wünschte, sie könnte es mehr genießen, wenn sie nun schon mal zusammen ausschlafen können. Aber seit dem Abend bei Freddie nagt beinahe unaufhörlich diese Sache mit der Elternzeit an ihr. Und was Kian auf der Mitarbeiterfeier gesagt hat, hat es nicht unbedingt besser gemacht. So wie jetzt hatte sie sich das alles nicht vorgestellt. Dass sie enden würde wie ihre Mutter. Die zu Hause war und aufräumte, putzte, sauber machte, die Kinder fütterte, ins Bett brachte und zudeckte, während ihr Vater entweder arbeitete oder auf irgendeiner dämlichen Betriebsratssitzung war. Wie sie ihre Mutter verachtet hatte, weil sie einfach die Zähne zusammenbiss und weiterhin all das tat, ohne auch nur das Geringste von ihrem Mann zu fordern. Dennoch hatte Sigrid ihren Vater am meisten geliebt. Denn natürlich war es einfacher, jemanden anzulächeln, der einem Polly-Pocket-Spielsachen schenkt, anstatt ausgeschimpft zu werden, weil man sein Zimmer nicht aufgeräumt hat, der einen Nancy-Drew-Bücher lesen ließ, statt dazu gedrängt zu werden, dass man seine Hausaufgaben erledigte, und der niemals fand, dass man zu viel Kajal trug, bevor man sich morgens auf den Weg in die Schule machte. Zumindest bis sie fünfzehn war und begriff, wie es sich tatsächlich verhielt.

Sigrid bekommt einen Kloß im Hals, wenn sie daran denkt, wie ungerecht sie damals ihrer Mutter gegenüber war. Nicht am Ende, aber vorher. Ludvig und sie müssen die Entwicklung aufhalten, die sie gerade durchlaufen. Sie dürfen nicht vergessen, wer sie waren, nicht in diesem Muster stecken bleiben. Aber jetzt ist vielleicht nicht der richtige Moment für dieses Gespräch. Morgen fahren Ludvig und Caspar nach Luleå, und heute ist schließlich Muttertag. Sie spürt das Silberarmband am Handgelenk, das er ihr vor ein paar Wochen zum Geburtstag geschenkt hat, und fragt sich, was er sich für heute hat einfallen lassen. Sie kennt niemanden sonst, der so schöne und durchdachte Geschenke macht wie Ludvig. Auch wenn er manchmal etwas zu langatmig die genauen Gedanken dahinter erläutert. Wie bei ihrem ersten gemeinsamen Weihnachten, als er beim Auktionshaus Bukowskis einen Bücherwagen für sie erstand, ihn mit all seinen Lieblingsbüchern füllte und anschließend von jedem einzelnen davon erzählen wollte. Es war damit geendet, dass Anders im Sofa einschlief und Selma die Augen verdrehte und in der Küche verschwand, um den Abwasch zu machen.

»Er hat es ja nur gut gemeint«, hatte Sigrid Selma anschließend zu besänftigen versucht, aber die hatte nur den Kopf geschüttelt und etwas Unverständliches zur Antwort gemurmelt.

Ludvigs dunkles Haar fällt ihm ins Gesicht, als sie ihm mit dem Zeigefinger über die Wange streicht.

»Ich schlafe.«

»Hast du vergessen, welcher Tag heute ist?«, fragt sie lächelnd.

»Sonntag«, stöhnt er.

»Aber *welcher* Sonntag?«

Ludvig schlägt die blauen Augen auf und blinzelt sie schläfrig an. Es ist ein Wunder, dass Alfred morgens um Viertel nach acht Uhr immer noch wie ein Stein in seinem Bettchen schlummert.

»Sigrid, ich bin todmüde. Habe ich deinen Namenstag vergessen, oder was?«

»Aber heute ist doch Muttertag.«

Er schüttelt den Kopf, sodass sie das Geräusch seiner Haare hört, die über das Kissen reiben.

»So was feiern wir doch sowieso nicht? Du weißt schon, was Muttertag eigentlich ist, oder?«

»Ja, ein Tag, an dem man Frühstück ans Bett und Geschenke bekommt.«

So war es jedenfalls in ihrer Kindheit.

Ludvig stützt sich auf der Matratze ab und setzt sich im Bett auf. Seine Haare sind zerzaust, und Sigrid muss dem Impuls widerstehen, den Finger auszustrecken und ihm die Sandkörnchen aus den Augenwinkeln zu streichen.

»Nein, Liebling. Der Muttertag ist eine kommerzielle Werbemasche, die von rückschrittlichen amerikanischen Kapitalisten erfunden wurde, damit die Frauen an einem einzigen Tag im Jahr Anerkennung für all die unbezahlte Arbeit bekommen, die sie zu Hause verrichten. An einem einzigen Tag im Jahr sollen die Frauen sozusagen freihaben.«

Er greift mit der Hand zum Nachttisch und tippt etwas in sein Handy. »Hör zu«, sagt er und liest dann vor: »Hier ist ein Artikel aus dem Arbeiterblatt über die Frau, die den Muttertag in Schweden eingeführt hat. Da steht: ›Das Wichtigste für Cecilia Bååth Holmberg war, dass die Frauen, trotz der Veränderungen, ihr Zuhause nicht im Stich lassen durften. Ihrer Ansicht nach sollten die

Frauen ihr Stimmrecht dazu verwenden, die Gesellschaft in eine anständigere Richtung zu lenken.‹ Und du findest, so etwas sollten wir *feiern*?«

## FREDDIE

»Stellt euch vor, dass wir heute alle drei gefeiert werden!«

Freddies Mutter Madelaine breitet die Arme aus und strahlt Freddie und Sofia, Frans' Mutter, an. Freddie merkt, wie steif sich ihr Lächeln anfühlt, aber sie hebt ebenfalls ihr Weinglas, prostet Mutter und Schwiegermutter zu und versucht, glücklich auszusehen. Versucht es.

»Es kommt einem ganz unwirklich vor, hier zu Hause bei seinem Sohn zu sitzen und Muttertag zu feiern, jetzt, wo er selbst ein Kind hat«, sagt Sofia und lächelt Frans an.

»Ich werde bald fünfunddreißig. *So* merkwürdig ist es da wohl nicht, ein Kind zu haben«, erwidert Frans etwas verlegen, während er den Fuß des Weinglases dreht.

Die polnischen Piroggen sind aufgegessen, auf den Tellern ist nur noch ein gelber Film von der geschmolzenen Butter zu sehen. Sie haben tatsächlich einen ziemlich netten Tag miteinander verbracht, Freddie und Sofia. Gemeinsam haben sie *Kreplach* gemacht, kleine polnisch-jüdische Teigtaschen, verfeinert mit Trüffel, um ihnen einen italienischen Touch zu geben und sie als Material für ihre Kanäle verwenden zu können. Und sie haben eine große polnisch-italienische Pavlova mit Pistazien gebacken, die sie noch mit Limoncello-Lemon-Curd und Mascarpone füllen und zum Abschluss mit frischen Himbeeren dekorieren wollen. Es wird wunderbare Postings für den Blog und Instagram geben, in denen sie nicht nur zeigen kann, dass sie gekocht und gebacken hat, sondern es sogar wie einen Tribut an ihre und Frans' Liebe präsentieren kann. Dass Aurelia endlich eingeschlafen ist, grenzt an ein Wunder, wenn man bedenkt, wie sie den ganzen Abend zwischen Oma und Opa mütterlicherseits, Omi und Stiefopi väterlicherseits und ihren zwei kleinen Tanten hin- und hergereicht worden ist. Oder was heißt klein, Frans' jüngere Schwestern sind beide über zwanzig, und weder Freddie noch Frans haben über solche Anlässe wie heute hinaus näheren Kontakt zu ihnen. Bis jetzt haben sie auch kein übermäßiges Interesse an Aurelia gezeigt. Sie halten sie ein paar Minuten, werden es aber schnell müde, sobald sie sehen, dass man nicht mit ihr spielen kann. Obwohl Frans immer sagt, Sofia und Christer würden sehr darauf achten, keinen Unterschied zwischen den Kindern zu machen, kommt Freddie nicht umhin zu finden, dass seine beiden kleinen Schwestern sehr viel verzogener sind als er. Frans käme nie auf die Idee, während eines solchen Essens einfach zu gehen, um sich mit Freunden zu treffen. Aber Freddie hat nichts dagegen, dass sie sich verabschiedet haben. Sie wollen sowieso über nichts anderes mit ihr reden als darüber, welche Influencer am meisten verdienen, wer kürzlich sitzen gelassen wurde und wer am meisten über sein Leben lügt.

Freddie hat sich noch nie richtig wohl bei dieser Art von Tratsch gefühlt. Und jetzt noch weniger.

»Stell dir mal vor, in einem Jahr sitzen wir hier vielleicht mit zwei kleinen Enkelkindern«, sagt ihre Mutter mit einem erneuten Lächeln zu Sofia.

Freddies Magen verkrampft sich. Allein der Gedanke an eine weitere Schwangerschaft, eine weitere Entbindung, ein weiteres Kind, löst in ihr das starke Bedürfnis aus, sich von der nächstbesten Brücke zu stürzen. Verdammte Mama. Nie ist sie zufrieden. Frans wirft ihr einen schnellen Blick zu, bevor er sich mit seinem wärmsten Lächeln ihrer Mutter zuwendet.

»Jetzt möchten wir erst mal so viel wie möglich unsere Zeit mit Aurelia genießen. Aber wer weiß, vielleicht werden es ja noch mehr, irgendwann in der Zukunft.«

»Was ich am meisten im Leben bedaure, ist zweifellos, nur ein Kind bekommen zu haben. Wir haben es ja versucht, nicht wahr, Riccardo?«

»Mhm«, murmelt Freddies Vater, der völlig in sein Handy vertieft ist. Höchstwahrscheinlich hat er die *Gazetta dello Sport* aufgerufen, um die heutigen Spielergebnisse der ersten Liga zu checken.

»Denk an all unsere Urlaube, Freddie«, fährt ihre Mutter fort. »Du hattest ja nie jemanden zum Spielen. Wir mussten dich die ganze Zeit unterhalten. Stimmt doch, Riccardo?«

»Hm?«

Ihr Vater hebt zerstreut den Blick vom Handy. Es ist so verdammt typisch, dass ihre Mutter mit dieser Art von

Kommentaren ankommt. Nur weil sie selbst ein Einzelkind war und ein Einzelkind bekommen hat, ist sie ganz besessen von großen Familien. Sie liebt Riccardos große, lärmende italienische Verwandtschaft mehr als er selbst und Freddie zusammen.

»Wir wollten nur fragen, wie Parma gespielt hat«, grinst Frans und bringt alle am Tisch zum Lachen.

*Danke, Frans.*

Aber ihre Mutter wiederholt unbeirrt: »Ich habe gesagt, dass Geschwister etwas Wundervolles sind. Weißt du noch, als Freddie klein war? Wie wir sie die ganzen Ferien über unterhalten mussten, weil sie keine Geschwister zum Spielen hatte?«

Ihr Vater runzelt die Stirn.

»Hm, eigentlich nicht. Wir waren ja immer in Italien, du hast mit deinen Cousinen und Cousins gespielt, oder?«

»Aber die haben doch Italienisch gesprochen! Und du wolltest es ihr nicht beibringen, Riccardo. Also ich wünschte jedenfalls, ich hätte Geschwister gehabt. Und dass ich dir wenigstens eins hätte geben können.«

Ihre Mutter stellt das Weinglas so heftig auf dem Tisch ab, dass Freddie sich mit angehaltenem Atem fragt, ob der Stiel den Knall überleben wird.

»Habe ich etwas von Nachtisch gehört?«, fragt Sofia und lächelt in die Runde wie Königin Silvia auf der Nobelpreisfeier. Anders als ihre Mutter verfügt Sofia über die äußerst nützliche Eigenschaft, Stimmungen lesen zu können.

Nachdem alle die Pavlova gelobt haben, von der

Freddie glücklicherweise gerade noch ein Bild machen konnte, bevor ihr Vater sich auf sie stürzte, räuspert sich Frans und bedankt sich bei allen fürs Kommen, jetzt aber sei es wohl langsam Zeit, ins Bett zu gehen. Bevor Aurelia kam, war Freddie schon fast übertrieben froh darüber, wie gut sich ihre Eltern mit Sofia und Christer verstanden. Wie viele Paare hatten Eltern, die sich auch ohne ihre Kinder trafen? Praktisch keine. Ihr Vater und Christer waren sogar einmal allein zusammen nach Italien auf Fußballreise gefahren. Jetzt empfindet sie es plötzlich als Problem, dass dieses verdammte Abendessen kein Ende finden will.

»Wollt ihr uns etwa schon rauswerfen?«, spaßt ihre Mutter.

Christer feixt und macht eine beschwichtigende Handbewegung.

»Lass der Jugend ihren Schlaf.«

Als die Tür endlich ins Schloss gefallen ist und Frans und sie den Abwasch machen, wendet sie sich ihm zu. Die Frage hat ihr schon den ganzen Abend auf der Zunge gebrannt, und sie braucht eine Antwort.

»Du hast deinen Schwestern doch nicht erzählt, wie … wie es mir geht, oder? Sie haben heute irgendwie so viel nachgebohrt.«

»Nein, warum sollte ich?«

Frans schaut in die Spüle, schrubbt frenetisch die Pfanne. Die Unruhe rumort in ihrem Bauch.

»Sie sind so furchtbar klatschsüchtig, und … Hast du wirklich nichts zu ihnen gesagt?«

Frans starrt sie an. Dann schleudert er die Spülbürste ins Becken, sodass ihr das Wasser ins Gesicht spritzt. Bäusche aus Schaum vom Spülmittel bleiben an den großen weißen Kacheln hängen.

»Nein, verdammt noch mal! Und – Newsflash – es dreht sich nicht immer alles nur um dich. Schon mal daran gedacht?«

Freddie starrt ihren Mann schockiert an.

»Hast *du* daran gedacht, wie es für mich ist, den ganzen Abend dazusitzen und allen die Glückliche vorzuspielen?«

Frans lacht gehässig.

»Und ich? Glaubst du, ich kann mich entspannen, wenn du die ganze Zeit wie eine tickende Zeitbombe herumläufst? Hast du eine Ahnung, wie müde ich davon bin, nachts Aurelia zu nehmen und mir dann den ganzen Tag lang Sorgen um sie zu machen?«

Freddie merkt, wie ihre Augen schmaler werden. Sie senkt die Stimme und fixiert Frans.

»Dann will ich dir mal was sagen. Egal wie müde du bist, ich bin *immer* müder. Egal wie schlecht es dir geht, mir geht es *immer* schlechter. *Ich* war diejenige, die dachte, sie würde sterben, als Aurelia geboren wurde. *Mein* Körper ist gerissen, als ich unser Kind zur Welt gebracht habe. *Ich* hatte Aurelia über Monate an mir kleben, weil nichts anderes funktioniert hat. Du bist kein beschissener Supervater, nur weil du jede Nacht ein bisschen mit ihr im Wohnzimmer hin- und herläufst und sie nach der Arbeit eine Runde im Kinderwagen durch die

Gegend schiebst. Wie wär's, wenn du mir verflucht noch mal ein wenig Anerkennung zeigen würdest für alles, was ich für unsere Familie tue, statt dich nur zu beklagen und dir Sorgen zu machen. Wäre *das* nicht vielleicht eine gute Idee?«

Frans' Augen glänzen. Er schüttelt den Kopf und feuert auch den Spüllappen direkt zwischen die Essensreste im Becken. Dann marschiert er ins Schlafzimmer und kommt mit seiner Decke und seinem Kopfkissen zurück. Ohne sie eines Blickes zu würdigen, verschwindet er im Wohnzimmer und löscht das Licht.

# Kapitel 15

## ERMINA

Der Sekt sprudelt im Glas, und wundersamerweise sitzt Olivia lieb und artig auf ihrem Knie. Das gesamte Brillo scheint sich an diesem Freitagnachmittag zu einer Art Hybrid zwischen Bar, Restaurant, Krabbelgruppe und Hort verwandelt zu haben. Obwohl es eigentlich Sommer sein sollte, hängen die grauen Regenwolken gefährlich tief, und Erminas Plan, den ganzen Weg von Midsommarkransen bis zum Stureplan zu laufen, war im wahrsten Sinne des Wortes ins Wasser gefallen, als es auf Höhe des Mariatorgets in Strömen zu regnen anfing. Außerdem wurde Olivia ungefähr alle fünf Minuten wach, weil andauernd Wagen voller frischgebackener Abiturienten mit dröhnenden Hitlists aus riesigen Lautsprecherboxen vorbeidonnerten. Zum Schluss war sie in die U-Bahn geflüchtet. Doch obwohl sie ihre zwanzigtausend Schritte noch nicht erreicht hat, findet sie, dass sie sich nach dieser Tortur ein Glas Sekt verdient hat. Nadia hatte darauf bestanden, sich heute im Brillo zu einem frühen After-Work-Drink zu treffen. Anscheinend kommt irgendein geschiedener Vater, dessen Tochter in Chloés Klasse geht, freitagnachmittags immer mit seinem Kind hierher. Alle paar Minuten reckt Nadia ihren Hals, um die Eingänge im Blick zu behalten.

»Ist er heiß, dieser Carl-Johan, oder wieso bist du so scharf darauf, dass er hier auftaucht?«

»Also *heiß* ist vielleicht nicht ganz das richtige Wort, aber er ist …«

Nadia reibt in einer diskreten Geste Daumen und Zeigefinger gegeneinander, und Ermina verdreht die Augen. Nadia hatte noch nie Geldsorgen. Im Gegenteil. Nach der Scheidung vor fünf Jahren machte sie eine radikale Kurswendung und stieg binnen weniger Jahre zur Marketing Managerin auf. Dennoch ist sie, von Zeit zu Zeit, richtig versessen darauf, reiche Typen zu treffen.

»Aber was ist mit Hampus passiert? Habt ihr Schluss gemacht?«

Nadia verdreht die Augen und beißt einen winzigen Bissen von Chloés und Stellas Trüffelpizza ab.

»Wir hatten ein paar Monate lang Sex. Und sie haben ja ihre Vorteile, diese Milchbubis von der Handelshochschule. Er konnte stundenlang. Und dann brauchte man seinen Schwanz bloß anzugucken, damit er wieder steif wurde.«

»Und?«

Nadia seufzt.

»Na ja, vor ein paar Wochen fing er an davon zu faseln, dass er die Kinder treffen wolle. Er hat gesagt, er liebt mich, und dass wir eine Familie werden sollen.«

»Und, wo ist das Problem?«, fragt Ermina verwirrt.

Nadia wirft ihr langes schwarzes Haar zurück und trinkt einen großen Schluck Sekt.

»Weißt du, ein Jahr lang wäre es fantastisch. Vielleicht

zwei. Dann würde er von eigenen Kindern anfangen, und das müsste ich ihm abschlagen. Dann würden wir uns trennen und ich müsste den Kindern erklären, weshalb er weg ist und ... Ja. Oder man kriegt ein Kind mit ihm, und dann, in fünf oder zehn Jahren, wenn man alt und faltig ist, verliert er die Lust und sucht sich stattdessen jemanden in seinem eigenen Alter. Nein, das stehe ich nicht durch. Das nächste Mal muss es jemand in derselben Situation sein. Jemand, der keine weiteren Kinder möchte und schon mal verheiratet war und das alles schon durchhat.«

Ermina nickt und startet den Clip mit Olivias Lieblingsschlaflied zum dritten Mal innerhalb von einer Stunde. Die Person, die das Video mit dem Song sechsmal hintereinander hochgeladen hat, ist wirklich ein Genie.

»Ja, du hast durchaus einen Punkt.«

»Sag ich doch! Und deshalb ist Carl-Johan perfekt für mich. Er sieht gut aus, ist nett, und die Kinder verstehen sich. Oder zumindest kann ich mir vorstellen, dass Chloé und seine Tochter, Estelle oder Annabelle oder wie auch immer sie heißt, Freundinnen werden.«

Ermina lacht. Nadia ist immer noch die Alte. Sie merkt, dass sie ihre Freundin während der letzten Jahre vermisst hat, als sie es kaum ertragen konnte, die Kinder anderer Leute zu sehen oder auch nur etwas über sie zu hören.

»Aber jetzt erzähl mir von dir. Wie läuft's da draußen in der Vorstadt? Wann hört ihr endlich auf, mit diesen mülltrennenden Südstockholmern zu kokettieren und zieht zurück zu uns in die Innenstadt, wo ihr hingehört?«

»Das kannst du knicken.«

»Aber du hast noch deine Wohnung am Karlaplan, oder?«

»Ja, ich vermiete sie immer noch an Filippas kleinen Bruder. Der Junge wird nie lernen, sich mal die Haare zu schneiden und einen richtigen Job zu suchen. Aber der Markt hat sich ja immer noch nicht erholt, und ich habe vor, sie in ein paar Jahren zu verkaufen, wenn es der richtige Zeitpunkt für uns ist, ein Haus zu kaufen.«

»Smart. In diesen Dingen warst du immer schon besser als ich. Auch wenn ich nicht kapiere, was du da draußen in Midsommarkransen mit den ganzen Mini-Rodini-Klonen willst.«

»Glaub mir, es ist eine gute Investition.«

»Oh Shit, ich hab ganz vergessen zu fragen: Filippa hat gesagt, du hängst mit der besten Freundin von Antik-Astrid ab? Sie hat Olivia auf ihrer Insta-Story gesehen, und dann hat sie vergessen zu schreiben und zu fragen, ob sie es wirklich war. Wie hieß sie noch mal? Diese Dunkelhaarige?«

»Freddie? Haha, ja. Wir sind eine ziemlich schräge Mamagang geworden. Freddie, ich, und eine kleine Fünfundzwanzigjährige namens Sigrid. Sie ist Lehrerin und mit …«

»Aha. Spannende Sache mit dieser Sigrid.«

»Sigrids Freund …«

»Ja, vergiss sie. Erzähl mir von Freddie. Ist sie so überirdisch süß, wie sie im Fernsehen rüberkommt?«

»Im Fernsehen ist sie wahrscheinlich süßer als in

Wirklichkeit. Ich hatte noch nie von ihr gehört, bevor wir uns kennengelernt haben. Es war so irre, wir sind uns vor ein paar Monaten einfach in meinem Treppenhaus über den Weg gelaufen, sie geht bei mir im Haus zum Psychologen.«

»Zum Psychologen, uh, wie trendy.«

»Ja, aber sie hat es echt nicht leicht. Nach der Geburt ihrer Tochter hat sie eine Wochenbettdepression bekommen. Ich weiß nicht, wie sie normalerweise ist, aber sie scheint immer noch ziemlich down zu sein.«

»Die Arme«, sagt Nadia mit gekünsteltem Mitleid in der Stimme, ehe sie fortfährt: »Diese Person scheint in ihrem Leben noch keinen anstrengenden Tag gehabt zu haben. Außer vielleicht, als das Kind gezeugt wurde, denn da muss sie ja mit diesem Hipstervogel gepimpert haben, mit dem sie verheiratet ist.«

»Ja, Frans ist auch nicht unbedingt mein Typ. Aber er scheint total lieb zu ...«

»Guck mal, da kommt Carl-Johan. Ist er nicht heiß?«

Ermina schaut zu dem Mann, dem Nadia kaum merklich zugenickt hat. Klassischer Finanztyp im Casual-Friday-Outfit mit Jeans, moosgrünem Strickpulli unter einer Barbourjacke und zerschlissenen R. M. Williams aus Wildleder. Er nickt ihnen zu, scheint allerdings fast an ihnen vorbeizueilen, ein blondgelocktes Mädchen in karierter Burberryjacke im Schlepptau. Ermina schüttelt kaum merklich den Kopf. Diese Sorte Typ würde eine Frau wie Nadia niemals anschauen, wenn es nicht um Sex ginge. Sie kommen nur mit ehemaligen Pferdemädchen zusammen, die Jura studiert oder auf die Handelshochschule gegangen sind. Sie hofft, Nadia schlägt ihn sich aus dem Kopf und sucht sich stattdessen einen Netteren. Sie wendet sich ihrer Freundin zu und versucht, deren Aufmerksamkeit zurückzugewinnen.

»Übrigens haben wir dieses All-inclusive-Hotel in Kroatien gebucht. Das du uns empfohlen hattest. Das wird der Hammer! Aber könnten wir uns bitte darüber unterhalten, dass Alens Mutter mitfährt? Ich fahre freiwillig mit meiner Schwiegermutter in Urlaub!«

»Haha, ich weiß. Das vermisse ich am meisten daran, verheiratet zu sein, dass man einfach Schwiegermama anrufen und sie bitten kann, für längere Zeit die Kids zu nehmen. Wann seid ihr in Jajce?«

»Dahin fahren wir im Anschluss. Wird es bei dir dieses Jahr was mit Balkan?«

»Ja, aber nur eine Woche. Wir fahren Anfang August hin, wir haben es so aufgeteilt, dass ich die Kinder Ende des Sommers habe. Aber jetzt erzähl weiter von Freddie. Hast du diese Astrid schon getroffen? Über die würde man ja echt gern mehr wissen.«

Scheiße. Sie hätte das mit Freddie nicht erzählen dürfen. Auch wenn Nadia ihre »richtige« Freundin ist, fühlt es sich dennoch an, als ob sie Freddie verraten hätte.

»Du … sag keinem, dass es ihr nicht so prickelnd geht, ja? Ich glaube eher nicht, dass die Leute davon wissen sollen.«

»Nein, nein. Wem sollte ich es auch sagen? Ihr folgen sowieso nur kleine Mädchen.«

Typisch Nadia, nicht zugeben zu wollen, dass sie heimlich jeder einzelnen Influencerin folgt, denkt Ermina und lächelt in sich hinein, während sie anfängt, Olivias Sachen zusammenzupacken.

»Hast du Lust, mit mir in die Stadt zu gehen und einen Bikini zu kaufen? Ich wollte einfach irgendein Billigteil für Kroatien kaufen.«

Nadias Blick wechselt zwischen ihrem eigenen Tisch und dem, an dem Carl-Johan und seine Tochter jeweils mit einer Orangina sitzen und kichern. Zumindest scheint er ein lieber Papa zu sein, denkt Ermina ergeben. Hat Nadia sich erst mal entschieden, ihre Klauen in einen Mann zu schlagen, lässt sie nicht locker, ehe er sie im wahrsten Sinne des Wortes zur Hölle schickt.

»Hm ... Für Stella und Chloé ist es vielleicht nicht so lustig, im Geschäft zu sitzen und zu warten, während du Bikinis anprob...«

Da schaut Chloé von ihrem iPad auf und verdreht die Augen in Richtung ihrer Mutter.

»Ich werde mich *niemals* mit Isabelle anfreunden. Sie ist voll die Mobberin, die Charlie sagt, dass er fett ist, und in der Nase bohrt.«

Nadia schaut gestresst zu dem Tisch, wo Carl-Johan und seine Tochter jetzt dieselbe Trüffelpizza bekommen, von der ihre eigenen Kinder alle Trüffel heruntergepickt haben, und ringt sich ein Lächeln ab.

»Na klar kommen wir mit auf Bikinisuche. Wo willst du hin?«

Eine halbe Stunde später steht Ermina in einer Umkleidekabine im Kaufhaus und starrt auf ihr Spiegelbild. Sie hat fünf Bikinis anprobiert. In jedem davon sieht sie aus wie Shrek. Nicht nur, weil sie sich ebenso aufgequollen fühlt wie er, sondern auch, weil der Idiot, der für die Lampen in den Umkleiden verantwortlich war, ein kaltes Licht gewählt hat. Und kaltes Licht lässt ihre olivfarbene Haut immer ins Grünliche gehen.

In diesem Augenblick sind Schritte vor dem Vorhang zu hören, und eine fröhliche Stimme will wissen, »wie es da drinnen geht«.

»Äh, Sie dürfen gern helfen«, piepst Ermina.

Im selben Moment, als der Vorhang zur Seite gezogen wird, realisiert sie, dass sie gezwungen sein wird, ihren neuen Körper einem völlig fremden Menschen zu zeigen. Cellulitis, Schwangerschaftsstreifen, Rettungsringe. Jeden kleinsten Makel wird die Person, die ihr helfen soll, sehen. Nicht, dass es im Grunde eine Rolle spielen würde. Aber als sie dem Blick der Verkäuferin begegnet, atmet sie tief durch und lächelt so heiter sie kann, ehe sie ihr vier der fünf Bügel mit Bikinis reicht, die nicht gepasst haben. Den letzten hat sie immer noch an. Die Triangel-Körbchen sind viel zu klein, die Neckholder-Träger schneiden ihr in die Haut, und sie ist heilfroh, dass sie sich heute Morgen den Intimbereich rasiert hat, sonst würde jetzt der halbe Regenwald aus dem Minihöschen hervorquellen. Sie hatte wie auf Autopilot ihre normale Größe ausgewählt und völlig verdrängt, dass sie eine neue brauchen würde.

»Ja also, ich fahre in Urlaub und brauche einen neuen

Bikini. Ich habe letzten Winter ein Kind bekommen und muss wohl meine, äh ... neue Größe finden. Und vielleicht ...«

»Ein anderes Modell«, schlägt die Verkäuferin mit einem offensichtlich bemühten Lächeln vor.

»Nein, nein, mir gefallen Triangel-Bikinis am besten.«

»Hm, die sind sehr schön, aber bei Ihrer Brust würde ich eher einen Balconette empfehlen, der ein wenig stützt.«

Ermina würde ihr am liebsten eins mit dem Kleiderbügel überbraten. Aber das tut sie natürlich nicht. Stattdessen murmelt sie, dass sie wohl doch noch mal darüber nachdenken muss, und zieht den Vorhang zu. Der Laden hier kann sich abschminken, jemals wieder eine einzige Krone von ihr zu bekommen.

»Und, wie lief's?«, fragt Nadia halb gespannt, halb erschöpft, als Ermina aus der Umkleidekabine zurückkommt. Chloé hockt schmollend auf dem Boden unter einem Ständer mit Hosen im Sonderangebot, und Stella weigert sich auf einmal, das Spiel auf ihrem iPad auf lautlos zu stellen, daher piepst und dudelt das Tablet in ihren Händen ununterbrochen. Ermina dankt wem auch immer da oben dafür, dass Olivia zumindest so viel Taktgefühl besitzt, friedlich in ihrem Wagen zu schlafen.

»Scheiße ist es gelaufen«, zischt Ermina zwischen den Zähnen hervor, da Nadia nicht möchte, dass man vor ihren Kindern flucht.

»Sssch, nicht vor den Kindern«, flüstert die auch tatsächlich zurück.

»Nichts hat gepasst. Meine Brüste haben total die Form verloren, obwohl ich immer noch stille. Und mein Bauch ist ... na, das weißt du sicher selbst noch.«

»Ermina, Ermina, Ermina«, antwortet Nadia.

Dann lehnt sie sich vor, lächelt verschwörerisch und sagt mit leiser Stimme:

»Da bleibt dir nur eins.«

»Nein danke, ich habe nicht vor, ab jetzt jeden Tag *dreißigtausend* Schritte zu laufen.«

»Wer hat gesagt, dass du so weit laufen sollst? Du brauchst bloß bis zur Schönheitsklinik zu gehen.«

# Kapitel 16

## SIGRID

Sigrid scrollt mit einer Hand durch Instagram, während sie mit der anderen den Kinderwagen schiebt. Sie lächelt über sich selbst, als sie daran denkt, wie sie Ludvig vor einem halben Jahr angemeckert hat, weil er mit einer Hand den Griff losließ, um einen Anruf anzunehmen. Jetzt tut sie das Gleiche. Fast andauernd. Die Junisonne sticht in den Augen, und sie erhöht die Helligkeit am Display, um besser sehen zu können.

Ermina, Alen und Olivia sind in irgendeinem ultraluxuriösen Familienhotel in Split. Alles sieht hell und schick aus auf den Bildern, die Ermina hochgeladen hat. Weiße Sonnenschirme, weiße Sonnenliegen und weiße Sonnenstühle. Ermina in einer Tunika mit Zickzackmuster am Pool, Alen braungebrannt und durchtrainiert mit einem Bier in der Hand auf einem Liegestuhl auf einer Terrasse und Olivia, die jemanden in einem riesigen Teddykostüm anstrahlt. Genau die Art Reise, von der Sigrid und Carro immer geträumt haben, die sie sich aber laut ihren Eltern nicht leisten konnten. An und für sich hatten sie auch immer sehr viel Spaß, wenn sie mit dem Wohnmobil unterwegs waren, der Verlockung von unbegrenztem Eis und Animateuren im KidsClub, womit einige ihrer Klassenkameraden prahlen konnten, war dadurch jedoch nicht beizukommen. Jetzt hat sie eine eigene Familie, also kann sie Alfred all das tatsächlich geben. Ihn erleben lassen, was sie nie hatte. Und auch wenn sie weiß, dass Ludvig sich totlachen würde, sollte sie so etwas vorschlagen, kann sie es nicht lassen, das Hotel zu googeln, das Ermina auf den Fotos markiert hat. Ihr wird schwindelig, als sie sieht, was eine Woche dort kostet. Aber vielleicht ist es das Geld wert? Eine ganze Woche lang nicht ans Abspülen, Aufräumen und Kochen denken zu müssen. Einfach nur zu *sein*. Wie viel Zeit Ludvig und sie hätten, um zu reden. So wie sie es früher getan haben, bevor sie Alfred bekamen. Und bevor Ludvig begann, für Caspar zu arbeiten. Sie scrollt weiter durch die Preisliste und entdeckt, dass es auch kleinere Zimmer gibt, die sie sich problemlos leisten könnten. In der ersten Woche nach Mittsommer sind noch zwei Zimmer frei. Zum Angebotspreis! Aufgeregt wählt sie Ludvigs Nummer. Und ausnahmsweise geht er sogar ran.

»Hi, Schatz. Wie geht's euch?«

»Super! Ich bin mit Alfred draußen spazieren, und da hatte ich eine Idee. Wie fändest du es, wenn wir in der ersten Juliwoche einen Charterurlaub machen würden?«

Ludvig lacht in den Hörer. »Aber Schatz. Wir haben doch gesagt, dass wir die ganzen Ferien in Schonen verbringen. Außerdem weißt du, wie hoch der $CO_2$-Ausstoß bei einer Flugreise ist.«

»Schon, aber … du fliegst doch mehrmals im Monat wegen der Arbeit?«

»Ja, weil ich muss. Und daher möchte ich gern verantwortungsbewusster handeln, wenn ich solche Entscheidungen in meinem Privatleben treffe.«

Sigrid spürt, wie ihr das Herz in der Brust schwer wird. Und sie hasst den enttäuschten Ton ihrer Stimme, als sie ihm antwortet.

»Komm schon, bitte ... Ich weiß, es ist eigentlich nicht unser Ding, aber es wäre so schön, ganz allein mit dir und Alfred in Urlaub zu sein. Nicht an den Haushalt und all das denken zu müssen. Wir machen so richtig einen auf Charter-Touristen. All-inclusive, ein bisschen Luxus, das ganze Programm.«

Ludvig seufzt tief, und sie sieht genau vor sich, wie er die linke Augenbraue runzelt, so wie immer, wenn er ein ernstes Gespräch mit Caspar am Telefon führt.

»Also Charter, ich weiß nicht ... Das ist doch wirklich nicht unser Ding, Schatz. Aber es wird sicher ganz toll in Schonen. Wir haben das Haus mehrere Wochen für uns allein, wenn meine Eltern in der Toscana sind. Wir könnten Freunde einladen. Wieso fragen wir nicht diese ... Filippa und Frans, ob sie kommen wollen? Die beiden waren echt nett.«

Seine Stimme klingt so warm, wie die Sonne im Juli in Südschweden scheint. Und obwohl sie tausendmal lieber in Kroatien am Pool liegen würde, als sich in Simrishamn von Mücken die Beine zerstechen zu lassen, lächelt sie. Wenigstens werden sie gemeinsam in Urlaub fahren. Sie und ihre Familie.

»Freddie und Frans«, korrigiert sie ihn, ehe sie fortfährt: »Hm. Das klingt schön. Klärst du es mit deiner Mutter?«

»Na klar. Ich schreibe ihr gleich. Wir können runterfahren, sobald ich von Visby zurückkomme.«

Oh nein. Sie hat völlig verdrängt, dass Ludvig auch dieses Jahr eine ganze Woche weg sein wird. Die Almedalswoche auf Gotland, das wichtigste politische Forum Schwedens. Während sie Alfred hat. Sie ist es natürlich gewohnt, allein mit ihm zu sein, aber Ludvig ist in aller Regel zumindest fünf von sieben Nächten in der Woche zu Hause. Sie weiß, dass Almedalen nicht zur Diskussion steht. Ludvig fährt dorthin, seit er fünfzehn oder sechzehn ist und anfing, sich in der Jugendorganisation zu engagieren.

»Das klingt toll«, antwortet Sigrid, ohne es zu meinen.

»Ja, ganz sicher wird es das. Ich liebe dich! Und schick mir ein paar Bilder von Alfred, ich vergehe vor Sehnsucht nach ihm.«

Sigrid macht ein Foto von Alfred, der im Kinderwagen schläft, und schickt es direkt an Ludvig. Dann geht sie weiter. Auch wenn sie sich freut, dass er sich darauf eingelassen hat, früher als geplant in Urlaub zu fahren, nagt die Sache mit der Almedalswoche an ihr. Eigentlich könnte sie nach Bjuv fahren, wenn Ludvig ohnehin weg ist. Vielleicht sogar ihren Vater treffen. Anschließend könnte sie weiter nach Simrishamn fahren und ein, zwei Nächte bei Ludvigs Eltern schlafen, dann könnte Ludvig nach der Almedalswoche direkt dorthin kommen. Sie schickt Carro eine SMS und fragt, ob es ihr passen würde, wenn sie sie in der ersten Juliwoche ein paar Tage mit Alfred besucht. Dann schreibt sie Freddie: *Wie sind eure Pläne für den Sommer? Wollt ihr ein paar Tage nach Simrishamn kommen? Wir haben das Haus von Ludvigs Eltern.* Das kleine Icon erscheint, das anzeigt, dass Freddie die Nachricht gelesen hat, aber sie erhält keine Antwort. Stattdessen ploppt eine Nachricht von Carro auf dem Display auf: *Es wäre superschön, wenn ihr uns besuchen würdet! Aber wir sind in dieser Woche in Böda campen. Komm doch mit Alfred dazu! Oder sonst kommt später im Sommer. Vermisse euch! Kuss.*

Der Böda-Campingplatz auf Öland. Sigrid schließt einen Moment die Augen und sieht Carros und ihre Kindheitssommer vorbeiflimmern. Als sie und ihre Mutter Kopf an Fuß in dem engen Wohnwagen schliefen, der schon vor langer Zeit verkauft wurde. Der Duft von mariniertem Grillfleisch, der ab dem Nachmittag über den Campingplatz zog. Wie stolz Carro von der Stranddisco zurückkehrte, für die Sigrid noch zu jung war, und erzählte, dass sie mit einem Jungen namens Kevin rumgemacht habe. Oh, wie sie sich wünschen würde, Alfred könnte all das einmal erleben. Aber die Chancen, Ludvig zu einem Urlaub im Wohnwagen zu überreden, dürften gegen null gehen. Und sie erhöhen sich nicht gerade durch den Umstand, dass sie weiß, dass sie ihn niemals fragen wird.

Sie seufzt und geht erneut auf Instagram. Checkt ein paar Storys. Carro ist auf der Kita-Abschlussfeier und lächelt in die Kamera. Freddie hat eine Bilderserie mit einem Rezept für Blitz-Tiramisu gepostet: *fertig in zehn Minuten.* Als sie zu Astrids Bildern kommt, stutzt sie. Seit sie mit Freddie befreundet ist, fühlt es sich immer so merkwürdig an, Astrids Fotos und Videos anzuschauen. Als wäre Astrid eine Freundin, bei der sie spioniert, statt eine persönlichkeitslose Influencerin. Diesmal aber ist es besonders unbehaglich. Denn im allerletzten Video scheint Astrid in einer Bar zu stehen. Blinkende Lichter um sie herum und ein Shotglas in der Hand. Am Rande des Bildes sind ein Kinn mit Dreitagebart und Teile eines Lockenschopfs zu sehen. Nachdem Astrid den Shot hinuntergekippt hat, dreht sie das Gesicht. Die Kamera geht nach oben, und sie küsst den Mann, dessen Gesicht immer noch nicht zu erkennen ist, auf die Wange. Sigrid kann es nicht beschwören, aber die Frisur sieht der von Frans wirklich täuschend ähnlich.

## FREDDIE

Freddie starrt auf die Kommentare unter dem Beitrag, den sie für die Kooperation mit dem Hersteller von Babynahrung verfasst hat. Dem für Fertigbrei. Eine Nachricht von Sigrid erscheint auf dem Display, und sie sieht gerade noch, dass irgendwas von Simrishamn darinsteht, bevor sie sie wegklickt. Schnell liest sie die Kommentare ein weiteres Mal, dann drückt sie auf Löschen.

*Sorry, aber gibst du Aurelia Fertigbrei? Weißt du eigentlich, wie viel Palmöl in dem Zeug ist?*

*Bah! Wie kann man seinem Kind so einen Dreck geben? Willst du sie umbringen, oder was? Krebs lässt grüßen!*

Und wie immer, wenn jemand anfängt, fiese Kommentare zu schreiben, springen die anderen auf den Zug auf:

*Nicht böse gemeint, hab mich nur gefragt, ob du nach der Schwangerschaft und der Entbindung schon mit dem Training angefangen hast?*

*Man soll ja eigentlich nicht vergleichen, aber ich finde, im Vergleich mit anderen Mamas siehst du ziemlich müde aus. Du achtest aber schon darauf, dass Frans dir hilft und nicht nur arbeitet und Party macht, oder?*

*Hast du dir die Brüste operieren lassen?*

Schon mal was von Stillen gehört, dämliche Kuh, denkt Freddie und scrollt weiter. Sie weiß, dass sie es besser lassen sollte. Aber die wenigen Male, die sie diese Art von Shitstorms in ihrem Kommentarfeld erlebt hat, war es, als würde man an einem Verkehrsunfall vorbeifahren – sosehr sie es auch versucht, kann sie nicht aufhören hinzusehen. Ihr Blick bleibt bei zwei Kommentaren hängen, und sie zieht die Bremse des Kinderwagens an, um in Ruhe lesen zu können.

*Wie geht es dir eigentlich? Total untypisch für dich, Kooperationen mit solchen Drecksunternehmen einzugehen. Bist du so fertig vom Stillen, oder was?*

*Hi! Mir ist aufgefallen, dass du in der letzten Zeit kaum noch Bilder von Frans in deinen Beiträgen postest. Wollte dir nur den Tipp geben, dass es wichtig ist, einander nicht zu vergessen, jetzt wo ihr ein Kind habt. Plötzlich steht man da und ist geschieden.*

Über das Admin-Werkzeug sieht sie direkt, dass die IP-Adressen, die die beiden Kommentare hinterlassen haben, aus der exakt selben Ziffernfolge bestehen. Also müssen sie von ein und derselben Person stammen. Wusste diese Loserin nicht, dass man das sehen kann? Oder es war ihr egal. Aber wer hat die Kommentare geschrieben? Hat Frans seiner Mutter gegenüber vielleicht doch etwas erwähnt, und die hat es dann seinen Schwestern erzählt? Die Einzigen, die Bescheid wissen, sind Frans, Ermina und Sigrid. Und Sigrid würde niemals so einen Kommentar hinterlassen, da ist sie sicher. Aber Ermina? Nein, *no way*. Sie müssen es einer Freundin erzählt haben, obwohl sie sie gebeten hat, es für sich zu behalten. Wobei, hat sie das überhaupt? Sie war davon ausgegangen, es sei klar, dass sie ihr Befinden nicht wie so viele andere Influencerinnen in der Öffentlichkeit breittreten will. Bis jetzt wurde sie weitgehend von Internethass verschont, auch wenn immer mal wieder Kommentare auftauchten, die ihre Beziehung zu Frans infrage stellten, vor allem, wenn sie längere Zeit keine Bilder von ihm gepostet hatte. Früher machte es ihr nichts aus. Jetzt fühlt es sich an wie ein Schlag in den Magen. Wenn eine Person einen solchen Kommentar geschrieben hat, fragen sich garantiert noch andere, ob es schlecht zwischen ihnen läuft. Und tatsächlich lassen sich ja viele in den ersten Jahren nach der Geburt ihres Kindes scheiden, warum also sollten sie eine Ausnahme sein?

Sie könnte Frans bitten, auf dem Weg nach Hause ein paar frische Schnittblumen zu kaufen, ein harmonisches

Familienfoto von ihnen machen, einen schönen Blogeintrag verfassen und das Ganze mit einem Bild der Blumen auf Instagram abrunden. Aber allein schon der Gedanke, Frans um einen nicht-Aurelia-bezogenen Gefallen zu bitten, wurmt sie. Wurmt sie wie verrückt.

Was sie allerdings tun könnte: selbst zum Blumenladen gehen und einen Strauß kaufen. Und schreiben, er sei von Frans. Dann würden die Leute definitiv ihre Klappe halten. Frans schaut nie auf ihren Blog. Nur auf Insta. Und da braucht sie ja nicht zu schreiben, dass sie von ihm sind. Außerdem freut er sich bestimmt, wenn sie erzählt, dass sie mit Aurelia die Wohnung verlassen und einen Spaziergang gemacht hat.

Die Kommentare ärgern sie mehr als sonst. Nicht nur, weil Sigrid und Ermina offenbar bei irgendjemandem getratscht haben, sondern vor allem, weil sie eine panische Angst davor hat, ihr Privatleben in der Öffentlichkeit ausgebreitet zu sehen. Zumindest jetzt, wo sie so viel zu verbergen hat. Sie klickt auf den Papierkorb in der Toolbar des Blogs und konstatiert, etwas beruhigter, dass die Kommentare nur eine knappe Stunde öffentlich waren, bevor sie sie entfernt hat.

Trotzdem öffnet sie den Messenger und schreibt eine Nachricht in ihrem Gruppenchat mit Ermina und Sigrid: *Hey Mädels! Hab ein paar Kommentare im Blog bekommen, die fragen, ob es mir gut geht, was mich sehr traurig macht, da ja nur ihr, Frans und meine Mutter wissen, was los ist. Falls ihr es euren Freunden erzählt habt, könntet ihr ihnen bitte sagen, dass es privat ist und ich nichts darüber in meinem Blog schreiben möchte? Und dass sie es nicht noch weiter rumerzählen sollen. Ich bin enttäuscht und traurig, aber verstehe natürlich, dass so etwas passieren kann. LG Freddie*

Sie sollte es allen zeigen. Dass Frans und sie immer noch total verliebt sind, trotz Stillmarathon, Babykotze und Kackinferno. Dass ihr Leben genauso wundervoll ist wie vorher. Obwohl ihr Leben vermutlich nie wieder so werden wird.

Schon ist sie auf dem Weg zur Tür hinaus und schnauft mit Aurelia im Arm die Treppe nach unten. Der Blumenladen liegt nur knapp hundert Meter entfernt, und zum Glück hat er geöffnet, obwohl es eigentlich Zeit für den Sommerurlaub wäre. Im Laden angekommen, wählt sie Schnittblumen für achthundert Kronen aus.

»Das wird ja ein riesiger Strauß«, gluckst die Floristin, und Freddie schnappt sich noch ein paar Töpfe Lavendel für den Balkon, während sie wartet. Das kann einen weiteren guten Instagrambeitrag geben, wenn sie das Holzregal mitfotografiert, das Frans neulich gezimmert hat. Erst hatte sie geglaubt, er wolle sich handwerklich betätigen, aber als sie ihn wie irre unten im Hof hämmern sah, wurde ihr klar, dass er auf diese Weise wohl seine Aggressionen abreagierte.

Auf dem Heimweg vom Blumenladen fühlt sie sich merkwürdig beschwingt. Der Riesenstrauß und der Lavendel liegen im Korb unter dem Kinderwagen, und sie überlegt, ob sie noch etwas Gutes für heute Abend kaufen soll, damit sie nicht den dritten Tag in Folge Takeaway essen müssen. Apropos: Vielleicht könnte sie sogar Astrid und Herman zu einem spontanen Dinner einladen? Seit dem Katastrophenessen im März haben sie sich kaum gesehen, und ein Pärchenabend würde den Gerüchten definitiv einen Riegel vorschieben. Es sind zwar nur zwei mickrige Kommentare, aber Freddie weiß, dass es oft nicht mehr braucht, um eine ganze Flut von Gerüchten in Gang zu setzen. Auch wenn nur wenige sie gesehen haben. Sie schickt eine schnelle Nachricht an Astrid und nach kurzem Zögern auch an Sigrid: *Heute spontanes Abendessen bei mir und Frans? Bring Ludvig und Alfred mit! Ihr seid doch Vegetarier, keine Veganer, oder?*

Eigentlich hätte sie auch gern Ermina mit dabeigehabt, aber niemandem, der ihr auf Instagram folgt, kann entgangen sein, dass sie diese Woche all-inclusive in Kroatien lebt.

Sigrids Antwort kommt beinahe umgehend:

*Ludvig ist gerade aus der Tür, er hat heute Abend irgendwas mit der Arbeit. Aber ich komme gern mit Alfred, wenn wir dürfen? Und ich esse alles!*

Freddie runzelt die Stirn, während sie Sigrids Nachricht liest. Das letzte Mal hatten doch weder Sigrid noch Ludvig von dem Bœuf bourguignon gegessen? Und hatte Ludvig nicht gesagt, sie seien Vegetarier, als sie sich vor ein paar Wochen auf der Straße trafen?

Freddies Überlegungen werden unterbrochen, als Astrids Antwort auf dem Display aufpoppt. Die wenigen Zeilen lassen ihr das Blut in den Adern gefrieren.

*Sry, leider schon verplant. Wie sieht's am WE aus? Sag mal, wie geht es dir eigentlich? Hab die Kommentare in deinem Blog gesehen?!*

Scheiße. Die Kommentare waren also ausreichend lange online, dass Astrid sie lesen konnte. Was bedeutet, dass vielleicht keine Tausende, aber auf jeden Fall Hunderte andere sie ebenfalls gesehen haben. Ihr Handy piepst erneut.

*Sollen wir was mitbringen?*

Sie kann Sigrid schlecht wieder ausladen, nachdem sie sie vor gerade mal zwei Minuten eingeladen hat. Außerdem mag sie Sigrid. Auch wenn sie ein bisschen prätentiös ist, ist sie süß und nett. Und Nettigkeit ist genau das, was Freddie jetzt braucht. Diesen Idioten, die die Kommentare hinterlassen haben, wird sie es zeigen. Sie tippt eine schnelle Nachricht an Frans, um ihn wissen zu lassen, dass Sigrid später vorbeikommt, und sie machen aus, dass er in diesem Fall spontan mit den Jungs aus dem Freelance-Büro etwas trinken geht. Außer einer Vernissage im Fotografiemuseum letzte Woche ist er dieses Frühjahr praktisch kaum aus gewesen.

## ERMINA

*Hab gehört, in Schweden regnet es. IHR ARMEN!*

Ermina schickt die Nachricht in ihrem Gruppenchat mit Nadia und den anderen Mädels, zusammen mit einem Bild von ihren Beinen im Vordergrund und dem

Pool im Hintergrund. Alens Mutter ist mit Olivia spazieren, und Ermina und Alen liegen nebeneinander und lassen sich bräunen. Man kann ja viel über ihre Schwiegermutter sagen, aber sie mit auf die Reise zu nehmen, war ein Geniestreich. Bis jetzt ist ihre gesamte Aufmerksamkeit auf Olivia gerichtet, da Alens kleine Schwestern es noch nicht geschafft haben, Nachwuchs in die Welt zu setzen. Aida ist allerdings im siebten Monat schwanger, und Marina und ihr Mann haben an Mittsommer bekannt gegeben, dass sie ebenfalls ein Kind erwarten. Typisch von den beiden, gleichzeitig schwanger zu werden, aber zu Erminas Verwunderung macht es ihr nichts aus. Zum ersten Mal seit vier Jahren hat es sich nicht wie ein Schlag ins Gesicht angefühlt, eine andere Frau erzählen zu hören, dass sie schwanger ist. Überrascht, aber erleichtert hatte sie registriert, dass sie nicht die Mundwinkel nach oben zwingen musste, sondern das Lächeln ganz natürlich und echt kam, als sie Marinas Schnapsglas füllen wollte und diese kichernd die Hand darüberlegte. Außerdem ist es großartig für Olivia, zwei beinahe gleichaltrige Cousinen oder Cousins zum Spielen zu bekommen, da sie für immer ein Einzelkind bleiben wird.

Der einzige Wermutstropfen in ihrem in dieser Woche ansonsten stets gut gefüllten Weinglas sind all die Frauen, die in ihren Bikinis am Poolrand herumhüpfen, während sie ungezwungen mit ihren Kindern spielen. Sie weiß nicht, ob sie es sich einbildet, aber sie hat das Gefühl, als würde Alen den anderen Mamas nachschauen und deren Körper mit ihrem vergleichen. Als sie an diese Reise gedacht hatte, war ihre größte Sorge gewesen, sich erstmals seit der Entbindung wieder im Bikini zu zeigen. Sie hatte nicht mit der Angst gerechnet, die sie dabei empfinden würde, wenn Alen seinen inzwischen noch durchtrainierteren Körper vor einem Haufen Mütter zur Schau stellte, die erheblich schlanker waren als sie.

Jetzt fehlen ihr »nur« noch zehn Kilo bis zum Ausgangsgewicht, aber ganz gleich wie viel sie auch spazieren und joggen geht, verschwinden sie einfach nicht. Sie hat alles versucht. 5:2-Diät, 8:16, Weightwatchers und Glyx. Nur Low Carb kommt für sie nicht infrage. Es *kann* nicht klappen, Bacon und Rührei zum Frühstück, Käse als Zwischenmahlzeit und dann große Portionen Fleisch zum Mittag- und Abendessen zu verdrücken. Nach dem fürchterlichen Nachmittag in der Stadt mit Nadia und den Kindern hatte sie zum Schluss kapituliert und war in ein Unterwäsche- und Bademodegeschäft für »alle Größen und Formen« gegangen, wo ihr eine Verkäuferin im Alter ihrer Mutter half, einen schwarzen gepolsterten Bikini mit Bügeln und tatsächlicher Stützfunktion anzuprobieren. Doch auch wenn ihre Brüste fest und füllig darin aussahen, waren sie weit von dem entfernt, was sie einmal waren. Und jetzt, wo sie hier liegt und all die anderen Mütter mit ihren perfekten Brüsten sieht, scheint die Entscheidung auf der Hand zu liegen. Sie wird es wie Nadia machen. Keine groteske Vergrößerung, wirklich nicht. Nur eine kleine Straffung und hundert Gramm Kochsalz auf jeder Seite, um den Brüsten wieder mehr

Fülle und Form zu geben. Sie wendet sich Alen zu, der auf der Sonnenliege neben ihr liegt.

»Schatz, weißt du, was ich im Herbst vorhabe?«

Er nimmt einen Kopfhörer aus dem Ohr, schiebt seine Sonnenbrille hoch und lächelt sie an.

»Irre viele Wohnungen verticken, damit wir endlich zurück auf die richtige Seite der Stadt ziehen können?«

»*Das* habe ich auch vor.«

»Und was noch?«

»Ich lasse mir die Brüste liften. Weißt du, das hat Nadia auch gemacht, nachdem sie und Thomas sich geschieden haben. Es ist echt toll geworden bei ihr.«

»Aber *wir* wollen uns ja nicht scheiden lassen? Also hast du doch keinen Grund, dir die Brüste zu machen«, neckt Alen und kneift sie in die Seite, genau an der Stelle, an der er weiß, dass sie am kitzligsten ist. Und an der sie jetzt ein schützendes Fettpolster hat. Das bestärkt sie nur in ihrem Beschluss.

»Ich werde jedenfalls einen Termin in der Akademiklinik machen, sobald wir wieder zu Hause sind. Dort war Nadia auch. Nach dem Sommer ist die Wartezeit sicher ewig lang.«

Alen murmelt etwas Unverständliches, also widmet sie sich wieder einem der Taschenbücher aus dem Stapel, den Sigrid ihr für den Urlaub geliehen hat. Das, welches sie gerade liest, hat Sigrid als fantastische Geschichte über unglückliche Liebe, Eifersucht und Besessenheit verkauft. »Außerdem spielt sie in Östermalm, also findest du dich bestimmt ein bisschen im Milieu wieder«, hatte Sigrid gesagt. Auch wenn der Umschlag wahnsinnig langweilig aussieht, ist sie bis jetzt positiv überrascht. Das Buch handelt von einer jungen Frau namens Esther, die einen Vortrag über einen Künstler hält und sich, als sie ihn kennenlernt, in ihn verliebt. Der Künstler ist doppelt so alt wie sie, und sie erniedrigt sich total, indem sie sich abends vor seinem Atelier herumdrückt. Keine der Frauen, die Ermina kennt, würde sich so vor einem Mann erniedrigen. Nicht einmal Filippa hatte es getan, als sie nach der Scheidung vollkommen am Boden war. Aber was soll's. Dieses Buch »muss man« anscheinend gelesen haben, zumindest wenn man Sigrid Glauben schenken soll, also blättert sie weiter. Etwas widerwillig muss sie sich eingestehen, dass sie tatsächlich Lust hat, das Buch mit Sigrid zu besprechen, wenn sie wieder zurück sind.

# Kapitel 17

## SIGRID

Es ist unmöglich, sich auf den Film zu konzentrieren, wenn Kian neben ihr sitzt und die ganze Zeit auf seinem Handy scrollt. Und nein, dieser argentinische Film, der für einen Oscar in der Kategorie »Bester internationaler Film« nominiert war, entspricht vielleicht nicht ihren Erwartungen, aber es ärgert sie dennoch, dass Kian es nicht einmal versucht. Ludvig hatte von dem Film erzählt, nachdem er und Caspar ihn letzte Woche, während sie auf Geschäftsreise waren, auf dem Laptop gesehen hatten. Sigrid lag die Frage auf der Zunge, ob es für einen Minister wirklich angebracht war, Filme illegal herunterzuladen, sie hatte aber keine Lust gehabt, diese Diskussion mit Ludvig zu führen. Jedenfalls hatte er ihr empfohlen, den Film zu sehen, damit sie ihn anschließend diskutieren konnten. Und obwohl sie weiß, dass er nicht direkt Kians Fall ist, hatte er zugestimmt, als sie ihm vorschlug, ihn zusammen im Kino anzuschauen und danach ein Bier trinken zu gehen. So war es ihr am einfachsten erschienen, nach der seltsamen Stimmung, die an der Mitarbeiterfeier zwischen ihnen entstanden war, kurz bevor sie ins Taxi nach Hause springen musste. Jetzt bereut sie ihren Entschluss. Es hat sich kein bisschen steif angefühlt, Kian wiederzusehen. Ganz im Gegenteil. Sie knufft ihn vorsichtig in die Seite, und er verdreht mit einem Lächeln die Augen.

»Das nächste Mal wähle *ich* den Film«, flüstert er kopfschüttelnd.

»Kannst du nicht wenigstens versuchen, ihn dir anzusehen?«, flüstert sie zurück.

»Kannst du mir dann bitte erklären, worum es geht? Ich kapiere rein gar nichts.«

Ein Typ in ihrem Alter, der in der Reihe vor ihnen sitzt, dreht sich mit einem »Schhh« zu ihnen um.

»Wir müssen leise sein«, zischt Sigrid.

»Aber kannst du mir sagen, wovon der Film handelt?«

»Äh ... von einer Art Reise. Oder?«

Sie angelt sich einen Lakritzfisch aus Kians Naschtüte und versucht, sich auf den Film zu konzentrieren. Kacke. Sie versteht ihn selbst nicht. Was soll sie später Ludvig sagen, wenn er mit ihr darüber diskutieren will? Diskret greift sie zum Handy und googelt den Namen des Films. Zum Glück findet sie eine Rezension auf *Dagens Nyheter*. Dann kann sie die und vielleicht noch einen weiteren Artikel auf dem Heimweg lesen, damit sie etwas Schlaues zu sagen hat. Sie steckt das Handy wieder weg und schielt zu Kian. Er scheint den Film gänzlich aufgegeben zu haben, und ist völlig in sein Handy vertieft. Auf einmal vibriert es, und er hält ihr das Display hin, damit sie die Push-Benachrichtigung lesen kann. *Malmö FF – Erfolgseröffnung gegen Trelleborg – 1 : 0 in der dritten Minute.*

Ohne nachzudenken steht Sigrid auf und drängt sich an Kian vorbei, der ihr verdutzt aus dem Saal folgt.

»Ich hab einfach mal angenommen, dass du nicht aufs Klo wolltest?«, grinst er sie an, als sie wieder draußen im Foyer stehen.

»*Nope.* Jetzt gehen wir uns das Spiel ansehen.«

»Dir ist aber bewusst, dass es nur einen einzigen Ort in dieser Stadt gibt, der *möglicherweise* dieses Spiel zeigt?«

Sigrid lacht und nickt.

»In Malmö haben wir doch immer im O'Learys Fußball geschaut. Wer sagt, dass wir es hier nicht auch können?«

»Okay, wenn du wirklich willst, dann los«, lächelt Kian erfreut, während sie das Kino verlassen.

Eine Viertelstunde später sitzen sie einander in einer Tischnische mit zerschlissenen Sofas aus Kunstleder gegenüber und brüllen um die Wette, als Malmö FF einen Freistoß verschießt. Sigrid beißt in ihren Cheeseburger und spült ihn mit einem Schluck Bier hinunter. Die Finger brennen vom Salz der Pommes im Körbchen vor ihr. Der Serviettenhalter ist leer, also wischt sie die Hände an dem grün-weiß karierten Tischtuch ab. Was hat sie sich eigentlich dabei gedacht, *Kino* einzuplanen, das erste Mal, dass sie ausgeht, während Ludvig einen ganzen Abend auf Alfred aufpasst? Und außerdem: Wann hat sie zuletzt in einer Bar Fußball geschaut? Sie kann sich kaum erinnern. Es muss gewesen sein, bevor sie entdeckte, dass sie schwanger war. Vor über einem Jahr. Auch wenn die anderen Gäste im Lokal gelinde gesagt mäßiges Interesse an der Begegnung der schonischen Teams haben, sie hat das hier vermisst. Sie wendet sich Kian zu, der seine letzten Pommes verschlingt, und sagt laut, um den Lärmpegel um sie herum zu übertönen: »Können wir nicht aufs Spiel gehen, wenn sie das nächste Mal hier sind?«

Kian schaut sie mit einem verwunderten, aber breiten Lächeln an und nickt.

»Klar!«

Dann rüttelt er sie am Arm und deutet aufgeregt auf den Bildschirm. Ein Malmö-FF-Spieler stürmt aufs Tor zu. Er holt aus und schießt den Ball direkt in die obere rechte Ecke.

Ohne nachzudenken fällt Sigrid Kian um den Hals und umarmt ihn so fest sie nur kann.

## FREDDIE

»Freddie, ich *weiß*, dass du todmüde bist. Aber ich muss schlafen, um das Shooting morgen zu überleben. Ich muss um sieben auf Lidingö sein, also muss ich circa um fünf aufstehen. Und dann zwölf Stunden arbeiten.«

»Jaja, dann werd ich wohl mit ihr rausgehen.«

Freddie weiß, dass sie faucht und die Tür unnötig fest zuknallt. Aber es ist auf jeden Fall besser als das, was sie in ihrer Fantasie tut. Da schreit sie Frans an und reißt an seinen lockigen Haaren, bis sie sich vom Kopf lösen. Wie ist es überhaupt möglich, dass ein Mensch, bei dem man das Gefühl hatte, ihn so sehr zu lieben, dass das Herz auf doppelte Größe anschwillt, einen ganz plötzlich dazu bringt, einen kribbelnden Ärger im ganzen Körper zu spüren, nur weil er sich im selben Raum befindet wie man selbst? Seit dem Muttertag ist die Stimmung zwischen ihnen nicht gerade prickelnd. Sie haben es noch mal mit einem Date versucht, aber da Aurelia die gesamte vorherige Nacht ein Schreikonzert gegeben hatte, war es damit geendet, dass sie sich den Großteil des Abends gegenübersaßen und auf ihren Handys herumscrollten. Hätten sie aufgegeben, es nicht einmal versucht – okay. Aber jetzt, wo sie es sogar *versuchen*, ist es besonders schmerzhaft, dass sie nicht einmal nett zueinander sein können. Wenigstens ist es nur noch eine Woche, bis sie nach Gotland fahren. Sobald sie von der Fähre steigen, die Sachen ins Auto geladen haben und Richtung Haus unterwegs sind, wird alles gut werden. Oder zumindest besser, denkt sie, während sie ihren Brüllaffen von einer Tochter aus dem Gitterbett hebt und durch die Wohnung trägt.

Im Flur fällt ihr ein, dass Aurelia aus der Softtragetasche für den Kinderwagen gewachsen ist, und dankt Gott, Allah und dem Wettermann im Fernsehen dafür, dass der Sommer endlich richtig begonnen und in den letzten Tagen nahezu über Schweden explodiert ist. Obwohl es nach neun Uhr abends ist, sind es immer noch über zwanzig Grad draußen, und Freddie wirft sich nur eine Kaschmirdecke über die Schulter, um Aurelia damit im Wagen zuzudecken, bevor sie sich mit ihrem schreienden Kind auf den Weg die Treppe hinunter macht. Jedes Mal überkommt sie dabei dieselbe Angst. Es ist, als würde ein Filmausschnitt abgespult, sobald sie den Fuß auf die erste Stufe setzt. Sie sieht sich quasi selbst von außen, wie sie Aurelia geradewegs die Treppe hinunterwirft, sodass sie auf jeder Stufe aufdotzt. Auch wenn sie die Gedanken von Mal zu Mal wieder breitwalzt, wenn sie bei Stefan ist, und weiß, dass sie normal, vielleicht sogar gesund sind, kommt sie sich jedes Mal erneut wie eine Geisteskranke vor. Und es wird nicht unbedingt besser dadurch, dass Aurelias Schreie zwischen den Wänden im Treppenhaus widerhallen. Inzwischen ist Freddie die Treppe so oft hinuntergegangen, dass sie weiß, dass sie exakt zweiundfünfzig Stufen hinter sich bringen muss. Und um die Sequenz, wo sie ihr Kind die Treppe hinunterwirft, nicht sehen zu müssen, zählt sie die Schritte sklavisch. Als sie endlich bei fünfzig ist und den Kinderwagen sieht, wirft sie Aurelia nahezu hinein und hastet durch die Tür. Auch wenn Aurelia immer noch schreit, kann das Geräusch hier draußen wenigstens irgendwo hin, und trotz der lauen Temperaturen sind an diesem Dienstagabend nicht allzu viele Menschen hier in Midsommarkransen auf den Straßen unterwegs.

Sie steckt sich die Kopfhörer in die Ohren und kontrolliert sorgfältig, dass die Decke nicht zu nah an Aurelias Gesicht liegt, bevor sie ihren Lieblingspodcast anschaltet und sich auf den Weg den Midsommarvägen entlang Richtung Svandammspark macht. Die ziegelrot und gelb verputzten Hausfassaden um sie herum leuchten richtig golden in der Abendsonne, die durch die ausladenden Baumkronen bricht. Auf den Grasflächen sitzen vereinzelte Grüppchen, grillen und trinken Roséwein aus Plastikbechern. Früher hat sie diese Wochen zwischen Walpurgisnacht und Mittsommer geliebt. Im Strickpullover und mit einer Decke über den Schultern bibbernd im Freien zu sitzen und dann, beinahe Tag für Tag, Kleidungsstück um Kleidungsstück abzulegen, bis man schließlich Mitte Juni die farbenfrohen, dünnen Sommerkleider aus dem Schrank holen konnte. Und dann das Gefühl, dass all das Beste noch vor einem lag! Dieses Jahr hat sie nicht einmal bemerkt, dass der Mai bereits vorübergezogen ist. Dass der Trädgården-Nachtclub unter der Brücke die Sommersaison eröffnet hat, dass sich die Straßencafés füllen und die Modegeschäfte ihre Schaufenster umdekoriert haben. Genauso wenig, wie sie bemerkt hat, dass die Bäume in den letzten Wochen von Hell- zu Dunkelgrün übergegangen sind. Aber bald fahren sie nach Gotland. Dann wird alles gut werden. Sobald sie dort ankommen, wird es ihr wieder vollkommen gut gehen.

Freddie geht Richtung Tellusborgvägen ab und registriert mit einem Seufzer, dass das schäbige Restaurant Nygammalt immer noch nicht gegen einen netten Italiener getauscht wurde, bevor sie ihren Weg Richtung Vattenledningsvägen fortsetzt. Gerade als sie die Straße überqueren will, um zum Svandammspark zu gehen, spürt sie eine Hand auf ihrer Schulter und schreckt zusammen. In dem Moment, als ihr die Kopfhörer aus den Ohren fallen, merkt sie, dass Aurelia verstummt ist. Aber sie starrt immer noch in den Himmel, während sie rhythmisch an ihrem Schnuller saugt. Aus dem Kinderwagen schräg hinter ihr ist dagegen ein lautes, anhaltendes Schreien zu vernehmen.

»Hey, du!«

»Hi, Ludvig!«

Sie blickt direkt in seine dunkelblauen Augen, die allerdings erheblich matter erscheinen als bei ihrer letzten Begegnung. Die Haare sind zerzaust, der Bart sieht nicht ganz so sorgfältig getrimmt aus, und die Haut unter den Augen hätte dringend eine Kombination aus zehn Stunden Schlaf und ungefähr einer halben Packung Feuchtigkeitscreme nötig. Aber gewissen Männern steht dieser Look. Und Ludvig ist einer davon.

»Oh Mann«, sagt er und fährt sich mit der Hand durch die Haare. »Ich bin so müde, dass ich kaum noch die Augen offen halten kann. Sigrid trifft sich heute mit einem Kollegen, und Alfred weigert sich einzuschlafen. Ich habe natürlich nicht vor, sie anzurufen und ihr den Abend zu ruinieren und ihr zu erzählen, dass Alfred seit zwei Stunden ununterbrochen brüllt. Daher ist ein Spaziergang jetzt sozusagen mein letzter Ausweg. Bald *muss* er doch mal einschlafen, oder?«

Sie lächelt ihn mitfühlend an und tätschelt ihm den Arm.

»Ich weiß, wie du dich fühlst. Es ist praktisch unmöglich, Aurelia zum Einschlafen zu bringen, jetzt wo es draußen so lange hell ist. Der Kinderwagen ist das Einzige, was funktioniert.«

»*Same here.* Wollen wir ein Stück zusammengehen?«

Ja. Das will sie. Sie hat keine Pläne für morgen, und da Frans wegmuss, bevor sie aufwacht, und erst abends zurückkommt, gilt es, so viel Gesellschaft aufzusaugen, wie sie nur kriegen kann. Also nickt sie.

»Gern.«

»Wenn du sein Brüllen ertragen kannst.«

Ludvig lächelt entschuldigend und weist mit dem Kinn auf Alfred, der mit den Armen fuchtelt und stoßweise Schreie von sich gibt.

»Wie lange dauert es normalerweise, bis er einschläft?«, erkundigt sich Freddie, während sie Richtung Park gehen.

»Also normalerweise ist es kein Problem. Aber die letzte Woche war er komplett hysterisch, Sigrid meint, es sei nur eine Phase. Aber ich weiß nicht ... Man fühlt sich so mies, wenn man ihn mit nichts zufriedenstellen kann. Und dann kommst du hier wie die Supermama vom Dienst mit einem stillen und lieben Baby um die Ecke. Da fühlt man sich noch schlechter.«

Freddie schaudert beinahe vor Wohlbehagen. *Supermama.* So hat sie noch nie jemand genannt. Ihre Mutter und Frans sehen sie ja meistens nur im Bett liegen und an die Decke starren. Ermina und Sigrid haben genug mit ihren eigenen Problemen zu tun, und Astrid ist es egal. Nicht einmal Stefan, der sie ja eigentlich motivieren sollte, sich selbst in einem positiveren Licht zu sehen, hat auch nur ansatzweise etwas in diese Richtung gesagt. Sie spürt, wie sie errötet.

»Ach Quatsch, eine Supermama bin ich bestimmt nicht.«

»Doch, doch, das bist du. Ich fand wirklich, dass du ganz großartig mit Aurelia umgegangen bist, als wir zum Essen bei euch waren. Du hast sie so toll getröstet, als sie traurig war. Ich habe später zu Sigrid gesagt: ›Freddie ist wirklich geduldig mit ihrem Kind.‹ Ich hoffe, sie lässt sich ein bisschen von dir inspirieren, wenn man das so sagen kann. Sigrid ist ja etwas jünger und … Na ja, Alfred war alles andere als geplant. Das hat sie euch sicher erzählt?«

»Mhm.«

»Deshalb ist es so gut, dass sie dich kennengelernt hat, finde ich. Du hast etwas mehr Lebenserfahrung und kannst sie bei dieser ganzen Sache mit dem Elternsein unterstützen.«

»Wir helfen uns gegenseitig«, antwortet Freddie in möglichst neutralem Tonfall.

In ihrem Inneren aber geht etwas vor sich, das einem Silvesterfeuerwerk in einem Luxusresort gleicht. Vielleicht ist sie tatsächlich eine gute Mutter? Ihre Gesichtsmuskeln arbeiten auf Hochtouren, um das Lächeln zurückzuhalten, das um ihre Mundwinkel zuckt.

»Es ist so viel schwerer für uns Männer. Ich meine, wir sprechen ja nicht auf dieselbe Weise übers Elternsein wie ihr Frauen. Und sämtliche Eltern-Kind-Gruppen finden tagsüber statt. Wenn alle Männer arbeiten, was ja die meisten am Anfang tun, wie sollen sie dann jemanden finden, mit dem sie über all das sprechen können?«

Freddie muss sich auf die Zunge beißen, um nicht zu erwidern, dass es an Ludvigs Arbeitsplatz bestimmt haufenweise Männer mit kleinen Kindern gibt, mit denen man sich garantiert wunderbar austauschen könnte.

»Ja, da hast du wohl recht ...«

»Es sollte etwas am Abend für berufstätige Väter geben. Ich verstehe nicht, weshalb die BVC da nichts organisiert.«

Vielleicht weil die Mütter wollen, dass ihr schnellstmöglich nach Hause kommt, damit sie nicht eine Minute länger allein sein müssen als nötig, denkt Freddie.

»Ich glaube, wie gesagt, dass wir Glück mit Alfred haben, aber ich fühle mich trotzdem oft wie ein ausgewrungener Spüllappen«, fährt Ludvig fort.

»Hm. Aber bist du nicht auch ziemlich viel weg?«

Er zuckt resigniert mit den Achseln.

»Doch. Und ich hätte nie gedacht, dass es physisch möglich ist, sich so nach jemandem zu sehnen, wie ich mich nach Alfred sehne, wenn ich weg bin. Sigrid vermisse ich natürlich auch, aber ... nicht auf dieselbe Weise. Ich sehne mich nach seinen kleinen Händen und seinem Lächeln und danach, ihn zu kitzeln und sein Lachen zu hören.«

Ludvig verstummt plötzlich und richtet den Blick auf einen Punkt beim Ericsson-Turm am Telefonplan, ehe er fortfährt: »Und trotzdem will ich irgendwie sofort wieder weg, kaum dass ich zu Hause bin. Zu Hause ist alles chaotisch. Das Milchpulver ist alle. Der Müll stinkt. Alfred fängt an zu schreien. Und Sigrid ist sauer.«

»Ich glaube nicht, dass sie ...«

»Nein, nein! Ich meine nicht, dass sie sauer auf *mich*

ist oder so. Und natürlich möchte sie gern Zeit mit mir verbringen, wenn ich dann mal zu Hause bin. Nur ... Es ist nicht so, wie ich es mir vorgestellt hatte, das ist alles.«

Freddie mustert ihn aus den Augenwinkeln, wie er den Kinderwagen vor sich herschiebt. Er ist bestimmt einen Kopf größer als sie, und die Kiefer sind zusammengepresst. Sie will gerade antworten, dass sie ebenso empfindet, als Ludvig fortfährt.

»Und dann dieses ständige Gemecker wegen total unbedeutender Kleinigkeiten! ›Wieso hast du den Müll nicht rausgebracht?‹ und ›Hast du schon wieder vergessen, den Käseschneider abzuspülen?‹ Das nimmt mittlerweile ungeahnte Dimensionen an. Hätte einen denn keiner warnen können, dass man sich so viel streiten würde? Irgendwie hatten wir gedacht, wir stünden über solchen Dingen.«

»Geht mir auch so. Wieso hat keiner in diesen ganzen Elternkursen gesagt, dass das Anstrengendste nicht das nächtliche Aufstehen und Windelwechseln ist, sondern dass man seinen Partner etwa zehn Mal am Tag in den Schrank sperren möchte?«

»Ich weiß nicht, ob ich meine Sigga in den Schrank sperren möchte, aber ich verstehe, was du meinst.«

*Sigga.* Was für ein niedlicher Kosename, denkt Freddie und lächelt ihn an. Er erwidert ihr Lächeln und seufzt.

»Und keiner spricht mit anderen über diese Dinge. Schon gar nicht wir Männer. Dir und Frans scheint es ja fantastisch mit Aurelia und allem zu gehen. Und so wirkt es bei Sigrid und mir sicherlich auch. Aber die Leute *er-*

*zählen* sich heutzutage ja nichts mehr. Wir arbeiten und arbeiten nur und sind gestresst und haben keine Zeit mehr, darüber zu reden, wie es uns tatsächlich geht.«

Ludvig bleibt mitten auf dem Bürgersteig stehen und wirft in einer ergebenen Geste die Arme hoch. Seine Augen glühen dabei. Der Puls pocht nach dem langen Monolog deutlich sichtbar an seinem Hals, und Freddie muss dem Impuls widerstehen, die Arme auszustrecken und ihn zu umarmen. Stattdessen verstärkt sich ihr Griff um den Kinderwagen, und sie lächelt resigniert. Es ist, als wüsste sie nicht, wohin mit ihrem Blick, wenn sie so mit ihm redet. Ein Gefühl, das sie wiedererkennt und definitiv nicht empfinden sollte, wenn sie mit dem Lebensgefährten ihrer Mamafreundin auf Kinderspaziertour ist. Zum Glück kann sie zu Aurelia schielen und sieht, dass sie eingeschlafen ist. Alfred hat schon lange aufgehört zu schreien und liegt mit geschlossenen Augen im Wagen. Ludvig hat es anscheinend ebenfalls bemerkt, denn er lächelt erleichtert, und als ihre Blicke sich treffen, wünschte sie, sie könnten ewig so stehen bleiben. Es fühlt sich an, als hätten Ludvig und sie es gemeinsam geschafft. Als wären sie ein Team. Noch immer lächelnd, weist er mit dem Kinn auf den Kinderwagen.

»Man staunt jedes Mal wieder, wenn man erkennt, dass es wahr ist, was die Leute sagen: ›Früher oder später schläft das Baby immer ein.‹«

»Haha, stimmt. Aber wenn sie so brüllen, glaubt man, dass es nie passieren wird.«

»Dann werde ich mal nach Hause gehen. Aber so

ein Glück, dass ich dich getroffen habe. Allein wäre ich wahrscheinlich verrückt geworden. Manchmal, wenn er nachts einfach nicht aufhören will zu schreien und ich ihn in der Wohnung herumtrage und dabei am Fenster vorbeikomme, durchzuckt mich so ein völlig irrer Gedanke: ›Ob ich plötzlich derart die Fassung verlieren könnte, dass ich ihn da rauswerfe?‹«

Freddie zögert. Dann schaut sie Ludvig direkt ins Gesicht und gibt zu: »Ich denke manchmal dasselbe, wenn ich Aurelia die Treppe hinuntertrage. ›Was würde passieren, wenn ich sie einfach runterwerfe?‹«

Da lässt Ludvig den Kinderwagen los, zieht sie in eine feste Umarmung und sagt leise: »Dieses Gespräch hat mir wirklich viel bedeutet.«

Die Wärme von Ludvigs Armen springt durch den dünnen Stoff ihres Kleides auf ihre Haut über, und Freddie hat das Gefühl, als hätte jemand flüssige Gelatine in ihre Adern gespritzt. Wie kann ein Mensch, den man kaum kennt, einen dazu bringen, sich so fantastisch zu fühlen?

## ERMINA

»Und sie kommt ganz sicher klar?«

Es ist *eine* Sache, dass Alens Mutter während des Urlaubs in Kroatien tagsüber und abends auf Olivia aufgepasst hat. Aber ihr sieben Monate altes Baby eine ganze Nacht allein bei ihr im Hotel zu lassen, nur weil es *schön* ist … Ermina kann ihr schlechtes Gewissen nicht richtig abstellen. Sie und Alen haben für die letzte Nacht im Nachbarhotel eingecheckt. Um einen ganzen Nachmittag, Abend und Morgen zusammen zu haben, nur sie und Alen. Morgen geht es weiter nach Bosnien, nach zwei Wochen totaler Erholung. Dann werden sie durch die Gegend kurven und Olivia jedem noch so entfernten Verwandten präsentieren, der sich auftreiben lässt. Heute Nachmittag konnte sie sich noch entspannen, als sie am Pool lagen und relaxten. Und vor dem Abendessen, bei der Ganzkörpermassage. Aber ungefähr zu dem Zeitpunkt, als sie fertig in ihrer Vorspeise gestochert hatte, meldete sich dieses … leere Gefühl. Wenn sie nun schon ihr Kind auf diese Weise weggegeben hat, gedenkt sie zumindest, das Maximum aus der Nacht herauszuholen. Also so viele Stunden am Stück zu schlafen wie möglich. Ungestört. Obwohl sie weiß, dass sie es nicht sollte, schiebt sie Alens Hand weg, als er versucht, unter der Decke ihre Brust zu berühren. Wie nur, *wie* konnte sie die Brustpumpe vergessen?

»Aber haben wir nicht deshalb meine Mutter gebeten, heute Nacht auf Olivia aufzupassen? Um uns näherzukommen, ganz ungestört?«

Alens braune Augen schauen sie so flehend an, dass sie ihm eine runterhauen möchte. Seit Olivias Geburt will er ständig Sex. Wie damals, als sie sich kennenlernten. Für ihn fühlt es sich bestimmt an, als ob sie jetzt wieder völlig anspruchslos miteinander schlafen könnten, da sie ihr Kind ja bereits haben. Es muss nicht mehr produziert werden. In den ersten Monaten, nachdem sie sich entschieden hatten, ein Kind zu bekommen, fand sie es spannend, den Eisprung zu ermitteln und zu versuchen, so oft wie möglich in dem Zeitrahmen, den ihre App das Fruchtbarkeitsfenster nannte, Sex zu haben. Ist man bis in die Fingerspitzen wettkampforientiert, kann alles eine Herausforderung sein. Sogar schwanger werden. Doch diese Motivation hatte bereits nach wenigen Monaten nachgelassen. Und obwohl sie jetzt eigentlich dasselbe wie Alen fühlen sollte, hat sie ebenso wenig Lust auf Sex wie in den letzten drei Jahren.

»Schatz, ich möchte nicht. Ich bin müde, und mir tun die Brüste weh. Außerdem bin ich megafett.«

»Hör schon auf, du bist die schönste Frau der Welt. Ist es so verwunderlich, dass ich ein bisschen Sex mit meiner Angebeteten haben will?«

Ermina lacht und schüttelt den Kopf über ihn.

»Nein, ist es nicht. Aber es ist auch nicht verwunderlich, dass ich so müde bin. Oder mich fett fühle. Ich bin nämlich megafett.«

»Umso mehr Frau zum Lieben«, grinst Alen und kneift sie neckisch in den Bauch.

»Hör auf, nicht so doll«, flüstert sie.

»Aber jetzt mal ehrlich. Was bringt es, ohne Olivia im krassesten Luxushotel zu wohnen, wenn wir es nicht tun?«

*Schlafen?*

»Ja, ja, okay, meinetwegen.«

Ermina wandert mit der Hand zum Bund seiner Boxershorts. Als sie die Ausbuchtung unter dem dünnen Stoff erreicht, ist er bereits steif. Sie küsst ihn auf den flachen, durchtrainierten Bauch, der niemals blass wird, sondern sich das ganze Jahr über hellbraun hält.

Er stöhnt, als sie ihn in den Mund nimmt. Sie spürt, wie es aus der rechten Brustwarze rinnt. Sie streichelt seine Hoden, während sie überlegt, ob sie es schnell genug zum Waschbecken schaffen kann, um all die verdammte Milch herauszudrücken, bevor sie einen Milchstau bekommt. Sie setzt sich rittlings auf ihn, aber zuerst taucht sie unter die Decke und spuckt sich in die Handfläche, dann reibt sie sie gegen sich selbst, sodass sie zumindest ein bisschen feucht wird. Sie reitet ihn sanft, damit es nicht wehtut. Seine Hände tasten nach ihrer Brust, doch sie schiebt sie weg. Ihre früher so zierlichen und hübschen Brustwarzen sind derart gewachsen, dass sie in ihren Augen wie große, verschrumpelte Weintrauben aussehen. Und der Warzenhof hat sich ausgebreitet und ist dunkler geworden. Aber Alen nimmt anscheinend, was er kriegen kann, denkt sie resigniert und beugt sich vor, um an seinem Ohrläppchen zu knabbern. Irgendetwas muss sie ja tun, um eine Spur von Engagement zu zeigen.

Seine Augen sind geschlossen, er hat es aufgegeben, ihre Brust berühren zu dürfen und streichelt stattdessen ihren Hintern. Sie widersteht dem Impuls, seine Hand auch von dort wegzuschieben. Stattdessen schaut sie auf ihren Bauch und die blaugrauen Schwangerschaftsstreifen um den Nabel. Sie versteht, weshalb er die Augen schließt. So was will man ja nicht sehen, wenn man mit seiner Frau schläft. Weder Schwangerschaftsstreifen noch die grotesken Brustwarzen oder die Fettröllchen, die um ihre Taille hervorquellen. Wenn sie ihn richtig langsam reitet, spürt sie nicht, wie sich das Fett unter der Haut bewegt, und obwohl sie weiß, dass Alen es mag, wenn sie wilder ist, schneller und härter in ihren Bewegungen, gleitet sie langsam, ganz langsam über ihm auf und ab. Sie weiß nicht, wie sie es anders ertragen soll. Aber so ausgehungert, wie er war, gibt er sich wohl damit zufrieden, schließt sie, als sich an seinem Gesichtsausdruck abzeichnet, dass er nah dran ist. Normalerweise liebt sie es, ihn über die Grenze zu führen und sein Keuchen zu hören, wenn er kommt. Jetzt ist sie einfach nur erleichtert.

# Kapitel 18

## SIGRID

Sigrid wendet das Gesicht der Sonne zu und lächelt. Der Duft vom Feuer aus dem Steinofen, in dem sie später am Abend ihre eigenen Pizzen backen werden, zieht ihr in die Nase. Vor ein paar Monaten hätte sie sich niemals träumen lassen, dass sie hier auf Gotland auf einer abgenutzten Sonnenliege im Garten von Freddies und Frans' Sommerhaus, oder besser gesagt dem seiner Eltern, sitzen würde. Alfred scheint bis jetzt jede einzelne Minute hier genossen zu haben, und sie ebenfalls. Täglich gegen Nachmittag, wenn die Sonne nicht mehr so stark ist, haben sie den Picknickkorb gepackt und sind zum Strand gegangen, wo sie die Kinder auf eine Decke unter den Sonnenschirm gelegt haben, während sie Kaffee getrunken haben. In dem kleinen Schlafzimmer mit Tapeten voller Vergissmeinnicht zu schlafen, hat unerwartet gut geklappt, und Alfred ist jeden Morgen strahlend gelaunt aufgewacht.

Es ist unglaublich großzügig von Freddie und Frans, sie so lange bleiben zu lassen. Freddie hatte spontan den Vorschlag gemacht, als Sigrid vor ein paar Wochen zum Abendessen bei ihnen war und erzählte, wie es ihr davor graute, im Juli eine ganze Woche mit Alfred allein zu bleiben. Freddie, Frans und Aurelia würden die ersten beiden Juliwochen das Haus ganz für sich haben, und da es nur etwa zehn Kilometer von Visby mit der berühmten alten Stadtmauer entfernt lag, wo Ludvig während der Almedalswoche mit Caspar wohnen würde, wären Sigrid und Alfred die ganze Zeit in seiner Nähe. Fünf Tage wollte sie bleiben. Sie hatte nicht gewusst, wie sie ihnen für ihre Gastfreundschaft danken sollte, aber sowohl Freddie als auch Frans hatten ihr versichert, dass sie es toll fänden, sie dort zu haben. Sicherheitshalber hatte sie mehrere ausgewählte Bücher für sie gekauft: Ein supersüßes Papp-Bilderbuch für Aurelia, ein Fotobuch für Frans und für Freddie drei alte Jane-Austen-Bücher, die sie in einem Antiquariat entdeckt hatte und die schöne Accessoires für ihre Wohnung abgeben würden. Sie hat Freddie immer noch nichts von dem Video gesagt, das sie auf Astrids Instagram gesehen hat. Ein paar Mal hat sie vorsichtige Andeutungen gemacht. Sich erkundigt, ob Frans viel feiern gehe, gefragt, wie oft sie sich mit Astrid treffe. Aber Freddie hat ihr extrem kurze Antworten gegeben, und Sigrid wollte nicht nachbohren. Obwohl sie vorab etwas besorgt war, ob es nicht zu intensiv werden würde, mit einer neuen Freundin zusammenzuwohnen, hat bisher alles tipptopp geklappt. Alfred und sie waren mehrmals in Visby, um sich mit Ludvig zu treffen. Was bedeutet, dass sie Caspar ungefähr genauso viel gesehen haben. Aber ihr war ganz warm ums Herz geworden, als sie Ludvig mit Journalisten und Parteileuten reden sah, auf die sie in den gewundenen Gassen trafen, während er den Kinderwagen vor sich herschob. Die Einzige, die ihnen etwas skeptisch begegnete, war eine große, dunkelhaarige Frau, die Ludvig anhielt und darauf drängte, Caspar vor der Rede des Parteivorsitzenden am Abend ein paar Fragen stellen zu dürfen. Sigrid fiel auf, dass Ludvig schon nervös wurde, als sie nur auf sie zukam, und hatte es daher für besser gehalten, den Kinderwagen zu nehmen und ein Stück abseits zu gehen. Auf Ludvigs Gesicht war ein Lächeln erschienen, ehe er der Frau die Hand reichte.

»Janna, wie schön! Ich wollte Sie die ganze Woche schon anrufen, aber Sie wissen ja, wie es hier bei Almedalen ist. Früher oder später läuft man sich immer über den Weg.«

Sigrid sah, wie sowohl er als auch Caspar den Charme voll aufdrehten, aber die Frau lächelte nur, nickte und hörte mit vorgehaltenem Mikrofon zu. Als Ludvig sie nach dem Interview umarmen wollte, machte sie einen Schritt zurück und streckte ihm stattdessen die Hand hin.

»Man weiß nie, woran man bei Janna Jakobsson ist«, hatte er gemurmelt, als sie weiter über das Kopfsteinpflaster gingen.

»Nein, aber sie ist verdammt scharfsinnig. Pech für den *Expressen*, dass sie sie verloren haben«, antwortete Caspar, der offenbar zufriedener mit dem Interview war als Ludvig.

Bei einem der Mittagessen hatten sie gemeinsam mit Caspar einen Kompromiss bezüglich der Elternzeit erarbeitet: Montags und dienstags würde Ludvig mit Alfred zu Hause bleiben, damit Sigrid unterrichten konnte. Mittwochs, donnerstags und freitags würde er wie gewohnt arbeiten. Und er würde versuchen, weniger zu reisen.

»Ich bin ja eigentlich dafür, die Elternzeit ganz gerecht zwischen beiden aufzuteilen, aber ausgerechnet in eurem Fall ist es natürlich eine etwas besondere Situation«, hatte Caspar gesagt und hinzugefügt: »Jetzt haben wir ja eine sehr gute Gelegenheit gefunden, unsere Presseassistentin einzuarbeiten, damit sie bis zum Wahlkampf nicht mehr ganz so grün hinter den Ohren ist. Ich bin also wirklich froh, dass wir die Sache auf diese Weise lösen konnten.«

Bei derselben Gelegenheit waren sie spontan übereingekommen, dass Ludvig einen Abend während der Almedalswoche freinehmen und mit ihr und Alfred bei Freddie und Frans zu Abend essen und anschließend übernachten könnte.

Jetzt ist es nur noch eine Stunde, bis sie endlich fahren und ihn abholen, denkt sie mit einem Lächeln, als Frans mit einer Kanne Saft und drei Gläsern in der Hand auf sie zukommt.

»Magst du einen Schluck Pimm's?«

»Was ist das?«

Sie schirmt sich die Augen mit der Hand ab und blinzelt.

»Hast du etwa noch nie Pimm's getrunken? Dann ist es aber höchste Zeit!«

Er schenkt ihr ein Glas ein, und sie hustet, als sie den Geschmack von Alkohol spürt.

»Was ist das für ein Zeug?«

Frans lacht. Dann setzt er sich auf den Klappstuhl neben ihr und schenkt sich selbst ebenfalls ein Glas ein.

»Ich habe nach dem Abi eine Weile in London gelebt und Fotografie studiert. Kaum kam der Frühling, zauberten die Briten in sämtlichen Straßenlokalen ihren Pimm's hervor. Es ist eine Art Likör, den man mit Limonade mischt und dann mit einem Haufen Zitrone, Gurke, Erdbeeren und Minze spickt. Aber es ist lebensgefährlich, weil man stockbesoffen davon wird.«

Auf einmal wird Frans ernst und lehnt sich näher zu ihr.

»Ich habe ein etwas schlechtes Gewissen wegen so einer Sache, Sigrid.«

Sie war immer schon jemand, dem sich die Leute gern anvertrauen, und oft weiß sie nicht richtig, wie sie damit umgehen soll. Das schlimmste Erlebnis bis jetzt war, als die Mutter eines Schülers bei ihr anrief, um über die geplante Klassenfahrt zu sprechen. Das Gespräch artete so weit aus, dass die Mutter in den Hörer weinte und erzählte, wie ihr Mann sie für seine Tennistrainerin verlassen hatte.

»Erzähl«, sagt sie, um den Prozess zu beschleunigen.

»Also, vor einem Monat habe ich Astrid auf einer Feier getroffen. Es war ein Event im Fotografiemuseum, ein Künstler, der ... egal, das tut nichts zur Sache. Jedenfalls war ich ziemlich betrunken.«

Wider besseres Wissen fängt sie an, am Nagel ihres linken Zeigefingers zu knabbern. Ohne Frans' Blick loszulassen, bedeutet sie ihm mit einem Kopfnicken fortzufahren.

»Na ja, wir haben uns recht lange unterhalten. Sie hat so ein merkwürdiges On-Off-Verhältnis mit einem Typen namens Herman. Aber sie hatten gerade Schluss gemacht, das geht bei ihnen wie gesagt ständig hin und her. Und Astrid war ja immer schon Königin im Saufen, also haben wir uns Shots und so reingekippt …«

Sigrid will sich die Ohren zuhalten. Meine Güte. Sie will nichts mehr hören. Aber sie nickt wieder und wechselt zum Daumennagel.

Frans holt Luft, um seine Erzählung fortzusetzen, wird aber von Freddie unterbrochen, die mit Aurelia auf dem Arm aus dem Haus kommt. Sie lächelt breit und sieht vollkommen fantastisch aus in ihrem bunten Kaftan über der sonnengebräunten Haut.

»Jeden Sommer dreht er den Leuten dieses Zeug an! Du solltest doch Ludvig in Visby abholen!«

Frans schaut auf sein halb leeres Glas.

»Scheiße, das habe ich total vergessen!«

Freddie lacht und setzt Aurelia vor ihm ins Gras.

»Mit einem halben Glas Pimm's kannst du noch fahren, Frans. Sigrid, gib ihm Ludvigs Nummer, dann fangen wir an, das Abendessen zu machen.«

»Kannst du ihn nicht abholen?«, seufzt Frans.

Sigrid atmet erleichtert auf, als Freddie heftig den Kopf schüttelt und Frans die Autoschlüssel zuwirft. Sie hat keine Lust, die Fortsetzung seiner Geschichte zu hören, aber sie wird wohl nicht darum herumkommen.

Vier Stunden später kann sie sich immer noch nicht richtig entspannen, obwohl der Abend vollkommen magisch ist. Es ist nach neun, doch draußen sind es sicher immer noch zwanzig Grad, und Frans hat sie mit einem Glas Limoncello und einem weiteren Stück von Freddies fantastischem Zitronen-Baiser-Kuchen versorgt. Freddie hat während des Essens fleißig fotografiert, und trotz ihres Unbehagens ist Sigrid gespannt auf den Blogbeitrag über den Abend. Sie weiß, dass es kindisch ist, aber die Nachrichten von ihren alten Freundinnen aus Bjuv, die ihr jedes Mal schreiben, wenn sie in Freddies Blog oder auf Insta erscheint, erfüllen sie mit Stolz. Zwischen ihren und Ludvigs Freunden bestand schon immer stillschweigende Einigkeit darüber, dass Ludvig derjenige in ihrer Beziehung ist, der es zu etwas gebracht hat. Und auch wenn Sigrid stolz auf ihre Arbeit ist und ihr Gehalt eigentlich völlig okay findet, ist es wie ein Beweis, dass sie zumindest ein klein wenig in Stockholm erreicht hat, weil Freddie und sie Freundinnen sind. Nach Freddies Nachricht wegen der fiesen Kommentare in ihrem Blog hatte sie versucht, Kian zur Rede zu stellen, aber er schien sich nicht einmal daran zu erinnern, wovon sie sprach, und lachte nur. Weshalb sie zum Schluss ebenfalls lachen musste. Es war offensichtlich, dass Kian null Interesse daran hatte, über Freddie und ihr Leben zu tratschen. Mit wem sollte er es auch tun? Einem seiner Tinderdates? Wohl eher nicht.

Als Ludvig Freddie anbietet, ihr mit dem Abwasch zu helfen, sieht sie ihre Chance, das leidige Gespräch mit

Frans zu Ende zu bringen. Alfred schläft drinnen in einem Reisebett, das Freddie ihr geliehen hat, und das Babyfon hat bis jetzt keinen Mucks von sich gegeben, also schüttelt sie die dritte Zigarette des Abends aus dem Päckchen auf dem Tisch und zündet sie an. Dann nimmt sie einen tiefen Zug und schaut Frans an.

»Was wolltest du vorhin erzählen?«

»Vorhin?«

»Ja, bevor du Ludvig abholen gefahren bist?«

## FREDDIE

Sie weiß nicht, wie oft seit dem Frühling sie sich vorgestellt hat, wie es wohl wäre, Ludvig zu küssen. Von ihm gegen eine Wand gedrückt zu werden und seinen Atem an ihrem Hals zu spüren. Jedes Mal, wenn sie diese Gedanken hat, plagt sie das schlechte Gewissen, sowohl Sigrid als auch Frans gegenüber. Jetzt stehen sie hier zusammen in der Küche. Er spült, sie trocknet ab. Aus dem Augenwinkel sieht sie, wie er sie anschaut. Sie konzentriert sich darauf, das Glas mit dem Geschirrtuch zu polieren. Ganz sorgfältig, damit auch nicht der kleinste Rückstand vom Rotwein zurückbleibt, den sie getrunken haben.

»Du?«, fragt sie und wendet den Blick zu Ludvig.

»Ja?«

Er lächelt sie an, und sie *weiß*, dass es nicht okay ist, so zu fühlen, wenn man den Partner seiner Freundin anschaut.

»Ich habe übcrlegt, ob du vielleicht … Na ja, Sigrid hat gesagt, dass du mit Krisenmanagement arbeitest und so. Deshalb habe ich gedacht, ob ich dich vielleicht in einer Sache um Rat fragen könnte.«

»Klar. Worum geht's?«

»Ich weiß nicht, ob Sigrid dir davon erzählt hat, aber in letzter Zeit habe ich eine Reihe fieser Kommentare in meinem Blog bekommen.«

»Oh, das ist übel.«

»Ja. Und ich weiß nicht richtig, wie ich damit umgehen soll. Soll ich im Blog darüber schreiben, oder …«

»Was sind es denn für Kommentare? Ich meine, worum geht es?«

»Es geht wohl darum, dass es mir … na ja, dem Anschein nach nicht so gut geht«, antwortet sie leise.

Sie möchte Ludvig gegenüber zwar absolut nicht ins Detail gehen, aber vermutlich hat Sigrid ohnehin mit ihm über ihre Situation gesprochen. Genau wie sie selbst Frans erzählt hat, dass Ludvig bei Sigrids Entbindung nicht mal im Krankenhaus war.

»Davon hat Sigrid nichts gesagt«, erwidert Ludvig und legt eine weitere frisch gespülte Gabel in den Besteckkasten.

»Davon handeln die Kommentare jedenfalls. Und da ich sie manchmal nicht gleich sehe, kann es passieren, dass viele sie lesen, bevor ich sie lösche. Ich überlege, ob ich es in einem Beitrag thematisieren oder diese Art von Kommentaren besser ignorieren sollte? Was meinst du, wie geht man am besten mit so etwas um?«

»Hm. Und du kannst nicht einfach einstellen, dass du die Kommentare der Leute erst genehmigen musst?«

»Doch, theoretisch geht das natürlich. Aber niemand macht das mehr, es käme total merkwürdig, wenn ich plötzlich verlangen würde, die Kommentare zu genehmigen.«

»Am besten wäre es wahrscheinlich, wenn ich die Kommentare sehen könnte, um zu beurteilen, was in meinen Augen die beste Vorgehensweise ist. Ich weiß, dass die Kulturministerin vor ein paar Monaten dasselbe Problem mit einem Troll hatte, der sich in den Kommentaren auf ihrer Instagramseite austobte. Sie hat die Kommentarfunktion abgeschaltet und in einem Beitrag erklärt, dass sie sie erst wieder aktivieren wird, wenn sich die Leute anständig verhalten.«

»Hm. Und das kann ich eben auf keinen Fall machen.«

»Nein, das hast du gesagt. Aber zeig mir gern, was sie geschrieben haben, dann schaue ich, ob mir etwas Gutes einfällt.«

»Also ... ich weiß nicht. Es ist irgendwie ein bisschen privat. Außerdem habe ich sie schon gelöscht.«

»Das verstehe ich.«

Ludvig hebt in einer entwaffnenden Geste die Hände, und sie wendet sich wieder dem Gläsertrocknen zu. Doch auf einmal spürt sie eine Hand auf ihrer Schulter.

»Ich hoffe jedenfalls, du weißt, dass du fantastisch bist, ganz egal was sie schreiben. Ich bin echt beeindruckt, wie du es schaffst, inmitten des ganzen Babychaos dein Unternehmen so toll zu führen.«

»Danke.«

Sie lächelt, den Blick auf die Arbeitsplatte gerichtet, während sie darauf wartet, dass er die Hand wegnimmt. Aber er tut es nicht.

»Ich freue mich sehr, dass du mich um Rat gefragt hast, auch wenn ich dir nicht helfen konnte. Es ist wirklich furchtbar mit all dem Internethass, von dem Leute wie du betroffen sind.«

»Mhm.«

»Ihr macht ja sozusagen nur eure Arbeit. Stell dir vor, jemand würde im Supermarkt zur Verkäuferin an der Kasse gehen und ihr einen Haufen Beleidigungen ins Gesicht schreien. Da würden die Leute sofort reagieren. Aber wenn es im Kommentarfeld ist ...«

»Mhm. Genau.«

Eigentlich hat sie jede Menge gute Antworten für Ludvig. Dass sie sich das im Grunde selbst ausgesucht hat. Dass die Personen, die die gemeinen Kommentare schreiben, diejenigen sind, mit denen man Mitleid haben muss, nicht sie. Dass trotz allem nicht die Rede von echten Bedrohungen sein kann, auch wenn es sich unangenehm anfühlt. Aber sie ist wie paralysiert von Ludvigs Hand auf ihrer Schulter. Also steht sie wie angewurzelt mit dem Glas und dem Geschirrtuch in der Hand da, während sie spürt, wie Ludvigs Hand ihren Nacken hinaufwandert, wo sie sich unter ihr Haar tastet.

Sie starrt auf das Glas und das Handtuch und trocknet es weiter fieberhaft ab. Weiß nicht, was sie sonst mit ihren Händen anstellen soll. Ludvigs Daumen hat begonnen, sanft auf ihrem Nacken zu kreisen, und das Einzige, woran sie denken kann, ist, was passiert, wenn sie sich umdreht. Sie spürt die Wärme seines Körpers an ihrem Rücken. Vorsichtig, ganz vorsichtig nimmt er ihr das Glas aus den Händen und stellt es ins Spülbecken. Ihr gesamter Körper reagiert, als seine Finger die ihren streifen. Und als seine Lippen sich ihrem Ohr nähern, fühlen sich ihre Beine an, als würden sie jeden Moment nachgeben. Mit kaum hörbarer Stimme flüstert sie: »Wir sollten das nicht tun.«

Das Einzige, was sie will, ist, dass er sie gegen die Arbeitsplatte drückt, flüstert, dass sie fantastisch ist und all die Dinge mit ihr tut, die Frans und sie nicht mehr tun. Wenn sie sich jetzt umdreht, ist alles vorbei. Sie weiß es. Sie und Frans, ihre neugewonnene Freundschaft mit Sigrid. Gleichzeitig sieht sie blitzschnell ein neues Leben hinter ihren Lidern vorbeizucken. Ein Leben, in dem Ludvig und sie allein zwischen frisch gewaschenen Laken aufwachen und noch halb verschlafenen Morgensex haben, während die Sonne durch die flatternden weißen Vorhänge scheint. Ohne ein einziges schreiendes Baby in Sichtweite. Sie spürt Ludvigs Atem an der Wange und wendet ihm das Gesicht zu. Sie geht davon aus, dass sich an ihrem Ausdruck ablesen lässt, was sie gleich sagen will. Aber stattdessen drückt er seine Lippen auf ihre. Was sie gerade gefühlt hat, ist wie weggeblasen. Was sie jedes Mal gefühlt hat, wenn sie sich auf der Straße trafen oder seine kurzen Kommentare in ihren Nachrichten auf Instagram eintrudelten. Nichts davon ist mehr da. Und sie weiß sicherer als je zuvor, dass es nur eine Person in dieser verrückten Welt gibt, mit der sie zusammen sein will. Frans. Kein anderer. Sie zieht hastig den Kopf zurück.

»Was tust du da?«, zischt sie so leise sie kann.

Ludvig schaut sie mit diesem verführerischen blauen Blick an, den sie bereits bei ihrem ersten Treffen bemerkt hat. Er lächelt. Ein Lächeln, wie sie es sich nach ihrem Spaziergang Anfang des Sommers immer wieder vorgestellt hat. Dann legt er ihr den Zeigefinger auf die Lippen und flüstert: »Schh.«

Sie sollte schreien. Oder ihm eine runterhauen. Aber wie zur Hölle soll sie es Frans erklären? Und Sigrid? Ihr Kopf fühlt sich vollkommen leer an. Also wischt sie mit der Hand über die Arbeitsplatte, sodass der Abtropfständer mit dem frisch gespülten Besteck laut scheppernd auf den Boden fällt. Und zum allerersten Mal ist sie erleichtert, als Aurelias plötzliches Wutgebrüll aus dem Schlafzimmer tönt.

Gerade als sie auf dem Weg durch die Türöffnung ist, hört sie Ludvigs Stimme hinter sich: »Aber nicht, dass du da drinnen einschläfst. Wir haben euch in Trivial Pursuit herausgefordert.«

Frans' verwirrter Blick lässt erkennen, dass er allmählich ziemlich betrunken wird. Sigrid ist froh, dass Ludvig nicht so viel trinkt, wie Frans es anscheinend tut. Freddie hat angedeutet, dass er auch verschiedenes anderes nahm, als sie sich kennenlernten, sie ihm aber unmissverständlich klarmachte, dass damit Schluss sein müsse, wenn er mit ihr zusammen sein wollte. Ludvig achtet immer sehr darauf, nicht zu viel zu trinken, und hat noch nie auch nur an einem Joint gezogen. Für jemanden, der in der Politik Karriere machen möchte, ist es das A und O, niemals die Kontrolle zu verlieren. Sigrid lehnt sich näher zu Frans. Auch wenn es unangenehm ist, hat sie das Gefühl, es wissen zu müssen.

»Was du da über Astrid sagen wolltest ... Du hast wegen irgendeiner Sache ein schlechtes Gewissen?«

»Oh Mann, ja.«

Frans begräbt das Gesicht in den Händen, die von seinen Locken verdeckt werden. Er zieht ein altes Haargummi vom Handgelenk und bindet sich die Haare zu einem Zopf zusammen.

»Ich habe Astrid wie gesagt auf diesem Event im Fotografiemuseum getroffen. Es muss kurz vor Mittsommer gewesen sein. Scheiße, ich habe so ein schlechtes Gewissen, Sigrid ...«

»Weswegen?«

Sein Blick ist voller Verzweiflung, und während Sigrid ihn und seine expressive, liebe Persönlichkeit bis jetzt unheimlich gerngehabt hat, sieht sie ihn auf einmal in einem anderen Licht. Seine Augen sind leicht gerötet, das Haar sieht ungepflegt aus, und das Leinenhemd ist zerknittert. Sigrid sucht nach dem richtigen Adjektiv, um sein Erscheinungsbild zu beschreiben, doch obwohl Adjektive ihre Lieblingswortklasse sind, hat sie Schwierigkeiten, das treffende zu finden. Aber dann kommt es ihr: Er sieht *schludrig* aus.

»Aber, irgendwie ... Scheiße. Ich dachte nicht, dass es so werden würde. Vater zu sein. Ich weiß nicht, wie viel Freddie euch erzählt hat, aber es ist ja recht schwierig seit Aurelias Geburt.«

»Ja, ich habe mitgekriegt, dass ihr ... Probleme habt. Oder *ihr* vielleicht nicht. Aber dass es Freddie sehr schlecht geht.«

»Ja, genau. Freddie geht es lausig. Und natürlich tut sie mir leid. So hatte es sich keiner von uns vorgestellt. Aber ... sie hat mir so viele Dinge an den Kopf geworfen. Wirklich fiese Dinge. Wie ... Na ja, und das zehrt am Selbstvertrauen. Ständig zu hören, dass man unnütz ist und nichts taugt. Und dass die eigene Frau einen kaum ... *berühren* will. Und all das ist ja so furchtbar geheim, weil Freddie eine Todesangst davor hat, dass ihre sogenannte Marke Schaden nehmen könnte. Also habe ich nicht mal mit meinen engsten Freunden darüber gesprochen. Sie hat es mir verboten. An diesem Abend habe ich mich so verdammt mies gefühlt. Wir hatten sicher wie üblich gestritten. Aber dann war da Astrid, und ich hatte irgendwie das Bedürfnis, mich jemandem anzuvertrauen ...«

»Ich kann mich natürlich geirrt haben, aber ich glaube, ich habe dich an besagtem Abend auf ihrer Insta-Seite gesehen. Es sah ziemlich *vertraut* aus, ja.«

»Mich? Auf Astrids Insta? Also, Sigrid ... Ich weiß nicht, was ich sagen soll.«

»Hast du Freddie mit ihrer besten Freundin betrogen, Frans?«

Frans starrt sie mit großen Augen an. Dann bricht er in schallendes Gelächter aus.

»Betrogen? Freddie?« Er wischt sich ein paar Lachtränen aus den Augenwinkeln. »Nein, natürlich nicht.«

Er klingt nicht vorwurfsvoll, eher belustigt.

»Ich weiß nicht ...«, sagt Sigrid verwirrt, aber Frans klopft ihr freundschaftlich auf den Rücken und schüttelt den Kopf.

»Astrid, im Ernst? Nein, nein. Diese Frau ist quasi eine Psychopathin. Aber das sage ich Freddie nicht, man will ja nicht so ein Typ sein, der ständig die Freunde seiner Frau bewertet und ihr erzählt, mit wem sie Umgang haben soll.«

»Wieso hast du dann ein schlechtes Gewissen?«

»Ich hatte so ein wahnsinniges Bedürfnis, über alles zu sprechen, was seit Aurelias Geburt passiert ist. Also habe ich mich Astrid anvertraut, obwohl ich weiß, dass sie verrückt ist. Ich habe ihr erzählt, wie es Freddie geht und wie viel wir uns streiten. Du weißt, sie sind doch eigentlich ziemlich eng befreundet, und Freddie war traurig darüber, dass sie sich voneinander entfernt haben, seit Aurelia auf der Welt ist. Und ich war so gutgläubig, wie man es nur in betrunkenem Zustand ist, und dachte, sie hätte vielleicht mehr Verständnis für Freddie, wenn ich ihr erzählen würde, wie die Dinge stehen. Dass Astrid Freddie irgendwie … helfen würde, wieder froh zu werden. Immerhin sind sie beste Freundinnen.«

Frans starrt zum Horizont und fährt fort: »Und direkt danach sind diese Kommentare auf Freddies Blog aufgetaucht. In denen steht, dass sie depri wirkt und es nicht gut zwischen uns zu laufen scheint.«

»Heißt das, du hast Freddie nicht gesagt, dass du mit Astrid gesprochen hast?«

»Ich weiß, ich weiß, ich hätte es tun sollen. Aber sie war den ganzen Frühling so verdammt labil und nervös, da wollte ich es nicht noch schlimmer machen. Am Muttertag hatten wir einen Riesenstreit, weil sie dachte, ich hätte es meinen Schwestern erzählt. Und ich will mich nicht streiten. Ich will einfach nur, dass alles wieder wie früher wird, als es noch Freddie und ich gegen den Rest der Welt waren. Und jetzt ist es bald einen Monat her, und ich habe immer noch nichts gesagt.«

»Du musst es ihr erzählen, Frans. Sie hat mich und Ermina richtig gelöchert, wem wir es erzählt haben, und Ermina hat anscheinend sogar ihre Mädelsclique zur Rede gestellt und wollte wissen, wer geplaudert hat.«

»Oh nein, was für ein Schlamassel.«

Frans begräbt das Gesicht in den Händen und trinkt einen Schluck Whiskey. Sigrid entschuldigt sich, um auf die Toilette zu gehen, und schreibt Ermina in einer Nachricht, was sie gerade von Frans erfahren hat. Dann braucht

Ermina wenigstens kein schlechtes Gewissen zu haben. Auf dem Weg ins Haus trifft sie Ludvig. Er fasst sie um die Taille und gibt ihr einen sanften Kuss auf den Mund. Sie weiß nicht, ob es die Unruhe wegen Frans ist, der Wein oder dass sie ganz einfach noch ein bisschen verliebter als sonst in Ludvig ist, wie er so barfuß auf der Treppe steht, aber sie muss kichern und schaut zu ihm hoch. Er zieht sie an sich, vergräbt sein Gesicht in ihren Haaren und flüstert: »Du bist das Beste, was ich mir vorstellen kann.«

Sie zieht den Kopf zurück und küsst ihn auf den Hals. Sie ist so froh, dass sie hergefahren ist. Nach Gotland. Dass sie, Ludvig und Caspar den Plan für die Elternzeit machen konnten. Wie konnte sie nur an Ludvigs Bereitschaft zweifeln, dafür zu kämpfen, dass alles gut wird?

## FREDDIE

Ausnahmsweise schläft Aurelia tatsächlich mal bis um acht. Und deshalb wacht Freddie natürlich schon um halb sechs auf und wälzt das, was Frans ihr gestern Abend erzählt hat, in Gedanken hin und her. Er hat sie daran gehindert, eine wutentbrannte Nachricht an Astrid zu schicken, oder, noch schlimmer: in den Garten zu rennen, um sie am Telefon zu beschimpfen. Frans hatte eine solche Angst gehabt, dass sie wütend auf ihn werden würde, dass sie es einfach nicht übers Herz brachte und ihren Zorn hinunterschluckte. Und genau genommen wäre es wohl das Natürlichste gewesen, wenn sie selbst Astrid von ihrer Situation erzählt hätte. Seit mehr als zehn Jahren sind sie beste Freundinnen. Wenn Astrid aber von Frans wusste, wie dreckig es ihr ging, weshalb hatte sie sich dann nicht gemeldet und ihre Hilfe angeboten? Freddie kann nicht begreifen, wie ihre beste Freundin sie so hintergehen konnte. Nachdem Frans eingeschlafen war, hatte sie ein weiteres Mal die gelöschten Kommentare in ihrem Blog gelesen. Sie erkannte Astrids Stil. Es war natürlich nicht ihre normale Art zu schreiben, aber Freddie erkannte sie aus der Zeit wieder, als sie knapp über zwanzig waren und Astrid Fake-Kommentare auf anderen Blogs hinterließ, um sie mieszumachen. Freddie hatte gedacht, Astrid sei über diese Mobbingphase hinweg. Und ganz bestimmt hatte sie nicht damit gerechnet, dass es eines Tages sie selbst treffen könnte. Mein Gott, wie sie sich getäuscht hat.

Freddie weiß nicht, ob ihre Augen von Tränen oder dem Wasser aus der Dusche brennen. Während sie sich die Haare zu einem dicken Zopf bindet und ihren Kaftan überzieht, formuliert sie in Gedanken eine Nachricht, die sie, nachdem sie im Bad fertig ist, an Astrid schickt: *Lang nichts mehr voneinander gehört! Wir sollten uns treffen, sobald ich von Gotland zurück bin. Gibt gelinde gesagt viel zu bereden.*

Der Ton ist eindeutig ein anderer als sonst in ihren Nachrichten. Allerdings wäre es dumm, zu viel im Voraus anzudeuten. Sie will Astrids Gesicht sehen, wenn sie sie konfrontiert.

Sigrid und Ludvig stehen bereits in der Küche und machen Frühstück, als Freddie dazukommt. Eng nebeneinander, während sie sich mühen, so viel Saft wie möglich aus einem Berg Orangen zu pressen, die auf der Arbeitsplatte liegen. Sie sehen aus wie zwei frisch Verliebte. Sigrid wendet ihr Gesicht Ludvig zu, und er küsst sie sanft auf den Mund. Als wäre die Sache gestern an der Arbeitsplatte nie passiert. Oder was heißt schon passiert. Es *ist* ja nichts passiert. Sie hat sicher überreagiert, sich seine Worte zu Kopf steigen lassen. Es wäre nicht das erste Mal, dass so etwas passiert, da sie jede Art von Bestätigung aufsaugt wie ein Schwamm das Wasser.

Frans kommt mit Aurelia im Tragetuch aus dem Garten. Sie geht zu ihm, legt ihm die Arme von hinten um die Taille und presst ihre Wange fest, fest gegen den ausgewaschenen T-Shirt-Rücken. Sie wünschte, sie wäre ein ebenso guter Mensch wie er.

# Kapitel 19

## ERMINA

Ermina lässt den Blick durch das kahle Zimmer schweifen. Alles ist weiß, abgesehen von ein paar Grünpflanzen auf der Fensterbank. Die Akademiklinik sieht aus wie eine Mischung aus Spa und ultraluxuriösem Behandlungszentrum. Der Arzt hat ihr Vorher- und Nachherbilder von Dutzenden Brüsten und Implantaten gezeigt, und sie haben besprochen, wie sie sich das Ergebnis der Operation vorstellt. Während sie sich oben herum freimacht, damit der Chirurg die geplante OP auf ihrer Brust einzeichnen kann, fühlt sie sich ein bisschen wie vor einer Hardcore-Bodypump-Session: Allein schon das Anziehen der Sportsachen vor dem Training gibt ihr das Gefühl, zehnmal fitter zu sein. Ihre Brüste scheinen ihr sozusagen bereits wieder straff und voll, nur weil sie hier sitzt.

Der Chirurg markiert auf ihrer Brust, wo er die Implantate einsetzen will, und sie soll sagen, wie hoch sie sie haben möchte und wie groß sie sein sollen. Schon wieder. Sie versteht nicht, warum so viel Aufmerksamkeit auf der Größe liegt, wo sie doch im Grunde nur will, dass sie aussehen wie vorher. Aber alles wirkt sehr professionell, und bevor sie geht, bekommt sie einen Stapel Unterlagen, um sie zu Hause in Ruhe durchzulesen. Der eigentliche Eingriff wird um die fünfzigtausend Kronen kosten. Streng genommen hat sie das Geld im Moment nicht. Alles steckt in der Wohnung in Midsommarkransen und in ihrem kleinen Einzimmerapartment am Karlaplan, von dem sie immer noch hofft, dass es weiter im Preis steigt, damit sie sich in ein paar Jahren ein Haus im Schärengarten etwas außerhalb der Stadt kaufen können. Aber es ist ohnehin um mindestens eine Million Kronen im Wert gestiegen, seit sie es gekauft hat, und sie hat bereits mit der Bank geklärt, dass sie eine Hypothek von fünfzigtausend darauf nehmen kann. Mit demselben Betrag haben sie das Apartment vor fünf Jahren für die Hochzeit belastet, und das meiste ist inzwischen wieder getilgt. Man könnte also praktisch sagen, dass sie für die OP gespart hat, indem sie den Kredit abbezahlt hat.

»Dann sehen wir uns in einem Monat wieder«, lächelt die Dame am Empfang, als sie die Klinik verlässt.

Mit den Unterlagen in der Hand geht sie zur U-Bahn, wo sie mit Alen verabredet ist, um Olivia zu übernehmen. Er ist endlich in die Pötte gekommen und hat ein paar Kunden in Östermalm an Land gezogen, die gut bezahlen. Und als sie ihn mit dem Kinderwagen auf sich zukommen sieht, geht ihr das Herz auf vor Glück. Nun, ein halbes Jahr später, ist sie wirklich dankbar, dass Alen so darauf gedrängt hat, am Anfang weniger zu arbeiten und ihr dafür mehr mit Olivia zu helfen. Der Groschen war erst neulich gefallen, als sie mit Sigrid und Freddie spazieren ging und ihr klar wurde, dass sie seit Olivias Geburt kaum ein einziges Mal nachts hatte aufstehen müssen, um ihr die Windel zu wechseln. Das hatte Alen getan. Er war auch immer derjenige, der mit Olivia spazieren ging, wenn sie ihren Mittagsschlaf halten sollte. Das konnten weder Frans noch Ludvig bei ihren Kindern übernehmen, da sie den ganzen Tag arbeiteten. Auch wenn Ermina Sigrid mehr und mehr schätzt, geht ihr deren ewiges Gerede von wegen Gleichberechtigung auf den Keks. Es nützt herzlich wenig, dass sie und Ludvig Alfred geschlechtsneutral anziehen, wenn sich letzten Endes doch immer Sigrid um Alfred und den Haushalt kümmert, während Ludvig sich zu Tode schuftet. Arme Sigrid. Sie muss dringend mal rauskommen und sich ein bisschen amüsieren. Sobald alle wieder in der Stadt und im Alltag angekommen sind, wird sie einen richtig schönen, kinderfreien Mädelsabend mit ihrer alten Clique, Freddie und Sigrid bei sich organisieren, damit sie sich endlich einmal kennenlernen.

Sie winkt Alen freudig zu. Überrascht fällt ihr auf, dass sie am Krankenhaus Sophiahemmet, wo sie ihre IVF-Behandlungen gemacht haben, vorbeigegangen ist, ohne auch nur den kleinsten Stich im Herzen zu spüren. Sie hat kaum an all die Angst gedacht, die sie jedes Mal überkam, wenn sie auf dem Weg dorthin war. Kaum zu glauben, dass sie das alles durchgestanden haben. Dass sie es geschafft haben. Sie hält sich davon ab, als Allererstes zu Olivia in den Kinderwagen zu schauen, und stellt sich stattdessen auf die Zehenspitzen, um Alen einen sanften Kuss auf den Mund zu geben.

»Ist es okay, wenn du mir später von deinem Gespräch

erzählst?«, fragt er, als sie sich aus dem Kuss lösen. »Ich bin so nervös wegen dieses Treffens mit dem Verlag.«

Aber er klingt gar nicht nervös. Er strahlt übers ganze Gesicht und sieht ebenso aufgeregt aus wie bei ihrem ersten Date.

## SIGRID

Sigrids Magen zieht sich zusammen, als sie vor ihrem Elternhaus vorfährt, einem einstöckigen Haus aus roten Backsteinen mit einem sorgfältig geschnittenen Rasen und einer kleinen Terrasse mit Kugelgrill und Gartenmöbeln an der Rückseite. Als Carro und sie klein waren, hatten sie auch eine Schaukel und einen Sandkasten. Die gibt es nicht mehr. Carro und Henke haben sicher einen eigenen Sandkasten und eine eigene Schaukel in ihrem schönen, großen Garten. Die zweistündige Autofahrt von Simrishamn verlief überraschend problemlos. Sie sind jetzt seit fast drei Wochen dort, sie und Ludvig. Freddie hatte ihren Besuch abgesagt und außerdem etwas seltsam am Telefon geklungen. Sigrid hofft, dass es ihr nicht wieder schlechter geht. Aber in ihrem Gruppenchat klingt es jedenfalls nicht danach. Unter dem Pflaumenbaum schwirren Fliegen ums Fallobst. Um diese Zeit, Anfang August, haben sie früher immer Pflaumen vom einzigen Baum in dem kleinen Garten gepflückt. Carro und sie aßen und aßen, bis ihre Mutter ihnen die Früchte wegnahm und sagte, dass ihre Bäuche Amok laufen würden, wenn sie noch mehr verdrückten. Sie futterten natürlich trotzdem weiter. Ihr Vater mochte den Pflaumenbaum nie. Sagte er zumindest damals.

Er winkt ihr vom Küchenfenster aus zu, nur um einen Augenblick später die Haustür aufzureißen und aufs Auto zuzustürzen. Wenn er auch nur ansatzweise so wütend, sauer, traurig und enttäuscht wäre, wie Carro es beschrieben und sie selbst es sich vorgestellt hat, würde er sie doch nicht auf diese Weise begrüßen. Es schmerzt fast noch mehr, dass er sich so freut, sie zu sehen.

»Hallo, meine Kleine!«, ruft er in diesem breiten schonischen Dialekt, den sie selbst ebenfalls sprach, bevor sie nach Malmö zog und es schaffte, ihn Stück für Stück abzuschleifen.

»Hallo, Papa!«

Sie lächelt ihn steif an, bevor sie in seiner großen, weichen Umarmung verschwindet. Er hat merklich zugenommen seit ihrem letzten Treffen, als sie sich Selmas Auto geliehen hatte, um ihn zu besuchen.

»Und der kleine Alfred! Erinnerst du dich noch an deinen Opa?«

Plötzlich überkommt sie das schlechte Gewissen. Schlägt ihr wie ein Faustschlag in den Magen, mit voller Kraft. Wie konnte sie ihren Vater so lange nicht besuchen? Mit derselben Selbstverständlichkeit, mit der er ihre Trainingstasche trug, wenn er sie zu Schulzeiten ins Fußballtraining fuhr, nimmt er Alfreds Babyschale und geht aufs Haus zu.

»Caroline und Henke kommen gleich mit den Kindern.

Oder mit deiner Cousine und deinem Cousin, sollte ich vielleicht zu dir sagen«, lächelt er in die Babyschale hinunter. »Ich habe gedacht, wir essen Tacos. Ich habe dieses Sojahackfleisch für dich gekauft.«

»Oh, das klingt super.«

»Und wo hast du Robin Hood gelassen?«

»Äh ... Es kam etwas mit der Arbeit dazwischen«, murmelt Sigrid. Sie weiß nicht, was sie sonst antworten soll. Sie hat keine Lust auf Streit.

»Tja ja. Solange ich Alfred sehen kann, bin ich zufrieden. Darf ich ihn jetzt hochnehmen?«

Bevor Sigrid antworten kann, ertönt ein Motorengeräusch hinter ihnen, und ein augenscheinlich nagelneuer BMW biegt in die Einfahrt. Direkt nachdem der Wagen zum Stehen gekommen ist, sausen Liam und Lilo an Sigrids Beinen vorbei und ins Haus, wo einer von ihnen, Sigrid kennt sie nicht gut genug, um ihre Stimmen unterscheiden zu können, schreit: »Ich will meinen Cousin als Erstes begrüßen!«

»Nein, ich!«

»Beruhigt euch«, stöhnt Carro aus dem Auto, bevor sie mit der Babyschale in einer Hand herausklettert. Mist. Sie hat ja gar kein Geschenk für das neue Geschwisterchen. Als Alfred zur Welt kam, hatte Carro ein Paket mit einem potthässlichen, aber garantiert sündhaft teuren Spielbogen geschickt. Und einen Karton mit einem Haufen alter Kleider von Liam. Die Hälfte davon landete zwar im Secondhandladen, weil die Sachen wirklich zu jungenhaft aussahen, aber die Geste war immerhin sehr nett.

Carro hat ihr und dem Vater einen schnellen Kuss auf die Wange gedrückt und ist nach drinnen geeilt, um nach Liam und Lilo zu sehen. Sigrid begrüßt Henke, nimmt Alfred aus den Armen ihres Vaters, der gleich ein Gespräch mit Henke begonnen hat, und folgt Carro ins Haus. Auf der Kommode im Flur steht wie gewöhnlich das Foto ihrer Mutter. In einem Silberrahmen, und daneben ein Strauß Blumen. Zwei Stunden hat die Fahrt hierher gedauert. Und zwei Stunden wird es morgen dauern, zurück nach Simrishamn zu fahren. Ein Glück hat sie entschieden, hier zu übernachten. Nie im Leben wird sie es nach der Kraftanstrengung, die dieser Abend verheißt, schaffen, sich noch hinters Lenkrad zu setzen, denkt sie, während sie Alfreds Babywippe in der Küche aufstellt und ihn hineinsetzt. Carro hat bereits begonnen, Gemüse zu schneiden, und Sigrid nimmt ein Messer aus der oberen Küchenschublade sowie ein Schneidebrett aus der unteren und macht sich an die Tomaten. Behält dabei Alfred im Auge, damit keiner der herumtobenden Cousins sich auf ihn wirft.

»Es ist wirklich faszinierend, dass sie so viel interessierter an ihrem Cousin als an ihrem Geschwisterchen sind«, meint Carro mit einem Lächeln.

»Ja, aber das ist wahrscheinlich normal bei kleinen Kindern. Alles Neue ist spannend. Wie war es eigentlich beim Campen?«

»Also, es war *fantastisch*. Sie haben so viel erneuert, seit wir klein waren. Es gibt jetzt ein Wasserland und ein italienisches Restaurant und abendliche Shows. Liam war völlig ekstatisch, als an einem Abend Samir & Victor aufgetreten sind. Hier, schau's dir an.«

Carro nimmt ihr Handy und zeigt Sigrid ein Video von Liam, wie er auf den Schultern seines Vaters sitzt und die Arme schwenkt, während er die Songs des bekannten Musik-Duos mitgrölt. Henke lächelt breit und singt ebenfalls mit.

»Oh, das sieht ja toll aus.«

»Ja! Nächstes Jahr bleiben wir mindestens zwei Wochen. Und ihr? Was habt ihr vor, außer in Simrishamn zu sein?«

»Nichts, um genau zu sein. Es ist angenehm, es mal ein bisschen ruhig angehen zu lassen, finde ich. Wir waren ein paar Tage bei Freunden auf Gotland, das war superschön. Ludvigs Eltern sind den ganzen Sommer in der Toscana, also haben wir die letzten Wochen in ihrem Haus verbracht. Aber ich freue mich auch darauf, bald wieder nach Hause zu kommen. Wir fangen morgen an zu packen, wenn ich zurück bin.«

Dann beugt sie sich über das Schneidebrett und konzentriert sich auf die Tomaten. Oh, wie sie wünschte, sie könnte Carro alles erzählen. Davon, wie sie sich nach nichts anderem sehnt als einem All-inclusive-Hotel mit Animateuren in Maskottchen-Kostümen, frittiertem Essen und einem Planschbecken für Alfred. Davon, wie einsam es sich anfühlt, keine Verwandten in der Nähe zu haben. Davon, dass Ludvig sich geweigert hat, den Muttertag mit ihr zu feiern. Wie sehr sie, wenn sie ehrlich ist, ihren Vater vermisst. Aber sie bekommt keinen

Ton heraus. Denn sie weiß, wenn sie etwas davon sagt, wird Carro es sowieso direkt Henke erzählen. Oder Suss, Carro G., Vanessa oder einer ihrer anderen Freundinnen. Dann werden sie sich daran ergötzen, dass sie ja nur neidisch auf sie sei. Und das ist sie nicht. Nicht wirklich. Jedenfalls nicht auf ihre beschränkte Rassenmentalität, ihre faulen Männer und ihre alles andere als gleichberechtigten Beziehungen. Okay, Ludvig und sie waren auf bestem Wege, in dieselbe Falle zu tappen, aber jetzt versucht Ludvig es ernsthaft. Und das ist mehr, als Henke jemals tun wird. Das Gefühl verstärkt sich, als Carro mit durchdringender Stimme zum Essen ruft, und Henke, die Kinder und ihr Vater in die Küche poltern, wo sie sich an den halb gedeckten Tisch setzen, ohne auch nur einen Finger zu rühren und wenigstens eine Schüssel mit Tacosoße herüberzutragen.

Henke beäugt misstrauisch Alfreds Babygläschen mit gemixter vegetarischer Lasagne.

»Soll Alfred Vegetarier werden?«

Sigrid unterdrückt einen Seufzer und verteilt einen Streifen Sojahackfleisch in ihrem Taco.

»Ja, wir wollen ihm eigentlich keine andere Lebensmittel kaufen als die, die wir selbst essen. Aber wenn er alt genug ist, darf er natürlich selbst entscheiden.«

»Super für ihn, wenn später alle anderen Kinder in der Kita Spaghetti mit Hackfleischsoße bekommen«, feixt Henke und beißt einen demonstrativ großen Happen von seinem Taco ab.

Eigentlich möchte Sigrid brüllen, dass der geschmackliche Unterschied zwischen vegetarischer Bolognese und der faden grauen Pampe, die sie selbst in der Schule bekamen, enorm ist – die vegetarische schmeckt nämlich besser. Aber Carro wirft ihr einen mahnenden Blick zu, also schluckt sie die Worte herunter und wendet sich an ihren Vater: »Ich habe übrigens das Spiel im Frühling gesehen, als Malmö FF gegen Trelleborg gewonnen hat. Ich glaube, die kommende Saison wird gut für sie.«

Fußball. Inzwischen eines der wenigen Gesprächsthemen, die halbwegs ungefährlich scheinen.

Nachdem der Abwasch gemacht und Carro, Henke und die Kinder auf dem Weg ins Auto sind, klaubt ihr Vater einen Fußball auf und wirft ihn auf den Rasen. Dann nimmt er Alfred und setzt ihn ab.

»Na komm, Alfred! Spielst du ein bisschen Fußball mit deinem Opa? Du kannst Zlatan sein!«

Alfred sitzt auf dem Rasen und schaut verständnislos zu seinem Großvater, der den Ball mit dem Fuß hochhält. Sein großer Bauch hüpft im Takt dazu. Zwölf Mal schafft sein Opa es, bevor der Ball wegspringt. Sigrid erinnert sich an das Gefühl, als sie zum ersten Mal die zweiunddreißig packte und damit den persönlichen Rekord ihres Vaters brach.

Ihr Vater lächelt Alfred breit an und setzt sich ihm gegenüber. Rollt den Ball das kurze Stück übers Gras. Alfred ist der Sonnenhut in die Stirn gerutscht, und er versucht, mit der flachen Hand auf den Ball zu hauen, trifft aber verkehrt, sodass er wegrollt. Ihr Vater schneidet eine Grimasse, als er sich mit den Handflächen vom Rasen abdrückt, um aufzustehen und ihn zu holen. Und Sigrid schluckt, schluckt und schluckt, um nicht anzufangen zu weinen. Ihr stolzer, kämpferischer, bekloppter, verdammter, fußballvernarrter Vater. Hätte er nicht einfach für sich behalten können, dass er den Wahlzettel der Schwedendemokraten in den Umschlag gesteckt hatte? Ihr Leben wäre um so vieles einfacher gewesen.

## FREDDIE

Freddie zählt in Gedanken rückwärts, während sie die U-Bahn-Stationen vorbeisausen sieht. Liljeholmen, Hornstull und Zinkensdamm. Astrid und sie haben sich auf der Terrasse des Café Rival verabredet. Als sie jünger waren, nannten sie das Rival gern ihr »Büro«. An freien Tagen trafen sie sich dort und schrieben Blogbeiträge, diskutierten Kooperationsangebote und schmiedeten Zukunftspläne. Als Astrid ihr vom Tisch aus zuwinkt und hinter ihrer Sonnenbrille lächelt, weiß Freddie immer noch nicht, ob die Freundin ahnt, was sie herausgefunden hat. Als Astrid ihre abgewetzte Chanel-2.55-Tasche von der Bank nimmt und zur Seite rutscht, um neben sich Platz zu machen, schnürt sich Freddie die Brust zusammen. Sie hofft wirklich, dass Astrid und sie auch dieses Mal Frieden schließen können.

»Ich hab nichts für dich bestellt, es ist ja echt schwer, den Überblick darüber zu behalten, wann du trinken willst und wann nicht«, sagt Astrid und weist entschuldigend mit dem Kinn auf ihr halb leeres Glas Rosé, bevor sie mit einem Lächeln fortfährt: »Außerdem muss ich zugeben, dass das hier so eine Art Anti-Kater-Drink ist. Herman hat gestern einen megafetten Club in Nacka klargemacht. Ich glaube, wir waren erst so gegen sieben heute Morgen zu Hause.«

*Wir.* Also sind sie wieder zusammen. Was sich in dieser Situation als Vorteil für Freddie erweisen könnte. Astrid ist immer sehr viel ausgeglichener, wenn es gut zwischen ihr und Herman läuft.

Freddie nickt zur Antwort und geht nach drinnen an die Theke, wo sie sich eine rosa Limonade bestellt. Das ist zumindest fast wie Rosé. Wenn Astrid wissen will, warum sie nichts trinkt, hat sie sich bereits das Stillen als Ausrede zurechtgelegt. Denn mit Gedanken an die Kommentare auf dem Blog wird sie ganz bestimmt nicht erzählen, dass sie beschlossen hat, erst wieder zu trinken, wenn sie sich ganz stabil fühlt.

»Na los, jetzt erzähl schon. Wie lief der Dreh?«, fragt sie Astrid, kaum dass sie sich wieder gesetzt hat, damit diese gar nicht erst dazu kommt, die Flasche und den trüben rosa Inhalt zu kommentieren. Besser, sie erst etwas weich zu machen.

»Oh, es war *so* super! Sie sind megazufrieden mit der Produktion und wollen mich für die nächste Staffel auch gleich unter Vertrag nehmen. Aber weißt du, was am besten ist? Der Sender will, dass ich von der Nobelpreisfeier berichte. Stell dir mal vor! Die Nobelpreisfeier!«

Es wurmt Freddie, dass sie neidisch wird. Und sogar wütend. Normalerweise hätte Astrid sie sofort angerufen und die Neuigkeit in den Hörer geschrien, wenn sie ein solches Angebot bekäme, aber da sie sich in den letzten Monaten gelinde gesagt auseinandergelebt haben, ist es natürlich keineswegs selbstverständlich, dass Freddie diejenige ist, der sie so etwas erzählt. Sie hofft, dass man ihr die Gefühle nicht anmerkt, als sie sich die Hand vor den Mund schlägt und einen gezwungenen Freudenschrei ausstößt: »Das ist ja Wahnsinn! Was wirst du anziehen?«

Astrid kichert wie ein kleines Mädchen und klatscht in die Hände.

»Das ist quasi das Beste! Ich bekomme ein Haute-Couture-Kleid aus der neuen Kollektion von Ida Sjöstedt geliehen!«

»Wow, traumhaft!«

»Ich *weiß*. Ich hätte ihnen ja vorgeschlagen, dass du auch dabei sein und das Dessert und die Tischgedecke und so kommentieren könntest, aber du weißt ja, sie wollen richtige Konditoren für so was.«

Freddie muss sich auf die Zunge beißen, um nicht zu erzählen, dass derselbe Sender sie letzten Herbst angerufen und gefragt hatte, ob sie das Dessert kommentieren wolle, sie jedoch abgelehnt hatte, da die Nobelpreisfeier viel zu nah an Aurelias berechnetem Geburtstermin lag. Stattdessen räuspert sie sich und schaut Astrid mit ernstem Blick an.

»Übrigens hat Frans erwähnt, dass ihr Anfang des Sommers zufällig zusammen feiern wart!«

»Waren wir? Ah, stimmt, ich habe ihn um Mittsommer herum auf so einem Event getroffen. Mann, waren wir hacke.«

»Ja, das hat er gesagt.«

Sie erinnert sich zwar noch sehr gut daran, dass ihr Bett am Morgen nach diesem Abend roch, als hätte jemand einen Gin & Tonic darin ausgekippt, aber er hatte nicht erwähnt, dass es *so* wild wurde.

»Wieso fragst du?« Astrid schaut sie an und trinkt einen Schluck Wein.

»Weil ich ein paar Tage später einige echt unschöne Kommentare auf meinem Blog bekommen habe. Alle von derselben IP-Adresse. Also habe ich mich entschieden, sie nachverfolgen zu lassen.«

Das Letzte ist gelogen. Die Polizei lässt IP-Adressen nur dann nachverfolgen, wenn Influencer direkten Bedrohungen oder Schikanen ausgesetzt sind, die zu einer Verurteilung führen könnten. Die IP-Adresse jedes Mal nachzuverfolgen, wenn sich ein Influencer etwas gekränkt fühlt, wäre viel zu teuer und zeitaufwendig. Aber Freddie weiß, dass Astrid davon nicht die geringste Ahnung hat, da sie ihre fiesen Kommentare stets hemmungslos abgefeuert hat.

»Okay, okay, ich habe ein paar Tage später ein, zwei nicht so nette Kommentare geschrieben, als ich betrunken war. Aber kapierst du nicht, wie traurig es mich gemacht hat, von Frans zu hören, dass es dir scheiße geht? Und dass es so übel zwischen euch war, dass ihr sogar in getrennten Betten geschlafen habt? Ich fühle mich total ignoriert von dir, seit du Mama bist und es die ganze Zeit nur noch Aurelia hier, Aurelia da heißt.«

»Und du bist nie auf die Idee gekommen, einfach mal anzurufen und zu fragen, wie es mir geht?«

»Also wirklich! Ich habe dich nach Aurelias Geburt zwei Monate lang ungefähr jeden Tag angerufen, und du bist nie rangegangen. Und als wir zum Abendessen bei euch waren, als Aurelia noch so klein war ...«

Zu ihrer Überraschung sieht Freddie Tränen in Astrids Augen glitzern.

»Ich kam mir so mies vor, weil ich irgendwas zusammengelogen habe von wegen, wir hätten noch was vor, aber es war so unheimlich, Freddie. Du warst gar nicht richtig da. Es war, als säße man mit der Zombieversion von dir am Tisch.«

»Dann hättest du dich ja bei mir melden und mir das sagen können.«

»Ja, aber es gibt auch Grenzen dafür, wie oft man anruft und schreibt, ohne jemals eine Antwort zu bekommen, bevor man sich vorkommt wie eine Vollidiotin. Und ja, es war echt, echt mies von mir, diese Kommentare zu schreiben, aber ich habe mich so ...« Astrid schnappt sich eine halb benutzte Serviette vom Nachbartisch und schnäuzt sich die Nase. »Ich habe mich so *fallengelassen* gefühlt. Wir haben immer alles zusammen gemacht, und in den letzten Jahren hast du mich quasi ... überholt. Du und Frans habt geheiratet, eine Wohnung gekauft und ein Kind bekommen. Innerhalb von was? Vier Jahren? Und ich lebe immer noch wie eine Dreiundzwanzigjährige, die alle zwei Wochen mit Herman zusammenkommt und wieder Schluss macht, wohne in meiner Zweizimmerwohnung und mache dieselben Dinge, die ich immer getan habe. Ich komme quasi nirgendwo hin.«

»Aber, Astrid ...«

Auch wenn es typisch für Astrid ist, die ganze Diskussion mal wieder auf sich zu beziehen, hat Freddie Mitleid mit ihr. Seit sie mit Frans zusammen ist, hat sich ihr Leben tatsächlich verändert. Während Astrids Leben seit Jahren gleich geblieben ist.

»Komm schon, wollen wir nicht erwachsener sein, als uns wegen ein paar dämlicher Kommentare zu streiten, die ich auf deinem Blog hinterlassen habe, als ich besoffen und bescheuert war?«

»Ich bin total enttäuscht von dir und hoffe, dass du so etwas nie, nie wieder tust.«

»Natürlich nicht. Aber dafür musst du versprechen, dass du nie wieder auf diese Weise verschwindest.«

»Ich werde mein Bestes tun«, antwortet Freddie und versucht, ein Schluchzen zu unterdrücken.

Obwohl sie Astrid eigentlich nichts mehr erzählen sollte, bevor sie sicher ist, dass sie ihr wieder vertraut, kann Freddie es nicht länger für sich behalten.

»Es kann übrigens sein, dass mein Vertrag mit Amazing Influencers nicht verlängert wird.«

*»What?«* Astrid reißt ihre hellblauen Augen auf.

»Ja. Catta, du weißt, die Verantwortliche für meine Kooperationen, meint, ich hätte nicht ausreichend geliefert.«

»Okay, aber die ist auch eine Bitch. Das weiß jeder.«

»Schon, aber ...«

Astrid legt Freddie die Hände auf die Schultern und sieht ihr direkt in die Augen.

»Du kennst doch unser Motto: Sie brauchen uns ...«

»Aber das tun sie eben nicht. Ich habe ihnen kaum eine einzige Krone in acht Monaten eingebracht.«

»Aha, also bekommen sie keine Prozente von deinen Buchverkäufen?«

»Doch, aber ...«

»Außerdem hattest du mehrere Kooperationen, das habe ich gesehen. An Ostern, und dann dieser Shitstorm, als du die Kooperation mit dem Babybreihersteller ...« Astrid stockt. Das war ja der Beitrag, den sie selbst kommentiert hatte. Aber dann fährt sie fort: »Und die Angebote, die du abgelehnt hast, hast du diese Kooperationen bei irgendeinem anderen ihrer Influencer gesehen?«

»Ja, schon, aber ...«

»Ganz genau. Die haben nicht eine Krone verloren, Freddie.«

Astrid schlägt so heftig mit der Hand auf den Tisch, dass um ein Haar ihr Glas mit Rosé umkippt.

»Aber das kann ich ihnen ja nicht sagen.«

»Nein. Aber du kannst woandershin gehen.«

»Wäre das nicht ein bisschen komisch?«

»Nein, wieso? Laura hat bestimmt schon drei Mal die Agentur gewechselt. Sie sagt, auf diese Weise treibt sie ihr Honorar in die Höhe. Ich denke mal, das ist so, wie wenn Leute ihren Job wechseln. Außerdem weiß ich aus ziemlich sicherer Quelle, dass Amanda von Pure Influencers gekündigt hat, um ihr eigenes Netzwerk zu starten, das Influencer Family heißen soll. Das könnte doch zu dir passen, oder?«

»Warum hast du das nicht früher gesagt? Ich hab total viel Gutes über Amanda gehört.«

»Vielleicht, weil du ein halbes Jahr lang weder Anrufe noch Nachrichten beantwortet hast, Dummchen.«

Astrid knufft sie in die Seite. Sie bleiben noch fast zwei Stunden sitzen, bis Freddie sich eilig auf den Weg zur U-Bahn machen muss, weil der Wecker fürs Stillen auf dem Handy klingelt. Aber obwohl der Nachmittag letztlich genauso war wie immer, wenn sie und Astrid sich treffen, hat sie das nagende Gefühl, dass nichts mehr ist wie früher. Sie muss Ermina fragen, ob sie auch schon mal eine ihrer Freundinnen so hintergangen hat, wie Astrid es getan hat, nur weil sie eher Kinder bekam als sie. Als Allererstes jedoch muss sie die E-Mail-Adresse dieser Amanda herauskriegen und ein Treffen mit ihr vereinbaren.

# Kapitel 20

## ERMINA

»Hey, Ermina!«

Frans winkt ihr von der anderen Kasse des Supermarkts zu, während er versucht, den Einkaufskorb vor dem Warenband abzustellen und gleichzeitig Aurelia einen Schnuller in den Mund zu stecken. Auch wenn er ganz schön schräg wirkt, versteht sie, weshalb Freddie es mit ihm aushält. Er scheint extrem nett zu sein – eine Eigenschaft, die Ermina bei Männern häufig unterschätzte, als sie jünger war, in die sie sich bei Alen aber direkt verliebte. Und wenn es eines gibt, was Freddie braucht, dann wohl Nettigkeit.

»Sag Bescheid, falls du gleich Hilfe beim Tragen brauchst. Ich kaufe nur Milch.« Frans weist mit dem Kopf auf den Korb unter ihrem Kinderwagen, in dem ein riesiges Paket liegt, das sie gerade bei der Post abgeholt hat. Neue Hanteln für Alen, mal wieder. Warum kann er sich nicht einfach mit denen zufriedengeben, die er hat? Der Mann shoppt Hanteln, wie sie selbst Schuhe shoppt. Und obwohl sie eigentlich zu müde ist, um den ganzen Heimweg Smalltalk mit Frans zu betreiben, nickt sie dankbar und schließt sich ihm an der Tür zum Ausgang an.

»Und, wie war der Sommer?«, fragt sie, hauptsächlich, um irgendetwas zu sagen, nachdem er eine ihrer Tüten in den Korb unter Aurelias Kinderwagen gelegt und die andere in die Hand genommen hat.

»Oh, sehr schön. Erheblich ruhiger, als wir es normalerweise machen. Wir waren die meiste Zeit auf Gotland. Ich vermute, das hat Freddie erzählt.«

»Ja, das habe ich mitbekommen. Euer Haus sieht ja superschön aus. Aber Freddie und ich hatten eigentlich nicht so viel Kontakt während des Sommers.«

Erst als sie es sagt, fällt Ermina auf, dass es stimmt. Freddie hat schon seit Mitte Juli recht wenig in ihrem Chat von sich hören lassen. Sie will Frans gerade fragen, wie es ihr geht, aber er kommt ihr zuvor.

»Wie war es bei euch? Ihr wart in Bosnien, oder?«

»Äh, ja. Wir sind wie ein Zirkus auf der ganzen Balkanhalbinsel herumgefahren, um Aurelia der Verwandtschaft zu präsentieren.«

»Das hatten wir eigentlich auch vor, allerdings in Italien. Aber na ja ... Wir fanden, dass es wohl nicht ganz der richtige Zeitpunkt dafür war. Nachdem es so ein ... schwieriger Frühling war.«

»Ich glaube, das war die richtige Entscheidung. Ich wäre auch lieber den ganzen Sommer an einem Ort geblieben, statt mit einem schreienden Baby in einem überhitzten Auto herumzugondeln.«

Ermina fällt auf, dass die Ringe unter seinen Augen sowohl größer als auch dunkler sind als in ihrer Erinnerung. Sie mag Freddie wirklich, auch wenn sie sehr verschieden sind. Sie merkt, dass sie sie vermisst hat. Sie vermisst. Seit sie alle wieder aus dem Urlaub zurück sind, haben sie sich nur einige wenige Male gesehen, sie, Freddie und Sigrid. Bei Weitem nicht so oft wie sonst. Und Freddie hat merkwürdig abwesend gewirkt, fast wie am Anfang, als sie sich trafen.

»Du … du brauchst nicht zu antworten, wenn du nicht magst. Aber wie geht es Freddie im Moment? Es ist schon eine Weile her, seit ich sie das letzte Mal gesehen habe.«

Frans lächelt sie erleichtert an.

»Oh, es geht ihr viel besser, würde ich sagen.«

Ermina erwidert sein Lächeln, schweigt jedoch. Trotzdem komisch. Wenn es Freddie besser geht, sollte sie dann nicht sozialer werden? Statt sich noch mehr zurückzuziehen?

## SIGRID

»Freust du dich darauf, wieder mit der Arbeit anzufangen?«

Ludvig hat sich hinter Sigrid geschlichen, die an der Spüle steht und den Abwasch macht, und die Arme um ihre Taille gelegt.

»Ja, total. Ich bin so froh, dass wir diesen Kompromiss gefunden haben.«

»Ich auch. Und es wird super, den ganzen Tag mit Alfred zu verbringen. Wir werden in die Krabbelgruppe gehen, auf dem Spielplatz schaukeln, Bücher lesen …«

»Du wirst völlig erschöpft auf dem Boden liegen, wenn du das alles jeden Montag und Dienstag machen willst und dann mittwochs zur Arbeit musst«, unterbricht sie ihn und bekommt sofort ein schlechtes Gewissen. Kann sie Ludvig das nicht selbst entdecken lassen?

Ludvig nimmt den Arm von ihrer Taille und löst Sigrid an der Spüle ab.

»Aber du hast noch nicht angefangen, dich nach einem neuen Job umzuschauen?«

Sigrid seufzt und schaut ihn resigniert an.

»Nein, ich habe doch gesagt, dass ich mich an meinem jetzigen Arbeitsplatz wohlfühle. Außerdem brauchen wir das Geld.«

Ludvig trocknet sich die Hände ab, dann nimmt er ihr Gesicht in seine Hände und schaut ihr tief in die Augen.

»Aber hör doch mal.«

»Ja?«

»Wir brauchen nicht so viel Geld zum Leben. Warum willst du weiter diese verwöhnten Gören in Östermalm unterrichten, wenn es haufenweise Schüler an Brennpunktschulen in Rinkeby, Tensta und Botkyrka gibt, die eine so engagierte Lehrerin wie dich brauchen könnten?«

»Aber die Schüler, die ich jetzt habe, brauchen mich auch.«

»Jaja, das kannst du dir selbst einreden. Aber in Wirklichkeit gehen sie nach der Mittelstufe ja einfach auf irgendein Snobgymnasium, und sobald sie ihr Abi in der Tasche haben, fangen sie an, in Papis Firma zu arbeiten. Die Vororte sind die Zukunft dieses Landes! Wenn wir die Schulsituation nicht verbessern …«

»... werden wir das Integrationsproblem niemals lösen«, beendet Sigrid mit theatralischer Stimme den Satz und fügt hinzu: »Das ist eigentlich Caspars Leitspruch, nicht deiner.«

»Aber es stimmt doch! Was ist eigentlich mit dir passiert? Als wir uns kennengelernt haben, war es doch dein Traum, in sozial benachteiligten Vierteln zu arbeiten, und jetzt unterrichtest du einen Haufen Rotznasen, die ›von‹ und ›zu‹ mit Nachnamen heißen und von Haus aus mit einem ganzen Regal voller Astrid-Lindgren-Bücher aufgewachsen sind.«

»Nein, Ludvig. *Dein* Traum war es, dass ich in Brennpunktvierteln arbeiten sollte.« Jetzt schwingt deutliche Irritation in Sigrids Stimme mit.

»Ich dachte, du wolltest es?«

»Nein, das will ich nicht. Nicht jetzt jedenfalls. Ich habe keine Lust, jeden Morgen vierzig Minuten in der U-Bahn zu sitzen, um in einer total chaotischen Schule anzukommen. Das habe ich in Malmö gemacht, und ich kann dir sagen, dass ich das auf keinen Fall durchhalten würde, jetzt, wo wir ein Kind haben. Und ja, die Kinder in Östermalm sind vielleicht umgeben von Bücherregalen aufgewachsen, aber hat jemand Zeit, ihnen vorzulesen oder mit ihnen über die Bücher zu sprechen?«

Ludvig schüttelt kaum merklich den Kopf und setzt sich mit dem Laptop an den Küchentisch. Sie selbst geht ins Schlafzimmer und kriecht mit Alfred ins Bett. Den Handywecker stellt sie zum ersten Mal seit zehn Monaten auf 07.30 Uhr. Sie freut sich darauf, ihre Kollegen wiederzusehen. Mit Kian zu Mittag zu essen. Mit Kian zu lachen. Sie lächelt in die Dunkelheit des Schlafzimmers, als sie daran denkt. Als Ludvig und sie entschieden hatten, dass sie im Herbst wieder anfangen würde, in Teilzeit zu arbeiten, war ihr erster Gedanke gewesen, dass sie es vermissen würde, nach Lust und Laune mit Ermina und Freddie abzuhängen. Aber obwohl sie alle drei zurück in der Stadt sind, haben sie sich nicht annähernd so oft gesehen wie im Frühling. Vor allem sie und Freddie nicht. Wenn Sigrid so darüber nachdenkt, haben sie sich kein einziges Mal allein getroffen, seit sie bei ihnen auf Gotland war. Manchmal hat sie fast das Gefühl, als ob Freddie sie meiden würde. Ob sie etwas falsch gemacht hat auf Gotland? Vielleicht hat Frans ihr erzählt, was sie von ihm dachte? Sie hofft es nicht. Obwohl sie schon am Einschlafen ist, nimmt sie noch mal ihr Handy vom Nachttisch, klickt auf ihren Chat im Messenger und schlägt vor, dass sie sich am Mittwoch treffen, sie alle drei. Auf keinen Fall möchte sie den Kontakt zu den beiden verlieren, nur weil sie wieder anfängt, ein bisschen zu arbeiten.

# Kapitel 21

## FREDDIE

»Wollen wir versuchen, bald mal was ohne die Kinder zu unternehmen? Ich finde, es wäre schön, vielleicht mal … abends wegzugehen? Wie sieht's am letzten Wochenende im September bei euch aus?«, fragt Sigrid mit einem vorsichtigen Lächeln, ehe sie sich ein Stück von ihrem Bananenkuchen in den Mund schiebt. Freddie schaut auf ihren Salted Caramel Brownie und bereut, dass sie nicht dasselbe genommen hat wie Sigrid. Der Bananenkuchen im AB Café ist himmlisch.

Es ist ihr immer noch unangenehm, Sigrid nach dem, was im Sommer passiert ist, zu treffen. Freddie hat sie und Ermina vermisst. Extrem. Und einen Riesenbammel gehabt, dass Ludvig Sigrid davon erzählen würde. Sie haben kein einziges Mal voneinander gehört, seit er sie auf Gotland geküsst hat. Oder besser gesagt: *versucht* hat, sie zu küssen. Doch inzwischen ist so viel Zeit vergangen, dass sie wieder aufatmen kann.

»Nein. Ende September kann ich nicht«, antwortet Ermina knapp auf Sigrids Frage.

Freddie fährt zusammen bei Erminas brüskem Tonfall. Ermina ist sonst immer voll motiviert, etwas zu unternehmen. Und auch wenn Frans und Alen extrem verschieden sind, scheinen sie sich auf irgendeine schräge

Art gefunden zu haben. Jetzt haben sie sogar darüber gesprochen, dass Frans alle Fotos für dieses bescheuerte Trainingsbuch machen soll, an dem Alen arbeitet. Freddie hat ihm nicht gesagt, dass sie sich solche Verlustprojekte im Moment nicht leisten können, da sie sich bemüht, eine positivere Einstellung zum Leben zu entwickeln.

»Hm, okay. Wie wär's dann mit dem dritten Wochenende? Ihr seid doch immer noch ziemlich flexibel, oder?«

»Bei mir passt es«, antwortet Freddie.

Aber Ermina schüttelt den Kopf.

»Ähm … Nein. Also eigentlich wollte ich nichts sagen, aber ich werde mir Ende September die Brüste operieren lassen. Deshalb will ich lieber noch nichts einplanen. Anscheinend können einen der Schmerz und die Schmerzmittel ganz schön ausknocken.«

Freddie starrt Ermina schockiert an.

»Du wirst *was*?«

Ermina kontert gelassen, als ob sie diese Reaktion erwartet hätte.

»Hast du eine Ahnung, wie meine Brüste aussehen, nachdem ich acht Monate gestillt habe?«

»Ja. Habe ich. Ich stille nämlich immer noch, falls es dir entgangen sein sollte.« Freddie deutet auf Aurelia in ihrem Arm, die mit halb geschlossenen Augen an ihrer linken Brustwarze saugt.

Ermina lächelt freudlos und deutet auf ihre eigene Brust.

»Aber es ist ja individuell, wie sich die Brüste verändern, und ich möchte gern wieder stolz auf meinen Körper sein. Für mich war es wichtig zu stillen, aber ich wusste nicht, dass sich die Brüste dadurch *derart* verändern würden.« Dann fügt sie schnell hinzu: »Nimm's mir nicht übel, das mit dem Stillen, Sigrid.«

»Nein, nein, ich verstehe schon«, sagt Sigrid. »Keine Sorge, es macht mir nichts mehr aus. Aber die Brüste operieren? Ernsthaft?« Sie starrt Ermina mit großen Augen an und ruft dann, ungewöhnlich heftig für ihre Verhältnisse, aus: »Will Alen, dass du das tust?«

»Alen? Nein. Wieso sollte er das wollen?«

»Weil er mit ... na ja, Körpern arbeitet?«

Ermina kräuselt die Lippen und schüttelt entschieden den Kopf.

»Denkst du das wirklich von mir? Dass ich so schwach bin und mir die Brüste machen lasse, nur weil mein Mann es so will?«

»Nein, also, ich meine nicht, dass er es freiheraus gesagt hat, aber ...«

»Natürlich hat Alen nicht gesagt, dass ich es machen soll. *Ich* will es. Weil ich mich wieder in meinem Körper zu Hause fühlen will.«

Freddie seufzt tief und macht eine ergebene Geste mit ihrem freien Arm.

»Ach Ermina, wann siehst du endlich ein, dass dein Körper nie wieder so wird wie früher? Es spielt keine Rolle, wie viele Raw-Food-Bällchen du dir reinzwingst, wie viele Schritte am Tag du gehst oder ob du dir die Brüste operieren lässt. Oder ja, er kann vielleicht fast so werden wie vorher. Aber ist es das wert?«

»Natürlich ist es das wert«, erwidert Ermina fassungslos und setzt an, ihre Antwort auszuführen. Aber Freddie hebt eine Hand. Sie will das Folgende schon so lange sagen, und wenn sie es jetzt nicht sagt, ist es vielleicht zu spät. Oder was heißt *vielleicht.* Es *wird* zu spät sein.

»Aber ist es wirklich wert, dass du niemals essen kannst, worauf du Lust hast? Die ganze Zeit Nein zu Dingen zu sagen, weil du jeden Tag all diese Schritte gehen musst, und Zehntausende Kronen für eine Brust-OP auszugeben, die noch dazu wehtut und Risiken birgt? Das Geld könntest du in Möbel investieren, für das Haus sparen, von dem du die ganze Zeit redest, oder was weiß ich, davon mit der ganzen Familie nach Mexiko fahren.«

»Ach ja, glaubst du, ich fände es toll, mit diesen Hängemöpsen in Mexiko zu sein, oder was?«

Aber Freddie bleibt hart. Sie hat nicht vor, Ermina in irgendeiner Weise in ihrem Vorhaben zu bestärken, wird sich nicht einreden lassen, es sei eine gute Idee.

»Ich sage ja nicht, dass du jeden Tag wie ich zwei Zimtschnecken und einen Garnelentoast essen sollst. Aber bitte, denk noch mal drüber nach, bevor du dich betäuben und jemanden deinen Körper aufschneiden lässt. Und was willst du Olivia sagen, wenn sie groß ist? ›Mama hat sich zwei Grapefruits in den Pulli gestopft‹?«

»Vielleicht will sich Olivia ja auch die Brüste operieren lassen, wenn sie groß ist«, sagt Ermina herausfordernd. Aber in ihren Augen steht geschrieben, dass sie für diese Diskussion jetzt nicht den Nerv hat. Freddie will gerade das Thema wechseln, als Sigrid Ermina mit gerunzelter Stirn eine Hand auf den Arm legt.

»Du hast jahrelang versucht, ein Kind zu kriegen. Ich weiß, wie sehr du kämpfst, um ausreichend dankbar dafür zu sein, dass es geklappt hat. Und ich weiß, wie sehr du kämpfst, um abzunehmen. Ich meine, du musst mindestens fünfzehn Kilo abgenommen haben, seit wir uns kennengelernt haben. Du scheinst in den letzten Jahren nichts anderes getan zu haben, als zu kämpfen. Ich finde, es ist an der Zeit, die ganze Kämpferei ein bisschen lockerer anzugehen und stattdessen anzuerkennen, wie cool dein Körper ist. Wer braucht schon ein Paar hübsche Möpse, wenn der Körper das Beste für einen produziert hat, was es überhaupt nur gibt?«

Gerade als Sigrid Luft holt, um ihren Monolog weiterzuführen, ertönt ein Schrei aus Olivias Kinderwagen.

»Das Beste, was es überhaupt nur gibt, sagst du?«

Ermina steht auf und öffnet Olivias Gurt, um sie aus dem Wagen zu heben, während sie mit der freien Hand eine Dose mit Maisflips aus der Wickeltasche fischt. Dann wendet sie sich wieder Sigrid zu.

»Warum kannst du nicht einfach respektieren, dass du und ich uns für unterschiedliche Lebensweisen entschieden haben? Ich nerve dich ja auch nicht damit, dass du dich mehr schminken oder länger mit deinem Kind zu Hause bleiben solltest.«

»Ich habe doch nicht gemeint, dass ...«, setzt Sigrid an, aber Ermina fährt ihr dazwischen: »Ich weiß, dass du und Ludvig meint, euer Lebensstil sei der einzig richtige. Aber es denken nicht alle wie ihr. Mein Körper, meine Entscheidung. Punkt.«

# Kapitel 22

## SIGRID

Ein Newsflash von *Dagens Nyheter* leuchtet auf Sigrids Handy auf. Eine Pop-up-Mitteilung auf ihrem Display meldet, dass es Zeit für eine weitere Welle von Aufrufen gegen Männer ist, die sich Freiheiten herausnehmen, die sie nicht haben: »Aussteigerin aus der Politik erzählt: So waren wir Übergriffen ausgesetzt.«

Sie scrollt durch die Erzählungen. Eine ist schlimmer als die nächste. Der Parteivorsitzende einer kleineren Partei hat eine Mitarbeiterin auf dem Parteitag gegen die Wand gedrückt und ihr über den Hals geleckt. Ein Parlamentsabgeordneter hat seine politischen Sekretärinnen sexuell belästigt. Die Geschichten aus der Jugendorganisation sind am schlimmsten. Bei Ludvig und seinen Pressekollegen dürfte jetzt nonstop das Telefon klingeln. Hoffentlich legt sich der Sturm in ein paar Tagen wieder, wenn weitere Berufsgruppen ihre Aufrufe präsentiert haben, denkt sie. Aber dann bleibt ihr Blick auf einem Zeugenbericht hängen:

»Ich war achtzehn und gerade in den Stadtrat gewählt worden, nachdem ein anderer Politiker zurückgetreten war. Es war nur noch ein Jahr bis zur Wahl, und da ich meine Aufgabe äußerst ernst nahm, suchte ich Rat und Unterstützung bei einem anderen Jungen im Stadtrat, den ich für sehr fähig hielt. Er und sein bester Freund wurden meine Mentoren. Beide lobten mich oft, spornten mich an und halfen mir bei meiner politischen Arbeit. Ich vertraute ihnen, ungefähr so, wie man den Freunden seiner großen Brüder vertraut. Sie waren ja ein paar Jahre älter als ich, und auch wenn sie mir manchmal Komplimente für mein Aussehen machten, dachte ich, sie täten es nur, um nett zu sein. Während einer Parteiveranstaltung kam es dann zu dem Ereignis, das mich dazu brachte, die Politik zu verlassen, obwohl ich gerade erst mit meiner Arbeit begonnen hatte.

Wir saßen den ganzen Tag lang in Seminaren und Besprechungen, wir hatten kaum eine Pause. Am Abend gab es ein Essen und anschließend eine Feier. Schon beim Vorglühen merkte ich den Alkohol, versuchte aber, nicht zu viel zu trinken. Ich wollte mich nicht blamieren, schließlich war ich eine der Jüngsten. Beim Abendessen gab es noch mehr Wein. Ich wurde langsam betrunken. Dann kam die Feier, und ich wurde noch betrunkener. Die zwei Jungs luden mich auf die Afterparty ein, und alles begann als eine Art Spiel. Sie wollten, dass wir uns küssten und einander dafür Noten gaben. Ich weiß noch, wie stolz ich war, als beide sagten, ich sei eine Zehn im Küssen. Sie wollten immer weiter gehen, und zum Schluss wollten sie mich beide oral befriedigen, und ich sollte sagen, wer der Bessere sei. Eigentlich wollte ich nicht, aber da sie nicht lockerließen, gab ich nach. Es schien schließlich ein Teil des Spiels. Danach schlug einer der beiden vor, dass ich sie ebenfalls oral befriedigen sollte und sie mich dafür benoten würden. Ich bekam Panik, ich wollte nicht. Da wurden sie wütend und sagten, sie hätten es auch bei mir gemacht. Ich weigerte mich trotzdem, und zum Schluss lief ich davon. Die folgenden Wochen waren furchtbar. Es gingen Gerüchte um, ich hätte einen Dreier mit ihnen gehabt, gleichzeitig behandelten sie und ihre Kumpels mich jedes Mal wie Luft, wenn wir auf denselben Veranstaltungen waren. Schließlich wurde ich aufgefordert, meinen Platz im Stadtrat zu verlassen, weil ich meine Aufgabe angeblich nicht erfüllte. Das war mir unmöglich geworden, da ich es kaum über mich brachte, ans Rednerpult zu treten, wenn ich wusste, dass unter den Leuten im Raum diejenigen waren, die solche Gerüchte über mich verbreiteten. Die Jungs aber, sie blieben. In diesem Jahr ertrug ich es kaum, in die Stadt zu gehen. Die Wahlplakate mit ihren Gesichtern hingen überall. Ich entwickelte eine Panikstörung, und obwohl es über fünf Jahre her ist, fällt es mir noch immer schwer, Oralsex zu haben. Heute ist einer von ihnen Minister. Der andere ist sein Pressesprecher.«

Sigrid schafft es, zur Schlafnische zu stürzen und Alfred aufs Bett zu legen. Dann rennt sie zurück in die Küche. Gerade rechtzeitig, um sich in die Spüle zu übergeben. Sie hat das Gefühl, als würde sich ihr der Hals zuschnüren. Sie bekommt keine Luft. So tief sie auch versucht zu atmen, ist es, als ob die Luft in der Kehle steckenbleibt. Gleichzeitig pocht ihr Herz so schnell und so hart, dass sie meint, jeden Moment ohnmächtig zu werden. Zum

Glück liegt ihr Handy auf der Arbeitsplatte, sie tastet danach und wählt Erminas Nummer. Das Freizeichen ertönt, aber keiner nimmt ab. Verzweifelt tippt sie stattdessen mit zitternden Fingern auf das Nachrichtensymbol und schickt ein *RUF AN WICHTIG* los, ehe ihr das Handy auf den Boden fällt. Schon als sie sich bückt, um es aufzuheben, leuchtet das Display auf, und sie wischt erleichtert mit dem Finger darüber.

»Was ist los?«, fragt Ermina am anderen Ende der Leitung.

Doch Sigrid bekommt kein Wort heraus. Sie hyperventiliert nur in den Hörer und spürt, wie ihre Augen brennen. Als würden die Tränen versuchen herauszuströmen, könnten es aber nicht.

»Was ist passiert?«, wiederholt Ermina sanfter.

»Er … Ludvig. Schau auf *Dagens Nyheter*«, keucht Sigrid.

»Hm? Was meinst du?«

»Ich … Ich weiß nicht, was ich sagen soll.«

»Hat er dir etwas angetan? Hat er dich *geschlagen*?«

»Er hat …«

Sigrid spürt, wie sich ihr Puls wieder beschleunigt, wie ihr Herz unkontrolliert in der Brust flimmert. Sie bekommt kein Wort heraus, hält sich das Mikro aber nah an den Mund, damit Ermina hört, dass sie noch dran ist.

»Sigrid, hörst du mich? Hörst du mich, Sigrid?«

Sie kann nicht antworten. Das bisschen Energie, was sie noch übrig hat, muss sie für Alfred aufheben. Also versucht sie ruhig zu atmen, und nimmt alle Kraft zusammen, bevor sie hervorpiepst: »Kannst du herkommen?«

»Ich komme, so schnell ich kann. Ich rufe auch Freddie an. Okay?«

»Okay«, flüstert Sigrid.

Dann setzt sie sich aufs Sofa und bohrt die Finger ins Polster unter dem rauen Bezug.

Ihr Handy auf dem Sofatisch vor ihr leuchtet auf, und ehe sie auch nur aufs Display geschaut hat, weiß sie, dass es Ludvig ist. Seit Alfreds Geburt hat sie ihr Handy stets auf lautlos geschaltet und Vibration deaktiviert. Was Ludvig immer auf die Palme bringt. Obwohl es sich anfühlt, als sei ihr Oberkörper in ein Korsett gezwängt, beugt sie sich vor und wischt mit dem Zeigefinger über das Display. Die Panik, die sie noch vor wenigen Minuten empfunden hat, ist wie weggeblasen. Stattdessen spürt sie, wie sie quasi transformiert und in Wut verwandelt wird.

»Jetzt erzählst du mir *ganz genau*, was vorgefallen ist.«

Ihre Stimme klingt dunkel und fremd. Es fühlt sich an, als würde sie in der Wohnung hin- und herspringen, wie ein Echo.

»Bleib ruhig«, sagt Ludvig schnell. »Sie ist verrückt. Du weißt, dass ich dich niemals betrügen würde. Was im Artikel steht, stimmt nicht mal ansatzweise. Es war vielleicht dumm von mir, dir nichts von ihr zu erzählen, aber es war direkt, nachdem wir uns kennengelernt hatten. Weißt du, kurz vor Mittsommer, als ich in Karlstad war und ...«

»Es ist mir scheißegal, wo und wann es pass...«

»Schatz, du hast keine Ahnung, wie hier die Telefone läuten. Sowohl wegen mir als auch Caspar. Ich wollte dir nur Bescheid sagen, dass wir jetzt ins Sommerhaus von Lollos Tante fahren und eine Weile dortbleiben, bis sich die Lage etwas beruhigt hat. Ich kaufe mir auf dem Weg eine Prepaidkarte und schreibe dir, damit du weißt, wie du mich erreichen kannst, okay?«

»Okay, aber ...«

In ihr brodelt es. Vor Scham, vor Wut, vor Fragen, auf die sie jetzt sofort eine Antwort möchte, sofort, sofort, sofort. Aber Ludvig unterbricht sie: »Es kann sein, dass die Journalisten auch bei dir anrufen, deshalb schicke ich dir ein paar Stichpunkte, mit denen du sie abspeisen kannst. Und wenn es zu anstrengend wird, schaltest du einfach das Handy aus. Alles klar?«

Sie nickt, auch wenn sie weiß, dass er es nicht sehen kann.

»Ich muss jetzt Schluss machen, auf Caspar und mich wartet ein Wagen. Ich schreibe dir, sobald ich eine Prepaidkarte habe, okay? Ich liebe dich! Gib Alfred eine Riesenumarmung von mir und sag ihm, dass Papi ihn furchtbar vermisst.«

Klick.

Nicht zu glauben. Kein Wort von ihm bezüglich ihrer Gefühle. Kein Wort darüber, dass er auf unbestimmte Zeit von seiner Familie getrennt sein wird. Sie hatte ja von Ludvig gehört, wie es andere Pressesprecher machen mussten, um ihre Politiker vor Medienanstürmen zu schützen, die manchmal Wochen andauern konnten. Wie lange sie untertauchen mussten.

Sie denkt daran, wie sie früher manchmal Panikattacken bekam. Wie Ludvig ihr sagte, sie solle sich beruhigen, sich zusammenreißen. Ohne Erfolg. Aber jetzt verschwindet die Attacke beinahe schon, bevor sie begonnen hat. Vielleicht, weil sie gezwungen ist, sich zusammenzureißen, jetzt, wo sie ein Kind hat, geht es ihr durch den Kopf, als Erminas wütende Stimme aus dem Flur ertönt: »Was zur Hölle hat er getan?«

## FREDDIE

»Das Ganze *muss* keine Katastrophe sein«, wiederholt Freddie zum dritten Mal innerhalb von zehn Minuten.

»Inwiefern muss es keine Katastrophe sein, dass mich mein Partner betrogen und ein Mädchen sexuell schikaniert hat?« Sigrid starrt Freddie herausfordernd an.

Scheiße, Scheiße, Scheiße. Hätte sie doch nur nicht auf Ludvigs Nachricht auf Instagram geantwortet. Hätten sie doch bloß nicht diesen Spaziergang zusammen gemacht. Ludvig hatte sie ja nicht gerade aus dem Nichts heraus angesprungen. Sie hatte ihn eingeladen. Sie von allen weiß, wie man jemanden zu so etwas einlädt. Freddie beißt die Kiefer zusammen und legt Sigrid vorsichtig eine Hand auf die Schulter.

»Komm schon. Es ist keine Katastrophe, sich zu trennen. Viele trennen sich. Ich habe irgendwo gelesen, dass ein Drittel aller Kinder in Schweden heutzutage Eltern hat, die nicht zusammenleben.«

In Sigrids Gesicht geht etwas vor. Erst verzieht es sich, als wolle sie jeden Moment anfangen zu weinen. Dann glättet es sich wieder, und sie schaut Freddie erneut mit aufgebrachtem Blick an.

»Weißt du eigentlich, wie leicht es für dich ist, mir zu sagen, ich solle mich von Ludvig trennen? Du kannst ja einfach deine Mutter anrufen, wenn du müde bist und ein bisschen schlafen willst. Ich *habe* nicht mal eine Mutter. Und wo soll ich wohnen? Wenn du und Frans euch trennen würdet, bräuchtet ihr bloß eure Wohnung zu verkaufen, und dann würde sich jeder eine neue besorgen. Ich bin nicht mal Hauptmieterin! Ich kann wohl schlecht bei der Wohnungsvermittlung reinplatzen und sagen: ›Tagchen! Mein Freund ist ein untreuer Vergewaltiger, deshalb muss ich umziehen. Hättet ihr eine Wohnung für mich? Gerne drei Zimmer mit Balkon!‹«

»Aber Sigrid …«, setzt Freddie an, da springt Ermina ihr bei.

»Atmen, Sigrid. Du hast alles Recht der Welt, wütend auf Ludvig zu sein. Aber Freddie hat nichts damit zu tun. Lass deinen Ärger nicht an ihr aus!«

Freddie merkt, wie unruhig sie ist. Und hofft, hofft, hofft, dass man es ihr nicht anmerkt. Ermina nickt Sigrid aufmunternd zu, ehe sie fortfährt: »Und dass du nicht ohne ihn klarkommst, ist Blödsinn. Das tust du! Ich habe etliche Freundinnen, die geschieden sind. Oder jedenfalls zwei. Und sie hatten nicht mal Jobs, bevor sie sich scheiden ließen. Eine war mitten in der Elternzeit und hatte fast kein Einkommen. Das regelt sich schon. Solange man einen Platz zum Wohnen hat, regelt sich alles.«

»Aber ich *habe* keinen Platz zum Wohnen! Außerdem ist die ganze Sache vielleicht nur ein Missverständnis. Oder? Wahrscheinlich blase ich alles unnötig auf. Ludvig sagt immer, dass …«

»Sigrid, es sieht nicht nach einem Missverständnis aus. Und Ludvig verhält sich wie ein Riesenarschloch dir gegenüber. Ich denke, deshalb bist du so wütend. Weil er dich in ein Leben zwingt, das du nicht führen willst. Er hat eine Meinung zu absolut allem, was du tust.«

»Das sagt die Richtige, die sich halb zu Tode hungert und die Brüste operieren lassen will, nur damit Alen sie hübsch findet.«

»Erstens ist das *nicht* der Grund. Alen hat nicht das Geringste mitzureden, was ich mit meinem Körper mache. Zweitens geht es hier gerade um dich. Merkst du nicht, dass Ludvig ein Arsch ist? Er gängelt dich pausenlos! Du darfst keine hohen Schuhe tragen, du darfst kein Fleisch essen, du durftest dein Kind nicht so wie du wolltest mit dem Fläschchen füttern. Welcher normale Mann kritisiert seine Frau, wenn sie mit dem Stillen aufhören will, weil es so wehtut, dass sie weinen muss? Keiner! Herrgott, er hat dich bei deiner Entbindung alleingelassen, weil er sich gekränkt gefühlt hat, Sigrid. So was *macht* man einfach nicht.« Ermina fasst Sigrids Gesicht mit beiden Händen und sieht ihr in die Augen. »Du sagst ständig, du seist Feministin. Dann zeig ein bisschen Frauenpower! Ich habe eine kleine Wohnung am Karlaplan, in der du wohnen kannst, bis du etwas Eigenes gefunden hast. Ja, sie ist sehr klein. Dreiundzwanzig Quadratmeter bloß. Aber vielleicht ist es besser, als mit Ludvig eingezwängt zu sein? Der kleine Bruder meiner Freundin wohnt momentan dort, aber dann muss er eben eine Weile zu seinen Eltern ziehen. Das ist schließlich eine Notsituation.«

Sigrid lächelt dankbar.

»Das ist superlieb von dir. Es wäre sicher gut, wenn ich dort mit Alfred wohnen könnte, bis sich alles wieder beruhigt hat.«

In Freddies Ohren rauscht es. Sie muss etwas sagen. Und obwohl sie weiß, dass sie diese gesamte, immer noch reichlich zerbrechliche Freundschaft aufs Spiel setzt, räuspert sie sich. Den Blick auf die Tischplatte gerichtet, murmelt sie es hervor. Fast so, als übe sie für sich selbst. Lässt die Lippen die Worte formen, aber beinahe, ohne sie auszusprechen. Ermina scheint jedoch verstanden zu haben, was sie gesagt hat, denn sie schlägt mit der Hand auf den Tisch und kümmert sich nicht darum, dass Olivia, die auf einer Decke auf dem Boden liegt, zu weinen beginnt.

» *Was* hast du da gesagt, Freddie?«

Sie hebt den Blick und sieht Sigrid direkt an. Ihr Blick flackert, aber ihre Stimme ist jetzt fest.

»Er hat mich im Sommer geküsst. Als wir auf Gotland waren.«

Ihre Augen brennen, und sie beginnt am ganzen Körper zu zittern, als sie die Hände vors Gesicht schlägt. Sie spürt die Tränen an ihren Handflächen und bringt schluchzend hervor: »Es tut mir leid, es tut mir leid, es tut mir leid, dass ich nichts gesagt habe.«

## ERMINA

Ermina schaudert es am ganzen Körper, als Sigrids Haustür hinter ihr ins Schloss fällt.

»Pfui Teufel. Arme Sigrid.«

Freddie starrt mit leerem Blick geradeaus, die Hände um den Griff des Kinderwagens gekrampft. Nachdem sie erzählt hatte, was auf Gotland passiert war, hatte Sigrid sich merkwürdig entschlossen gezeigt. Sie selbst an Sigrids Stelle hätte, vermutet Ermina, wahrscheinlich angefangen zu schreien, Sachen herumgeschmissen und den Schlüsseldienst gerufen, um die Schlösser auszutauschen. Aber Sigrid hatte die Kiefer zusammengepresst, sich einen Block und einen Stift geschnappt und einen Plan skizziert. Sie hatte Ermina gefragt, wann die Wohnung frühestens frei werde und ob eine von ihnen ein Auto habe, das sie sich leihen könne.

»Was für ein Riesenarschloch Ludvig ist. Wie kann man die Freundin seiner Partnerin so anspringen, völlig aus dem Nichts heraus?«

»Hm.« Freddie starrt auf den Boden.

Scheiße. Freddie verschweigt irgendetwas. Ermina spürt es mit jeder Faser. Eigentlich geht es sie nichts an, was Freddie neben Frans am Laufen hat. Das bleibt schließlich jeder und jedem selbst überlassen. Aber da diese Sache offenbar der ausschlaggebende Grund für Sigrid ist, den Vater ihres Kindes zu verlassen, will Ermina es wissen. Also bleibt sie mit dem Kinderwagen stehen und wartet, bis Freddie dasselbe tut.

»Freddie, was ist da eigentlich genau zwischen dir und Ludvig passiert?«

»Nichts, habe ich doch gesagt! Außer, dass er es versucht hat.«

»Ist das wirklich alles?«

Und Freddie bekommt wieder diesen Ausdruck. Wie an dem Tag im Frühling, als sie bei ihr klingelten und sie in ihrem dreckigen Bademantel die Tür öffnete. Den Ausdruck, von dem Ermina vermutet, dass Freddie ihn bekommt, wenn sie Nanosekunden von einem Zusammenbruch entfernt ist. Und tatsächlich. Kaum hat Sigrid den Gedanken zu Ende gedacht, verzieht sich Freddies Gesicht, und sie sinkt über dem Handgriff des Kinderwagens zusammen. Ihr ganzer Rücken bebt.

»Hey«, sagt Ermina und legt ihr eine Hand auf den Rücken. »Du musst es natürlich nicht erzählen, wenn du nicht magst. Aber ich finde, Sigrid verdient es zu wissen, ob du mit ihrem Freund geschlafen hast.«

Da schaut Freddie auf. Starrt ihr direkt in die Augen.

»Ich habe *nicht* mit ihm *geschlafen*! Verdammt, ich schlafe ja nicht mal mehr mit Frans. Wieso sollte ich es dann mit jemand anders tun?«

»Na ja, weil es ziemlich langweilig ist, mit derselben Person zu schlafen, mit der man schon seit Jahren schläft?«, versucht Ermina zu scherzen.

»Haha.« Freddies Stimme trieft vor Sarkasmus, und sie schüttelt entschieden den Kopf, bevor sie wieder ernst wird und den Kinderwagen weiterschiebt. »Ich will nicht wegen Sachen beschuldigt werden, die ich nicht getan habe«, faucht sie und biegt in den Midsommarvägen ein, obwohl es die völlig falsche Richtung für sie ist.

»Nein, aber wenn du nichts zu verbergen hast, frage ich mich, weshalb du so wütend auf meine Frage reagierst. Findest du nicht auch, dass Sigrid die Wahrheit verdient?«

»Okay, okay«, schreit Freddie zurück, kramt ihr Handy aus der Tasche, drückt ein paar Mal aufs Display und hält es Ermina hin. »Hier hast du es. Mir ging es den ganzen Winter, den ganzen Frühling und den ganzen Sommer über beschissen. Ich kam mir vor wie die schlechteste Mutter der Welt. Ich kam mir vor wie die schlechteste Ehefrau der Welt. Und wie die schlechteste Freundin der Welt. Und dann haben Ludvig und ich angefangen, auf Instagram zu schreiben, und dann haben wir uns auf der Straße getroffen und … Scheiße, Ermina!«

Freddie schlägt die Hände vors Gesicht, und obwohl es Erminas Meinung nach eigentlich klingt, als hätte Freddie sich wie eine Idiotin verhalten, streicht sie ihr über den Arm.

»Und …?«

»Na ja, wir sind uns eines Abends zufällig über den Weg gelaufen, als ich mit Aurelia unterwegs war, und zusammen spazieren gegangen. Und wir … Wir haben wirklich *geredet.* Danach haben wir vielleicht noch mal hin- und hergeschrieben. Ein paar Mal. Und dann hat er auf Gotland versucht, mich zu küssen. Aber ich habe wirklich deutlich gemacht, dass ich nicht möchte. Ich schwöre, das war alles. Allerdings hatte ich ihn ja zu alldem eingeladen. Also ist es genauso mein Fehler.«

Ermina starrt sie verständnislos an. Dann nimmt sie Freddie das Handy aus der Hand und scrollt durch die Nachrichten. Als sie beim richtigen Chat ankommt, runzelt sie die Stirn und schüttelt den Kopf.

»Also, das hier ist nichts. Aus deinem Mund klang es, als hättet ihr euch Nacktbilder voneinander geschickt.«

»Das würde ich niemals tun. Das mache ich nicht mal mit Frans«, ruft Freddie.

»Okay, okay, reg dich ab. *Du* hast überhaupt nichts Falsches getan. Manchmal braucht man einen harmlosen Flirt, um schwere Zeiten durchzustehen. Das bedeutet ja nicht, dass ich Alen gleich betrügen würde.«

Freddie schaut sie hoffnungsvoll an.

»Ehrlich?«

»Ja.«

»Aber … Wir haben wirklich *geredet* bei diesem Spaziergang. Er muss gedacht haben, dass ich …«

Ermina lacht.

»Freddie. Wenn du schon denkst, ein Spaziergang sei gleichbedeutend mit Fremdgehen, sollte ich es dir vielleicht nicht erzählen. Aber Frans und ich sind mehrfach ein Stück zusammen gegangen, wenn wir uns abends zufällig getroffen haben. Oder haben uns unterhalten, wenn wir beide mit den Kindern im Park waren oder so.«

»Was, echt?«

»Ja, natürlich. Er hat mir geholfen, die Einkaufstüten nach Hause zu tragen und war total lieb. Aber ich glaube kaum, dass er deshalb meint, ich hätte ihn angegraben.«

Ermina zögert, bevor sie fortfährt: »Sind Frans und Ludvig Freunde? Treffen sie sich?«

Freddie schaut sie verwundert an.

»Ob sie sich treffen? Absolut nicht. Ich glaube nicht, dass Frans ihn sonderlich mag.«

»Gut. Dann braucht er es niemals zu erfahren. Denn du hast ihm nichts erzählt, oder?«

»Von dem, was auf Gotland passiert ist? Nein, nein, nein! Sollte ich es ihm sagen?«

»Also, jetzt ist es doch wie lange? ... fast vier Monate her. Ich finde ehrlich gesagt nicht, dass du ihm etwas sagen musst. Es ist ja nichts passiert.«

»Nein, und ich glaube, es würde ihn sehr traurig machen.«

»Gut. Dann sag ihm nichts. Geh nach Hause und zeig ihm stattdessen, wie sehr du ihn liebst.«

Freddie schmunzelt und schüttelt den Kopf.

»Du meinst, ich soll mit ihm schlafen?«

»Ha! Wer hat dafür noch die Nerven? Ich meine eher, geh heim und sei nett zu ihm oder so.«

»Was, heißt das, ihr habt auch nicht mehr so viel Sex?«

»Ob wir nicht mehr so viel Sex haben? Ich glaube, meine Großmutter hat mehr Sex als ich.«

»Ehrlich?«

»Als ich nicht schwanger werden konnte, wurde irgendwie alles so komisch zwischen uns. Ich habe total die Lust verloren. Als ob es sinnlos wäre, miteinander zu schlafen, wenn wir auf diese Weise ja doch kein Kind kriegen konnten. Daher hat es eine Weile gedauert, dorthin zurückzukommen, nachdem Olivia geboren wurde.«

Freddie schaut sie zweifelnd an. Sieht aus, als suche sie nach Worten. »Ich … das heißt, ich meine, *wir* haben es immer noch nicht getan. Seit Aurelia geboren wurde.«

»Hattet ihr denn vor ihrer Geburt viel Sex?«

»Ja. Schon. Mehr als die meisten, denke ich.«

»Okay. Das kommt wieder. Denk dran, ihr seid schließlich für immer zusammen. Irgendwann werdet ihr es wieder tun. Stimmt's?«

# Kapitel 23

## SIGRID

»Das ist total überzogen! Hörst du, Sigrid? Überzogen!«

Nach vier Tagen absoluter Funkstille ist Ludvig nach Hause gekommen. Sigrid hatte sich zusammenreißen müssen, um ihn nicht anzurufen und am Telefon Schluss zu machen.

»Ja, aber ich habe mich nun mal dazu entschieden.«

»Und Alfred ist dir völlig egal? Dass seine Mutter seinen Vater wegen irgendeiner dämlichen Klatschgeschichte verlässt, die sie in der Zeitung gelesen hat?«

»Ist es wirklich nur eine ›dämliche Klatschgeschichte‹, wenn ihr euch deswegen so tief im Wald verstecken musstet, dass du dein Kind tagelang nicht sehen konntest? Glaubst du vielleicht, so was machen Eltern normalerweise?«

Sie weiß, dass der Schlag unter die Gürtellinie ging. Denn sie zweifelt keine Sekunde daran, dass er Alfred während seiner Abwesenheit ehrlich vermisst hat.

»Ja, ich hab's dir doch gesagt. Es war nur Spaß. Und wir haben niemals von ihr verlangt … diese Sache zu tun. Wir waren ziemlich betrunken, aber Caspar und ich erinnern uns beide daran, dass wir nicht getan haben, was sie behauptet. Sie hat es erfunden, Sigrid! Verstehst du das nicht?«

»Also hat dieses Mädchen nicht mit der Politik aufgehört, weil scheußliche Gerüchte über sie verbreitet wurden?«

»Was weiß ich, wieso sie aufgehört hat. Wahrscheinlich hat sie sich mit irgendwem verkracht, wie alle anderen Achtzehnjährigen.«

Sie hat Ludvig noch nie so verzweifelt gesehen. Und es erschreckt sie, aber gleichzeitig genießt sie es. Die Oberhand zu haben. Möglicherweise zum ersten Mal ist sie diejenige, die bestimmt und die Kontrolle über die Situation hat. Nicht er. Sie atmet tief ein. Dann schaut sie ihm in die Augen.

»Ganz unabhängig davon, Ludvig, will ich nicht mehr mit dir zusammen sein. Weißt du, dass du fast die Hälfte aller Wochentage weg warst, seit Alfred geboren wurde? Und dass du mindestens ein Wochenende im Monat gearbeitet hast? Ich habe dich wieder und wieder gebeten, weniger zu arbeiten und mehr bei uns zu sein, aber du hast nicht zugehört. Außerdem kontrollierst du verdammt noch mal mein gesamtes Leben. Ich darf mich nicht schminken, wie ich will. Ich darf nicht essen, was ich will. Sogar als ich ein Kind bekommen habe, sollte ich es nach deinen dämlichen Bedingungen tun! Ich akzeptiere es nicht länger, Ludvig. Ich liebe dich nicht, und ich will nicht mehr mit dir zusammen sein.«

Sie kann ihm nicht einmal in die Augen sehen, als sie es sagt. Es tut zu weh. Und als sie den Blick auf einen von Alfreds Schnullern richtet, der unter dem Heizkörper liegt, spürt sie die Tränen hinter den Lidern brennen. Sie weiß genau, was sie gesagt hat. Den ganzen Tag hat sie sie laut geübt, die Worte, die sich nicht zurücknehmen lassen. Aber sie weiß, dass sie wahr sind. Sie liebt Ludvig nicht genug, um das Leben zu akzeptieren, das er ihr aufzwängen will. Und sie liebt ihn nicht genug, um ihm seine Erklärung abzukaufen, was wirklich mit diesem Mädchen passiert sein soll. Oder mit Freddie.

»Das meinst du nicht ernst.«

»Doch. Ich meine es genau so, wie ich es sage«, antwortet Sigrid ruhig. Dann holt sie tief Luft und fährt fort: »Und findest du es nicht ein bisschen schäbig ... Wie soll ich es ausdrücken ... zu versuchen, mit den neuen Freundinnen seiner Partnerin anzubandeln? Verheirateten Freundinnen.«

»Was meinst du?«

»Hast du gedacht, Freddie würde mir nicht erzählen, was auf Gotland passiert ist? Hm?«

Ludvig verdreht die Augen und wirft in einer ergebenen Geste die Arme hoch.

»Ich weiß nicht, was Freddie dir eingeredet hat. Aber ich habe gar nichts versucht. *Sie* schien dagegen sehr am Lebenspartner ihrer neuen Freundin interessiert zu sein, aber ich habe ihr natürlich zu verstehen gegeben, dass ...«

Sigrid kneift die Lippen zusammen und schüttelt den Kopf, bevor sie ihn unterbricht: »Halt die Klappe, Ludvig. Egal was du sagst, aus dieser Sache kannst du dich nicht rausreden.«

Ludvig beginnt, im Wohnzimmer auf und ab zu gehen. Schnell, schneller, mit flackerndem Blick.

»Ich hätte mehr von dir erwartet, Sigrid. Ich weiß ehrlich gesagt nicht, was ich sagen soll.«

Sie drängt die Tränen zurück und schluckt hart, dann flüstert sie: »Sag, dass wir es hinkriegen. Um Alfreds willen. Wir werden kein Paar mehr sein, aber sag, dass wir weiterhin gute Eltern sein werden.«

Da bleibt Ludvig stehen, mitten im Raum, und sieht ihr direkt in die Augen.

»Wie sollen wir es ›hinkriegen‹, wenn mich die Mutter meines Kindes beschuldigt, mich an einem Mädchen vergriffen zu haben, untreu zu sein und sie zu unterdrücken?«

»Verstehst du es denn nicht, Ludvig? Wir haben ein Kind zusammen. Wir müssen es hinkriegen, auch wenn es Mist ist. Ermina hat eine kleine Wohnung in der Stadt, in der Alfred und ich vorübergehend unterkommen können, während ich nach etwas Eigenem suche. Ich ziehe übermorgen um. Bis dahin müssen wir uns hier zusammen arrangieren.«

»Ich hoffe, du weißt, dass du mit Alfred nicht weiter als eine Stunde von mir entfernt ziehen darfst.«

»Ich glaube, jetzt ist nicht der richtige Zeitpunkt, mir zu drohen, Ludvig.«

»Ich dachte nur, falls du es vielleicht nicht weißt.«

»Danke für die Info, aber ich weiß genau, welche Verpflichtungen ich in Bezug auf *unser* Kind habe. Erminas Wohnung liegt am Karlaplan, das ist ungefähr eine Viertelstunde von hier mit der U-Bahn. Und natürlich kannst du Alfred sehen, wann immer du möchtest.«

Ludvig zuckt mit den Schultern und starrt auf den Boden, dann murmelt er: »Dein Entschluss steht wirklich fest.«

Sigrid blickt ihn an und seufzt traurig.

»Ja, das tut er.«

## ERMINA

»Ich gehe jetzt mit Olivia zum Spielplatz, aber ruf mich an, sobald du fertig bist. Ich will alles hören!«

Nach sicher zehn erfolglosen Versuchen ist endlich ein kleiner Verlag auf Alens Buchidee angesprungen. Woran Frans' Bilder sicher keinen unerheblichen Anteil haben. Freddie hat sie vorgewarnt, dass sie keinesfalls mit großen Summen zu rechnen haben, falls es tatsächlich herausgegeben wird, aber es bedeutet Alen so unglaublich viel, dass das Geld fast keine Rolle für ihn spielt. Sie lächelt in sich hinein, als sie den Hügel zum Svandammspark hinuntergeht. Der Spielplatz ist leer, abgesehen von einem etwa fünfjährigen Mädchen, das herumrennt und eine Schaufel schwenkt, während ein Mann, vermutlich ihr Vater, auf einer Bank sitzt und auf sein Handy schaut. Olivia fängt an zu lachen und freudig mit den Armen zu wedeln, als Ermina sie aus dem Wagen hebt und sie die Schaukeln sieht, und ihr läuft das Herz über vor Liebe. Ihr Kind. Wie oft haben Alen und sie in den letzten Monaten festgestellt, welch ein *Glück* es war, dass sie so lange warten mussten, weil auf diese

Weise gerade Olivia zu ihnen kam. Als ob sie dort gelegen hätte, tief, tief drinnen und nur darauf gewartet hätte, herausgepickt und in einen kleinen Embryo verwandelt zu werden. Sie setzt ihr wunderbares kleines Baby in die Schaukel und schubst sie vorsichtig an. Jedes Mal, wenn die Schaukel oben ist, jauchzt Olivia vor Vergnügen, und Ermina klatscht zur Antwort in die Hände. Auf einmal spürt sie, dass jemand neben ihr steht, und als sie nach unten schaut, steht da das kleine Mädchen.

»Hallo«, sagt es.

»Hallo«, antwortet Ermina.

»Ist das dein Kind?«

Ermina spürt einen Kloß im Hals, als sie antwortet: »Ja, das ist mein Kind.«

»Wie süß sie ist.«

»Ja, das finde ich auch.«

»Wie heißt sie?«

»Sie heißt Olivia. Und ich bin Ermina. Wie heißt du?«

Ein riesiges Lächeln erscheint auf dem Gesicht des Mädchens.

»Ich heiße auch Olivia!«

»Nein, wirklich! Findest du, es ist ein guter Name?«

»Ja.«

»Das freut mich. Denn dann findet meine kleine Olivia das sicher auch, wenn sie mal groß ist.«

Das Mädchen nickt nachdenklich, dann scharrt sie mit der Zehenspitze im Sand, bevor sie wieder zu Ermina hochschaut.

»Hat deine Olivia einen Papa?«

»Ja, hat sie.«

»Der Mann da auf der Bank ist mein Papa.«

»Das hab ich mir fast gedacht.«

»Wohnst du mit Olivias Papa zusammen?«

»Ja. Wir sind verheiratet.«

»Schade.«

»Ich finde es gar nicht schade. Ich bin verliebt in ihn.«

»Aber ich finde es schade. Meine Mama und mein Papa wohnen nämlich nicht zusammen, und ich hatte gedacht, dass du und mein Papa vielleicht zusammen wohnen könntet. Also, wenn du nicht mit Olivias Papa wohnen würdest.«

»Aha. Warum hast du das gedacht?«

Das Mädchen schaut verlegen auf seine Füße. Dann sagt es: »Weil ich dich so hübsch finde. Du siehst aus wie eine Prinzessin.«

Ermina wird ganz warm, und sie lächelt das Mädchen breit an.

»Das ist aber lieb von dir. Du bist süß, wie eine kleine Puppe.«

Das Mädchen rümpft die Nase und schüttelt den Kopf.

»Nein! Puppen sind aus Plastik. Und Plastik ist schlecht. Das sagt meine Mama.«

Ein winzig kleiner Klumpen tief drinnen in Erminas Magen beginnt größer zu werden. Also ringt sie sich ein Lächeln ab und sagt: »Ich habe doch nur Spaß gemacht. Du siehst auch aus wie eine Prinzessin.«

»Danke! Jetzt gehe ich zurück zu meinem Papa. Tschü-üss!«

»Tschüss«, antwortet Ermina und winkt dem Mädchen, als es zur Bank rennt. Dann nimmt sie ihr Handy und wählt eine der zuletzt angerufenen Nummern.

»Hallo, hier ist Ermina Avdic. Ich habe nächste Woche einen OP-Termin bei Ihnen. Bruststraffung und Brustvergrößerung. Ich würde den Termin gern wieder absagen.«

# Kapitel 24

Sigrid steckt den Schlüssel ins Schloss von Erminas Wohnung und schließt ab. Mit gemischten Gefühlen spaziert sie anschließend die Allee am Karlavägen hinunter zum Östermalms torg, wo sie zum Mittagessen mit Ludvigs Mutter verabredet ist. Die Baumkronen leuchten in verschiedenen Gelb- und Rottönen, aber dieses Jahr hat Sigrid kaum bemerkt, wie sich die Blätter von grün zu gelb und rot gefärbt haben. Sie hatte in den letzten Wochen zu viel anderes im Kopf. Selma hatte sich Ende der letzten Woche gemeldet und erzählt, dass sie vorhabe, nach Stockholm zu kommen, um eine Ausstellung zu besuchen.

»Und da würde ich natürlich gern mein Enkelkind sehen und hören, wie es dir eigentlich geht.«

Als sie ihrem Vater von der Trennung erzählt hatte, hatte er nur irgendetwas gebrummt wie, es sei schön, Ludvig los zu sein. »Und du kommst ja immer zurecht«, hatte er hinzugefügt. Doch, ja. Zurecht kommt sie. Sie *muss* zurechtkommen. Ihre Gefühle sind noch nie derart Achterbahn gefahren wie in den letzten Wochen. Normalerweise ist sie stabil, kontrolliert. Als Sigrid klar geworden war, dass ihre Mutter es nicht schaffen würde, war sie konstant traurig gewesen. Jetzt fühlt sie sich im einen

Moment euphorisch vor Freiheit, um im nächsten Augenblick hemmungslos zu weinen. Und das bisschen Sicherheit, das ihr die Nähe zu Freddie und Ermina gegeben hat, ist mit dem Umzug sozusagen dahin. Sie haben nach wie vor jeden Tag Kontakt, aber wie früher eine Nachricht zu schicken und sich fünf Minuten später auf eine Tasse Kaffee oder für einen Spaziergang zu treffen, funktioniert nicht mehr. Das einzig Positive an dieser Lösung ist der Umstand, dass ihr neues, vorübergehendes Zuhause in der Nähe der Arbeit liegt und Ludvig nicht dort ist. Obwohl die Wohnung im Erdgeschoss zum Hinterhof zeigt, kommt sie ihr luftiger vor, als ihre gemeinsame Wohnung in Midsommarkransen es je war. Als wäre die Luft hier frischer, als könne sie wieder atmen. In den tiefen Fensternischen stehen ordentlich aufgereiht Alfreds Spielsachen. Sie hat zwei der gerahmten Bilder, die an der Wand hingen, durch ihre eigenen ersetzt und ein Hängeregal über dem Bett angebracht, in das sie ihre Lieblingsbücher gestellt hat. Ermina hatte ihr dazu geraten.

»Du weißt ja nicht, wie lange du hier wohnen wirst«, hatte sie schlicht gesagt, als sie ihr beim Einzug halfen.

Abgesehen von den Bildern, dem Regal, den Büchern und Alfreds Spielsachen hatte sie nicht viel mitgenommen. Zwei Reisetaschen und einen Umzugskarton. Sie hatte Ludvig gebeten, nicht nach Hause zu kommen, während sie ihre Sachen packte, und zum Glück hatte er diesen Wunsch respektiert. Zwei Reisetaschen und ein Umzugskarton. Darin waren Alfreds und ihr ganzes Leben verstaut. Das Kinderbett hatte sie bei Ludvig gelassen. Das 1,20 Meter breite Bett, das bereits in Erminas Wohnung stand, reichte völlig aus, damit sie und Alfred zusammen darin schlafen konnten. Und wenn sie so darüber nachdachte, hatte Ludvig ohnehin den Großteil ihrer Möbel bezahlt. Verdammt. Wie hatte es nur so weit kommen können?

Sie weiß nicht, wie oft in den letzten Wochen sie sich gefragt hat, was geschehen wäre, hätte sie Freddie und Ermina nie getroffen. Jedes Mal musste sie sich selbst korrigieren, um ihre Gedanken nicht dahingehend abschweifen zu lassen, dass sie und Ludvig dann vermutlich noch zusammen wären. Denn sie hätte ja nie erfahren, was Ludvig bei Freddie versucht hatte. Er hätte es gar nicht erst bei Freddie versuchen können. Die Beschuldigungen, die wegen der Sache vor fünf Jahren gegen ihn vorgebracht wurden, hätte er leicht zur Seite wischen können. Das betroffene Mädchen schien kalte Füße bekommen zu haben und wollte sich nicht weiter dazu äußern, und die Medienberichterstattung hatte sich stattdessen auf einen Kommunalrat konzentriert, der zum Schluss zurücktreten musste, nachdem mehrere der Frauen, die er sexuell belästigt hatte, mit Namen und Bild in einer der Abendzeitungen an die Öffentlichkeit getreten waren. Als Sigrid mit Alfred auszog, hatte sie gedacht, das Schwierigste würde werden, dass sie Ludvig nicht einfach zur Hölle schicken konnte, wenn er zehnmal am Tag anrief und weinte, weil er sein Kind vermisste. Aber so ist es nicht. Das Schwierigste ist, wie sehr sie sich schämt. Sie schämt sich dafür, in dieser Situation geendet zu sein, und sie schämt sich dafür, Ludvig geliebt zu haben. Sie schämt sich über die Erleichterung, die sie empfindet, weil das Mädchen entschieden hat, Ludvig und Caspar nicht nachträglich anzuzeigen. Auch wenn die Ermittlungen vermutlich eingestellt worden wären, hätte es garantiert einen Einfluss auf ihr und Alfreds Leben gehabt. Obwohl Freddie und Ermina sagen, dass sie sich für gar nichts zu schämen braucht, tut sie es dennoch.

Selma winkt ihr überschwänglich vom großen Eingang der Östermalmshalle zu. Als ob man sie übersehen könnte, denkt Sigrid, als sie auf sie zugeht. Der knallrote Mantel erleuchtet den Oktobertag, sticht sich jedoch mit der ziegelroten Fassade. Sigrid schiebt den Kinderwagen in Selmas Richtung und fragt sich, ob Alfred seine Großmutter überhaupt noch erkennt. Sie sehen sich so selten.

»Sigrid! Sigrid!«

Selma fällt ihr um den Hals und drückt sie. Sigrid stellt mit dem Fuß die Bremse an Alfreds Kinderwagen fest. Als sie Selmas Umarmung erwidert, merkt sie, wie Ludvigs Mutter anfängt zu zittern.

»Es ist so schrecklich traurig, das alles«, sagt Selma und fährt sich mit dem Zeigefinger unter den Augen entlang, nachdem es Sigrid gelungen ist, sich zu befreien. Sigrid spürt die Tränen aufsteigen. Ja, es ist traurig. Aber falls Selma vorhat, sie davon zu überzeugen, dass das alles ein Fehler war und sie und Ludvig einen Schlussstrich unter die Sache ziehen und weiter so leben sollen, als sei nichts passiert, gilt es, sich zu stählen. Denn wie oft in den letzten Wochen hat sie nicht selbst diesen Gedanken gehabt?

Selma hockt sich vor den Kinderwagen und verteilt Küsse auf Alfreds Gesicht. Noch immer laufen ihr die Tränen übers Gesicht.

»Omi ist ein bisschen traurig, verstehst du, Alfred. Auch Erwachsene können manchmal traurig sein.«

Alfred schaut sie verständnislos an. Sigrid wünschte, sie könnten jetzt einfach nach drinnen gehen, sich hinsetzen, etwas zu essen bestellen und dieses Treffen hinter sich bringen.

»Also das ist dein neues Viertel?«, fragt Selma, als sie sich von ihrem Weinanfall erholt hat.

»Ja, vorübergehend. Eine Freundin hat mir ihre Wohnung am Karlaplan zur Verfügung gestellt.«

»Nein, so was, da habe ich auch gewohnt. Ich hatte eine kleine Wohnung ganz dort in der Nähe, als ich für eine kurze Zeit Kunstwissenschaft studiert habe. Aber Stockholm ist mir viel zu stressig. Du weißt ja, dass diese Stadt meiner Meinung nach kein Ort zum Leben ist«, sagt Selma, nimmt ganz selbstverständlich den Kinderwagen und schiebt ihn durch den Eingang in die Markthalle. Sigrid folgt ihr schnell.

Selma hat einen Tisch im Lisa Elmquist reserviert, und trotz des begrenzten Platzes will sie Alfred unbedingt auf dem Schoß halten.

Sigrid zählt die Karos in der rot-weißen Tischdecke. Sie hat bereits beschlossen, dasselbe zu nehmen wie Selma. Sie schafft es nicht, eigenständig zu entscheiden, was gegessen, getrunken und gekauft werden soll. Schon Alfreds Babygläschen warm zu machen, kommt ihr momentan häufig wie eine nicht zu bewältigende Aufgabe vor.

Nachdem der Kellner ihre Bestellung aufgenommen und Sigrid genau wie Selma einen Rogen-Toast gewählt, das Glas Chablis jedoch dankend abgelehnt hat, räuspert sich ihre ehemalige Schwiegermutter.

»Sigrid, du weißt hoffentlich, dass ich diese Sache als furchtbaren Verlust empfinde. Du hast ... Du bist wirklich ein fantastisches Mädchen, ich meine, eine fantastische Frau. Und Ludvig ist am Boden zerstört.«

Aha. Da kommt es. Sigrid nimmt ein Stück Baguette aus dem Brotkorb. Pult winzig kleine Bissen aus dem fluffigen Inneren und steckt sie sich in den Mund. Sie muss irgendetwas mit ihren Händen tun.

»Ja, aber es ist nun mal, wie es ist«, antwortet sie möglichst neutral.

»Sigrid.«

Selma beugt sich über den Tisch und greift ihre Hand.

»Für mich als Mutter ist es eine unglaublich schwierige Situation. Ludvig hat uns alles erzählt. Von diesem Artikel, von dem er sagt, dass alles vollkommen falsch dargestellt sei. Und von diesem Missverständnis mit deiner Freundin.«

Das Baguette klumpt sich in ihrem Bauch zusammen. Fühlt sich an wie eine Handvoll weiches Klopapier, die zusammengeknüllt, heruntergeschluckt und durch ihren Körper transportiert wurde, um schließlich mit einem dumpfen Klatschen in ihrem Magen zu landen. Sie nickt schweigend. Hat nicht vor, sich dem einfach zu ergeben.

Sie verdient Besseres, als irgendeine Art von Verteidigungsrede halten zu müssen.

»Ich möchte nicht, dass das hier …«

Aber Selma schüttelt den Kopf und unterbricht sie.

»Diese Gerüchte … diese Geschichten … keine Mutter möchte so etwas über ihren Sohn hören. Wenn auch nur ein Körnchen Wahrheit darin enthalten ist, bin ich mit meiner Erziehung an ihm komplett gescheitert.«

*Japp, bist du,* denkt Sigrid. Aber sie sagt es nicht. Nickt nur, um zu zeigen, dass sie zuhört. Es ist so typisch Selma, zu versuchen, das Ganze von sich handeln zu lassen. *Ihrem* Verlust. *Ihrem* Versagen.

»Aber du hast dich also entschieden?«

»Ja, habe ich.«

Sie könnte Hunderte, vielleicht Tausende Gründe anführen, weshalb das die richtige Entscheidung ist. Aber mit Selma darüber zu diskutieren, scheint ein solches Kamikazeprojekt, dass sie sich gar nicht erst die Mühe macht.

Der Kellner kommt mit ihren Tellern, und Selma runzelt die Stirn.

»Da muss ein Fehler passiert sein?«

Der Kellner schaut verwundert auf seinen Block.

»Ich habe mir zwei Rogen-Toasts und ein Glas Chablis notiert. Habe ich etwas vergessen?«

»Aber du bist doch Vegetarierin, Sigrid?«

»Nicht mehr. Ich habe dasselbe bestellt wie du.«

»Ach so, dann entschuldigen Sie bitte«, sagt Selma mit einem Lächeln zum Kellner und gibt ihm mit einem kurzen Nicken zu verstehen, dass sie alles haben.

»So, dann hast du also angefangen, Fisch zu essen.«

»Ja.«

Sigrid wird klar, dass sie bisher kaum ein Wort gesagt hat. Dabei hat sie Ludvigs Mutter eigentlich immer gemocht. Auch wenn sie fast ein bisschen Angst vor ihr hatte. Angst, möglicherweise nicht die richtigen Ansichten zu haben, Angst, feige zu wirken, Angst, Selma könnte denken, sie sei nicht gut, nicht intelligent genug für ihren Sohn.

»Du fragst dich vielleicht, weshalb ich dich treffen wollte«, sagt Selma, nachdem sie ihre Serviette auf dem Schoß ausgebreitet hat. Den Rogen, den Schmand und die roten Zwiebeln hat sie in die Mitte des Tellers geschaufelt und zu einer hellrosa Pampe zusammengemanscht. Es sieht widerlich aus. Nur Menschen mit Selmas unerschütterlichem Selbstvertrauen können auf diese Weise mit so teuren Lebensmitteln umgehen. Sigrid spürt einen Anflug von Ärger. Hätten sie nicht einfach in ein stinknormales Café gehen können? Einen Kaffee trinken und ein Kokosbällchen essen? Muss sie wirklich hier sitzen, sich mit einer Winzportion schweineteurer Fischeier bestechen lassen und sich anhören, wie Selma Ludvig verteidigt? Aber dann blickt sie zu Alfred, wie er ihr gegenüber auf dem Schoß seiner Großmutter sitzt, und redet sich ein, dass sie es um seinetwillen tut. Und wie sehr wird er die Sommer in Simrishamn lieben und all die Geschenke, die er von seinen Großeltern bekommen wird. All das wird sie ihm niemals selbst bieten können.

»Ich finde es nur natürlich, dass Alfreds Großmutter

ihn treffen möchte, wenn sie in Stockholm ist«, hört sie sich selbst sagen und fügt schnell hinzu: »Ich meine, es wäre etwas anderes, wenn Ludvig und ich kein Kind zusammen hätten. Aber es ist doch ganz klar, dass wir uns treffen, wenn du hier bist, damit du Alfred sehen kannst.«

»Es freut mich wirklich sehr, dass du es so siehst, Sigrid.«

Selma tupft sich mit der Serviette den Mund ab und trinkt einen Schluck Wein.

»Ludvig ist mein einziges Kind. Und wer weiß, vielleicht bleibt Alfred mein einziger Enkel. Daher möchte ich natürlich alles in meiner Macht Stehende tun, damit es den beiden so gut geht wie möglich. Und das beinhaltet auch, dass es dir gut geht. Denn egal was du und Ludvig wollt, werdet ihr von nun an immer ein Teil im Leben des anderen sein.«

*Ja, das ist mir bewusst,* denkt Sigrid und unterdrückt den Impuls, die Augen zu verdrehen. Stattdessen nickt sie nur. Erneut. Sie hat das Gefühl, als würde sie nichts anderes tun, als hier zu sitzen und zu nicken.

»Sigrid. Dass Ludvig immer noch in eurer Wohnung wohnt …«

»Genau genommen ist es ja seine Wohnung. Wir haben seinen Mietvertrag in Malmö gegen die Wohnung in Midsommarkransen getauscht, du weißt ja, dass es sonst völlig unmöglich ist, in Stockholm etwas zu finden.«

»Die Wohnung in Malmö, die *ich* ihm besorgt hatte, ja. Ich war so, entschuldige die Wortwahl, *verdammt* wütend, als er mir erzählt hat, wie ihr die Situation ›gelöst‹

habt.« Selma malt Anführungszeichen in die Luft. »Ganz unabhängig davon, was ich bezüglich eurer Trennung glaube oder meine, so verhält man sich einfach nicht der Mutter seines Kindes gegenüber. Vor allem, da du nicht mal ein richtiges Einkommen hast. Herrgott, du bist doch immer noch in Elternzeit, oder?«

»Ich arbeite zwei Tage die Woche.«

Es erscheint ihr einfacher, sich an die Fakten zu halten, als über ihre Gefühle bezüglich der ganzen Sache zu sprechen.

»Diese Wohnung, die du von deiner Freundin mietest, wie lange kannst du dortbleiben?«

»Bis auf Weiteres. Aber ...«

»Aber?«

»Na ja, sie ist sehr klein. Dreiundzwanzig Quadratmeter. Das ist schon recht eng. Ich habe einiges gespart, seit ich angefangen habe zu arbeiten. In ein paar Jahren kann ich mir also hoffentlich etwas Eigenes kaufen. Falls ich bis dahin nichts Größeres gefunden habe. Ich suche natürlich.«

»Dreiundzwanzig Quadratmeter? Das hat Ludvig nicht gesagt.«

»Wir können ja nicht so viel ...«

»Jetzt hör mir mal zu, Sigrid. Ludvig hat unser Angebot, euch beim Kauf einer Wohnung zu unterstützen, abgelehnt. Hätten wir euch dabei helfen dürfen, hättest du jetzt bereits einen Fuß im Wohnungsmarkt. Und so wie ich es verstehe, hat Peter nicht die Möglichkeit, dir zu helfen, richtig?«

Die Möglichkeit, ihr zu helfen? Sigrid hat gar nicht erst gefragt. Hätte sie versucht, ihrem Vater zu erklären, dass sie eine halbe Million Kronen braucht, um eine Wohnung zu kaufen, hätte er vermutlich gedacht, dass sie log. Oder übertrieb. Vermutlich hätte er ihr angeboten, zurück nach Bjuv zu ziehen, ihr einen Teil seiner Ersparnisse gegeben, damit sie sich dort eine Wohnung suchen konnte. Und ihm zu erklären, dass Zurückkehren keine Alternative war, würde wohl kaum zu einem angenehmen Gespräch führen. Also schüttelt sie den Kopf.

»Nein, eher nicht.«

»Weißt du, warum Anders und ich so lange mit dem Kinderkriegen gewartet haben?«, fragt Selma auf einmal.

»Ihr habt euch recht spät kennengelernt, oder?«

»Nein, das war es nicht. Oder das heißt, ich war natürlich sehr viel älter, als du es warst, als du mit Ludvig zusammenkamst. Aber ich habe mich geweigert, Kinder mit ihm zu bekommen, bevor er mir nicht beweisen konnte, dass er den Kindern, die er bereits hatte, ein guter Vater war. Und das werde ich auch Ludvig sagen. Eltern zu sein bedeutet, verantwortungsbewusst zu handeln. Und sein Kind auf so engem Raum leben zu lassen, obwohl es nicht nötig ist, das ist *nicht* verantwortungsbewusst.«

»Ludvig hat sehr deutlich gemacht, dass schließlich ich diejenige bin, die sich trennen will.«

»Ja, das hat er auch mir gegenüber betont. Und was das angeht, mische ich mich nicht ein. Aber Ludvig hat die Möglichkeit, sich von uns dabei helfen zu lassen, eine neue Wohnung zu finden. Und jetzt muss er seinen Stolz eben beiseiteschieben und diese Hilfe annehmen.«

»Du meinst also, ich soll unsere Wohnung behalten?«

*Unsere* Wohnung. Sachte, ganz sachte sinken die Worte tiefer in Sigrids Bewusstsein.

»Ja, genau das meine ich. Anders und ich kaufen Ludvig eine Wohnung. Dann kannst du eure Wohnung übernehmen.«

»Ja, wir haben sie ja eigentlich gemietet, um zusammen dort zu leben und ...«

»Eben. Also ist es genauso auch deine Wohnung.«

Sigrid seufzt innerlich. Ludvig wird sie dafür hassen.

»Ich habe bereits mit ihm darüber gesprochen. Aus diesem Grund bin ich nach Stockholm gekommen. Ich wollte die Angelegenheit ungern am Telefon mit dir besprechen. Ich wollte dich treffen und hören, wie deine Pläne aussehen, um nicht noch mehr daran zu rühren.«

Sigrid nickt wieder. Dippt die Gabel in den Schmand und schiebt sie sich in den Mund. Dann lächelt sie Selma so herzlich an, wie sie es vermag.

»Das klingt sehr gut, finde ich. Ich meine, das Wichtigste ist ja, dass es Alfred gut geht. Und bald wird er anfangen zu krabbeln und zu laufen und ... Na ja, auf lange Sicht ist meine jetzige Wohnung dafür einfach zu klein. Ich rufe Ludvig heute Nachmittag an und erzähle ihm von unserem Treffen, dann kann er anfangen, Besichtigungstermine auszumachen und so weiter.«

Selma nickt und sieht zufrieden aus. Wie *schön* für sie. Jetzt kann sie das Gefühl haben, sich der Mutter ihres

Enkelkindes gegenüber ein wenig schwesterlich gezeigt zu haben, während sie gleichzeitig ihrem Sohn hilft. Und ihrem eigenen Ansehen.

Ludvig wird Sigrid dafür absolut hassen. Aber dann soll er eben, denkt sie und schaut zu Alfred, der mit seiner kleinen speckigen Hand nach der Halskette seiner Großmutter greift. Alles, was sie von nun an tut, wird sie seinctwillen tun. Nicht, um Ludvig zufriedenzustellen.

# Kapitel 25

## FREDDIE

»Und du kommst sicher allein klar?«

»Ja doch!«

»Ich habe genug Milch für drei Fläschchen vorbereitet, sie steht im Kühlschrank. Und wenn das nicht hilft, kannst du ihr einfach einen Mais…«

»Schatz, ich war doch schon etliche Male mit Aurelia allein. Und du bist gefühlt eine halbe Stunde weg. Womit soll ich deiner Meinung nach denn nicht klarkommen?«

»Sie war in letzter Zeit so Mama-fixiert und …«

Freddie merkt, wie ihr Gesicht unkontrolliert zu zucken beginnt. Nein. Nein, nein, *nein.* Nicht jetzt. Nicht schon wieder. Sie hat sich wirklich darauf gefreut, schick angezogen, geschminkt und ein bisschen angeheitert bei Ermina zu sitzen. Frans wirft einen schnellen Blick zu Aurelia, die auf dem Boden sitzt und leidenschaftlich mit einem Holzlöffel auf einen Kochtopf schlägt. Ganz egal wie viele schöne Spielsachen sie ihr kaufen, Aurelia will nichts anderes, als mit Holzlöffeln auf Kochtöpfe zu schlagen. Frans nimmt Freddies Gesicht in seine Hände und schaut ihr in die Augen.

»Du schaffst das. Du wirst nicht anfangen zu weinen. Du wirst ausgehen und einen Haufen neuer, netter Mädels kennenlernen. Und sie werden dich total normal und großartig finden, und niemand wird dir anmerken, dass du dich heute ungefähr zwölfmal in Fötusstellung auf dem Boden zusammenrollen wolltest.«

Freddie beißt sich auf die Lippe, um nicht loszuheulen, und Frans dreht den Kopf zum Fernseher.

»Siehst du den Fernseher? Jetzt atmen wir ein Viereck zusammen, genau wie wir es immer tun. Wir fangen links an und dann gehen wir weiter nach oben.«

Sie richtet den Blick auf die linke untere Ecke, holt tief Luft und atmet langsam wieder aus, während ihr Blick den Bildschirm hinauf bis zur oberen Ecke wandert. Dann gleitet er weiter, rund, rund, während der eigene und Frans' Atem in ihren Ohren rauschen.

Und merkwürdigerweise hilft es diesmal tatsächlich. Der Druck auf der Brust weicht, und das Weinen sinkt tief nach unten, bis es in einem schwarzen Loch in ihrem Inneren verschwindet.

»So, und jetzt geh, bevor es zurückkommt«, sagt Frans zufrieden, als er sieht, dass sie sich beruhigt hat.

Er streicht ihr mit dem Daumen unter dem linken Auge entlang, und als sie sich umdreht und sich selbst im Flurspiegel sieht, fühlt sie sich wirklich besser. Viel besser. Der knallrote Lippenstift ist nicht verschmiert, und der Eyeliner hat immer noch diesen perfekten Schwung, mit dem sie so zufrieden war, als sie ihn vor einer Viertelstunde gezogen hat. Sie zieht den Gürtel um die Taille ihres Kleides zurecht und schlüpft mit den nackten Füßen in ein Paar Pumps. Sie hat immer bloße Beine, solange es geht, und obwohl es bereits Mitte Oktober und kurz nach halb sechs ist, sind die Temperaturen noch nicht unter fünfzehn Grad gesunken. Mit einer Hand auf dem Türgriff legt sie den Arm um Frans' Taille, wendet das Gesicht zu ihm hoch und lächelt.

»Weißt du was?«

Er erwidert ihr Lächeln.

»Nein, was?«

»Ich bin so froh, dass ausgerechnet du und ich eine Familie geworden sind. Und Aurelia. Mit niemandem auf der Welt hätte ich lieber eine Familie als mit euch.«

In Frans' Augen tritt ein Glitzern, die Hand an ihrem Nacken zieht sie zu sich, und er küsst sie sanft auf die Stirn.

»Genau wie ich mit niemandem, wirklich niemandem auf der ganzen Welt außer dir eine Familie haben möchte. Und jetzt geh und amüsier dich. Du verdienst es.«

Und dann lächelt er sie mit diesem Lächeln an. Demselben Lächeln wie an jenem Morgen vor sechs Jahren, das sie dazu brachte, den ganzen Tag mit ihm im Bett liegen zu bleiben, obwohl sie vorgehabt hatte zu verschwinden, bevor er aufwachte. Oh, wie froh sie ist, es nicht getan zu haben.

Astrid wartet an der U-Bahn auf sie, genau wie verabredet, und hakt sich bei Freddie unter, als sie bei ihr ankommt. In der anderen Hand trägt Freddie eine Tüte mit dem Nachtisch, den zu backen sie versprochen hatte.

»Stell dir vor, dass wir zu einem Abendessen gehen, das um halb sechs anfängt«, sagt sie mit einem Lächeln.

Astrid schüttelt den Kopf und grinst.

»Weißt du noch, in Paris? Da wären wir vor halb sechs

nicht aus dem Bett aufgestanden. Jedenfalls nicht, wenn wir am Vortag feiern waren.«

Freddies Lächeln wird breiter, und sie knufft Astrid in die Seite.

»Nein. Und du stehst an den Wochenenden wahrscheinlich immer noch nicht vor halb sechs auf, stimmt's?«

»Doch, klar! Heute habe ich nur bis halb eins geschlafen!«

»Haha.«

»Aber ich bin irgendwie total müde in der letzten Zeit. Unnormal müde.«

»Du glaubst aber nicht, dass du …«

»… schwanger bist? Nee, nee. Vergiss es. Erstens habe ich vorgestern meine Tage gekriegt, zweitens hatten Herman und ich in den letzten Wochen so gut wie keinen Sex.«

»Hattet ihr nicht?«

»Nein. Er ist dauernd so gestresst wegen dieser Vorstellung im Stadttheater und wohnt praktisch dort. Also sehen wir uns kaum.«

»Ist das okay für dich?«

»Tja, was soll ich sagen. Dieses Stück wird ja sozusagen sein Durchbruch. Sein *richtiger* Durchbruch. Also versuche ich, ihn so gut wie möglich zu unterstützen. Und ich meine … wenn es richtig gut läuft, habe ich auch etwas davon.«

Astrid grinst, und Freddie spürt einen Hauch von Unbehagen in sich aufsteigen. Dieselben Gedanken hatte sie früher auch manchmal in Bezug auf Frans. Dass auch sie davon profitierte, wenn es gut für ihn lief. Manchmal hatte sie ihn sogar gedrängt, einen Auftrag anzunehmen, bei dem ihm nicht ganz wohl war, um selbst einen Fuß durch die richtige Tür zu bekommen. Und Astrid darf natürlich so denken, wenn sie möchte. Aber sie persönlich ist froh, es hinter sich gelassen zu haben.

»Jetzt erzähl noch mal, wer heute Abend alles kommt. Cool, ein paar neue Leute kennenzulernen.«

»Ich kenne eigentlich nur Ermina und Sigrid. Dann kommt anscheinend noch Erminas Mädelsclique, wenn ich es richtig verstanden habe.«

»Mädelsclique?«

»Haha, ich weiß. Sehr *Sex and the City*. Aber ich glaube, Ermina wirst du mögen.«

»Ist das die Maklerin?«

»Genau. Ihr Mann und Frans haben jetzt sogar ein Projekt zusammen. Er will ein Trainingsbuch herausgeben für Männer, die noch nie trainiert haben, und Frans macht die Bilder.«

»Wow, cool!«

»Ja. Vor allem scheint Frans es megacool zu finden. So cool, dass er jetzt sogar auch angefangen hat zu trainieren.«

»Echt? Das hätte ich nicht erwartet.«

»Nein, ich auch nicht.«

»Und diese Signe?«

»Sigrid. Sie ist etwas jünger. Fünfundzwanzig, sechsundzwanzig, so was um den Dreh. Und sie ist frisch getrennt, also sollte man da vielleicht ein bisschen vorsichtig sein ...«

»Die Arme. So jung. Und mit einem kleinen Kind …«

»Ja. Aber sie ist tougher, als man auf den ersten Blick denkt. Es war eine echt üble Geschichte. Ich will nicht ins Detail gehen, aber ihr Ex ist ein richtiger Arsch. Er hat sogar versucht mich rumzukriegen, als sie uns im Sommer auf Gotland besucht haben.«

Sie ist immer noch nicht zu hundert Prozent sicher, ob sie Astrid wirklich alles erzählen kann. Wie früher. Ihr Verdacht wird durch Astrids Reaktion bestätigt. Sie bleibt auf dem Hügel den Svandammsvägen hoch stehen und schnappt nach Luft.

»Nicht dein Ernst! Während sie und das Kind dabei waren?«

»Ja, na ja, das Kind hat geschlafen. Und Sigrid und Frans saßen im Garten, während Ludvig, Sigrids Ex, und ich in der Küche abgespült haben.«

»Oh Mann. Heftig.«

»Ja.«

Sie zögert, bevor sie zu Astrid schaut und leicht den Kopf schüttelt.

»Das Verrückte war, dass ich überlegt habe, es zu tun. Mit ihm rumzumachen, meine ich. Also nur für eine Sekunde, aber trotzdem. Wir hatten uns ein paar Mal zufällig unterwegs mit den Kindern getroffen und uns unterhalten, und ein Mal haben wir ein bisschen auf Insta gechattet. Er … er hat irgendwie immer genau das gesagt, was man hören wollte. Mich dafür gelobt, wie toll ich mit Aurelia umgehe und so. Außerdem ist er ja nicht gerade hässlich.«

»Jetzt will ich aber ein Bild sehen.«

»Also, das ist irgendwie … Ich weiß nicht.«

»Los, zeig schon!«

Freddie holt ihr Handy aus ihrer Handtasche, aber als sie auf Instagram nach Ludvigs Namen sucht, findet sie ihn nicht. Komisch.

»Lass mich mal sehen.«

Astrid beugt sich über das Display.

»Vielleicht hat er dich geblockt? Sollen wir's mal von meinem Handy versuchen?«

»Okay, jetzt müssen wir ja fast schon.«

Astrid fischt ihr Handy aus der Manteltasche und reicht es Freddie. Beinahe hat sie ein schlechtes Gewissen, weil sie seinen Nutzernamen immer noch auswendig weiß, als sie ihn eintippt. Ludvigs Profil taucht direkt auf.

»Scheiße, er hat mich echt geblockt.«

»Ist er das?«

»Ja.«

»Gib her!«

Astrid nimmt ihr Handy zurück und scrollt schnell durch die Beiträge, bevor sie mit einem breiten Grinsen aufschaut.

»Alter, diese Augen.«

»Mhm.«

»Aber hör mal. Deshalb brauchst du kein schlechtes Gewissen zu haben. Du warst ein Jahr lang ein komplettes Wrack. Und dann kommt dieser heiße Typ und bestätigt dich weiß Gott wie. Natürlich wird man da kirre.

Außerdem habe ich gelesen, dass Frauen anfangen, sich nach anderen Männern umzusehen, wenn sie ein Kind bekommen haben. Darauf sind wir sozusagen programmiert, weil wir die genetischen Risiken verteilen wollen.«

»Du meinst, wir wollen Kinder mit vielen verschiedenen Männern, weil manche Männer schlechte Gene haben?«

»Ganz genau.«

»Also, ich weiß nicht, ob ich das glauben soll. Aber danke für den Versuch.«

»Jaja. Oder es ist eben einfach nicht so ungewöhnlich, dass man sich geschmeichelt fühlt, wenn ein heißer Kerl auf einen steht. Und bevor du Frans getroffen hast, warst du ja nicht gerade die Weltbeste im Treusein. Man fällt leicht in alte Muster zurück.«

»Aber ich würde Frans nie so etwas antun.«

»Nein, das ist gut. Frans ist gut. Ich freue mich so für euch, Freddie.«

Und als sie Astrids Blick begegnet, scheint es, als meine sie ihre Worte tatsächlich ernst.

»Danke. Und ich freue mich für dich und Herman. Solange du glücklich mit ihm bist, bin ich auch glücklich. Aber wollen wir mal weiter? Es ist gleich hier unten.«

»Denk dran, dass wir nachher nicht mit feiern gehen müssen, wenn es dir zu viel wird. Wir können genauso gut zu dir nach Hause gehen und den Abend mit einer Flasche Limo und *Dirty Dancing* auf dem Sofa ausklingen lassen.«

Freddie lächelt Astrid an. Mit einem Lächeln, das sich echter anfühlt als seit fast einem ganzen Jahr.

»Wie in Paris?«

Astrid lächelt zurück und gibt ihr eine schnelle Umarmung.

»Genau wie in Paris!«

Freddie zeigt auf das Haus, wo sie Ermina, und auch Sigrid, zum ersten Mal getroffen hat. Astrid nickt, und Freddie gibt den Türcode ein, den sie inzwischen in der Notiz-App im Handy eingespeichert hat. Abgesehen von ihrem eigenen Zuhause hat sie in den letzten Monaten wohl nirgends so viel Zeit verbracht wie bei Ermina. Sie klingelt an der Wohnungstür. Niemand öffnet. Vorsichtig drückt sie die Klinke hinunter, woraufhin ihr ein derartiger Lärmpegel entgegenschallt, dass man meinen könnte, sie seien auf der Hausparty eines Sechzehnjährigen gelandet statt bei einem Mädelsabend bei der Mutter eines Säuglings. Kaum hat sie die Tür hinter ihnen geschlossen, stürzt Ermina durch den Flur auf sie zu und fällt ihr um den Hals. Es ist ein ungewohnter Anblick, sie in etwas anderem als den üblichen Trainingsklamotten zu sehen. Wie Freddie trägt sie ein Kleid, allerdings ist Erminas ungefähr dreißig Zentimeter kürzer und besteht aus einer Art puderrosa Spitzenstoff mit Lochmuster. Obwohl es schweineteuer aussieht, würde Freddie lieber in einen schwarzen Müllsack gekleidet ausgehen, als so etwas anzuziehen.

Sie reicht Ermina den Limettenkuchen mit Kokosbaiser, den sie gebacken hat, da Ermina sie gebeten hatte, etwas Passendes zum Thema »asiatisch« mitzubringen.

Außerdem wird es einen guten Blogbeitrag abgeben. Sie hat ein superschönes Instruktionsvideo für Insta-Storys gemacht, selbst wenn der Abend also mies wird, hat er ihr wenigstens zu gutem Material verholfen, denkt sie, bremst sich jedoch. Genau so, hat Stefan gesagt, soll sie eben nicht denken. Das Wichtige im Leben ist nicht, was sie vorzeigt, sondern was sie erlebt.

»Und du bist dann bestimmt Astrid? Logisch, ich kenne dich ja aus dem Fernsehen.« Ermina macht eine Scheibenwischergeste vor ihrem Gesicht. »Sorry, ich bin ein bisschen neben der Spur. Wenn man plötzlich lauter Berühmtheiten in der Wohnung hat ...«

»Ach Quatsch. Die Sendung sehen sich ja nur alte Leute an«, wehrt Astrid unerwartet bescheiden ab. So bescheiden, dass Freddie ihre Augenbraue davon abhalten muss, nach oben zu wandern.

»Die anderen sind schon alle da«, sagt Ermina. »Sigrid auch. Hammer, dass alle konnten. Und echt schön, dass du auch gekommen bist, Astrid. Übrigens habe ich eine alte Louis-Vuitton-Tasche, die ich vor tausend Jahren mal auf einer Auktion gekauft habe, vielleicht könntest du mal einen Blick ...?«

»Also bitte, ich bin doch hier, um mich zu betrinken, nicht um zu arbeiten«, antwortet Astrid und zwinkert ihr zu.

Freddie atmet aus. Vielleicht wird ja doch alles gut gehen, mit Astrid, Ermina, Sigrid und diesen anderen Mädels, die Ermina eingeladen hat. Es ist offensichtlich, dass sich Ermina für diesen Abend gestylt hat. Sie ist stark geschminkt und trägt ihr Haar offen. Ein schneller Blick auf Erminas Füße verrät ihr, dass auch sie Pumps trägt. Sehr schön. Freddie hasst die in Schweden herrschende Phobie, was das Tragen von Schuhen im Haus angeht. In welchem anderen Land läuft man bei den Leuten zu Hause strümpfig oder, noch schlimmer, barfuß herum? Die halbe Stimmung geht doch flöten, wenn man schick angezogen, aber barfuß ist. Aus dem Wohnzimmer dringen laute Stimmen, zwischen denen Sigrids vorsichtiges Lachen zu hören ist.

»So, Mädels, damit wären wir vollzählig! Nehmt euch noch ein bisschen Sekt, während ich das Essen fertig mache.«

Ermina verschwindet hinter der Kücheninsel, wo sie den Limettenkuchen neben einer Küchenmaschine in Kaugummirosa abstellt. Freddie nimmt sich ein Glas und trinkt einen großen Schluck. Dann schluckt sie noch einmal, setzt ihr strahlendstes Kameralächeln auf und reicht einer hochgewachsenen, gertenschlanken, aber dennoch irgendwie kurvigen Frau die Hand, die es schafft, vollkommen fantastisch auszusehen, obwohl sie nur ein einfaches T-Shirt und eine Lederhose anhat. Was bei näherer Betrachtung daran liegen könnte, dass die Hose aussieht, als hätte sie gut und gern das Elterngeld eines ganzen Monats gekostet. Sie trägt nur einen Hauch von Make-up und hat die Art Wimpern, die sicher alle zwei Wochen in einem teuren Salon aufgefüllt werden.

»Heeey«, sagt die Frau und ignoriert ihre ausgestreckte Hand. Stattdessen beugt sie sich vor, drückt ihre Wange an Freddies und gibt ihr ein Küsschen zur Begrüßung. »So, ich weiß schon, du bist Freddie. Ich meine, Ermina redet ja soo viel von euch. Und ich bin Nadia!«

»Ja, wenn man Kinder hat, ergibt es sich ja schnell, dass man recht viel Kontakt mit anderen Müttern aus der Gegend hat.«

Obwohl ihre Mundwinkel von dem gezwungenen Lächeln krampfen, bemüht sie sich wirklich, es aufrechtzuerhalten.

»Und du, woher kennst du Ermina?«

»Wir waren Zimmernachbarn im Asylheim, als wir nach Schweden kamen. Und seither kleben wir irgendwie zusammen. Als wir klein waren, haben wir den Leuten sogar erzählt, wir wären Zwillinge. Aber dann haben wir uns natürlich sehr viel weniger gesehen, als wir anderen alle kleine Kinder hatten. Hätte ich eine Sache im Leben anders machen können, dann hätte ich darauf geachtet, gleichzeitig mit den anderen Mädels schwanger zu werden. Mann, du kannst dir nicht vorstellen, wie schwer es in den letzten zehn Jahren war, uns zu treffen. Weißt du, Chloé, meine Älteste, habe ich mit siebenundzwanzig bekommen. Sie geht also schon in die dritte.«

»Aber für mich ist es perfekt, so kann sie Olivia nämlich in ein paar Jahren babysitten«, lässt sich Ermina von hinter der Kücheninsel vernehmen, wo sie gerade dabei ist, Sesamkörner über etwas zu streuen, das aussieht wie eine gigantische Poké-Bowl in einer riesigen hellgrauen Keramikschale. Der Tisch ist mit passenden Tellern gedeckt, und in der Mitte thront ein fürchterlicher Strauß aus Ranunkeln und Eukalyptusblättern in einer bauchigen Glasvase. Für diejenigen, die bei der Vase sitzen, wird es unmöglich sein, ihr Gegenüber zu sehen. Aber, ermahnt sich Freddie, das ist ja nicht ihr Problem.

## SIGRID

»Und, wie hat es sich angefühlt? Kamst du dir vor wie die Ultra-Powerfrau, die ihren Drecksack von einem Mann rausschmeißt, oder warst du eher traurig?«

Erminas Freundin Jasmin schaut Sigrid mit großen braunen Augen an, die von dichten Wimpern umgeben sind. Sigrid fühlt sich ungewohnt entspannt vom Wein und dem Umstand, dass Alfred heute Nacht bei Ludvig schläft. Die ersten beiden Male hatte das bereits richtig gut geklappt. Sie trinkt einen weiteren Schluck, ehe sie antwortet: »Also, es ist schwer zu erklären. Aber ich glaube, es hat sich ein bisschen so angefühlt wie sterben.«

»Sterben?«

»Ja. Wenn man Leute von Nahtoderfahrungen erzählen hört, beschreiben sie oft, dass sie Momente aus ihrem Leben an sich vorbeiziehen sehen. Und ich habe Momente aus unserem Leben gesehen, in chronologischer Reihenfolge quasi. Von unserem ersten Kuss bis zu dem Tag, als wir zusammenzogen. Als ich mein Lehramtsstudium abschloss. Als wir entdeckten, dass ich schwanger war. So ungefähr.«

»Wow.«

Ermina gibt einen leisen Pfiff von sich, und Sigrid sieht aus dem Augenwinkel, wie Freddie ihr einen strengen Blick zuwirft. Sigrid lächelt verlegen. Was hat sie nur getan, um so tolle Freundinnen zu verdienen? Klar, sie sind ziemlich schräg. Aber wahnsinnig toll.

Nadia lächelt sie breit von der anderen Seite des Tisches an.

»Ich hatte ein ähnliches Gefühl, als wir beschlossen, uns scheiden zu lassen. Abends vor dem Einschlafen lag ich im Bett und habe geistig alle Highlights aus unserem Leben abgespielt, wie bei einem Film. Jetzt bin ich einfach nur verdammt froh, dass wir nicht mehr verheiratet sind. Mein Ex-Mann ist ein toller Vater, aber die Ehe mit ihm war ein Desaster. Prost aufs Dasein als Single-Mama, Sigrid!«

Die anderen lachen. Nur Astrid lächelt ein wenig steif. Obwohl sich Sigrids Herz sicher zum zwanzigsten Mal heute zusammenzieht, weil es ihr nicht geglückt ist, Alfred die Kindheit zu geben, die sie sich für ihn gewünscht hatte, fühlt sich eigentlich alles ganz okay an. Sehr viel besser jedenfalls, als depri in Erminas zwar schöner, aber sehr kleiner Wohnung in Östermalm zu sitzen, wo sie keinen einzigen Menschen außer Kian kennt.

Aus irgendeinem Grund hat sie Kian noch nicht erzählt, dass sie und Ludvig sich getrennt haben. In der Woche nach der Trennung hatte sie vorgegeben, Alfred sei krank, und war zu Hause geblieben. Dann hatte Kian günstigerweise zehn Tage mit seinem Bruder Urlaub in den USA gemacht, und in der letzten Woche hatte sie es an den zwei Tagen, die sie auf der Arbeit war, ganz einfach geschafft, das Thema zu umgehen. Schon am ersten Tag hatte sie dem Impuls widerstanden, ihn anzurufen und um Hilfe beim Packen, dem Umzug und anderen praktischen Dingen zu bitten. Wie selbstständig war man, wenn man sich von seinem Partner trennte, direkt im Anschluss aber einen anderen Typ anrief, um sich beim Tragen der schweren Sachen helfen zu lassen? Nicht sehr. Und um ehrlich zu sein, hatte sie ihn gar nicht gebraucht. So wie Freddie und Ermina in den letzten Monaten ist kein anderer ihrer Freunde je für sie da gewesen. Wenngleich sie noch nie so viel geweint hat wie in dieser Zeit, hat sie wohl auch nie so viel gelacht. Deshalb empfindet sie es eigentlich als Selbstverständlichkeit, mit Ermina und ihren Freundinnen feiern zu gehen. Und auch wenn sie diese Art von Weggehen aus Malmö nicht gewohnt ist, wo sie offen gestanden meistens in verschiedenen Pubs abhing, grölt sie ebenso laut mit wie Ermina, Nadia, Filippa und Jasmin, als eine von ihnen ihr iPhone mit den Lautsprecherboxen des Taxis verbindet und Whitney Houstons *I Wanna Dance with Somebody* abspielt.

Zehn Minuten später kichert sie, als sie aus dem Taxi steigt und auf den meterhohen High Heels loswackelt, die von Ermina zu leihen ihr vor zehn Minuten, als sie im Flur standen, noch eine glänzende Idee schien. Auch wenn es in ihrem ganzen Körper bitzelt und blubbert vom Sekt, den sie schnell noch runtergekippt haben, bevor sie ins Taxi geklettert sind, kommt sie sich in diesen Schuhen reichlich verkleidet vor. Außer während der schlimmsten Schneewochen trägt sie ausschließlich Sneakers. Das ganze Jahr über.

Kaum dass sie ausgestiegen sind, hakt sich Nadia bei ihr unter und steuert ihre Schritte auf einen großen, townhouseähnlichen Eingang zu.

»Was ist das für ein Laden?«

»Ein Laden mit irrsinnig vielen heißen Fünfundzwanzigjährigen«, sagt Nadia und leckt sich demonstrativ die Lippen.

Sigrid kichert. Sie war noch nie dort, meint sich aber dunkel daran zu erinnern, dass Kian es als Ort erwähnt hat, wo er sich gern mit seinen Tinderdates verabredet. Eigentlich wäre sie lieber irgendwo anders hingegangen. Aber jetzt ist wohl nicht ganz der richtige Zeitpunkt, es vorzuschlagen.

»Ich weiß noch genau, wie es war, zum ersten Mal als Single wegzugehen und sich die ganze Zeit zu fragen, ob man einem ansieht, dass man Mutter ist. Aber mach dich einfach locker! Du siehst großartig aus! Der Vorteil daran, früh Kinder zu kriegen, ist ja, dass man noch jung und sexy ist, wenn man sich scheiden lässt. Aber du musst wieder lernen, in hochhackigen Schuhen zu laufen.«

»Ich habe seit Jahren keine Absätze mehr getragen. Ludvig mag es nicht.«

»Haha, dann lügt er. Alle Typen lieben solche Fuckme-Schuhe, wie du sie gerade anhast.«

Sigrid schielt auf die hellen Wildlederstiefel mit nadelspitzen Absätzen von sicher zwölf Zentimetern hinab. Zum Glück hat sie ihren Stoffbeutel dabei, in den sie trotz des Protests von Ermina und den anderen ihre Stan Smiths geworfen hat.

»Nein, er mag keine Absätze«, wiederholt sie für Nadia, und ihr Herz zieht sich vor Sehnsucht nach ihm zusammen. »Ludvig sagt immer, dass Absätze Frauen physisch einschränken, wodurch sie den Männern unterlegen sind.«

»Und wie klein war sein Schwanz noch mal, hast du gesagt?«

»Was?«

»Es ist allgemein bekannt, dass nur Männer mit kleinen Schwänzen hohe Absätze dissen. Also, nicht im wörtlichen Sinne. Sondern solche, die es nicht ertragen können, wenn Frauen ihnen in die Augen sehen, ohne dass sie auf den Zehenspitzen stehen oder den Kopf in den Nacken legen.«

»Interessante Sichtweise«, antwortet Sigrid munter, ist aber nach wie vor dankbar, dass ihre Sneakers sind, wo sie sind.

»Es gibt immer mindestens zwei Blickwinkel, aus denen man die Dinge betrachten kann, wie es so schön heißt«, erklärt Nadia zufrieden, bevor sie sich zu Filippa umdreht, die immer noch mit dem Oberkörper über den Beifahrersitz gebeugt beim Taxi steht, und brüllt: »Willst du noch zur Bank, ein Konto eröffnen und Geld abheben, oder was?«

Filippa streckt schnell den Arm aus und zeigt Nadia

den Mittelfinger, was diese nur mit einem schallenden Lachen quittiert. Wieder fällt Sigrid der himmelweite Unterschied zwischen diesen Mädels und ihren alten Freunden von der Volkshochschule und aus Malmö auf. Ermina und ihre Freundinnen sind großspurig, laut und selbstsicher auf eine Art, von der Sigrid nicht dachte, dass Frauen, die sich kleiden und leben wie sie, es sein könnten. Es ist weit davon entfernt, wie sie selbst ist. Aber es gefällt ihr.

»Komm, wir checken mal, wer an der Tür steht. Wenn die anderen so ewig brauchen, gibt es noch eine Schlange. Und ich stelle mich verdammt noch mal nicht in die Schlange, wenn ich feiern gehe. Dafür bin ich zu alt«, erklärt Nadia und zieht Sigrid die wenigen Meter zum Eingang mit sich.

Sie begrüßt schnell einen der Türsteher mit einem Kuss auf die Wange, bevor sie Sigrid eine lange, breite Treppe hinauf und auf eine gerammelt volle Terrasse zieht. Sie kramt in ihrer Tasche, fördert ein Päckchen Zigaretten zutage, schüttelt eine heraus und steckt sie sich zwischen die Lippen. Die Chancen, dass Sigrid hier jemanden trifft, den sie kennt, sind extrem gering, dennoch sieht sie ein Stück entfernt ein vage bekanntes Gesicht, das über ein Handydisplay gebeugt ist. Sie weiß nicht, ob es der Alkohol oder die viel zu hohen Absätze sind, die sie dazu bringen, zu der dunkelhaarigen Frau in der Ecke zu wanken, allerdings ist sie überzeugt, dass sie sich ohne all den Cava, den sie heute Abend getrunken hat, nie getraut hätte, sie anzusprechen.

»Hiii!«

Die Frau hebt den Blick von ihrem Handy und schaut Sigrid fragend an. Sie hat offensichtlich keine Ahnung, wer sie ist.

»Hi?«

»Sie sind doch Janna von *Dagens Nyheter*?«

»Ja. Warum?«

»Wir haben uns in Visby getroffen. Oder, na ja, Sie haben meinen Lebenspartner getroffen. Ehemaligen Lebenspartner.«

»Ehemaligen Lebenspartner?«

»Ja. Ludvig. Der mit Caspar zusammenarbeitet.«

Die Frau kneift ein Auge leicht zusammen, dann macht sie einen Schritt Richtung Terrasse.

»Nein, nein! Gehen Sie nicht. Ich wollte nur sagen, dass euer Artikel total klasse war. Der über sexuelle Belästigung in der Politik.«

Jannas Gesicht entspannt sich, und sie nickt Sigrid zu.

»Freut mich, dass Sie das finden. Schade nur, dass er im Amt bleiben durfte, der Chef Ihres Mannes.«

Sigrid nickt und will ihr gerade noch etwas erzählen, was Janna sicher interessieren wird, als sie merkt, wie sich ein Arm unter ihren schiebt. Nadia zieht an ihr und deutet auf einen Eingang etwas weiter weg.

»Hallo und tschüs, wir waren gerade auf dem Weg zur Bar«, sagt sie zu Janna, ohne sich vorzustellen. Doch bevor Sigrid weggeschleppt wird, hört sie sich selbst rufen: »Übrigens hat Caspar, als er Minister wurde, eine Wohnung vom Militär bekommen und wohnt ganz allein in einer Dreizimmerwohnung in der Innenstadt!«

Jetzt greift Janna ihren anderen Arm und lächelt deutlich freundlicher als noch vor einer Minute.

»Was haben Sie gesagt?«

»Sorry, sie hat jetzt keine Zeit, sich weiter mit Ihnen zu unterhalten«, sagt Nadia und zieht fester an Sigrids Arm.

Da reicht Janna Sigrid ihr Handy.

»Geben Sir mir Ihre Nummer. Ich rufe Sie an!«

Sigrid nimmt das Handy und tippt ihre Nummer ein. Kaum dass sie es zurückgegeben hat, pufft Nadia sie hartnäckig in die Seite und gibt einen lauten Seufzer von sich.

»Schön, schön. Jetzt gehen wir rein und trinken Shots, um zu feiern, dass Sigrid ihr Arschloch von einem Mann abgeschossen hat. Wir sehen uns an der Bar«, ruft Nadia in Richtung der Journalistin, während sie Sigrid über die Terrasse zu einem weiteren Eingang zieht.

Mehrere der Frauen, an denen sie vorbeigehen, nicken Nadia zu, und eine von ihnen begrüßt sie mit einem Kuss auf die Wange.

Es ist gleichzeitig unheimlich und spannend. Sigrid hat das Gefühl, dass sie in ihrer zerschlissenen Wildlederjacke hier nicht recht reinpasst. Doch sowie sie durch die Tür kommen und sie sich im Spiegel sieht, ändert sie ihre Meinung. Mit Erminas hochhackigen Stiefeln in fast demselben Farbton wie ihre Jacke, dem weißen Spitzentop, das sie darunter trägt, den Haaren, die sie zu einem Messy-Bun hochgesteckt hat, und dem knallroten Lippenstift ist sie zwar immer noch nicht ganz richtig für diesen Luxusnachtclub gekleidet, aber sie sieht tatsächlich hübsch aus. So hübsch wie schon lange nicht mehr. Wenige Augenblicke später hat Nadia sowohl eine Runde durchsichtiger Shots als auch drei Typen herbeigezaubert, die anscheinend für die Drinks bezahlt haben.

»Minttu! Die einzigen Kurzen, die man trinken kann, wenn man jemanden aufreißen will. Von allem anderen bekommt man so einen krass ekelhaften Mundgeruch«, flüstert Nadia ihr ins Ohr, während sie ihr zwei der Shots reicht.

Sigrid beschließt, es zu machen, wie Ludvig es ihr beigebracht hat: den ganzen Shot in den Mund nehmen, ihn dann zurück ins Glas spucken und den Inhalt schnell auf den Boden oder in ein leeres Glas in der Nähe schütten. Nadia und die drei Typen prosten ihr zu, und sie lächelt und prostet zurück. Aber als die süße, nach Minze riechende Flüssigkeit ihre Lippen berührt, schluckt sie sie doch herunter. Sie stellt das Shotglas mit einem Knall auf dem Bartresen ab und lächelt einem der Typen zu, der am nettesten aussieht.

»Geht gut runter.«

»Dann ist es ja Glück, dass du noch einen hast«, grinst er zurück und weist mit dem Kinn auf das Glas, das sie in der anderen Hand hält.

Sigrid merkt bereits, wie ihr schwummrig wird, und als die zweite Runde kommt, spuckt sie den Alkohol hastig zurück ins Glas, um ihn dann blitzschnell auf den Boden zu kippen. Das Problem ist nur, dass es so furchtbar eng ist. Sie spürt, wie sie einen Ellbogen in den Rücken bekommt, und sieht, wie der Inhalt des Glases, dessen sie sich eigentlich diskret entledigen wollte, stattdessen mit Schwung heraus und direkt auf den Schritt eines Mannes in hellen Jeans schwappt. Es sieht aus, als ob er etwas gemacht hätte, was nur ganz, ganz kleine Kinder machen. Sie will sich gerade umdrehen, um der Situation zu entfliehen, als sie den Blick hebt und sieht, zu wem die Jeans gehört. Er verzieht den Mund zu einem belustigten Lächeln, und Sigrid kann das Kichern nicht zurückhalten, das in ihr hochblubbert. Er lacht ebenfalls und sieht aus, als wolle er etwas sagen, da fällt Nadia ihm um den Hals und ruft: »Neeein! *Sie* hier?«

Kian schaut mit weit aufgerissenen Augen zu Sigrid, während sein Kinn auf Nadias Schulter ruht. Sie scheint keinerlei Absicht zu haben, die Umarmung zu lösen, und lässt ihre Hand auf seiner Taille liegen.

»Ihr zwei müsstet euch doch kennen, oder? Sigrid, arbeitest du nicht auch an einer Schule in Östermalm? Wir sind *so* verliebt in unseren Turnlehrer. Oh Entschuldigung, *Sport*lehrer heißt es ja.«

Nadia kichert. Kian macht ein leicht entsetztes Gesicht, und Sigrid muss sich auf die Lippe beißen, um nicht loszuprusten. Das hätte sie sich eigentlich denken können. Dass Nadia eine der Mütter ist, die für gewöhnlich etwas zu früh auftauchen, wenn der Sportunterricht auf die letzte Stunde fällt, und Kian mit feuchtem Blick dabei zuschauen, wie er einer Gruppe Schüler beibringt, um Kegel herumzudribbeln.

»Darf ich Ihnen einen Drink ausgeben? Wobei, Sie als Sportler trinken vielleicht nicht?«, fragt Nadia lächelnd, die Hand immer noch unter Kians Arm.

Sigrid will gerade etwas sagen, um ihn zu retten, als sie sieht, wie sich ein Lächeln auf seinem Gesicht breitmacht und er Nadia die Haare von der Wange streicht, um etwas gefährlich nah an ihrem Ohr zu flüstern. Ihr Magen zieht sich zusammen. Sie erträgt es nicht, das mit anzusehen. Klar, Nadia ist witzig. Aber sie hatte eigentlich nicht vor, danebenzustehen, während Kians Witz, eine der gutaussehenden, geschiedenen Schülermütter abzuschleppen, Wirklichkeit wird. Wortlos bahnt sie sich mit den Ellbogen ihren Weg durch den engen Raum, hinaus zur Terrasse. Der Shot zeigt seine Wirkung, und sie merkt, wie sie sich haltsuchend vorwärtstastet. Alles dreht sich, die Luft um sie herum ist gleichzeitig kalt und warm, und in dem Moment, da ihr klar wird, was gleich passiert, erblickt sie ihre Rettung: einen überdimensionalen Blumentopf neben einem der Türpfosten. Sie stürzt vor und spürt einen Schwall aus rohem Lachs, Limettenkuchen und Sekt aus ihrem Mund schießen. Gefolgt von einem leicht minzigen Nachgeschmack. Das einzig Gute, was ihr dieser Drink gebracht hat, konstatiert sie bitter und wackelt weiter Richtung Ausgang. In einer anderen Zeit, in einem anderen Leben, kann sie vielleicht darüber lachen, denkt sie, während sie sich, so diskret es eben geht, nachdem man sich in hohem Bogen in einen Blumentopf übergeben hat, im Zickzack durch die Menschenmenge auf der Terrasse schlängelt, um die Treppe zum Ausgang zu erreichen. Aber gerade, als sie darauf zusteuert, greift sie jemand am Arm.

»Scheiße, Sigrid! Hättest du dich nicht melden und

mir erzählen können, dass ihr euch getrennt habt? Ich dachte, wir wären Freunde? Und solche Dinge erzählt man seinen Freunden. Kannst du dir nicht denken, dass es mich total enttäuscht, wenn du stockbesoffen mit einer Vamp-Mutti aus der Schule auftauchst, die mich anmacht und erzählt, dass du den Vater deines Kindes abserviert hast?«

Ihr Kopf dreht sich. Ja, vielleicht hätte sie es Kian erzählen sollen. Aber wann hätte sie das schaffen sollen? Und hätte es ihn überhaupt interessiert? Interessiert sich *irgendjemand* auf der Welt für sie? Natürlich, tief drinnen weiß sie, dass es so ist. Es fühlt sich gerade nur nicht so an.

»Richtig, mein größtes Problem im Augenblick ist, dir nicht erzählt zu haben, dass Ludvig und ich Schluss gemacht haben. *Das* ist mein größtes Problem. *Dann* kommen die Probleme, wie dass ich mein Kind niemals wieder jeden Tag sehen werde, dass Ludvig meint, ich hätte seine Mutter gegen ihn gewendet und wir ihn gemeinsam aus seiner Wohnung getrieben hätten. Ja, das kleinste Problem ist vielleicht, dass ich ein Kind mit diesem Mensch habe und daher gezwungen bin, ihn für den Rest meines Lebens regelmäßig zu sehen. Aber du hast recht. Es dir nicht erzählt zu haben, das ist das größte Problem.«

»Hey.« Sein Blick wird weich, und durch die Jacke spürt sie seine Hand auf ihrer Schulter. »Verstehst du denn nicht, dass es mich einfach traurig macht? Dass du es nicht erzählt hast? Ich meine … Ich dachte, ich sei …

ich sei jemand, bei dem du das Gefühl hast, reden zu können. Hast du mehrere Wochen an meiner Seite gearbeitet und mich … angelogen?«

Er schaut sie traurig an, dreht ein wenig am Schirm seiner verkehrt herum sitzenden Kappe. Sigrid seufzt.

»Ich habe erst vor zwei Monaten wieder angefangen zu arbeiten, Kian. Und …«

»Und was? Hast du ›vergessen‹ zu erwähnen, dass du Single-Mum geworden bist? Verstehst du nicht, dass ich dir helfen will?«

»Womit?«

»Na ja, mit … Ich weiß nicht. Womit auch immer du Hilfe brauchst. Haben du und ich das nicht immer getan? Einander unterstützt? So wie man es eben tut, wenn man …«

Und genau in diesem Moment flammt etwas in Sigrid auf. Etwas, was vermutlich schon dort geschlummert hat, seit sie und Kian sich zum ersten Mal richtig unterhalten haben, während einer merkwürdigen Gruppenarbeit im Lehramtsstudium. Wie eine Glut, auf die plötzlich zwei Liter Anzündflüssigkeit geschüttet werden. Sie sieht ihn so fest an, wie sie es nach dem gelinde gesagt maßlosen Alkoholkonsum des heutigen Abends hinkriegt.

»So wie man es tut, wenn man verliebt ineinander ist?«

Sie wartet nicht einmal seine Antwort ab. Es ist nicht nötig. Stattdessen legt sie die Hand auf seinen Hinterkopf, direkt unter diese fürchterliche Kappe, und zieht ihn zu sich. Es ist anders, als Ludvig zu küssen. Auf eine merkwürdige Art fühlt es sich ganz genau richtig an. Und als sich ein Paar Hände ihren Rücken hinauftastet, fühlt sie es. Das Kribbeln, das von ihren Fingerspitzen und Fußsohlen ausgeht, um dann ihren ganzen Körper in Besitz zu nehmen. Er erwidert ihren Kuss. Himmel, wie er ihn erwidert! Ihr kommt der Gedanke, dass das vielleicht die schlechteste Idee der Welt ist und sie, wenn sie schon keinen Beziehungspartner mehr hat, wenigstens weiterhin mit ihrem einzigen Nicht-Mama-Freund in dieser Stadt befreundet bleiben sollte. Aber sie ist betrunken, und dieser Abend gehört zum Lustigsten und Merkwürdigsten, das sie seit wer weiß wie langer Zeit erlebt hat, also pfeift sie in diesem Moment darauf. Stattdessen legt sie ihre Arme um Kians Hals, nimmt ihm die Kappe ab und vergräbt ihre Finger in seinem vollen dunklen Haar, bei dessen Anblick sie sich immer schon gefragt hat, wie es wohl wäre, die Finger darin zu vergraben. Auch wenn es ihr nicht bewusst war, so hat sie es sich gefragt.

Dann fällt es ihr ein. Oh Mist. Sie schiebt ihn weg, und er schaut sie fragend an.

»Ich habe gerade gekotzt.«

»Ich weiß«, grinst Kian. »Aber wenn man fünf Jahre auf diesen Moment gewartet hat, kann man es verkraften.«

# Kapitel 26

## ERMINA

Ermina muss sich am Türrahmen festhalten, um nicht das Gleichgewicht zu verlieren, als sie die hohen Schuhe auszieht. Mann, was für ein Abend! Davon abgesehen, dass Freddie nach dem Essen gegangen war, kann sie sich nicht erinnern, je so viel Spaß gehabt zu haben seit ... Ja, es muss ihr glücklichster Abend seit ihrer Hochzeit gewesen sein. Oder, verbessert sie sich, seit sie ein Familienmitglied mehr wurden, natürlich auch. Aber dieses Glück war irgendwie anders. So unglaublich verdünnt mit Erleichterung. Nun aber waren sie und ihre Mädels zum ersten Mal seit zehn Jahren unter denselben Voraussetzungen feiern: Alle haben Kinder, doch keine von ihnen hat auch nur einen Hauch schlechten Gewissens. Und Sigrid! Was für ein Ding. Nadia war zu ihr auf die Tanzfläche gestürmt und hatte etwas davon geschrien, dass Sigrid in einen Blumentopf gekotzt habe, woraufhin Ermina natürlich auf die Terrasse gerannt war, um zu sehen, ob sie Hilfe brauchte. Aber diese Hilfe war offensichtlich bereits in Erscheinung getreten. Denn direkt beim Ausgang hatte sie Sigrid mit einem großen, dunkelhaarigen Typ rumknutschen sehen. Ein Typ, der aussah wie das komplette Gegenteil von Ludvig. Sie ist immer noch stolz, dass sie dem Impuls widerstanden hat, für einen High five zu ihr zu laufen. Stattdessen war sie zurück nach drinnen zu den anderen Mädels gegangen, dann hatten sie sich für eine weitere Stunde schweißnass getanzt, bevor Ermina beschloss, ein Taxi nach Hause zu nehmen, solange sie noch fit war.

»Schhh! Olivia schläft«, hört sie ein lautes Flüstern aus dem Wohnzimmer, als sie die Wohnungstür hinter sich zuzieht.

Auf dem Weg durch den Flur schnappt sie sich einen Haargummi, der auf der Kommode liegt, und bindet sich die Haare zu einem lockeren Dutt zusammen. Der Parkettboden ist kühl unter ihren bloßen Füßen, und der wohlvertraute Ton von Alens FIFA-Spiel wird mit jedem Schritt lauter. Und ganz richtig: Da sitzt er mit seinem Controller in den Händen, in einem zerschlissenen T-Shirt und nichts als Boxershorts untenherum. Obwohl Ermina es normalerweise hasst, wenn er so auf dem Sofa sitzt, sogar diesen furchtbaren Ton des Spiels hasst, ist es, als ob etwas in ihr erwacht. Sie weiß nicht, ob es dem Alkohol geschuldet ist, dem völlig verrückten Abend oder dem Umstand, dass sie tatsächlich von einem ziemlich schnuckeligen Typ in den Zwanzigern auf einen Drink eingeladen wurde. Oder einfach einer Kombination aus allem. Jedenfalls betritt sie ohne ein Wort zu sagen das Wohnzimmer und stellt sich vor den Fernseher. Dann zieht sie blitzschnell den Reißverschluss ihres Kleides herunter, sodass es zu Boden fällt. Für den Bruchteil einer Sekunde sieht Alen aus, als wolle er protestieren. Mitten im Spiel unterbrochen zu werden, gehört zu den schlimmsten Dingen, die er sich vorstellen kann. Aber stattdessen setzt er den Fuß an den Sofatisch und tritt ihn zur Seite, bevor er sich vorstreckt, sie an den Hüften packt und rittlings auf sich zieht. Wann hatten sie eigentlich das letzte Mal Sex? Es muss mindestens zwei Monate her sein. Ermina greift Alens T-Shirt und zieht es ihm über den Kopf. Dann legt sie sich zurück und zieht ihn über sich. Aber Alen hält inne, als er halb auf ihr liegt, und streicht ihr eine Haarsträhne aus dem Gesicht. Er hält ihren Blick fest und lächelt breit.

»Ich habe wirklich die sexieste Frau der Welt.«

Sie weiß nicht, wie sie sich morgen fühlen wird, in einem Monat oder in einem Jahr. Aber jetzt gerade, in diesem Augenblick, ist sie geneigt, ihm zuzustimmen.

## SIGRID

Sigrid starrt an die Wand. Sie spürt Kians Atem im Nacken, und sosehr sie auch versucht, wieder einzuschlafen, es will einfach nicht klappen. Nach einer kurzen Fahrt im Taxi zu ihm nach Hause, die sie überwiegend mit Knutschen verbracht hatten, war Kian hastig ins Bad gestürzt. Vermutlich hätte sie im Wohnzimmer auf ihn warten sollen. Aber sie war so müde. Müde und furchtbar betrunken. Also war sie ganz einfach in sein Schlafzimmer gegangen, aus den Klamotten geschlüpft und unter die Decke gekrochen. Aber zuerst hatte sie eines seiner T-Shirts übergezogen, das über einem Sessel hing.

Jetzt beugt sie sich über Kian und tastet nach ihrem Handy, das sie immerhin clever genug war, auf den Nachttisch zu legen. Zwanzig nach vier. Seit sie nach Hause gekommen sind, kann sie höchstens zwei Stunden geschlafen haben, und trotzdem fühlt es sich an, als ob sie nie im Leben noch mal einschlafen könnte. Sigrid weiß nicht zu sagen, ob es daran liegt, dass sie seit Monaten keinen Sex mehr gehabt hat, am Alkohol oder ganz einfach daran, dass sie Kian endlich so nah ist, aber sie kann nicht mehr warten. Und warum soll sie überhaupt mit irgendetwas warten? Sie ist sechsundzwanzig und frischgebackene Single-Mama. Sie nimmt seine Hand und führt sie an ihre Brust.

»Mmh … bist du wach?«, murmelt Kian schlaftrunken an ihrem Nacken.

»Ja.«

Seine Hand streichelt sie über dem T-Shirt und streift ihre Brustwarze.

Sie greift seine Hand und führt sie unter ihr Shirt, woraufhin er sie gehorsam um ihre Brust legt.

»Ich habe mich immer schon gefragt, wie sie sich anfühlen«, flüstert Kian.

»Das hast du, oder?«

»Mhm. Du hattest Glück, dass an der Mitarbeiterfeier dein Handy geklingelt hat. Sonst weiß ich nicht, was ich getan hätte.«

»Was *hättest* du getan?«

»Das kann ich dir zeigen, wenn du möchtest.«

Sie hört an seiner Stimme, dass er lächelt, und es fühlt

sich an, als würde jede einzelne Nervenzelle in ihrem Körper auf die Worte reagieren, auch wenn sie so klischeehaft sind, dass sie nur schwer ein Lachen unterdrücken kann.

Kians Hand tastet sich abwärts und streichelt ihre Taille und den Oberschenkel. So hat Ludvig sie nie gestreichelt. Es ist gemein, sie zu vergleichen, aber wie könnte sie nicht? Sie ist ja nie mit jemand anderem als Ludvig zusammen gewesen. Kians Hand bewegt sich weiter, über ihren Bauch, bis sie schließlich den Saum ihres Höschens erreicht.

»Möchtest du, dass ich frage, ob du das willst?«

»Nein. Ich möchte nicht, dass du irgendetwas fragst.«

Als Antwort lässt er seine Hand über ihren Venushügel wandern. Und als seine Finger in sie hineingleiten, glaubt sie ernsthaft, dass ihr der Atem stehen bleibt. Es ist so schön. So unglaublich schön. Statt also einfach dazuliegen und darauf zu warten, was Kian als Nächstes einfällt, wie sie es immer bei Ludvig getan hat, macht sie sich los und zieht rasch ihren Slip aus. Dann setzt sie sich auf ihn, während er sich seiner Shorts entledigt, und kurz darauf lässt sie sich über ihm hinabgleiten und führt seine Hand zwischen ihre Beine. Sie will, dass diese Nacht niemals endet.

# Kapitel 27

## ERMINA

Ermina hält ein Paar kornblauer, hochhackiger Manolo-Blahnik-Schuhe mit der charakteristischen viereckigen Schnalle vorn an der Spitze in die Höhe.

»Glaubst du, für die bekommt man noch was?«

»Gott, klar. Die Leute kaufen alles, Hauptsache, es ist teuer.«

»Die Leute sind verrückt«, grinst Ermina und reicht Freddie die Schuhe, die sie vor Erminas begehbaren Kleiderschrank stellt, neben sicher zehn weitere Paar. An der Tür hängen mindestens fünfzehn Kleiderbügel mit Kleidern, Röcken und Blazern. Alles ist zu klein. Alles soll verkauft werden.

»Was ist mit dem hier? Willst du den behalten?«

Freddie hält einen kurzen schwarzen Lederrock hoch.

»In den komme ich nicht mehr rein, seit ich ungefähr fünfundzwanzig bin. Keine Ahnung, wieso ich den aufgehoben habe.«

»Gib ihn Sigrid. Viel älter als fünfundzwanzig ist sie ja nicht.«

»Stimmt. Und vielleicht muss sie sich ein bisschen gewagter anziehen, jetzt, wo sie Single ist.«

»Ha! Ich glaube, sie kommt mit diesem Kian zusammen.«

»Garantiert. Aber so einen Rock hätte sie mit dem

Arschloch wohl nie tragen dürfen, also kann sie die Gelegenheit jetzt ruhig nutzen. Hier, wir machen eine Sigridtüte und suchen ein paar Sachen für sie zusammen.«

Ermina reicht Freddie eine leere Tüte, in die sie gehorsam den Rock steckt.

»Und das hier? Das sieht *sehr* klein aus, oder?«

Ermina zuckt zusammen, als sie sieht, was Freddie hochhält. Ein hellblaues, beinahe weißes Kleid mit winzigen Blümchen darauf. Ein runder, zweigeteilter Kragen und niedliche Puffärmel.

»Nein, das hebe ich auf«, sagt Ermina kurz angebunden und legt es zurück in die Kommodenschublade.

»Willst du es für Olivia aufheben?«

»Nein.«

Freddie steckt die Hand in die Schublade und streicht über den gewebten Stoff.

»Lass es bitte, ja?«

Ermina nimmt das Kleid wieder heraus. Geht ins Schlafzimmer und kommt ohne es zurück. Dann schaut sie Freddie an: »Das Kleid hatte ich an, als ich von Bosnien nach Kroatien gefahren bin. Wir haben dort ein Jahr bei Verwandten gelebt, meine Brüder und ich, bevor wir nach Schweden kamen.«

»Oh. Willst du darüber reden?«

»Nein. Jetzt sind wir ja auch gerade mit etwas anderem beschäftigt.«

»Ich dachte nur, dass es jetzt vielleicht schwer für dich ist, nachdem ich es gefunden habe.«

Ermina zuckt mit den Achseln.

»Nein. Ich wusste, wo ich es hingelegt hatte.«

»Ich dachte mehr, dass … Ich würde gern verstehen, was du durchgemacht hast.«

Da sieht Ermina sie direkt an. Ihre braunen Augen bohren sich in Freddies blaue.

»Nimm's nicht persönlich, aber du wirst es nie verstehen können. Diese verdammten Schweine haben mir meine Kindheit geraubt. Niemand, der es nicht selbst erlebt hat, kann das verstehen. Und ich rede mit Alen oder Nadia, wenn einer von uns das Bedürfnis hat. Ich möchte nicht mitten bei etwas unterbrochen werden, nur weil jemand plötzlich neugierig wird. Es ist natürlich lieb, dass du fragst. Aber verstehst du, was ich meine?«

»Na klar tue ich das.«

»Gut.«

Ermina umarmt sie fest, und Freddie erwidert die Umarmung. Dann widmen sie sich wieder der Tätigkeit, wegen der sie sich eigentlich getroffen haben: jedes einzelne Teil auszusortieren, das Ermina nicht mehr passt.

Eine Stunde später stehen Alen und Frans mit Olivia und Aurelia in den Armen auf der Schwelle zum Schlafzimmer und starren auf ihre Frauen, die inmitten eines Meers aus Kleidern und Schuhen sitzen.

Alen schüttelt lachend den Kopf.

»Wurde etwa bei uns eingebrochen?«

»Wie bitte, es ist doch wohl total organisiert«, erwidert Ermina mit einem Achselzucken. »Da, zum Beispiel, liegen Röcke.«

»Und da sind die Jeans«, ergänzt Freddie und deutet auf einen weiteren Stapel.

»Aber ... sind das nicht praktisch all deine Kleider?«, fragt Alen zahm.

»*Nope.* Nicht mehr. Seit der Schwangerschaft passen sie mir nicht mehr, und sie werden mir wohl auch in Zukunft nicht passen. Also werde ich sie verkaufen und neue anschaffen.«

Alen runzelt die Stirn und hebt ein schwarzes Cocktailkleid von Michael Kors hoch.

»Aber das hier liebst du doch? Hast du das nicht auf unserer Hochzeitsreise gekauft?«

Ermina kommt nicht zum Antworten, bevor er ein weiteres Kleid hochhält.

»Und das hier habe ich dir doch zum Geburtstag geschenkt. Willst du das auch verkaufen?«

»Ja. Ich kann es nicht mehr tragen. Es ist zu klein.«

»Aber ...«

Alen schaut ratlos zu seiner Frau und den vielen Kleiderhaufen. Da sind das Kleid, das sie an ihrem dreißigsten Geburtstag anhatte, der Hosenanzug, den sie extra für den Brunch am Tag nach ihrer Hochzeit gekauft hat, und Kostüme, in denen sie Verkaufsrekord um Verkaufsrekord gebrochen hat. Nichts davon sieht sonderlich gebraucht aus. Was nicht schwer ist, wenn man zu jedem Anlass neue Kleider kauft und dann sorgsam mit ihnen umgeht.

»Wir haben uns deine Kamera geliehen und alles fotografiert«, erklärt Freddie an Frans gewandt, und Ermina fügt hinzu: »Also, Freddie hat fotografiert. Ich hätte viel zu großen Schiss, so ein High-Tech-Teil anzufassen.«

»Jetzt ziehen wir die Bilder auf mein Handy, und dann verkaufen wir Erminas Sachen über mein Insta-Konto.«

»Wir tun so, als sei ein Teil der Klamotten von Freddie, damit ich mehr Cash kriege«, erklärt Ermina und strahlt Alen an.

Er und Frans tauschen kopfschüttelnd Blicke.

»Wie war's in der Krabbelgruppe?«, fragt Ermina und schaut die beiden Männer belustigt an. »Hat die Liederstunde Spaß gemacht?«

»Ja«, antwortet Alen mit einem Lachen. »Aurelia hatte jedenfalls Spaß. Olivia hat sich zu Tode vor dem Schachtelteufel erschrocken, den sie dort hatten. Und vor der Liederstunde war eine Schlange wie vor der Disco. An der Tür stand so eine Tante, und dann hieß es ›einer rein, einer raus‹.«

Alen setzt Olivia auf den Boden, die wie der Blitz zu einem glitzernden Paillettentop krabbelt und daran zieht.

»Nein, nein, nein! Nicht Mamas Malene-Birger-Top!«, ruft Ermina, aber Alen springt bereits hin und lenkt ihre Tochter ab.

»Wie lange seid ihr noch mit eurem kleinen Projekt beschäftigt?«, erkundigt sich Frans vorsichtig.

Obwohl er seine dicke Herbstjacke anhat, kann Ermina sehen, dass das Training mit Alen Resultate zeigt. Frans sieht erheblich fitter aus als vor ein paar Monaten. Das Gesicht ist weniger aufgedunsen und der Bauch flacher.

»Zwei Stunden vielleicht?«

»Wollen wir dann lieber mit den Kindern zu uns gehen?«, fragt Frans an Alen gewandt, der mit den Schultern zuckt.

»Eigentlich müssten wir ein paar Fotos für das Buch machen. Ich habe in der Woche vor Weihnachten Abgabe, und es wäre gut, wenn wir so viel wie möglich schaffen, bevor der Schnee kommt.«

Ermina steht auf und geht zu ihrem Mann, legt ihm die Arme um den Hals und küsst ihn sanft auf den Mund.

»Wir müssen nur noch aufräumen, dann nehmen wir die Mädchen. Natürlich sollst du dein Buch fertig machen.«

## FREDDIE

»Alen ist ein echt netter Typ«, sagt Frans, als Freddie aus dem Schlafzimmer kommt, nachdem sie Aurelia gestillt und ins Bett gebracht hat.

Unglaublich, dass dieses Kolikkind abends auf einmal wie ein Murmeltier einschlummert und fast ohne Unterbrechung bis um acht Uhr früh durchschläft. So ist es zumindest seit ein paar Wochen.

»Ja, stimmt.«

Alen ist wirklich nett. Und Ermina auch. Sie will sich gar nicht vorstellen, wie ihr Leben aussehen würde, wenn sie nicht an jenem Märztag zum exakt richtigen Zeitpunkt aus Seelenklempner-Stefans Wohnung gekommen wäre. Kaum zu glauben, dass es schon acht Monate her ist. Dass Aurelia bald ein Jahr alt wird. Und in dem Moment, als sie den Gedanken zu Ende gedacht hat, wird ihr auf einmal klar: Sie und Frans haben seit einem Jahr nicht mehr miteinander geschlafen. Sosehr sie sich auch bemüht hat, Stefans Rat zu befolgen, Frans zu berühren, ihn spontan zu umarmen und zu versuchen, ihre Sexlust zurückzulocken, es hat nicht geklappt. Aber so wie jetzt kann es nicht weitergehen. Sie kriecht neben Frans aufs Sofa und lehnt ihren Kopf gegen seine Schulter. Dann kann sie sich wenigstens einreden, dass sie es versucht hat. Ein kleines bisschen.

»Und, wie läuft es mit den Fotos für das Buch? Denkst du, ihr werdet fertig, bevor es anfängt zu schneien?«

»Auf jeden Fall. Vielleicht noch ein, zwei Tage, dann sollten wir alles im Kasten haben. Ich glaube ehrlich, es wird voll durchschlagen. Er kommt richtig gut auf den Bildern rüber und schreibt unerwartet witzig.«

Freddie nickt. Vor einem halben Jahr wäre ihr schlecht vor Angst geworden, hätte sie gehört, dass ein anderer ein potenzielles Bestseller-Buch am Start hat, während sie selbst keines hat. Aber wenn sie jetzt so in sich hineinhorcht, freut sie sich tatsächlich für Alen. Und für Ermina.

»Dieses Jahr war wohl auch für ihn ziemlich schwer.«

»Du meinst, schwerer als für Ermina?«

Mist. Jetzt hat sie wieder so unnötig scharf geklungen.

Frans seufzt und schüttelt den Kopf.

»Nein, natürlich nicht. Aber auf andere Weise. Wir haben recht viel darüber geredet, welch eine Leistungsangst er hatte, weil sie so lange kein Kind bekommen konnten. Anscheinend waren es seine ... Na ja, du weißt schon ... die nicht ganz so geschwommen sind, wie sie sollten.«

»Aha.«

Das hat Ermina nicht erwähnt. Was wohl eigentlich nicht weiter verwunderlich ist. Und ehrlich gesagt hat Freddie kein allzu großes Interesse daran, von Alens Spermien zu hören.

»Außerdem war Ermina vollkommen davon überzeugt, dass er nicht in der Lage sein würde, sich um Olivia zu kümmern. Er hat erzählt, dass er sich anfangs ziemlich außen vor gefühlt hat. Dass er kaum auch nur mit ihr im Kinderwagen nach draußen durfte.«

»Dieses Problem hattest du jedenfalls nicht.« Freddie lächelt ihren Mann vorsichtig an. Unsicher, ob der Witz angekommen ist. Zum Glück erwidert Frans ihr Lächeln und küsst sie auf die Nasenspitze.

»Haha, nein. Aber komm, jetzt schauen wir uns irgendeine gute Serie an.«

Frans streckt den Arm nach der Fernbedienung aus, ohne eine Antwort abzuwarten. Freddie holt tief Luft. Dann nimmt sie ihm die Bedienung aus der Hand, beugt sich vor und küsst ihn. Anders, als sie einander bisher seit Aurelias Geburt geküsst haben. Sie weiß, dass sie im Jetzt sein sollte, genießen, dass sie hier zusammen sitzen und kuscheln, genau wie früher. Aber das Einzige, woran sie denken kann, ist, was danach kommt. Hitzig knöpft sie sein Hemd auf und küsst ihn auf den Hals. Gerade, als sie ihr Oberteil ausziehen will, schiebt Frans sie weg. Er lächelt, aber zwischen den Augenbrauen erscheint diese bekümmerte Falte, die er oft bekommt, wenn er meint, dass in seinen Bildern etwas fehlt, oder er ein Objektiv nicht findet, das er braucht.

»Was ist los?«

Sie hört selbst, dass ihre Stimme schrill klingt. Gestresst.

»Schatz, bitte versteh mich nicht falsch. Aber *willst* du das wirklich?«

»Ja ...« Ihre Stimme bricht. Sie beißt sich in die Unterlippe, um nicht anzufangen zu weinen.

»Ehrlich?«

Frans zieht sie an sich und drückt ihren Kopf an seine Brust.

»Es ist über ein Jahr her, dass wir Sex hatten. Und ich meine ... *irgendwann* müssen wir es ja wieder tun.«

Sie wendet ihm ihr Gesicht zu. Er streicht ihr zärtlich übers Haar.

»Nein. Wir müssen gar nichts, Freddie.«

»Aber früher oder später wirst du es satthaben. Mich. Dass wir nie Sex haben.«

Jetzt lacht er richtig. Ein kurzes, ungläubiges Lachen.

»Dich satthaben? Glaubst du das ernsthaft? Ich liebe dich.«

Sie lächelt Frans an und nimmt seine Hand.

»Auch wenn du nie vögeln darfst?«

Er schüttelt lachend den Kopf.

»Hilfe! Musst du dieses Wort benutzen? Egal. *Irgendwann* werden wir es ja wieder mal tun. Sehr viele Male, würde ich denken. Aber dann, weil du es willst, nicht weil du glaubst, dass *ich* es will.«

»Aber wenn ich ein bisschen rumknutschen will?«, fragt sie vorsichtig.

»*Das* lässt sich einrichten.«

Frans lächelt und nimmt ihr Gesicht in seine Hände. Rumknutschen, immerhin. Ziemlich unterschätzt, eigentlich.

## SIGRID

»Also haben Sie beschlossen, sich zu trennen?«

Sigrid nickt wortlos und sieht sich im Zimmer der BVC um. Es kommt ihr unwirklich vor, dass sie hier vor knapp einem Jahr zum ersten Mal saß, mit einem neugeborenen Baby im Arm, das von der Kinderkrankenschwester gewogen, gefüttert und aus allen möglichen Winkeln betrachtet werden sollte. Sie spürt, wie ihre Mundwinkel zucken, als sie die kleine Waage sieht und daran denkt, wie winzig Alfred war, als er zum ersten Mal darauf lag. Damals war sie so stolz gewesen, dass er zwanzig Gramm zugenommen hatte seit dem Hausbesuch der BVC, ein paar Tage nachdem sie von der Entbindungsstation heimgekommen waren. Zwanzig Gramm. So viel wie eine getrocknete Feige. In diesem Zimmer sind ihr beinahe jedes Mal, wenn sie hier war, die Tränen gekommen. Am Anfang, als Alfreds Gewichtskurve sich weigerte zu steigen. Als sie versuchte zu zeigen, wie sie stillte, um

Tipps und Unterstützung zu bekommen, damit es aufhörte, so furchtbar wehzutun. Als Alfred geimpft wurde und schrie wie am Spieß, nachdem ihm die Nadel in die winzigen Oberschenkel gepikst worden war. Jetzt sitzt er auf dem Boden und versucht ohne Erfolg, einen runden Klotz in ein viereckiges Loch zu stecken. Sigrid muss sich zurückhalten, um nicht darüber zu lachen, wie gut es die momentane Beziehung seiner Eltern repräsentiert. Ludvig funkelt sie wütend an und wendet sich dann mit einer resignierten Geste an die BVC-Krankenschwester.

»*Sie* hat beschlossen, sich zu trennen.«

Die Krankenschwester antwortet mit einem »Hmm« und macht sich eine Notiz, bevor sie den Blick zunächst auf Sigrid, dann auf Ludvig richtet.

»Ich bin Kinderkrankenschwester und hier, um für das Wohlergehen Ihres Kindes zu sorgen. Ich kann Ihnen leider keine Ratschläge bezüglich Ihrer Beziehung geben, außer dass ich Ihnen nur wärmstens ans Herz legen kann, eine der Familienberatungsstellen aufzusuchen, wo man Ihnen unterstützend zur Seite stehen wird, damit diese Trennung so gut wie möglich für Alfred abläuft. Und für Sie natürlich auch.«

»Und wie gut ist es für ein Kind, nie mit beiden Eltern gleichzeitig zusammen sein zu dürfen?«, faucht Ludvig.

»Wenn man bedenkt, dass du seit Alfreds Geburt ungefähr hundert Tage verreist warst, dürfte er ziemlich daran gewöhnt sein«, gibt Sigrid zurück.

»Wie gesagt. Ich kann Ihnen erklären, was das Beste für …«

»Das Beste für das Kind ist doch wohl trotz allem, seine Eltern ungefähr gleich viel zu sehen«, fährt Ludvig der Krankenschwester dazwischen. Die ignoriert seinen Einschub und fährt mit einem milden Lächeln fort: »Das Beste für ein Kind ist eine Umgebung, in der es sich geborgen und zu Hause fühlt. Mit seinen Eltern. Und dass vielleicht ab und zu alle zusammen sind. Könnten Sie sich das im Augenblick vorstellen?«

»Nein«, antwortet Sigrid.

»Ja«, antwortet Ludvig exakt gleichzeitig.

Die Schwester seufzt und macht sich eine weitere Notiz, bevor sie einen Blick auf die Uhr wirft.

»Wir müssen jetzt leider Schluss machen. Aber ich würde Ihnen wirklich empfehlen, sich an die Familienberatungsstelle zu wenden. Wenn nicht um Ihret-, dann zumindest um Ihres Kindes willen.«

Sie nicken, alle beide. Aber Sigrid weiß, dass es nur Scharade ist. Eigentlich hätte sie Lust, aufzuspringen und zu schreien, dass sie natürlich nicht mit diesem Idioten zusammenleben will, der sie getäuscht hat, versucht hat, sie mit einer ihrer Freundinnen zu betrügen und sie außerdem dazu gebracht hat, zu glauben, sein Verhalten sei völlig normal und sie diejenige, die nicht ganz richtig im Kopf ist. Und dass er ein Ekel ist, das sich an einer armen kleinen Achtzehnjährigen vergriffen hat, die für den Rest ihrer Jugend traumatisiert wurde. Aber dann würde die Krankenschwester wahrscheinlich sowohl sie als auch Ludvig wegen Kindeswohlgefährdung melden, und das ist das Letzte, was sie im Moment brauchen kann.

Obwohl sie weiß, wie bizarr es ist, dass sie Ludvig damit schützt, sagt sie sich selbst, dass sie es nur zu Alfreds Wohl tut.

Schweigend gehen sie nebeneinander hinaus durch den Korridor der BVC, wo andere Eltern zusammensitzen und glücklich die kleinen Bündel betrachten, die sie in den Armen halten. Genau so saßen sie dort vor weniger als einem Jahr auch. In genau diesem Wartezimmer. Es scheint wie ein vollkommen anderes Leben. Wortlos zieht sie Alfred den Overall und die Stiefel an, und Ludvig schneidet Grimassen, sodass Alfred fast keine Luft kriegt vor Lachen und sich ohne Gegenwehr die Mütze aufsetzen lässt. Als sie ihre Schuhe nebeneinander auf dem Schuhregal stehen sieht, kämpft Sigrid mit den Tränen. Fünf Jahre. So lange dachte sie, dass sie beide für immer zusammenbleiben würden. Dass sie für immer in ähnlichen Schuhen herumlaufen und die ausgewaschenen T-Shirts des jeweils anderen leihen würden. Als Ludvig Alfred in den Kinderwagen gesetzt hat, ringt er sich ein Lächeln ab und weist mit einem Kopfnicken zur Tür.

»Bist du so weit?«

»Mhm.«

Schneeflocken schweben sachte herab, und am Telefonplan steht bereits eine große Tanne, obwohl es erst Ende November ist. Die kleinen Weihnachtsbaumlämpchen leuchten im dunklen Nachmittagslicht. Sie gehen schweigend, denn Sigrid hat Ludvig eigentlich alles gesagt, was sie sagen möchte. Seit ihrem Auszug haben sie sich kaum gesehen. Wenn sie Alfred übergeben, sind beide völlig darauf konzentriert, was er gegessen, wie er geschlafen und welche neuen Dinge er gelernt hat. An der Kreuzung bei der Kunsthochschule, an der sie rechts zur U-Bahn abbiegen muss, bleiben sie stehen, und Ludvig schaut auf den Boden.

»Willst du diese Familienberatung anrufen, oder soll ich?«, fragt er resigniert.

Sie will gerade sagen, dass sie es natürlich tun wird, als sie sich besinnt.

»Du kannst es machen.«

Erst sieht es aus, als ob er protestieren wollte, aber dann presst er die markanten Kiefer zusammen und nickt.

»Wann ziehst du um?«, fragt sie und versucht, ihre Stimme so neutral wie möglich klingen zu lassen.

»Du meinst: ›Wann kann ich zurück in unsere alte Wohnung ziehen?‹«

»Bitte, Ludvig. Du hast gehört, was die Krankenschwester gesagt hat. Wir müssen jetzt an Alfred denken. So können wir nicht weitermachen. Du darfst mir nicht ständig solche Seitenhiebe versetzen.«

Sigrid sieht, wie Ludvig die Tränen in die Augen steigen, und muss den Impuls unterdrücken, die Arme auszustrecken und ihn zu umarmen. Ihn zu trösten. Das muss jetzt jemand anders tun. Sie hofft, dass sie irgendwann in der Zukunft ein normaleres Verhältnis haben können. Sie ist überzeugt, dass er die Trennung überwinden wird. Natürlich, sie respektiert seine Trauer darüber, Alfred nicht jederzeit sehen zu können. Sie empfindet genauso. Aber sie zweifelt keine Sekunde daran, dass er eine andere finden wird, mit der er glücklich wird. Vielleicht sogar weitere Kinder bekommt. Er hat, was es dazu braucht: das Aussehen, den Charme und den Intellekt. Und das Geld, selbst wenn er sich weigert, es auch nur vor sich selbst zuzugeben. Sie hofft bloß inständig, dass er sich bis dahin ändert. Denn keine Frau verdient es, sich so zu fühlen, wie sie sich fühlte, das ist ihr nun klar geworden. Wie sie sich allmählich selbst ausgelöscht hat, ihre Gedanken und Bedürfnisse, um es ihm recht zu machen. Sie hat sich nicht getraut, einen ihrer gemeinsamen Freunde, *seiner* Freunde, zu fragen, ob Ludvig etwas mit einer anderen hatte, während er mit ihr zusammen war. Will sie es überhaupt wissen? Seit sie sich getrennt haben, sieht sie ihn in einem neuen Licht. Erinnert sich an lange Blickwechsel mit anderen Frauen, die sie auf Feiern getroffen hatten, wie sein Handy mitten in der Nacht blinkte und er schlaftrunken murmelte, »nur schnell Caspar antworten zu müssen«. Und all die Nächte, als er und Caspar auf Geschäftsreise waren. Woher soll sie wissen, ob es tatsächlich so war? Sie hat beschlossen, es nicht anzuzweifeln, nicht daran zu denken. Ihr Leben ist zu viel wert, als dass sie es Ludvig noch mehr zerstören lässt.

Er ist neben dem Kinderwagen in die Hocke gegangen und albert mit Alfred herum. Öffnet und schließt die Hände, während er *Leuchte kleiner Stern* singt. Sie verdreht aus Reflex die Augen darüber, wie er den tollen Vater spielt.

»Ich will wirklich nicht drängeln, aber ich muss jetzt

los. In einer halben Stunde soll Alfred ja sein Mittagessen kriegen.«

Ludvig richtet sich auf. Hält Alfreds kleine Hand in seiner. Sigrid sieht, dass es ihn schmerzt. Er zögert kurz, dann sagt er: »Ich werde eine neue Stelle antreten. Als politischer Sachverständiger des Hochschul- und Universitätsministers. Ich hatte ja nichts damit zu tun, wie Caspar an seine Wohnung kam, und es gibt sowohl SMS als auch E-Mails, die belegen, dass ich ihm stark davon abgeraten hatte, das Angebot anzunehmen. Daher ...«

Sigrid spürt eine Welle der Erleichterung. Seit diesem Abend im Club hat sie das schlechte Gewissen geplagt. Und es wurde nicht unbedingt besser, als *Dagens Nyheter* Caspar und seiner Wohnung zwei Doppelseiten widmete. Obwohl sie nichts mehr über die Übergriffsanschuldigungen schrieben, bewirkten diese in Verbindung mit der Enthüllungsgeschichte von seiner Wohnung, dass Caspar zurücktreten musste. Sie hatte Ludvig nicht fragen wollen, was mit ihm passieren würde, war jedoch davon ausgegangen, dass er wieder auf die Füße kommen würde. Das tat er ja offenbar. Auch wenn es bedeutete, seinem besten Freund und früheren Chef in den Rücken zu fallen.

# Kapitel 28

## FREDDIE

»Würdet ihr den Beitrag vielleicht lesen, bevor ich ihn veröffentliche?«

»Na klar. Du bist so cool, dass du dich das traust.«

Ermina legt ihr den Arm um die Schultern und drückt sie. Sigrid ist zu ihrem üblichen, eher reservierten Ich zurückgekehrt und tätschelt ihr leicht den Arm.

»Du bist total mutig, Freddie. Und was auch immer passiert, *wir* mögen dich.«

Rasch pflichtet Ermina ihr bei.

»Und wie! Scheiß auf deine Leser, wenn sie im Anschluss meinen, dich in den Kommentaren haten zu müssen. Wir haben es ja schon besprochen. Du wirst jede Menge Unterstützung von Leuten bekommen, die es verstehen. Aus seiner Wochenbettdepression quasi Kapital zu schlagen. Stell dir mal vor, dass das geht. Du musst jetzt Business denken, Freddie. Diese Amanda hat ja auch gesagt, dass sie es eine sehr gute Idee findet.«

Freddie schaut die beiden nervös an und fragt zum bestimmt zehnten Mal an diesem Nachmittag: »Und ihr seid wirklich *sicher*, dass die Leute mich nicht einfach für eine Idiotin halten werden?«

»Ich habe schon tausend Mal gesagt, dass Ludvig jedes Mal panisch wurde, wenn jemand, der auch nur im

Entferntesten bekannt war, Caspar öffentlich kritisierte. Und du hast Zehntausende Follower, die superwichtige Wähler sind. Ich habe dieser Journalistin, mit der ich wegen Caspars Wohnung Kontakt hatte, schon gemailt. Sie meinte, dass es wohl eher nichts für sie wäre, sie aber einem ihrer ehemaligen Kollegen vom *Expressen* einen Tipp geben würde.«

»Hast du Frans davon erzählt? Und deiner Mutter?«

»Ja. Frans weiß es. Er findet es toll, dass ich öffentlich darüber spreche. Aber meine Mutter, also … ich bringe es nicht fertig, ihr davon zu erzählen. Sie versteht ja kaum, dass es mir schlecht ging.«

»Gut … Aber darum kannst du dich später kümmern. Jetzt hast du dich ja dafür entschieden«, antwortet Ermina.

»Mmh. Können wir es nur noch einmal zusammen lesen?«

»Okay, ein Mal noch. Sonst drücke ich auf Veröffentlichen, wenn du das nächste Mal auf dem Klo bist.«

Drei Paar Augen richten sich aufs Display und lesen:

»An die schwedische Gesundheitsministerin:

Mein Name ist Fredrika Levy, und ich habe vor knapp einem Jahr ein Kind bekommen. Obwohl ich auf der Entbindungsstation anrief, um mich anzumelden, und die Wehen in kurzen Abständen kamen, durfte ich nicht kommen. Stattdessen sagte mir eine Hebamme, ich solle versuchen, mich hinzulegen und zu schlafen. Es war meine erste Geburt. Ich wusste nicht, wie es sich anfühlen würde. Nachdem ich mehrere Stunden in meinem

Wohnzimmer im Kreis gerannt war und vor Schmerzen halluzinierte, wurde ich schließlich mit dem Krankenwagen abgeholt. Das Einzige, woran ich während der laut meiner Akte vierzehnminütigen Fahrt zum Krankenhaus denken konnte, war, wer von uns beiden sterben würde – mein Kind oder ich. Meine Beine waren an der Liege festgebunden. Es fühlte sich an, als befände ich mich in einem kranken Horrorfilm. Und dieses Gefühl werde ich nie, niemals vergessen.

Ich gebe dem Pflegepersonal keinerlei Schuld, da ich weiß, dass sie schon auf dem Zahnfleisch gehen und nur versucht haben, in einer unmöglichen Situation ihren Job zu machen. Aber als mir meine Tochter an die Brust gelegt wurde, wusste ich sofort, dass etwas nicht stimmte. Denn ich fühlte nichts. Ich kam kaum dazu, sie zu halten, bevor ich in den OP gebracht wurde, weil ich bei der Entbindung so sehr gerissen war. Ich erinnere mich kaum an die Tage, die wir auf der Entbindungsstation verbrachten, bevor man uns nach Hause schickte. Ich weiß nicht, was ich antwortete, wenn die Leute fragten, wie es mir ging. Vermutlich log ich und behauptete, alles sei bestens. Meine Umgebung erwartete schließlich von mir, dass ich glücklich war, also versuchte ich sicher, so zu wirken. Aber ich war es nicht.

Wieder daheim, traute ich mich kaum, das Haus zu verlassen vor Angst, auf die Toilette zu müssen. Der Schmerz, den ich spürte, wenn ich es musste, löste in mir dieselben Angstzustände aus, wie ich sie während der Entbindung gehabt hatte. Die längste Zeit, die ich am

Stück in der Wohnung blieb, ohne Tageslicht zu sehen, waren zehn Tage. Über Monate hatte ich das Gefühl, in permanenter Dunkelheit zu leben. Ich wollte mein Kind kaum halten, und mein Mann war in ständiger Sorge um mich und unsere Tochter. Ich dachte, ich würde nie wieder ich selbst werden. Zum Glück sorgte mein Mann dafür, dass ich die nötige Hilfe bekam. Aber ich weiß, dass nicht alle dieselben Möglichkeiten haben wie ich und ich mich glücklich schätzen kann, einen solchen Mann zu haben, der verständig und liebevoll ist und mir zur Seite stand. Und diese Verantwortung hätte eigentlich nicht auf ihm lasten sollen. Denn sein Leben stand ja auch völlig kopf. Er hatte auch gerade ein Kind bekommen.

Nicht ein einziges Mal während der ersten Zeit sah mir jemand vom Gesundheitssystem in die Augen und fragte: »Wie geht es Ihnen?« Man stellte mir Fragen über das Stillen und die Nachwehen und wie mein Kind schlief. Aber niemand fragte, wie es mir ging. Ich erinnere mich, in der BVC einmal eine Umfrage ausgefüllt zu haben, aber es ist nicht dasselbe, ein Blatt Papier auszufüllen oder dass einem jemand in die Augen sieht und sich erkundigt, wie es einem wirklich geht.

Jedes zehnte Elternteil in Schweden leidet heute an einer Wochenbettdepression. Und jedes Jahr werden in Schweden über hundertzwanzigtausend Kinder geboren. Das bedeutet, dass mindestens zwölftausend Menschen große Teile oder ihre gesamte erste Zeit als Eltern verpassen. Das muss aufhören. Sie haben versprochen, dass Schweden ein gleichgestelltes Gesundheitssystem bekommt. Dann setzen Sie Ihre Worte auch in die Tat um. Speisen Sie uns Frauen nicht länger mit leeren Versprechungen ab! Geben Sie den Hebammen das Gehalt, die Ressourcen und das Arbeitsumfeld, das sie benötigen. Und sorgen Sie dafür, dass wir Frauen die nötige Unterstützung erhalten, sowohl vor, während als auch nach der Entbindung. Wischen Sie unsere Befürchtungen nicht beiseite und hören Sie uns zu. Verschaffen Sie dem Pflegepersonal Zeit und Atempausen, um sich nach unserem Befinden erkundigen zu können.

Ich weiß, dass ich nicht die Einzige bin, die es für wert hält, Geld zu investieren, damit Eltern und Kinder einen guten Start zusammen haben. Die Hälfte der schwedischen Bevölkerung hat oder wird eines Tages Kinder gebären. Geben Sie uns den Respekt, den wir verdienen!«

## SIGRID

»Das ist total gut geschrieben, Freddie!«

»Ja, finde ich auch. Sehr gut.«

»Jetzt klicke ich auf Veröffentlichen. Versprecht ihr, dass ihr direkt auf Facebook geht und den Blogbeitrag teilt? Und den Instagram-Beitrag kommentiert, in dem ich davon erzähle?«

»Na klar.«

»Ach so, und kann eine von euch mein Handy nehmen? Sonst werde ich da auch nur andauernd das Kommentarfeld aktualisieren.«

Sigrid nimmt das Handy, zieht den Reißverschluss ihrer Handtasche auf und steckt es ins Innenfach. Sie schmunzelt in sich hinein, als sie daran denkt, dass Freddies Telefon sich dort den Platz mit einem Kondompäckchen teilt. Sie muss sich bald um ein neues Verhütungsmittel kümmern.

»Oh Mann, ich bin total nervös. Jetzt reden wir über etwas anderes. Wollt ihr alle zusammen am Wochenende zum Glühweintrinken kommen?«, fragt Freddie.

»Alle zusammen?«

»Ja, du und Kian. Und natürlich du und Alen«, sagt Freddie und wirft Ermina einen Blick zu, der weithin sichtlich nach Verschwörung riecht.

»Oh ja, schöne Idee! Aber findet ihr es nicht ein bisschen früh?«

Ermina protestiert etwas zu schnell.

»Wieso zu früh? Wie lange hast du gesagt, dass ihr euch kennt? Seit Anfang des Studiums?«

»Ja, aber wir sind ja noch nicht mal richtig zusammen?«

»Was heißt hier nicht richtig zusammen? Wir reden doch wohl von dem Typ, der sich freigenommen hat, um dir beim Umzug zurück in deine alte Wohnung zu helfen, der dich seit Jahren anschmachtet und sich nichts sehnlicher wünscht, als der Stiefpapa deines Kindes zu werden?«

»Schon, aber …«

»Ich würde sagen, hier gibt es eigentlich kein ›aber‹, oder?«

Freddie lächelt sie an und gibt ihr einen Knuff mit

der Schulter. Und irgendetwas an diesem Lächeln lässt Sigrid stutzen. Es sieht anders aus als sonst. Die Augen leuchten irgendwie ein winziges bisschen, auch wenn nicht einmal Freddies Superconcealer die dunklen Ringe überdecken kann. Sie wechselt einen Blick mit Ermina, und es ist offensichtlich, dass sie dasselbe gesehen hat.

»Stellt euch mal vor, dass es fast ein ganzes Jahr her ist, seit wir die hier rausgepresst haben.«

Freddie weist mit einer ausholenden Armbewegung auf die Kinder, die in Sigrids kleinem Wohnzimmer herumkrabbeln und -rollen. Oder besser gesagt: Aurelia rollt herum. Alfred krabbelt vorsichtig und Olivia hat sich als eine Art Naturtalent herausgestellt, wenn es darum geht aufzustehen, drei Schritte vorwärts zu wackeln und dann umzufallen. Es ist schwer zu glauben, dass dies dieselbe Wohnung ist, in die sie und Ludvig vor zwei Jahren eingezogen sind. Ermina und Freddie haben ihr geholfen, sie so einzurichten, dass sie sich wie ihre eigene anfühlt. Sie in ihren Kellerabteilen und Dachböden stöbern lassen, weil ihr Teilzeitgehalt und das Elterngeld keine größeren Neuanschaffungen zulassen. Auf den Fensterbänken drängen sich Grünpflanzen und über dem Sofa hängt ein altes Regal, das Freddie bei Bukowskis entdeckt und Sigrid für so gut wie umsonst ersteigert und nach Hause bestellt hat. Erstmals in ihrem Leben hat sie ein Zuhause, das nur ihr gehört. Und Alfred. Trotzdem wohnt sie meistens bei Kian, wenn Ludvig Alfred hat, da es von der Kommandörsgatan erheblich näher zur Schule ist. Sie arbeitet nach wie vor nur zwei Tage die Woche und hat versucht, sich nicht aufzuregen, als ihr klar wurde, dass Ludvig Alfred viel zu oft mit auf die Arbeit nimmt und eine seiner Assistentinnen auf ihn aufpassen lässt. Hoffentlich bekommt er im Februar einen Kita-Platz. Alles fühlt sich vollkommen okay an. In den letzten Wochen hat sie gelernt, ihr neues Leben zu genießen. Natürlich vermisst sie Alfred furchtbar an den zwei Tagen pro Woche, die er bei Ludvig ist, aber nicht so sehr, wie sie erwartet hatte. Stattdessen genießt sie es, zwei ganze Nächte vollkommen ungestört schlafen zu können, mit Kian zum Fußball, ins Kino und essen zu gehen und nach Lust und Laune Sex zu haben, ohne von einem Kind unterbrochen zu werden, das dreißig Zentimeter vom Bett entfernt wimmernd aufwacht.

Als hätte Ermina ihre Gedanken gelesen, grinst sie Sigrid an, während sie es gleichzeitig gerade noch schafft, Olivia unter den Armen zu fassen, bevor sie mit der Stirn direkt auf die Kante des Couchtischs fällt.

»Aber du hast uns noch keine Antwort gegeben, wann wir Kian treffen dürfen. Hör jetzt auf, dich rauszuwinden.«

»Wie wäre es mit nie? Du würdest ihn sofort vergraulen.«

»Blödsinn. Alen war total aufgeregt, als ich ihm erzählt habe, dass dein neuer Freund Sportlehrer ist. Er meinte, dass wir jetzt vielleicht endlich normal mit euch abhängen können, weil er Ludvig nicht ertragen konnte.«

»Jaja. Ich werde euch Kian schon vorstellen. In einer Weile.«

»Feiert ihr Weiiihnachten zusammen?«, flötet Ermina und klimpert mit den Wimpern.

»Vielleicht«, antwortet sie und lächelt geheimnisvoll.

Freddie lächelt Sigrid begeistert an.

»Oooh. Bei seinen oder bei deinen Eltern? Oder hier?«

»Vielleicht irgendwo ganz anders.«

»Hä, wie?«

Sigrid schaut lächelnd auf ihre Fingernägel, die zwar immer noch abgekaut, aber nicht mehr von lauter kleinen, brennenden Wunden in der Nagelhaut umgeben sind.

»Wir fahren nach Thailand. Kian, Alfred und ich.«

Freddie runzelt die Stirn.

»Nach Thailand? Wieso das denn?«

Sigrid muss sich ein Lächeln verkneifen. Kaum zu glauben, dass sie so unterschiedlich und dennoch so enge Freundinnen geworden sind.

»Weil Kian es vorgeschlagen hat. Wir fahren am dreiundzwanzigsten und bleiben zehn Tage dort.«

»Aber was ist mit deinem Vater? Und deiner Schwester?«

»Die fahren wir an Dreikönig besuchen. Ludvig ist in der Woche nach Neujahr ohnehin bei seinen Eltern, also kann Alfred auf diese Weise auch seine Großeltern treffen.«

Ermina fällt ihr um den Hals und umarmt sie fest.

»Oh, wie schön! Genau richtig, Sigrid. Hoffentlich sitzt Ludvig den ganzen Heiligabend ganz allein im Bildungsministerium und weint, während du dich im Liegestuhl sonnst und Piña Colada aus einem Eimer schlürfst.«

Freddie schüttelt den Kopf. Es ist offensichtlich, dass sie Weihnachten lieber in einem Selfstoragelager verbringen würde als an einem thailändischen Strand. Sigrid hat Mitleid mit ihr, weil diese Ängstlichkeit immer noch nicht gewichen ist. Aber wer weiß, vielleicht kommt es ja noch? Sigrid räuspert sich und klatscht in die Hände.

»Können wir jetzt bitte aufhören, von Ludvig zu reden? Ich habe mir selbst das Versprechen gegeben, in Alfreds Gegenwart nicht schlecht über ihn zu reden. Urplötzlich versteht er, was man sagt, und dann hat man den Salat.«

»Macht Sinn«, murmelt Ermina, aber Sigrid kann ihr ansehen, dass sie gern noch eine Weile weiter über Ludvig gelästert hätte.

## ERMINA

»Ich weiß, du hast gesagt, du willst nicht aufs Handy schauen, aber es vibriert jetzt schon seit einer Weile.«

Sigrid kramt Freddies Handy aus ihrer Tasche und hält es ihr hin. Das Display zeigt eine unterdrückte Nummer an, und Freddie holt tief Luft.

»Ich stelle auf Lautsprecher. Haltet ihr die Kleinen, damit sie nicht anfangen zu schreien?«

Dann wischt sie übers Display, um den Anruf anzunehmen.

»Hallo?«

»Hallo! Spreche ich mit Fredrika Levy?«

»Ja, das bin ich.«

»Hier ist Lovisa Falk von *Aftonbladet Morgon.* Ich rufe wegen Ihres Blogbeitrags an. Wahnsinnig ergreifend. Ich hatte selbst eine Wochenbettdepression nach der Geburt meines zweiten Kindes. Und was Sie zu erzählen haben, ist so unglaublich wichtig. Daher wollte ich fragen, ob Sie vielleicht als Gast in unsere Sendung kommen und etwas genauer davon berichten würden, worüber Sie geschrieben haben? Wir schicken ein Taxi, das Sie morgen um 06.40 Uhr abholt, damit Sie um sieben in der Maske sitzen und dann um 07.30 Uhr live dabei sind.«

»06.40 Uhr haben Sie gesagt?«

»Ja, genau.«

»Nein, das klappt nicht. Ich muss mich jetzt um mich selbst und Aurelia kümmern. Und um meinen Mann, Frans. Aber gern in ein paar Monaten, wenn ich wieder ganz stabil bin.«

»Oh, okay. Das ist schade. Jetzt wäre natürlich der Moment, wo es von Ihrer Seite her aktuell ist, da Sie heute diesen Beitrag veröffentlicht haben und ...«

»Sie hatten selbst eine Wochenbettdepression, sagen Sie?«

»Ja, genau. Es war ...«

»Dann wissen Sie sicher, dass man nicht gerade superfit ist, um praktisch mitten in der Nacht zu irgendwelchen Terminen zu erscheinen und frisch und munter in einer Livesendung zu sitzen. Aber wie gesagt: In ein paar Monaten bin ich gern dabei. Schönen Tag noch!«

Ermina schaut sie fragend an, nachdem sie das Gespräch weggeklickt hat.

»Wieso hast du nicht Ja gesagt? Das war doch eine Hammerchan…«

Sie verstummt, als Sigrid ihr einen strengen Blick zuwirft. Stattdessen greift sie nach ihrem Handy, erwischt aber Freddies. Ihre Augen weiten sich und sie zeigt aufs Display.

»Du, ich weiß, du hast gesagt, dass du die Kommentare nicht lesen willst. Aber schau dir mal Instagram an.«

»Hm, was denn?«

»Du hast zweitausend Likes.«

»Zweitausend Likes in zwei Stunden? Ist das nicht superviel?« Sigrid starrt Freddie mit großen Augen an.

»Oje, ich traue mich nicht, sie zu lesen.«

Ermina lacht und wirft den Kopf zurück, sodass ihr langes dunkles Haar über den Rücken tanzt.

»Na klar traust du dich! Wenn man bedenkt, was wir in den letzten Monaten alles gemeistert haben, ist das garantiert nicht das Schlimmste. Meine Güte, wenn Sigrid ihren Kerl rausschmeißen kann, schaffst du das hier auch. Komm schon, Freddie.«

Freddies Hand krampft sich ums Handy, ehe sie auf Instagram klickt. Ermina und Sigrid beugen sich vor, um mitlesen zu können.

*Danke für deinen Beitrag! Fühle mich so viel weniger allein, wenn andere dasselbe durchgemacht haben.*

*Morgen werde ich als Allererstes einen Psychologen anrufen. Meine beste Freundin braucht Hilfe.*

*Danke für deine Ehrlichkeit! Wir sind auf deiner Seite!*

*So was von wichtig! Danke Freddie!*

Sie kommen nicht dazu weiterzulesen, da das Handy erneut klingelt und Freddie auf Lautsprecher stellt.

»Hallo, ich bin vom *Expressen*, wir haben gerade Ihren Blogbeitrag mit dem offenen Brief an die Gesundheitsministerin gelesen. Haben Sie gesehen, dass er dreitausend Mal geteilt wurde, seit Sie ihn veröffentlicht haben?«

»Entschuldigung, was sagen Sie?«

»Ihr Blogbeitrag über Ihre Wochenbettdepression. Er wurde dreitausend Mal geteilt. Innerhalb von nur zwei Stunden, wie es aussieht.«

»Oh«, ist das Einzige, was Freddie herausbringt.

»Uns wurde bereits ein Kommentar der Ministerin zugesagt. Das kommt ziemlich selten vor, aber da der Beitrag so schnell so große Verbreitung gefunden hat, scheint sie keine andere Wahl zu haben.«

»Okay, das ist ja … ungewöhnlich.«

»Ja, so kann man es ausdrücken. Aber der Grund für meinen Anruf ist eigentlich der, dass ich fragen wollte, ob es in Ordnung für Sie wäre, wenn wir Ihren Blogbeitrag in voller Länge bei uns abdrucken? Und ob Sie vielleicht noch etwas mehr darüber sagen möchten?«

»Äh. Ja. Sie können ihn natürlich gern bringen, da er ja eh schon im Netz ist …«

»Wunderbar! Und gibt es noch etwas, was Sie der Ministerin sagen möchten?«

»Dass es an der Zeit ist, größere Verantwortung zu übernehmen für uns, die Kinder zur Welt bringen.«

»Sonst nichts?«

»Doch. Dass ich mich gern mit ihr treffe und darüber

diskutiere. Wir sind ziemlich viele, die wütend sind, falls es ihr entgangen sein sollte.«

»Interessant! Wir bringen den Artikel praktisch sofort, und es wäre natürlich toll, wenn Sie in Ihrem Blog dorthin verlinken würden.«

Freddie sitzt eine ganze Weile reglos mit dem Handy in der Hand da und starrt vor sich hin. Da fällt Ermina ihr um den Hals und drückt ihr einen Kuss auf die Wange.

»Du bist echt die Beste!«

Dann vibriert das Handy erneut, und Ermina hält ihnen triumphierend das Display hin, damit sie die Pushbenachrichtigung sehen können: *Influencerin fordert Ministerin heraus: Wir sind ziemlich viele, die wütend sind.*

Auf Freddies Gesicht macht sich ein Lächeln breit, während ihr gleichzeitig die Tränen über die Wangen laufen. Sie fängt Sigrid und Ermina in einer großen Umarmung.

»Das nächste Kind kommt besser im Juni statt im Dezember, damit man nicht gleich am Anfang diese verdammte Dunkelheit hat«, schnieft sie.

»Das nächste Kind?«

»Ja, das *nächste* Kind. Aber dann müssen wir unsere Eisprünge timen, ich habe bestimmt nicht vor, das Ganze ein weiteres Mal ohne euch zu machen.«

Ermina löst sich aus der Umarmung. Ihre Augen sind blank, und sie lächelt geheimnisvoll.

»Dann solltet ihr euch wohl beeilen, Mädels. Ich bin nämlich schwanger!«

# Danksagung

Warum, warum, warum nur ist es so schwer, solche Schlussworte zu schreiben? Vielleicht, weil es so viele gibt, denen ich zu danken habe. So viele Lehrer, die mich zum Schreiben ermuntert haben, so viele Freunde, die mir versichert haben, dass sie an mich glauben, wenn ich an mir selbst gezweifelt habe. So viele Kollegen, die mich unterstützen. Ihr wisst, wen ich meine, und ich bin euch unendlich dankbar.

Aber! Dann gibt es natürlich noch die, die nicht nur an mich glauben, sondern auch dafür gesorgt haben, dass dieses Buch so gut wird wie nur möglich. So schön wie möglich. Und dass es euch Leser erreicht.

Karin Linge Nordh, die das Manuskript direkt annahm und im gleichen Maße wie ich an diese Erzählung glaubte. Die mich ermutigte, anspornte und dazu brachte, mit meinem Text zu kämpfen, wie ich nie zuvor gekämpft hatte. Es war ein unerhörter Luxus, mit einem derart hingebungsvollen Menschen arbeiten zu dürfen wie dir. Danke, Karin!

Meine Verlegerin Ebba Östberg, die einsprang und mir half, dieses Projekt direkt in die linke Ecke zu schießen. Ich bin so froh, dass ausgerechnet du mit diesem Buch und mit mir arbeiten wolltest.

Meine Lektorin Emma Bonnier, bei der ich jedes Mal in eine Tüte atmen muss, wenn sie eine Mail schickt. Aber mein Gott, um wie vieles besser der Text wird, nachdem du ihn mit Schere und Rotstift bearbeitet hast, Emma. Ich danke dir für all deine Motivation und dein Verständnis. Und für deine Ehrlichkeit. Und, tja ... dafür, dass du ein verdammtes Genie bist, das mitgeholfen hat, das Buch zu schreiben, von dem ich geträumt habe.

Bonnier Rights und meine Agentin, Elisabeth Brännström, die in einem früheren Leben vermutlich Therapeutin war. Danke, dass ihr an Freddies, Erminas und Sigrids Erzählung glaubt.

Charlotta Larsson und Lina Rönning, Emelie Hollbox und alle anderen im Bonnier-Verlag, die diesem Buch helfen, seine Leser und Zuhörer zu erreichen. Danke für alles, was ihr für mich und dieses Buch tut und getan habt!

Tove Andersdotter und Camilla Grebe. Die Freundinnen, die mich dazu gebracht haben, wieder an mein Schreiben zu glauben. Danke, dass ihr nie aufgehört habt, mich dazu zu drängen, mich an den Computer zu setzen und in die Tasten zu hauen.

Marina Ferhatović, Irena Pozar, Alen Musafendic und Amra Muratovic, die mir mit Erminas, Alens und Nadias Hintergrundgeschichten geholfen haben.

Meine beste Schreibkameradin, Kollegin, Freundin und Nachbarin Ida Ömalm Ronvall. Danke, dass ... Tja, dass du die Beste bist?

Meine Freundinnen Fanny Boije af Gennäs Erre, Nakima Ackerhans Schreiber und Anna Winberg, die dieses

Manuskript in einer frühen Phase gelesen haben. Danke, dass ihr gesagt habt: »Scheiße, das kann was werden!«

Meine Mamafreundinnen. Maria Bernander, Ida Drougge, Matilda Kvarnström Lantz, Annika Reimertz, Nathalie Tsarfati, Paula Roth. Dieses erste Jahr mit Kind wäre ohne euch erheblich anstrengender und langweiliger gewesen.

Erik. Danke, dass du es erträgst, wenn ich beim Schreiben krumm wie ein Käseflip über den Laptop und das Handy gebeugt sitze. Dass du holst und bringst und wäschst und putzt und fünf Mal rufst, dass es jetzt Essen gibt, wenn ich vollkommen vertieft ins Schreiben bin. Dass du mich küsst und sagst, dass du mich liebst, wenn ich meine geblümte Yogahose mit Löchern zwischen den Beinen und die Haare zu einem unordentlichen Zopf gebunden trage, weil ich mitten in den Korrekturarbeiten stecke. Dass du es erträgst, wenn ich den halben Urlaub lang schreibe und mich mit der U-Bahn verfahre, weil ich auf dem Heimweg von der Arbeit an meinen Büchern schreibe. Ich liebe dich für all das, vor allem aber dafür, dass du du bist.

Und meine Mutter, Marianne, natürlich. Danke, dass du mich immer gefahren, mich umarmt, meine Tränen getrocknet und für mich gefochten hast. Mein größtes Ziel im Leben ist es, eine ebenso gute Mutter zu werden wie du.

Mein größter Dank gilt meinen Kindern. Danke, dass gerade ihr zu uns gekommen seid. Ihr seid das Beste, was mir je passiert ist.